凡庸な芸術家の肖像 上

マクシム・デュ・カン論

hasumi shigehiko
蓮實重彥

講談社文芸文庫

講談社文芸文庫版への序文

マクシム・デュ・カンの書き残した書物など、いっさい読むには値しない。これという理由もないままフランス本国ではながらくそう思われていたし、世界の大半もまた、その判断を無批判に受け入れていた。『凡庸な芸術家の肖像——マクシム・デュ・カン論』（初版、青土社、一九八八）巻末の書誌からも知られるように、晩年には「アカデミー・フランセーズ」の会員にも選ばれたデュ・カンは、生前に四〇冊近くの書物を刊行しており、むしろ多作といってよい。ところが、当時は有名作家だった彼の著作の中で、書籍として今日でも読むことのできるのはほぼ皆無というに等しい。

確かに、七冊ほどの書物が二〇世紀に入ってからも再刊されているが、その多くは現在では絶版状態にあり、かろうじて書店で買い求めることのできるのは、わが国にも抄訳が存在する『文学的回想』（冨山房百科文庫、戸田吉信訳、一九八〇）にほぼ限られている。しかも、この一冊がまがりなりにも再刊されつづけているのは、ひとえにギュスターヴ・フローベールと著者との友情の成立とその破綻がそこで語られているからにすぎない。この書物が多少なりとも知られているのは、そこに回想されている『ボヴァリー夫人』の作者のためであり、地方に住む無名の新人作家の書いたこの長編小説を世に知らしめた生粋のパリ生まれの編集者デュ・カンのためではいささかもなかったのである。にもかかわらず、二〇世紀の日本には、「気がついてみると、いつの間にかデュ・カンの文章に読みふけっている自分を発見して驚いた」(あとがき・下巻)という一人の男が存在していた。『凡庸な芸術家の肖像――マクシム・デュ・カン論』はその驚きの真摯な記録にほかならないと、ひとまずいえるかと思う。

「ひとまず」と書いたことに、理由がないわけではない。二一世紀のいま、世界の誰もが、その気になりさえすれば、自宅のパーソナル・コンピュータのちっぽけな画面で、電子的な手段によっていくらでも「デュ・カンの文章に読みふけ」ることができる。ところが、二〇世紀においては、それは至難の業だったからである。まだリシュリュー街にあった旧フランス国立図書館に日参しても、その翳った湿りけにつつまれて書物の到着を待つのには三〇分もの時間がかかったし、その一部を複写するには、あらかじめ買い求めておいた妙なチケットをなぜか誰もが不幸そうな顔をした係員に渡して作業を依頼せねばならなかったし、「深淵」と呼ばれる貴重図書の閲覧室では複写も禁じられていたので、必要な部分を律儀に筆写するほかはなかった。また、デュ・カンの自筆原稿類を読むには、パリから列車で二時間ほどかかるシャンティイの競馬場脇のロヴァンジュール文庫まで出向かねばならず、昼時は二時間の余も休館されていたし、執筆の最終段階ではパリの学士院図書館に移管されたとはいえ、自筆原稿そのものは死後百年は公表を禁じられていたので、実際に目を通しえたのは蒐集されていたあれこれのオブジェや、保管されていた新聞の切り抜きなどに限られていた。

パリの古本屋をかけずりまわり、可能なかぎり古書を買いあさったのはいうまでもない。ただ、多くの店主は、デュ・カンの書物の「発見」にきわめて懐疑的だった。だから、どうしても見つからなかった『ある愛の物語』の初版本を、あてもなく散策していたジュネーヴ旧市街の朝市で、さりげなく地面に並べられた安価本の間にふと「発見」した日本人は、さすがにマクシムとの奇縁を否定しきれず、あられもなく驚喜したものだ。著者の身に間歇的に訪れたその種の驚喜が、七年にもおよぶ雑誌連載を支えていたといえるかも知れない。なぜか日本人によってジュネーヴで「発見」されたこの小さな書物にリトグラフィーとして挿入されていたマクシム晩年の肖像画は、『凡庸な芸術家の肖像——マクシム・デュ・カン論』初版のカヴァーを飾ることになるだろう。

マクシムの書き残した書物に読みふけっていたのが日本人だけでなかった事実を発見したのは、世界で初めてのデュ・カン論『凡庸な芸術家の肖像——マクシム・デュ・カン論』刊行の八年後にフランスで出版されたジェラール・ド・センヌヴィルの『マクシム・デュ・カン——一九世紀の社会参加の傍観者』Gérard de Senneville, *Maxime Du Camp—Un spectateur engagé du XIXe siècle*, Paris, Editions Stock, 1996. を目にしたときだった。とはいえ、この書物は、あまり知られていない作家をめぐるきわめて古典的な評伝ともいうべきもので、誰も書かなかったから書いたという以外の執筆の動機がにわかには見いだしがたい。しかも、これという方法意識も批判精神も持ちあわせていそうにない著者は学究ではなく、数冊の著作を持つ執筆好きの国家公務員だというのだから、フランスのアカデミズムにおけるマクシム・デュ・カンの無視は、いまなお執拗に続いているといえる。

「気がついてみると、いつの間にかデュ・カンの文章に読みふけっている自分を発見して驚いた」という一人の日本人が、いつ、何を契機として、マクシムをめぐる書物が書けると確信したのか、正確なところは記憶が薄れている。序章と終章のおぼろげなイメージだけはかなり早い時期から思考の底に揺れていたが、いったん書き始められた連載が、それぞれ二〇の章からなる三部構成の決して短くはない書物のかたちをとるだろうとはまったく予感できなかったし、その確信もなかった。ただ、断片的に執筆中だった『「ボヴァリー夫人」論』をいったん中断してでもこれを書かねばならぬと決断したのは、『ボヴァリー夫人』が書かれたフランスの「第二帝政期」の背後に見えてきた「凡庸」という歴史的な概念にゆきついたときだったといえる。

とはいえ、「凡庸」とは、よく読まれている日本語の辞典なら「すぐれたところのないこと」という定義におさまっているように、いささかも特殊な概念ではない。ただ、その定義の非＝歴史性に深くいらだった著者は、相対的な定義におさまりがちな「凡庸」という語彙を、「すぐれたところ」の不在とはおよそ無縁の絶対的な現実として定義しなおし、その歴史的な新しさを視界に浮上させることに意味を見いだした。それが、いまから二七年前に書かれたこの書物の目ざすところだったといってよい。原著には《Maxime Du Camp ou l'invention de la médiocrité》というフランス語の題名がそえられていたが、それを直訳すれば「マクシム・デュ・カン　あるいは凡庸さの発明」という日本語に置き換えられるように、「凡庸」は人類にとっていささかも普遍的な概念ではなく、ある時期に「発明」された優れて歴史的な現実であり、その歴史性はいまなおわれわれにとって同時代のものであることをやめていない。

そんな思いとともに書かれた『凡庸な芸術家の肖像——マクシム・デュ・カン論』が、二〇一五年に講談社文芸文庫におさめられるにあたって、その同時代性がなおも「同時代」的なものたりえているかどうかといえば、一九三六年生まれの著者は、いまもなおその同時代性を生きつつある個体だと自覚している。では、「凡庸」が「ある時期に発明された優れて歴史的な概念」だというなら、その「ある時期」とは具体的にいつのことか。すでに述べておいたように、それはマクシム・デュ・カンといういまでは忘れられた有名作家が生きていたフランスの「第二帝政期」にほかならない。では、一九世紀の中頃の西ヨーロッパの歴史的な一時期が、なぜ、われわれにとっての「同時代」たりえているのか。それについては書物に詳述されているから、ここでは、一七八九年に起こった「フランス大革命」などわれわれにとっていささかも「同時代」たりえていないが、一八四八年の「二月革命」とその三年後のルイ・ナポレオンによるクーデタ、そしてその一年後の「帝政」への移行は、多くの意味で「同時代」性を帯びているというにとどめておく。

フランス語の題名に含まれている「発明」の一語についてひとこといいそえておくなら、その「発明」には主体が存在していない。何ものか特定の個人がそれを「発明」したのではなく、人類という集団的かつ普遍的な主体がそれを「発明」したのでもない。誰が「発明」したわけでもないのに、いわば気運として、いつの間にかわれわれのまわりに「凡庸」なるものが否定しがたい現実として機能し始めていたのであり、マクシム・デュ・カンの人影を通してその事実に気づかされたことの驚きが、「発明」という語彙に含まれているのだといってもよい。『「ボヴァリー夫人」論』にも述べられているように、「長編小説」と呼ばれる散文のフィクションもまた、そうした「発見」の一つにほかならない。だが、ギュスターヴ・フローベールが「長編小説」を「発見」したのではないように、マクシム・デュ・カンが「凡庸」を「発見」したわけではない。「発見」の主体が特定の個人ではありえず、また集団的なものでもないといういかにもとらえがたい現象が、いわば知的＝風俗的な風土として、われわれがいまなおその「同時代人」であることをやめてはいないフランスの「第二帝政期」に捏造されてしまったのである。『「ボヴァリー夫人」論』が『凡庸な芸術家の肖像――マクシム・デュ・カン論』とともに読まれねばならぬ書物であるのは、そうした理由による。

「ともに読まれねばならぬ書物」ということの意味に触れつつ、この「序文」を締め括りたい。この二つの書物は、いかなる意味においても「類似」という関係をかたちづくってはいない。一方はかつて実在した一人の人物をめぐって語りつがれているし、他方はかつて書かれたことが明らかなテクストに触発された言葉からなっている。だからといって、この二冊の書物が「差異」をきわだたせる関係におさまっているわけでもない。同じひとつの個体を著者として持つということをのぞけば、それらは似てもいなければ異なってもおらず、その意味で「姉妹編」と呼ぶこともできないだろう。そうしたとき、人は、しばしば「弁証法」という思考形態に救いをもとめがちだが、『「ボヴァリー夫人」論』と『凡庸な芸術家の肖像――マクシム・デュ・カン論』とが、「弁証法」的な矛盾におさまるのを回避していることだけは確かである。それは、この二冊の書物が、「弁証法」の基礎となる矛盾といったものがことのほか見えにくくなったとりとめもない時空をめぐって書かれているからだ。その時空こそ、まさしくわれわれにとっての「同時代」にほかならない。そもそも、「弁証法」的な思考がこの「同時代」を的確に捉えたことなど一度たりともなかったと思うが、それはここでの話題ではない。最後に、固有名詞の表記について一言。『凡庸な芸術家の肖像――マクシム・デュ・カン論』では一貫して「フロベール」と書かれていたギュスターヴの姓を、この「序文」では、『「ボヴァリー夫人」論』にならって、「フローベール」と綴ることを選択した。「解説」でもその原則が貫かれるだろうが、この変更は、その姓で名指される個体に対する著者の姿勢の変化をいささかも意味するものではない。

二〇一五年四月三日

著者

目次

下巻〔内容〕

『凡庸な芸術家の肖像』第二部（承前）

『凡庸な芸術家の肖像』第三部

凡庸な芸術家の肖像（上）

マクシム・デュ・カン論

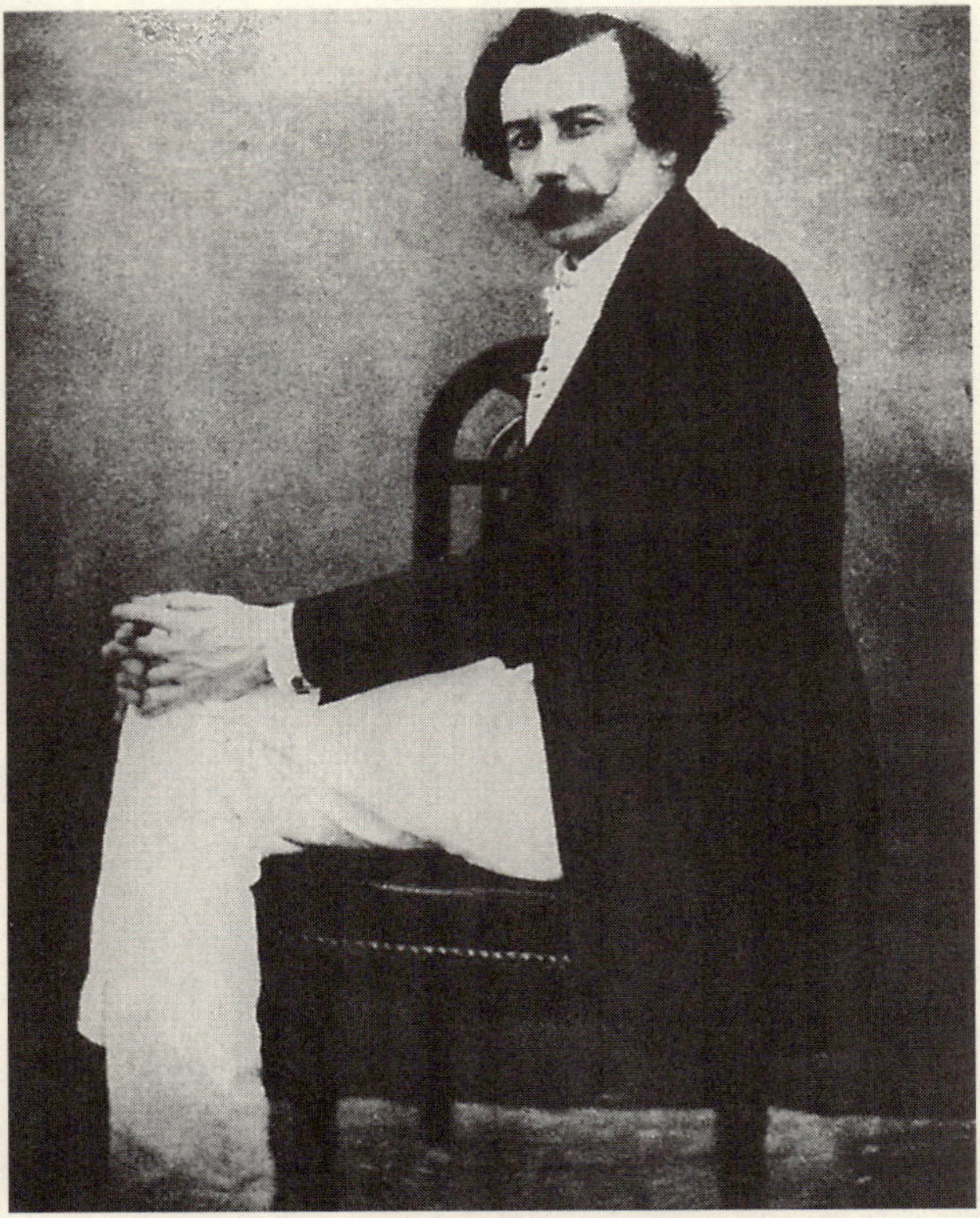

1853 年、旅行記『ナイル河』の出版を準備中だった若き日の
マクシム・デュ・カン（31 歳）

『凡庸な芸術家の肖像』への序章

不死の手招き

不死と呼ばれるつかの間の特権をマントのように身にまとった一群の黒い人影が、たがいに顔を寄せて何やら低くつぶやきあっていたかと思うと、やおらこちらに向きなおったそのうちの一人が、大きく一つ手招きを送る。それは、ながく待ち望まれていた瞬間だ。遊戯を無邪気に信じうるものの真剣さで演じられるその手招きを合図に、儀式が始められようとしている。不死という排他的な領域へと越境を許されたものの、イニシエーションの儀式である。選ばれたものにとって、その儀式は誇り高い一瞬の実現であると同時に、苛酷なる試練のときでもあるだろう。かりにつかの間のものでしかなくとも、不死の特権を共有する資格を認定されたことは、自分のこれまでの生涯の意味をみずから納得するためのまたとない機会であるに違いない。不死の人として容認されるにいたった晩年を起点として、みずからの体験を遡行してみる。するとかつての逡巡や憔悴、そして失意の停滞や愚かな逸脱のすべてが、いま、念入りに推敲された計画であったかのように鮮やかな軌跡となって浮びあがってくる。そこではあの意気阻喪、あの自信喪失までが、必要な迂回ででもあるかのように改めて正当化される。不死の人影の手招きは、こうした生の持続の読みなおしを可能にするだろう余裕ある時間を、未来に約束してくれているように思う。しかし、そのような特権的な時空に、人は代償なしに滑りこむことを許されてはいない。むしろ苛酷とさえいえる試練を通過することによって、越境者は真に選ばれたものとなるだろう。だから、これは一種の取引きのようなものだといってよい。この取引きの有効性と無効性とを計測してみなければなるまい。自分自身の過去を納得するために、自分自身の現在を試練にかける価値がはたしてあるかどうか。

だが、そうしているうちにも、不死と呼ばれるつかの間の特権をマントのように身にまとった一群の黒い人影が、いま、たがいに顔を寄せて何やら低くつぶやきあっていた姿勢を不意に中断し、一人がこちらに向きなおって、儀式的な腕の動きで手招きを送っている。その合図に応えるには、躊躇や逡巡を捨て、停滞を忘れねばなるまい。そして、不死の手招きを積極的に受けとめる必要があるだろう。儀式ばった招待には、儀式ばった返答の仕方がなされねばならないからである。それには、仮構された戯れをも信ずるふりを装うこと。過去が正当化され、それを自分が納得しうるものなら、自信をもって未来を操作することもできるに違いない。だから、死すべきものとしてある自分を不死身の存在になぞらえ、その虚構の演技をどこまでも演じきってみせればそれでよい。なるほど、これはいささか苛酷な体験というべきものだ。だが、それにもまして選ばれたものを立ち竦ませるものは、いま始まろうとしている儀式が、不死の特権の共有者たちの連帯によって支えられた虚構の排他空間から、ごく最近脱落したばかりの一つの黒い人影の、その不意の消滅を追悼する儀式としても設定されているという事実だ。不死の存在に訪れた死、そのいささかも例外的でないできごとによって、あの手招きを準備する低いつぶやきがかわされあったわけなのである。死すべき自然さへと回帰していった不死の人が、死すべき自分を不死の人に変容させることの不自然を儀式化しているというほとんど残酷な滑稽さ。死せる不死の人への弔辞こそが、この自然さと不自然さとの滑稽な行き違いを荘重に儀式化してくれることだろう。そのことに充分意識的な不死の人影たちは、だから、弔辞を述べる役割を決って新たな越境者に振りあてているのだ。その試練に耐えうる資質こそが、この際、選ばれたものに要求される唯一のものである。

不死の人の死を追悼する儀式。その儀式を弔辞によって始めうるのは、いま、不死の人になろうとしているものをおいてはないだろう。これこそ、虚構の排他的特権空間を維持する聡明きわまる戦略といえるものだ。それによって、不死の装置はつつがなく作動しつづける。だから、新たな越境者をぜひとも必要としているのは、不死の特権をマントのように身にまとった黒い人影の方でありながら、その人影は、苛酷な試練を代償とすることによってしか、選ばれたものの越境を認めようとはしない。そこに、装置としてのしたたかな罠が仕組まれているとみるべきだろう。不死の排他的な領域とは、葬儀によって死すべき人を不断に誘惑してやまぬ装置にほかならぬが、その装置は、不死と呼ばれる特権的なマントを一時的に貸し与え、その数が人影と正確に対応しあっているかぎり、永遠に不滅な自分を維持しうるだろう。その意味で、この不死の装置のあり方はかなり荒唐無稽なものだといえる。生きている人間、つまりは死ぬことの自然さをいずれは体験しうるであろうものだけを、その儀式へと誘っているものだからである。不死の人たちは、マントのように着たり脱いだりできる特権が宙に迷うことのないように、やがては死すべきものを招待する。そして選ばれたものは、越境の試練をくぐりぬけることによって、不死と呼ばれる特権の持続を保証しなければならない。だから、この排他的な特権空間は、あるシニカルな諦念をあたりに煽りたてながら、不死の遊戯への加担者を募ることになるのだ。この諦念は、自分自身の確実なる死をあらかじめ登録するという凡庸な仕草を介して広く共有されるだろう。すなわち貸与さるべき特権的なマントに対して、みずからの消滅という未知の体験を代償として前納しておくという、凡庸きわまりない諦念が特権空間の虚構性を支えているのだ。それが装置の荒唐無稽な機能であるし、その機能は、きまって勝利する。この勝利を肯定すべく不死の特権を信ずる演技を演じ続けることの凡庸な絶望ぶり。そして、それを耐え続けることの困難さ。だから凡庸な諦念は、不死の一語を、永遠だの不滅だのといった記念碑めいたイメージとすりかえながら、事態を円滑に機能させざるをえない。選ばれたものは、不死の側ではなく永遠の側へ、不滅の側へと境界線を一歩またぎ越える。そう錯覚することで人は凡庸な諦念を何とか忘れさることもできるだろう。そのとき、不死と呼ばれる特権的なマントがかりそめの衣裳でしかなく、それが自分の所有物とはならず、かえって自分自身がそれに所属するにすぎないものだとしても、もはや深く絶望しはしまい。やがて、いつの日か自分自身に訪れるだろう死の瞬間、それまで身にまとっていた特権的なマントを新たに借りうけるだろうものの口から洩れる弔辞が、それによってくり拡げられる儀式の慣習に従って、自分の名に永遠の不滅性をまとわせてくれるだろう。それは、もはや過渡的で譲渡可能な特権ではなく、文字通り不滅で永遠のものとなるだろう。そのことのためにも、今日、この苛酷な試練を、凡庸な諦念によってくぐりぬけておかねばならない。逡巡し思い悩むのは青春の特権だ。諦念による決断こそ老年にふさわしい身振りではないか。凡庸さを恐れるあまり、かつての日々は苛立たしげに停滞し、愚かな迂回をくり返してきたのだ。いまは、越境しなければならない。それには、何ごともなかったように、あの儀式めいた手招きに応え、不死の特権をマントのように身にまとって、追悼の辞の最初の言葉を口にしなければならない。それが遊戯の規則というものだ。遊戯の規則を凡庸だと断じて回避した過去の体験などきれいに忘れてしまったかのように、初めの言葉を洩らさねばならない。

遊戯の規則

ならわしに従い、わたしは、不死の人たちに向かって、永遠の、不滅の側へと特権空間を離脱していった死者を悼む言葉を、皆さん、の一語で語り始める。草稿は念入りに推敲されているし、話すことにかけてはそれなりの自信も持っているわたしのことだから、この最初の一語が発されてしまえば、あとは申し分なく進むに違いない。修辞学こそわたしの得意とするところだ。母国語を操ることに関して、わたしにはいかなる不安もない。死者となったばかりの不死の人は、これに続く数十分間のうちに、申し分なく惜しまれ、讃美され、顕揚され、追悼されるだろう。遊戯の規則が儀式ばったものであればあるほど、雄弁家としてのわたしの資質は確かなものとなるに違いない。だから、ここに始められた演説について語るべきことは、何ひとつないといってよい。すべては、円滑に機能する装置のように展開されることだろう。語るべきは、むしろ、この追悼の儀式ですらないのかもしれない。

　たとえば、と、ここで自分をわたしとして提示する新たな越境者は考える。たとえば、いま、この不死の殿堂で進行しているのではない追悼の儀式。念入りに推敲された演説の草稿もなく、電報でその死を知らされた旧友たちが、蒸気機関車の煙にすすけたような顔つきで乗りついだ馬車から降りた瞬間には、もうその大半が終ってしまっていたという、儀式とはもっとも縁遠い葬式こそが語られるべきではないか。わたし自身が参加することのなかった葬式、そしてわたしが参加することがごく自然であったはずの葬儀を、わたしは語るべきではなかったのか。そこでのわたしの不在が、いま、この瞬間におけるここでの現存と同じくらいに不自然に思われた追悼の儀式。わたしは、そのとき、かつて不死と呼ばれる特権をまとうこともなければ、それを夢想だにしなかった友人の棺のかたわらを、いかなる修辞学的な饒舌を気どることもなしに無言で歩きつづけることもできたはずなのだ。言葉をかければかけるほど、手紙を書き送れば送るほど二人の仲がこじれはしたが、なお友人と呼びうる数少ない人間が埋葬されようとしている墓地を目ざして、なぜわたしは黙って歩を進めることができなかったのか。持病の神経痛がこの細い体をベッドに横たわらせていたということが、はたして理由になりうるだろうか。いま、得意の修辞学的誇張を駆使して追悼しつつある人間について、このわたしが弔辞を述べるべき理由の薄弱さにくらべてみれば、それが理由たりえないのはあまりに明白なのだ。それなりの自信をもって展開しつつある現在の饒舌は、いわば偶然に操られた遊戯のようなものにすぎない。この種の遊戯がわたしの好奇心をそそらぬものだといったらそれは嘘にもなろう。だから、この遊戯は、とことん演じきられねばならない。

だがそれにしても、とわたしは思わずにはいられない。あの男に欠けていたのは、こうした遊戯への余裕ある距離の意識というべきものではなかったか。いま、この場に居あわせたとしたら、あの男は、わたしの演技を許しがたい堕落と受けとり、心から慨嘆したに違いない。わたしにはその慨嘆ぶりが理解できる。だが、彼はわたしの演技を理解してはくれぬだろう。そしてそのことをわたしは肯定しうるのだが、それこそわれわれの友情を不幸な色あいに染めあげた決定的な点だったのかもしれぬ。彼は、不死の特権をマントのようにまとうことなく、儀式性を欠いた呆気なさで死者となってしまった。そのことを、むしろ誇りと思いさえしただろう。

いまこそ告白すべきだと思うが、かつての自分は、その点で彼に似ていた。不死の特権こそ軽蔑されねばならない。この排他的な特権空間は、すでに死骸となって横たわっている。三十年ほど前に、わたしは公けの場所でそう宣言した。煖炉の火に頰をほてらせたいくつもの顔とともに過した夜、興奮にかられてそう宣言したばかりではない。処女詩集の序文の一行として、そう公式に宣言してしまったのだ。それは誰もが記憶している醜聞の一つだ。不死の特権をマントのようにまとった黒い人影に向かって、わたしは、いまこの追悼の言葉を述べているその同じ口から、あなた方はもはや死滅に瀕した醜い老人たちだと死亡宣告を下したのである。そんな人影に向かって、いま、わたしは、皆さん、と儀式的な親しさで語りかけ、その不死の人の一人を襲った死を、何ものによってもかえがたい消滅として惜んでいるところだ。これはどうみても自然な事態とはいいがたい。三十年の歳月がその不自然さを解消してくれようとはとうてい思えないからだ。見ているがよい。こちらに向きなおって芝居じみた手招きを送った当の本人が、わたしの語り終るのを待ち、誰も忘れているわけではないあの挿話の記憶を、改めて蒸し返してみせるに違いない。実際、あの挿話を巧みに回避するためのむなしい饒舌として、わたしの演説の修辞学的な原理は設定されている。三十年前の死亡宣告を誰もが記憶していることがあまりに確実であるが故に、あたかもそんな事実などありはしなかったかのごとくに語るべく、この草稿は推敲されているのだし、その故意の言い落としを指摘されることがいささかも不意撃ちとはならないように、心の準備が完全にできあがっているという事実をも、相手に理解さすべく原稿は書きあげられている。つまりわたしは、不死の排他空間にとっては、おそらくかつて存在したことのない特殊な越境者なのである。そのかぎりにおいて、わたしはただ堂々としていればよい。あのできごとに言及せざるをえないのは、あの手招きを送ってくれた人影の方なのだ。あの人影こそ、それに触れずにいることはできないはずなのだ。あなたは、もしあんな言動を示すことさえなかったなら、もっと早い時期にこの不死の排他空間へと誘われたに違いない。彼は、この演説への返答として、そうした言葉を口にしなければならないだろう。だが、そのことによって正当化されるのはむしろわたしの過去であり、逡巡や、錯誤や、逸脱や、そしてあの意気阻喪や自信喪失の歴史までが、その言葉によって鮮やかな軌跡へと変容するだろう。そうした体験のすべてが、いま、念入りに推敲された計画であるかのごとく納得されようとしている。

だが、こうした遊戯の戦略こそ、醜い打算として非難の的となったものである。わたしがその葬儀に参加しえなかったあの死せる友人も、この点だけは理解してくれなかった。わたしは、いま、こうして不死の人の仲間入りをはたしつつあるが、そのことじたいを名誉だとして喜んでいるなどと思ってはほしくない。わたしが心から喜んでいるのは、否定しがたい過去の記憶そのものを遊戯の戦略として利用し、そのことで、きまって勝利する装置そのものを遥かに統禦しうる自分の余裕ある振舞いなのだ。だからこそ、わたしはこの瞬間をひそかに待ち望んでいたのである。わかってくれるだろうか。それは、きみとぼく、つまりわれわれの過去の勝利を意味している。わたしは、遂に手に入れた不死の特権を権威として振りまわせるから陽気にはしゃいでいるのではない。遊戯の規則の機能ぶりを、この手で操作しうることを名誉だと思っているだけだ。その名誉は、世間的な功名心などとはいっさい無縁のきわめて個人的な満足にほかならない。つまり、それはわたしたちが三十年前に夢みた文学の勝利でもあるだろう。いま、そのことを自分自身で納得することができる。その戦略を遅まきながら達成しえたわたしの才能を、きみにいささかなりとも理解してはもらえないだろうか、ギュスターヴ。

いま、ギュスターヴときみを名指しで呼んでしまったその瞬間から、自分をわたしとして提示していたこの物語は、一つの説話論的な変容を通過しなければならない。それは、もはや匿名の非人称的な物語にはおさまりきれず、あらゆる要素がしかるべき名前を持った三人称の世界に向かって拡がりだす。その世界で、話者は、これまでわたしと呼ばれてきた越境者をマクシムと呼ぶことで物語的な時間を支えようとするだろう。すると、すべてが、マクシムを中心として遠近法的な構図におさまる。それに応じて、マクシムが自分を不死の人になぞらえようとしてかいくぐる試練の瞬間を、ごく正確に一八八〇年十二月二十三日と指定しなければならなくなるだろう。不死の特権をマントのようにまとった黒い人影を閉じ込めることになる排他的空間は、アカデミー・フランセーズと呼ばれる由緒正しい制度的な場であることが明らかにされねばならない。アカデミー・フランセーズという機構について知っておくべきことは、さしあたり、その終身会員が不死の人と呼ばれているという事実だけで充分だろう。いずれにしても、その排他的な特権空間は主要な説話論的な機能を演じはしまい。そしてマクシムがそこでその消滅を惜しみ、いま、追悼の言葉をささげつつある死せる不死の人が、サン＝ルネ・タイヤンディエ[1]と呼ばれていたことも、さほど重要ではない。この惜しまれつつも早死にしたソルボンヌの雄弁術講座担当の教授がどんな讃辞に値いする人間であったか、話者はいくらでも情報を提供することができるが、それもさしあたっての問題とはならない。これは、マクシムに手招きを送った人影についても同様である。ただ、彼がエルム＝マリ・カロ(2)と呼ばれたことだけをここに記しておけば充分であり、これから語られてゆく物語にとっては、ごく影の薄い副次的な人物にすぎない。そしてギュスターヴ。彼は、一八八〇年五月十日、すなわちマクシムが正式にアカデミー・フランセーズ会員に選出される半年ほど前に世を去っている。すでに想像されたことと思うが、このギュスターヴというマクシムの友人の相貌は、物語の進むにつれてより鮮明な輪郭におさまってゆくが、この説話論的な役割は、どこまでも傍系的なものにとどまるだろう。ここに始まろうとしているのは、あくまでマクシムの物語なのである。

だが、なぜマクシムの物語なのか。話者は、これがマクシムの物語として語らるべき正当な理由を持ってはいない。この命名はあくまでとりあえずのものにすぎず、ほかの、いかにもフランス人にふさわしい洗礼名で代置することもできたかもしれない。ただ、現実に一八八〇年の十二月二十三日に不死の人となったマクシム・デュ・カンを一つのモデルとして持っているので、マクシムと呼ばれることが順当だと思われたまでのことだ。その際、当のマクシムが同時代の仲間たちからマックスと親しみをこめて呼ばれていたことを知らぬわけではない話者は、あえてマックスと呼ばずにおくことで、距離の意識を維持したいと思う。登場人物としてのマクシムは、モデルとしてのマクシム・デュ・カンにほどよく似ていたり似ていなかったりするだろうが、いずれにしてもこの類似は、話者によってあまり重視されることはないだろう。マクシムの物語とは、マクシム・デュ・カンその人の物語ではない。それは一つの肖像の物語である。芸術家の肖像の物語。芸術家という言葉の意味はおいおい明らかにされてゆくだろうが、いずれにせよ、アカデミー・フランセーズは死に瀕しているといった宣言を公表しうるのは、芸術家にかぎられている。

その芸術家とは、普通名詞というより、むしろ集合名詞に近いものだ。だからマクシム・デュ・カンという固有名詞が物語を支えることにはならないのである。また、マクシムそのものの物語とも断言できないだろう。これは、あくまで集合名詞としての芸術家の物語として語られ、芸術家の肖像として描かれねばならない。別だん若き芸術家の肖像にならうわけではないが、この集合名詞にいささかの限定を加える必要があるとするなら、ことによると凡庸の一語がそれにふさわしいかもしれない。「凡庸な芸術家の肖像」、これを物語の全篇の総題とすることもできるだろう。もちろん、それとてとりあえずの題名にすぎまい。というのも、話者は、何が凡庸さを凡庸ならざるものから隔てることになるかを、現実には知っていないからである。だからここに描きだされようとしている肖像が、話者その人に似てしまうことだっておおいにありうるわけだ。たしかなことは、誰もが凡庸と呼ばれる思考の風土からもっとも離れた地点に自分を位置づけようとしており、そうした姿勢のはば広い共有ぶりが、ことによると凡庸さの実態だといえるのかもしれぬととりあえずは記しておくことにする。

いずれにせよ、『凡庸な芸術家の肖像』は、マクシムが、故サン゠ルネ・タイヤンディエ氏の功績をたたえる追悼演説を語りおえたその瞬間に始まる。マクシムは、タイヤンディエの脱ぎすてた特権的なマントを、いま、まといおえようとしている。皆さん、と彼は不死の人影に向かって語りかける。わたしはほかの誰にもまして、皆さんがたがタイヤンディエ氏にふさわしい代理人を任命されたわけではないことを承知しております。前任者の栄誉に自分はとうてい及ばないだろうというのが、マクシムの慎ましい認識である物語は、この余人をもってはかえがたい特権の所有者と、その後継者との比較をめぐって語り始められるだろう。マクシムは、ほどよい修辞学的な遊戯によって、故タイヤンディエ氏を凡庸さからもっとも遠い希有の才能の持主として描ききったからである。そこに提示された肖像画に、いま、こちらに向きなおって手招きを送った不死の人の一人が、マクシム自身の肖像画をかさねあわせようとしている。それもまた、儀式のならわしに従って、凡庸さからはかぎりなく遠いものとなるだろう。物語は、いま、凡庸さを排するこの二つの演説＝ディスクールの遭遇によって始まる。

『凡庸な芸術家の肖像』第一部

I　蕩児の成熟

非凡なる芸術家の肖像

いま、凡庸さを排した筆遣いで何とか一つの肖像画を描きあげたばかりのマクシムは、こんどはその追悼演説と引きかえに、自分自身の表情が他人の筆によって念入りに素描され、いかにもそれらしい構図の中心でたしかに輪郭におさまり、ほどよい陰影をほどこされつつ肖像画として完成されてゆく過程に立ち会うことになる。それは、自分が話者たる機能を演じえない自分自身の物語に耳を傾けることでもあるだろう。だがその肖像画は、もちろんその物語と同様に、無償で提供される善意の贈与品といったものとはわけがちがう。すでに触れておいたとおり、それは、あくまで残酷な試練としてとり行なわれる交換の儀式にほかならない。マクシムの肖像画家としての資質が披露されたあとで、いまや、マクシムその人が不死の特権にふさわしい資格の持主であることを保証する肖像画が、証人としてその場に召集されたいくつもの冷酷な瞳、冷酷な耳に向かって委ねられようとしているのである。そしてその肖像画の出来ばえをすでに承知している複数の特権的な視線と聴覚とは、それがいかに精緻な筆遣いでモデルの表情と過去とを再現しているか否かといった点ではなく、マクシムがどれほどの謙虚さで肖像画との類似を受け入れようとしているか、その点のみを見とどけようとするだろう。だから、彼の追悼演説と交換に述べられる歓迎演説は、謝辞というよりもむしろ刑の宣告に似た峻厳な色調を帯びることになるだろう。事実、マクシムの生身の存在に興味をいだくものなど誰もいはしない。いま完成されようとしている肖像画こそが、マクシムの人格そのものなのだ。それが、現実として公認さるべき唯一のことがらなのである。

だからマクシムは、一八八〇年十二月二十三日にアカデミー・フランセーズの講堂で演じられるこの儀式の過程で、刻々虚構化してゆく自分自身を耐え続けねばならない。彼に要求されているのは、その虚構に似ることばかりである。そこに故意に誇張された細部や挿話がいくら含まれていようと、それに異をとなえて修正する権利はあらかじめ奪われている。あたかもそれが他人の肖像画ででもあるかのように距離を介して向かいあい、その出来ばえに讃嘆するふりを装わねばならない。というのも、この虚構によって、彼は、不死の特権を身にまとう資格ありと認定されたからである。それこそが、彼の自己同一性を保証する唯一の身分証明書なのだ。

もとよりこの儀式が残酷な試練となろうことは充分に承知している。不当な歪曲、故意の言い落としといったものは覚悟の上だと、五十八歳のマクシムはつぶやく。この虚構にもとづいて資格審査にあたった連中の権威ある偏見がどんなものか、それを知らぬ自分ではない。それよりもむしろ、こうした権威ある偏見に彼らを固執させ、虚構を捏造すべき立場へと追いやったことを、名誉だと断じなければならないだろう。この俺の過去、そしてこの俺の現在こそが、連中を途方もない虚構と戯れさせているのではないか。そんなことは、このマクシムにしかできない芸当である。ほかの人間であるなら、ごく凡庸に歓迎されるかごく凡庸に拒絶されるかのどちらかでしかない。だがマクシムの場合、当惑したのは不死の特権の所有者たちの方だ。はたしてこの候補者は、不死の特権を身にまとう資格を持っているか。然り、と断ずるのであれば、連中はマクシムの過去を徹底的に虚構化しなければならない。否、と宣言するのであれば、マクシムの現在を過激なまでに虚構化する必要があるだろう。いずれにしても、肖像画は、不自然な誇張なしには完成されえない性質のものなのだ。だからこちらとしては、それを名誉ある身分証明書として素直に拝受するふりを装いながら、彼らの困惑ぶりからどんな虚構が捏造されてゆくか、そのお手並拝見をきめこめばよい。そこにこそ、凡庸さからはもっとも遠いこちらの戦略が秘められているのだ。

実際、連中は、その権威ある偏見からマクシムを拒否することなどいくらもできたわけだ。だが彼らは、サン＝ルネ・タイヤンディエ氏の死によって空席となったアカデミー・フランセーズの椅子にふさわしい人物として、このマクシム・デュ・カンを選んでしまった。虚構は、すでにアカデミーの責任において始動しているのである。

マクシムに指定された十二という数字を持つ肘掛椅子には、創設時の一六四五年に、『書簡詩』で名高い優雅なヴォワテュールが腰をおろし、十八世紀には、ヴォルテールが三十年の余も坐り続けている。アカデミー創設いらい、幾多の輝やかしい顔ぶれを迎え入れたこの座席の第十三代目の主として、マクシムは深々とそこに身を埋めこむ。[1] そして自分がいかなる資格でこの特権を獲得するにいたったか、その経緯の報告に立ち会おうとしている。アカデミー代表のエルム＝マリ・カロ氏よ、さあ、あなたがたの権威ある偏見が歪曲し捏造したマクシムの肖像画を完成してみるがよい。アカデミーが公認する肖像画がどんな構図におさまるかは、ほぼ見当がついている。マクシムの真の相貌からいかなる細部が抹殺され、その正統的な歴史からどんな挿話が排除されねばならないか、その予測はほぼついているのだ。あるいは、抹殺され排除さるべきものは、ことさら誇張されることで虚構を支えることになるかもしれない。いずれにせよ、いま歓迎演説を始めようとしているカロ氏は、あの醜聞を避けて通るわけには行かぬだろう。アカデミー・フランセーズはすでに死骸となって横たわり、無用の長物と化してしまったと宣言したマクシムの若き日の醜聞。その問題児マクシムを、いま、あらためてアカデミーがその終身会員として迎えようとすることの二重化された醜聞。こんな離れ業を演じてみせうるものが、このマクシムをおいてほかにいるだろうか。これこそ、凡庸さを排する真の芸術家にふさわしい誇り高い身振りというものではないか。

　こうしてマクシムは、自分に課せられたはずの苛酷なる試練を、アカデミーにとっての前代未聞の体験に仕立てあげ、非凡なる芸術家の肖像に自分の相貌をかさねあわせてゆく。

蕩児の帰還

「ついいましがたあなたの演説に耳を傾けながら心に思い浮べていたことがらは、アカデミー会員選挙がたまたまこうした結果になったことからくる予測をこえた対照関係のことでした」という言葉でマクシムの歓迎演説を始めるエルム＝マリ・カロ氏はマクシムの側にそれなりの覚悟と戦略とがそなわっていることを承知の上で、その言葉のはしばしにさまざまな仕掛けをほどこしてゆく。「実際何という違いがあることでしょう」と続けながら、マクシムの演説が描きあげた故人の生涯とマクシムその人の過去とのきわだった異質性を列挙してゆくカロ氏は、冒頭から、肖像画の構図を対位法によって決定する。事実、「真の文人と呼ぶにふさわしい生涯、外界の騒音が書物を介して初めて侵入してくるという純粋に知的な生涯」を送った前任者のイメージほど、「内面においても外界においても波乱を含み、生きた人間の群や思想のさなかを彷徨し、ありとあらゆる種類の国際的な事件と冒険とに積極的に加担してきた」マクシムの生涯から遠いものもまたとあるまい。気質の上からも性格からしても、これほどかけはなれた経験の持主が一世代をへだてて同じ肘掛椅子を共有するという偶然、カロ氏は、それによってもたらされた雰囲気の激変をことあるごとに強調することになるだろう。

こうした対位法的な戦略が意味するものはいずれゆっくり検討してみることにして、視点を説話技法の水準に移行してみる。すると、それを統禦するものが宙吊り、つまりサスペンスの技法であることに人はすぐさま気づくだろう。誰もが記憶しているあの醜聞が、いつ、どんなかたちで物語に介入するかという聴衆の期待を巧みに引きのばすかたちで、演説が進められてゆくからである。「あなたはアカデミーへとずいぶん遠い地点から戻って来られた」と演説者はマクシムに語りかける。「ところがサン=ルネ・タイヤンディエ氏の場合は、ごく自然な足どりでアカデミーまでやって来られたように思われます」。ここでの比較が明らかにしているものは、いうまでもなく、あの醜聞さえなかったら、マクシムのアカデミー会員推挙はもっと早い時期に行なわれていたに違いないという事実なのだが、カロ氏はもちろん醜聞の一語を口にしているわけではないし、これから念入りにその記憶を掘りかえそうとしているわけでもない。ただ、醜聞という主題がその負の相貌のもとに提示されているだけのことである。

だが、この間接的な主題の提示ぶりはきわめて聡明なものだといえる。というのも、この瞬間に、マクシムの物語と肖像画とは、ある寓意的な教訓を共通の背景として持つことになり、その教訓的な背景が、アカデミーの権威ある偏見と思われたものを、誰もがごく自然に肯定しうる普遍的な真実へと転化せしめる機能を演ずることになるからである。アカデミーは、マクシムがこの真実の体現者であるが故に、不死の特権にふさわしい人物だと認定した。カロ氏の演説は、そこに含まれるだろう不自然な歪曲や故意の言い落としといったものにもかかわらず、ごく理にかなったやり方でこうした結論を導きだすだろう。そしてその結論が、捏造された虚構を支えるはずの過度の饒舌を調整し、不死の特権空間にこそふさわしい格調高い儀式を成就させることになるだろう。

ところで、その寓意的な教訓とは何か。マクシムの肖像画の背景に拡がっている普遍的な真実とは、いうまでもなく、人間は成熟するという事実である。人は、年とともに豊かな成熟を体験し、きまって、秩序へと回帰する。若さとは、この価値ある回帰をなおいっそう教訓的なものたらしめるのに不可欠な迂回であり逸脱にほかならぬ。権威にさからって無秩序に加担し、その傲然たる選択に存在意義を賭けるのだと公言するものも、時がくれば調和ある世界への郷愁にさいなまれてもと来た道を引きかえす。それは、ごく自然な歩みというべきもので、いささかも屈辱的な身振りではない。だから変節を恥じ、挫折と戯れながらいつまでも無益な放浪を続けてはならない。成熟すること。それは、虚栄をすてて世界との調和ある共存を実現しようとする勇気ある行動である。何が夢で何が現実であるかを識別する責任に目覚めることなのだ。蕩児はきまって帰還する。これは一つの普遍的な真実である。実際、あなたはアカデミーへとずいぶん遠い地点から戻って来られたではないか。ごく自然なやり方でアカデミーまでやって来られたサン＝ルネ・タイヤンディエ氏の場合とは対照的なこの帰還が教訓的な寓話であり普遍的な真実であるということは、アカデミーがそれと認定する以前に、人類のごく古い時期から語り伝えられる物語によって証明されてさえいる。あなたは家を捨て、長い長い旅の生涯を体験され、人と出会い、人の心を識り、いま家に戻って来られた。この家に漂う秩序の香りのかぐわしさ。そして成熟の喜びがもたらす快い疲労感。おのれの無力を悟ることによって人類の幸福を思考しうる自分を発見することの幸福な驚き。あなたはそうしたことがらを体験された貴重な存在として、いま、不死の特権空間へと足を踏み入れられた。この価値ある成熟を拒絶するものは、誰一人としていないはずだ。だから三十九人の不死の同志を代表して、あなたを四十人目の仲間として快く歓迎するだろう。

実際、成熟することにもまして高価な美徳はまたとあるまい。カロ氏は、ほぼこうした経過をたどりつつ、その演説を終え、誰もが納得する肖像画を完成する。そのときそこに、マクシムが描きあげたそれにもおとらぬ非凡なる芸術家が、不死の衣をまとって立ちつくすことになる。蕩児という名の芸術家の肖像。それは、成熟することの困難を知りえたもののすがすがしさから快く微笑みかける横顔だ。そして蕩児という名の芸術家の物語。そこには、旅情と郷愁とがほどよく調和しあった叙事詩が、感動的な帰還の挿話によって教訓的に閉ざされるだろう。だから、エルム＝マリ・カロ氏がマクシムに向かってその歓迎演説の最初の言葉を投げかけた瞬間、マクシムその人ではないこの物語の話者は、凡庸さを排する二つのディスクール＝演説の遭遇によって説話的持続が活況を呈するに違いなかろうと確信しうるのである。

成熟、そしてその特権と義務

では、エルム＝マリ・カロ氏によるマクシムの物語が帰還する放蕩息子の寓話として語られ、その肖像画が成熟することを知ったもののみに可能なあの余裕ある微笑をたたえているとするなら、その主人公でありモデルでもあるマクシムは、決して短かくはない放浪の途中で、それまで身につけていた何を失ない、困難をくぐりぬける代償としてどんなものを獲得したというのか。

その点を明らかにするカロ氏の筆は、容赦することを知らぬ苛酷さを帯びている。マクシムは、その彷徨の過程で、詩人たることをやめ、美術批評家たらんとする野心をたち、小説家たろうとする野望を放棄したのだとカロ氏はいう。つまり、詩、美術批評、小説といった芸術的な諸ジャンルとの縁を切ることによって、彼は初めてアカデミーにふさわしい業績を残しえたのだと宣言しているのである。その数ある旅日記のたぐいすらが、評価の対象となってはいない。だから、マクシムが自分を芸術家と自覚していたかぎりにおいては、アカデミーへの道は永遠に閉され続けるほかはなかったわけだ。事実、マクシムとその前任者とを結びつける共通点が一つあり、それはあくなき好奇心というものだと述べたあとで、カロ氏はこう続けている。

詩、美術批評、小説といったあらゆる文芸ジャンルのうちにかぎりなく多様な探索を行なわしめたもの、それもまたあなたのあくなき好奇心なのですが、しかしそうしたジャンルのどの一つにおいても完全な成功へと到達する余裕は残されてはおらず、その好奇心は、あなたの内部でほとんど病的といってよい焦燥感を煽りたてるばかりでした。結局、その焦燥感が、変幻自在に揺れ動いてあなたの才能を興奮から疲弊へと導くことになってしまったのです。[2]

存在を興奮させ疲労困憊させるこの病的な焦燥感、これこそが成熟を知らぬ蕩児の若さというものだろう。たしかに、旅行記というジャンルにおいて、マクシムはそれなりの才能を発揮したとカロ氏が指摘していないではない。だが、「すでに風景描写と詩的散文にひいでた筆遣いでこの旅行中の体験を語りえていながらも、この派手さを欠いた栄光にあなたは満足しなかった」とつけ加えることで、カロ氏は、病的な焦燥感が遂に破局に達し、あの醜聞をまき散らすに至る過程を跡づけている。

東邦地方は、おそらくあなたの心に平穏と静寂とをもたらしたものと思われますが、そこからフランスに戻ってきたあなたは、それとは反対の不満で苛立たしい人間となられます。どんな影響があってのことかはここで穿鑿する気もありませんが、怒りにかられたようにあなたは狂暴な文章を綴ってしまわれ、ご自身でも思い出したくないお気持でしょうが、その文章のことが誰の記憶にもよみがえってしまいます。そこでは何ひとつ容赦されはしませんでした。アカデミーすらが、とりわけアカデミーが容赦されなかったのです。アカデミーがあなたを会員に選出したとき、この若気の誤ちが見逃されていたなどとはお考え下さらないように。ただアカデミーとしては、そのことを考慮せずにおくという対応を示し、あなたご自身が忘却さるべきものと判断しておられるものを忘れてしまうことが高尚なやり方だと思ったまでのことです。とはいえ、あなたは、若さにまかせてアカデミーを悪しざまにいうという無分別な人間の記憶さるべき典型として残ることになるでしょう。改悛の情とはいわぬまでも、せめておのれを悔いる心の構えを整えておかねばなりますまい(3)。

冒頭から予告されていた放蕩息子の主題が一挙に顕在化されるこの瞬間、カロ氏によるマクシムの歓迎演説はほぼその三分の一ほどのところにさしかかっている。演説者は、ごくさりげない口調で、だが誰もが聞きまごう気遣いのない断乎たる口調で、マクシムが犯した償いがたい過失に言及している。そのとき、詩人として、美術批評家として、小説家としてのマクシムが特筆すべき才能の持主でなかったことは充分すぎるほどに語られてしまっている。彼が詩を書き、美術批評に手を染め、小説まで発表してしまったのは、ありあまる才能に恵まれていたからというより、何にもましてその病的な焦燥感の故だというのである。この焦燥感が、彼を錯誤へ、過失へとかりたてたのだとカロ氏はいう。マクシムが詩の革新を夢想したのもそうした文脈の中でのことだ。

「同じ時期に、あなたは詩の世界での革命を試みておられました」と、カロ氏は追いうちをかける。「だがそこでもまた、かりにあなたの側に正当な理由があったとしても、それを主張するやり方はあまりに騒々しいものではなかったでしょうか。だいいち、あまりに仰々しく勝ち誇ったと騒ぎたてることは、かえって自信のなさをのぞかせてしまうものです」と続けるカロ氏は、「物質的な力学の支配と、産業の信仰と、機械の栄光とを詩歌の領域に確立する」というそのドグマの限界を、時間が清算してくれた展望のゆがみに乱されることのない普遍的な秩序の側から指摘している。普遍的な秩序とは、成熟が何たるかを知ったものの相対的な勝利の追認にほかならぬ。この勝利の追認が可能であるかぎりにおいて、人は寓意的な教訓と戯れ、真実の名において利害を超越した姿勢をとることができるのだ。だから、カロ氏の演説の口調が、放蕩息子の帰還を許す寛大な父親のそれに似てゆくのもまた当然だろう。演説者がマクシムの試みた詩の改革の愚かな無償性を冷酷に指摘しうるのも、いまここにいるマクシムが成熟の何たるかを知っているはずだという前提があるからにほかならない。

あなたが予言者の役を演じられた芸術を、あなたはみずから創始されました。だが、その努力から何が結果としてもたらされたか。ちょっとした力業といったもので、それ以上の何でもなかった。こうした作業というものは、この上なく技巧にたけた韻文の詩人には、ちょっと手のかかる文体遊びの機会を提供するばかりです。あなたが蒸気機関と電力とを讃美し、蒸気機関車をうたわれたとき、何が得られたでしょう。挿絵入りの物理学要覧をみるか工場見学でもしてみるだけで、こうした描写にもまして多くのことがらを遥かに明確なかたちで学ぶことができるでしょう。というのも、詩人にとってその作品の素材などすぐさま消費されつくしてしまうものだからです。たった一つのものだけが消費されがたいものとして残る。それは感動というものです。(4)

おそらく成熟とは、こうした当り前な言葉を普遍的な真実の名において語りうる相対的な勝利者の余裕のことだろう。アカデミーの新入会員を歓迎する演説の口調としては、なるほどこれはかなり異例のものであるに違いない。事実、これほどあからさまに新会員の過去の罪状があばかれたことはまれであり、その意味で、いかにもマクシムにふさわしい非凡なるディスクールだともいえるだろう。ここには婉曲な比喩も、微妙な修辞学的技法によるあてこすりもない。戦闘的な詩論家としてのマクシムが、革新的な詩人マクシムとともにそっくり否定されているだけなのだ。

だが、この率直さは、いうまでもなく巧まれたものである。というのも、こうした演説＝ディスクールの展開ぶりは、そのまま成熟したマクシムの仕事の中にそっくり認められるものだからだ。「これまでわれわれはあなたの修業時代の作品をへめぐってまいりました。いまやわれわれは、あなたが巨匠の名にふさわしい著作を発表されるべき時期にさしかかっております」と述べながら、カロ氏は、アカデミーの投票がマクシムを会員たる資格ありと断じる直接の契機となった作品が何であったかを明らかにする。それは、詩でもなく、美術批評でもなく、小説でも旅行記でもなく、むしろ克明さが平板さと退屈に同居しているといってよい同時代のパリの歴史を扱った長大な書物である。「他のジャンルで試みられたあなたの精神的資質のいっさいが、いささかとりとめもなく無駄にふりまかれたあなたの才能のいっさい、観察の正確さとその洞察力が、博識な学者としての忍耐強さが、そして描写のみごとな術とが、この新たな著作の中でそっくり一つに結ばれたのです」とカロ氏が讃美しているその書物がどんなものであるかをめぐっては、彼があれほどの冷酷さで否認してみせたマクシムの詩論や詩がいかなるものかについてと同様、いまは詳述することをさしひかえておく。さしあたり触れておくべきことがらは、マクシムの目にカロ氏の戦略がようやく明らかになり始めたという事実で充分であろう。

そうか、そういうことであったのか、とマクシムは人目に触れぬかすかな仕草でうなずいてみせる。カロ氏の描きあげるマクシムの肖像画と物語とは、マクシムが描いたパリの肖像画と物語を背後から操作しているのと同じ欲望によって支えられているのだ。自分が書きついで来たパリの歴史、それはほかでもない、パリがいかにしてその病的な焦燥感を克服し、どのように世界との調和ある共存を回復するにいたったかという成熟の物語なのである。革命を夢想する蕩児の群によって蹂躙されてしまったパリ。それはカロ氏が、「パリは解放された、だが何と高価な代償を払ってのことでしょう」と間接的に指摘している一時期のことだ。「二ヶ月に及ぶ断末魔の苦しみののちに、パリはパリ自身に、法の秩序に、フランスに返還されたのです」というそのパリの、錯誤と過失からの解放を描こうとするマクシムの筆の動きに、カロ氏は同調しているのである。そして、パリが体験した困難な成熟を、マクシムの肖像画の上に反映させている。パリはいま、その一時的な放蕩を悔みつつ成熟への道を歩み始めており、その歩みは正確にマクシムのそれと一致しているのである。放蕩息子の帰還という主題は、たんにマクシムの肖像画の構図を決定したばかりではなく、パリの肖像画と物語とに対しても同じ絵画的＝説話論的な機能を演じている。だからエルム＝マリ・カロ氏の演説は、あたかもパリに語りかけているかのごとくマクシムに語りかけられるだろう。実際、「わたくしはあなたの精神が憩うている高貴な希望を喜びとともに迎え入れます」という一行で結論の部分にさしかかるカロ氏は、そのあなたという呼びかけを、マクシムからパリへと巧みに移行させている。

パリがこれから受け入れる運命がどんなものであろうと、その滅亡の時期が明日であれ二千年後のことであれ、あるいはわたしが希望するとおりたえず更新される力にしっかりと支えられて永遠の若さで生き続けようとも、パリが学問と芸術と真の自由とに与えたものが破壊されることなどありえないでしょう。たった一日の気の迷いが、数世紀にも及ぶ勝利にまさることなどありえないからです。[5]

このたった一日の気の迷い。パリもまたマクシムと同様にそれを体験したとカロ氏は強調する。そして蕩児の群に蹂躙されていたパリが「パリ自身に、法の秩序に、フランスに返還された」ように、マクシムもアカデミーという不死の特権空間に返還されることになるのだ。こうした結論へと至るカロ氏の演説は、パリとマクシムとアカデミーの名誉とを同時に救うしたたかな修辞学に支えられている。マクシムは、そのことに深い満足を覚える。そして、こうしたまたとない機会をアカデミーに与えた自分を、名誉ある存在だとさえ自覚する。いまや、すべてが成熟の季節にさしかかっている。自分は、そのことを身をもって示したわけだ。さいわいなことに、たった一日の気の迷いは、マクシムからも、パリからも、アカデミーからも遠いできごとになった。みのり豊かな静寂があたりの平穏な風景と調和し、改革の名をかりた無秩序の記憶を視界から遠ざけようとしている。その静寂と平穏に保護され、いまや、そこに支配する秩序の永続を唯一の主題として思考をめぐらせることができる。それが成熟することの快さにほかならない。そのときマクシムの思考は、この調和ある世界の住人たちの運命を導く普遍的な真実と一致するだろう。不死の特権空間に身を置くことは、そのまま彼らのよりよき未来に奉仕することになるだろう。それこそ、マクシムの物語に含まれる最大の教訓でなければならない。それが非凡であるものに課せられた名誉ある義務ではないか。帰還した放蕩息子は、そう誇らしげに納得する。

もちろんマクシムは、そのとき、『凡庸な芸術家の肖像』を描くにふさわしい材料が話者の目の前に完全に出そろったのだということを意識してはいない。たった一日の気の迷いにもかかわらずこうして不死の特権空間に足を踏み入れえたことを、彼は、誰にもできない非凡な離れ業だと確信している。だが、話者がこれから語ろうと目論んでいるマクシムの物語は、こうした主人公の非凡さへの確信こそが、まさしく凡庸さの叙事詩をかたちづくるという結論をすでに前提として持っている。しかもその事実は、話者以前に、マクシムの同時代人の一人がより簡潔に証言しているところだし、話者の同時代人の多くのものが、現実の振舞いとして確証してもいるはずである。にもかかわらず、話者がその凡庸な結論へと向けて物語を組織するとしたら、非凡さを志向する凡庸さの物語の恐しさが、いまだ充分に語られたことがないからにほかならない。マクシムの物語は、決してマクシム自身の物語にとどまらず、まさに特権的な物語として存在を犯し続けていながら、そこに生起している崩壊現象に人が注意を向けようとはしないひとつの時代の物語ともなるだろう。だからマクシムの物語は、あからさまに無視されることで蔓延する思考の罠として、希薄な執拗さで制度を支えることになるのである。この恐しさを、人は生真面目に怖れなければならない。

II 蕩児は予言する

成熟と凡庸さ

パリは成熟する。たった一日の気の迷いにもかかわらず、みのり豊かな静寂をとり戻しつつあるこのフランスの首府は、蕩児の群に蹂躙された日の悪しき記憶を遠ざけ、それにふさわしい平穏な相貌を回復しようとしている。たったいま帰還したばかりの放蕩息子マクシムに求められているのも、それに似た余裕ある成熟ぶりである。騒乱や秩序の破壊を夢想するというたった一日の気の迷い、そんな錯誤を身をもって体験してきた人だけに、マクシムの秩序への復帰は、誰もが納得する貴重な例外としてアカデミーの権威を基礎づけるものとなるだろう。

こうした結論を導きだすエルム゠マリ・カロ氏の教訓的な寓話は、一方で普遍的といえなくもない人間性への考察を含みながら、他方ではきわめて政治的な言説を構成してもいるはずだ。というのも、こうした一連の言葉が蕩児の帰還を正当化しつつある一八八〇年という歴史的な日付は、おそらくパリを首府として持つこの国が、成熟という名の政策をぜひとも必要とした最初の一時期にあたっているからである。進歩ではなく、成熟の時代の始まり。遥かな距離を介して理想と戯れるのではなく、ごく身近な現実を肯定すること。これは、特権者が流通させる悪質なデマゴギーではなく、誰もが生なましく素肌で触知しうる日常的な体験として、広く共有される実感ともいうべきものだ。変容を志向することの代償として支払われねばならなかったものと、日々の安定を保証するものとのあやうい平衡が、この時期を境として確実に後者へと傾き、そこに姿を見せる停滞をとりあえず成熟と呼ぶことで、みんながおのれの貧しさを肯定しあったのである。

おそらくこれは、成熟という政策が国家的な規模で容認された歴史的な大事件であろう。そしてその大事件は、まさに具体的な事件を欠いたかたちで進行したという意味で、歴史に前例を見ることのない事件を構成しているのだ。マクシムが果したアカデミー入りは、まさしく特権的な事件の欠如にふさわしいこの一時期の、途方もなく希薄なできごとの典型だというべきだろう。成熟と呼ばれる停滞は、期待の無自覚な放棄によって維持される恐しく堅固な思考の磁場である。これを保守だの反動だのと呼ぶのはやめにしよう。というのも、前衛だの革新だのの概念すらが、この堅固な思考の磁場の維持に貢献してしまうからだ。実際、マクシムが不死の特権空間に招き入れられたときに機能していた政治体制は、その後多くの変動を通過しながらも、さらに半世紀以上にもわたってこの国を支えることになるだろう。つまり、この物語のとりあえずの話者が、パリとは無縁の地で誕生しようとするほぼその時期まで、マクシムのパリは単調に成熟しつづけるのである。二つの世紀にまたがるこの恐るべき緩慢な成熟。そしてその成熟は、さしあたりこの説話的持続を担いつつあるものの周囲にも濃密に蔓延してさえいる。だが、いまはそのことを語るべきときではない。

パリは成熟する。より正確にいうなら、パリは、そのたった一日の気の迷い故に、成熟のみちを選んだのだとすべきだろう。エルム゠マリ・カロ氏がこの比喩で何を意味していたかは誰もが知っている。マクシムに不死の特権を授与する儀式が希薄な事件として成熟の政策を支えることになるよりもほぼ十年前に、パリに蕩児の群を跳梁させた歴史的なできごととしての、普仏戦争とそれに続くいわゆるパリ・コミューンのことである。この革命的祝祭空間の瞬間の出現ぶりそのものは、もちろんここでの主題とはならない。それが、いわゆる成熟政策をどんなかたちであたりに行きわたらせたかも、いまは語らずにおこう。これは、マクシムを不死の特権にふさわしいとアカデミーが認定する直接の契機となった書物について触れるときに、顕在的な主題となるべきものだ。いまはさしあたり、エルム゠マリ・カロ氏にパリの物語とマクシムの物語とを対照的に語ることを許したマクシム自身のたった一日の気の迷いそのものを、『凡庸な芸術家の肖像』の説話的起点として物語に導入するにとどめておこう。そのたった一日の気の迷いは、いつ、どこで、どんなかたちで蕩児マクシムに錯誤を犯させたのか。それがどうして、忘れがたい醜聞として記憶に残されてしまったのか。

典型的な例外

醜聞の源流に横たわっているのは、いまでは誰ひとりとして手にとってみようとはしない、ごくみすぼらしい一冊の詩集である。それは、シャルル・ボードレールがその『悪の華』で名誉ある文学的醜聞を惹き起こした一八五七年の二年ほど前に発表された『現代の歌』⑥と呼ばれるマクシムの第一詩集にほかならない。一八五五年に刊行されたこの書物には、彼がそれにさきだつほぼ数年間に書きためたり部分的に雑誌に発表したりした詩作品が五十篇ほどおさめられている。だが醜聞は、ボードレールの場合がそうであったように、その詩篇の文学的な側面によってもたらされたのではない。題材やその描かれ方が社会的な秩序にとって危険だと断じられ、削除を迫られるような言葉がそこに含まれていたわけではなく、その序文に盛りこまれていた過激な攻撃性が、たった一日の気の迷いと呼ばれるものの実態であった点は、すでに簡単に触れておいたとおりである。この序文を書き綴った人としてのマクシムが、権威を罵倒し、けたたましく騒ぎたてる始末におえない放蕩息子とみなされたのである。

全篇が二百ページにもみたない『現代の歌』の序文は、そのほぼ四分の一にもあたる五十ページという異様な長さによって人目を惹く。末尾に記された 6 janvier 1855 という日付によってそれが詩集発行の直前にしたためられたものであることが知られるこの文章は、しかし、たんにその長さばかりでなく、そこに含まれる過激な調子の筆遣いからしても注目さるべき理由をそなえている。それは、一冊の詩集を読者に提示するための序文というより、一つの独立した文学的宣言ともいうべき性格をそなえており、その意味でならヴィクトル・ユゴーが一八二七年に発表した戯曲『クロムウェル』の序文と比較さるべきかもしれない。つまり『現代の歌』は『クロムウェル』とともに、作品そのものよりも序文の方が有名な書物の一つなのである。ただし一八二七年のヴィクトル・ユゴーは、すでに豊かな文学的才能の片鱗をうかがわせる早熟な詩人であり、詩の領域にとどまらず散文においても劇作においても、ほどなく新文学の輝やかしい担い手として一つの時代を先導することになったのだが、マクシムの場合は、そうした資質にも天分にも恵まれてはいなかった。たしかに一八五五年の彼はまったく無名の存在ではなかったし、むしろ文壇ではかなり名の通った人物でさえありながら、その序文は、実践をともなわぬ無償の挑発性ゆえに、彼の生涯においてすら正当に位置づけられがたい孤立を生きるほかはなかったのである。

とはいえ、みずからの才能とは無縁の領域で文学の現状に苛立ち、その貧しさを超えるべく新たな地平を夢想することの無謀さは、いささかもマクシムの個人的な錯誤を証拠だてるものではない。一八五〇年という時代は、誰もが、才能の有無にはかかわりなく、あたかもそれが自分の天職だとでもいわんばかりの生真面目さで文学の宿命を語る権利を手に入れた最初の世代を誕生させたのである。人は、もはや天性の資質に衝き動かされて文学へと向かうのではない。文学を語ることが、凡庸なるものにも許された民主的な特権となり、また義務でもあるとさえ信じられる時代が到来したのである。文学や芸術と関わりを持つものの孤立感は、いまや現実として生きられる苛酷な体験というより広く共有される幻想として「芸術家」たちを保護する快い環境となった。その意味で、マクシムの『現代の歌』は、いささかも例外的でないばかりか、むしろ典型的な書物だといえるかもしれない。

実際、マクシムが誇りえた唯一の才能は、巧まずして典型的たりうる点に存している。みずからは例外的と信じながら典型たることをやめようとしないマクシム。彼は二重の意味で典型的な「芸術家」である。天性の資質を欠くことが決定的な恥辱とは意識されなくなった最初の文学世代に属するという点で典型的だし、成熟の一語を口にしながら文学ならざる言葉たちとの連繫を深めようとする最初の世代に属していたという点でも典型的なのだ。にもかかわらず、この典型的な詩人は、彼の同時代の多くの仲間たちのように、自分をごく例外的な存在だと意識していた。またその意識こそが、成熟する凡庸さにとっては必要不可欠なものでもあったのかもしれない。

だが、成熟する凡庸さという時代史的な特質をめぐって言葉をつらねるのは、もっと後のことにしよう。いまはさしあたり、やがては凡庸に成熟をとげるだろう一人の若き詩人が、一八五五年に夢みた文学の新たな地平がどんなものであったか、その具体的なイメージを鮮明な輪郭のもとに浮きあがらせるために、この読まれることの稀な詩集に付された長い序文を、読みなおしてみたいと思う。そしてそこに、例外的たろうとするあまりに陥る凡庸さの罠といったものを、さぐりあてなければならない。

ところでここで問題となる序文に特徴的なのは、その冒頭から、自分は慣例には従うまいという著者の例外的たらんとする姿勢が強調されていることである。実際、当節の詩人たちは、その序文の中で読者の無理解を嘆きながら、後世に下されるだろう正当な評価への慎ましやかな希望ばかりを表明している。自分は、そうした習慣に従おうとは思わない、とマクシムはのっけから断言する。というのも、問題は、読者たちの反応の鈍さにあるのではなく、明らかに詩人の側に落度があるからだ。詩人は、いま、彼らの期待にふさわしい仕事をしてはいない。「読者は、十年一日のごとき無駄話など聞きたくはないと思っている。彼らは新鮮な何ごとかを耳にしたいと思っているのであり、それは当然の話ではないか」。実際ヴィクトル・ユゴーが、ラマルチーヌが、アルフレッド・ド・ヴィニーが、オーギュスト・バルビエが、バルザックが登場していらい、彼らに比較すべき人材をわれわれの世代はいまだ持つにいたっていない。彼らは、「蘇生を司る司祭」のようにフランスをその荒廃ぶりから立ちなおらせた。だが、いま、亡命の地に生きるユゴーを初めとして、こうした詩人たちの言葉はますます聞きとりにくいものとなってゆく。小説家バルザックももうこの世にいない。「再び夜の闇が訪れたのだ」。そして「芸術は明らかなる頽廃の一時期にさしかかっているのであり、その事実を疑うことはできない」。われわれの周囲に認められるものといったら、「厚化粧の醜い老女」を思わせるいかにもあざとい言葉の戯ればかりだ。建築において然り。絵画にあっても事情はかわらない。彫刻については、もはやものもいうまい。音楽はたんなる雑音となりはてた。文学は言葉の軽業師に占領されてしまっている。いったい何がこうした荒廃を招きよせてしまったのだろうか。その原因は明らかだ。誰もが、その瞳を未来へと注ぐという勇気を欠いていたからである。まるで「飼主からはぐれた小犬のように」もと来た道ばかりをかぎまわっているものに、何ができるというのか。過去に捕えられた文学が陥るのは、頽廃をおいてほかにはあるまい。この頽廃を熟視することから始めねばならぬとマクシムは宣言する。これこそわれわれを捉える文学的な貧しさの実態にほかならない。こうして『現代の歌』の詩人は、頽廃に苛立つという例外的な存在の示す典型的な自己正当化によって、その序文を語り出すのである。

廃墟の亡霊たち

出発点におけるマクシムのこうした状況認識は、今日からみてもなお正当なものであろう。一八五〇年にバルザックが他界し、五一年にはユゴーが亡命を余儀なくされるというこの第二帝政期の始まりは、いささかの距離をおいた文学史的な視点からいっても、たしかに停滞しきった印象を与える。マクシムならずとも、そこに頽廃を読みとる人がいて何の不思議もない活動停止が、文学の世界を蔽っているからである。文学が刺激的ないとなみであることをやめてしまった現状への苛立ちもまた、それなりに共感しえぬものでもないだろう。ある単調なくり返しが新たな言葉の産出を刻々無効にしてゆくことへの苛立ち、そしてそのことに誰もがあからさまに絶望しようとしないことへの鈍い憤り、さらには事件を欠いた灰色の地平線が日に日にせばまりゆくときの息苦しさ、といったものを表明するのも、ごく健康なことではあるだろう。その意味で、マクシムがその序文を書き綴ろうとするときの姿勢は、正当であり、健全なものであるとさえいえると思う。だが問題は、当節の慣例には従うまいとして始められたこの序文が、その例外性をきわだたせるべく事態の認識に向かったとき、そこに列挙されてゆく時代史的特質に注ぐ視線がおさまる輪郭の典型的な常識性である。いま、世界は貧しく病みおとろえている。かつて世界は、特権的な相貌の持主の言葉に耳を傾けていたが、いま言葉は、むなしい無償の饒舌として戯れあい、未来を示す力を見失なっている。そうした認識から出発して文学の刷新を夢みること、つまりあたりに氾濫する無自覚な凡庸さを何とか超えようとする姿勢そのものが、おそらく文学にとっての典型的な夢たり始めた時代にさしかかっているという点にマクシムが無自覚だというところに、この序文のすぐれた典型性がひそんでいるのである。つまり『現代の歌』の著者を捉える苛立ちそのものが、すでにこの時点で高度に制度化されていたということなのだ。これではいけない、何かしなければいけないというそれなりに真摯なものであるに違いない苛立ちこそが、実は文学を思考の収奪装置として組織するものなのである。

誰もがたやすく絶望しようとはしない現実への深い絶望、それは、特権的な輝きを欠いた現在という曖昧な中間地帯をのがれ、いま、ここではない世界に不在の理想郷を、きまって夢想せずにはおれない。そしてその理想郷が、未来にあるか過去にあるかのどちらかでしかないという事実が、文学の制度性とみごとに一致する。一八五五年のマクシムは、そのとき、たまたま進歩という名の未来を目指すことになるだろう。だが、この志向性は相対的なものでしかなく、外界の変化に応じて、たやすく過去を目指しもするはずのものである。事実、一八八〇年のマクシムが成熟の名で肯定するものは、過去ということになるだろう。そしてこの方向転換はいささかも例外的なものではなく、むしろ典型的なものといってよい。それこそ凡庸さの成熟というものなのだ。

やがては成熟すべきこの凡庸さは、まず、文学が世界にふさわしい表情をまとっていないという苛立ちとなって姿を見せる。実際、一八二七年のヴィクトル・ユゴーの目に、演劇の現状はみずからが住まう時代にふさわしいものとは映らない。十七世紀に確立した古典悲劇が、十九世紀に生きのびうるものではなかったからである。だが、彼がそれこそ今日にふさわしいと断じたドラマなる演劇ジャンルも、『クロムウェル』の序文が宣言しているほどには新たな文学的感性の組織化に貢献したとは思えない。にもかかわらず、ヴィクトル・ユゴーが新たなる何ものかを文学にもたらしえたとするなら、それはユゴー自身にも意識しえない過剰なる要素が、彼の文章体験を刺激していたからにすぎない。その意味でなら『クロムウェル』の序文も、『現代の歌』の序文とはさして異るところのない醜聞でしかなかったわけだ。その醜聞を神話化し、制度としての文学に揺さぶりをかける才能において、ユゴーがマクシムにまさっていたというだけのことである。

一八二七年のユゴーにとって、文学が描くべき世界とは矛盾と葛藤であった。一八五五年のマクシムにとって、それは進歩と未来となる。矛盾と葛藤を描くのに古典悲劇がふさわしからぬ形式だと断じられたように、マクシムは、現代の詩が進歩と未来とを描きうるものではないと考える。では、この進歩と未来とは、何によって約束されたものか。いうまでもなく、科学と産業によって基礎づけられるものだろう。その科学と産業を描くにあたって、われわれの抒情の糸はあまりに貧弱すぎる。「蒸気機関が発明されたというのに、詩にうたわれるのはヴィーナスだ。電気が発明されたというのに、詩にうたわれるのはバッカスなのだ」。フランスというこの情ない国は、「一歩前進すれば三歩後退せずにはいられないという」偏狭な精神に侵されていて、過去を愛することしかできない。「古色蒼然たる祖先の信仰は、わが国にあっては偏執であり、疾病であり、悪疫ともいうべきものだ」とマクシムは断言する。とはいえ、こうした過去への執着なら、どんな時代のどんな国民にも認められる。それはいずれも原罪とか、失なわれた楽園といった神話となって人びとの郷愁をかきたてる。こうした郷愁に誘われてすでに踏みかためられた道をたどることは、なるほど快い体験ではあるだろう。だがそれにしても、「現代の世界でもっとも芸術的な国家にほかならぬフランス」が、十九世紀もなかばをすぎたというこの時期に、その程度のいとなみに自足しきっていいものなのだろうか。

これまでのところ、それなりに正当化されぬでもなかろう現状への不満を、『現代の歌』の著者はごく抽象的に述べるにとどまっている。だがここで、その苛立ちは一挙に爆発し、直接言及されることのなかった仮想敵を誰もが聞きまごうことのない正確さで指示せずにはいられなくなる。

見てみるがよい。アカデミー・フランセーズが主催する最近の詩歌コンクールの賞の題は何であったか。それは何と、「アテネのアクロポリス」であった。美術アカデミーによる彫刻の主題は何であったか。「ヘクトールとアスティアナクス」というものであった。これには、もう流す涙もないではないか[7]。

こうして二つの権威に向かってあからさまな攻撃をしかけるマクシムは、アクロポリスの一語に註をほどこすことによって、とりわけアカデミー・フランセーズに対する敵意を隠そうとはしない。その短かい脚註に含まれているのは、「ちなみにアクロポリスの一語は『アカデミー・フランセーズ仏語辞典』にも載っていないことを書きそえておこう。この学識豊かなる団体は、自分がその使用を容認しようともしない単語ばかりを口にせずにはいられないようだ」といった調子の軽い揶揄なのだが、やがてこの距離を置いた冷笑的な視点は、過激な狂暴さへと移行してゆくことだろう。いったい、「かつて人類がなしとげたもっとも崇高なる革命」を前世紀の終りに体験した国が、十九世紀も半ばにさしかかったというこの時期に、何の理由があってアクロポリスなどと呼ばれる過去の遺物を詩にうたわねばならないのか。われわれが生きるこの時代は、サン＝シモンが、フーリエが、オウエンが未来を語った輝やかしい世紀ではないのか。またそれは、「諸々の社会問題が炸裂し、世界の表情そのものを変容せしめんとしている」変動の一時期でもあるというのに、「伝統を護る」といった美名のもとに、いまは死滅したものの亡霊だの廃墟だのと戯れている暇などあるというのだろうか。来たるべき時代の文明はアテネのアクロポリスなどに横たわっているのではない。それはあの若々しいアメリカ合衆国に、そしてオーストラリア大陸にこそ求められるべきものなのだ。にもかかわらず「われわれは、崩壊したオリンポスの瀕死の神々のイメージを詩の中に描きあげているといった始末だ。これは常軌を逸した事態である。狂気の沙汰である。敬虔さを欠いた行為でさえある」。

こうして未来の使徒となったマクシムは、来たるべき文明の予言者としての使命感に快い興奮をおぼえながら、たった一日の気の迷いへと向けて確信にみちた足どりで踏みこんでゆく。討つべき目標は、いまや、廃墟と亡霊との讃美者たるアカデミー・フランセーズに定められ、揶揄や冷笑をもてあそぶ余裕ある態度を維持できなくなった『現代の歌』の詩人による、ほとんど性急ともいえる口調の攻撃が始まる。「いまやとり急ぎつぎの事実を表明しなければならない」と、ことの核心に迫りつつあるものの興奮に震えながらマクシムは宣言する。

蝕まれた偶像どもの信仰を後生大事にいまなお続けているアカデミー・フランセーズ、その組織そのもののあり方のみによって身動きのとれない状態に陥っているこのアカデミーは、人間の精神を停滞しきったものにしたいと願っている。アカデミーとは、もはや文学的な組織とはいえず、徹底して政治的な組織なのだ。アカデミーは過ぎ去った時代のみに視線を注ぎ、断じて未来を見ようとはしない。文学の領域で、それは過去の研究に身を捧げている。そして政治の領域では、遺恨に身を捧げているのである。(8)

そこにいるのは「政治の分野での廃兵」ばかりである。「諸官庁や言論機関で使いものにならなくなった半端もの」ばかりである。要するに、愚にもつかない敗残者の群がアカデミーを占拠しているとマクシムは宣言しているのだ。もちろん彼は、ヴィクトル・ユゴーとアルフレッド・ド・ヴィニーとアルフォンス・ド・ラマルチーヌは例外だといいそえることを忘れてはいない。だが、こうした留保もその宣言の過激さをいささかも軽減するものではないだろう。

マクシムはいま、まやかしの権威の虚妄性を暴露するというあの典型的な反抗者の姿勢を、とことん貫徹しようとしている。では、この勇気ある率直さを賞讃すべきであろうか。だがマクシムの物語の話者は、『凡庸な芸術家の肖像』がそうした文脈にそって語られるものとはなりがたいことをすでに予告しているはずだ。これはあくまで成熟する凡庸さの典型的な物語でなければならない。マクシムの勇気ある率直さがいささかも例外的なものでない点を納得するためにも、『現代の歌』の序文をなお読み進める必要があるだろう。

Ⅲ　特権者の代弁

反復装置の犠牲者

たとえば成熟する凡庸さという大がかりな時代史的潮流がそのまま晩年のマクシムの肖像画の背景となるだろうことを知っているこの物語の話者は、その若き日の物語を、特権的な非凡さのたどる典型的な凡庸化の歩みを前にしたマクシムの憤りから始めねばならぬことに、いささかの残酷さを感じないわけではない。というのも、彼は、アカデミー・フランセーズをたんなる愚者の集団として罵倒しているわけではないからだ。たしかに彼は、アカデミーを、「伝統を護る」という美名のもとに、いまは死滅した過去の亡霊とのみ戯れあう敗残者によって占拠された嘆かわしい組織だといいきってはいる。だが、ただそれだけのことであれば、彼は黙って無視していることもできただろう。マクシムがその処女詩集『現代の歌』にあえて五十頁にも及ぶ序文を付し、のちのちその晩年にいたってもまだ記憶され続けていたような醜聞を惹き起こさねばいられなかったのは、その組織が、無自覚な頽廃の種子を他にも波及させ、特権的と思われた非凡さをも凡庸化しかねない汚染装置と思われたからである。

アカデミーは、今日ではもはや文学的組織ではないとわたしは述べた。むしろ、こういうべきであっただろう。それは、本質的に文学に抗う組織である。そのため人は堕落し、生命を奪われてしまうのだ。(9)

こうした言葉を綴る彼の頭にあったのは、ひたすら控えめで、穏健で、節度ある入会演説をしてこの敗残者の集団の一員となった詩人アルフレッド・ド・ヴィニーのことである。そのことはそれでいいとしても、ヴィニーの言葉に応えて立ちあがり歓迎演説を始めたあの男はいったい何だろう。あらゆる人間が大臣であった一時期に大臣であったという以外には、これという経歴も持たない一介の司法官で、文学とは縁もゆかりもない人間ではないか。そいつがヴィニーの作品に含まれるほんのちょっとした歴史的知識のあやまりを胸をそらせて指摘する。ヴィニーは、いったいどうしてこんな凡庸さと同席しうるのか。彼こそまさに、文学を擁護するその真摯な姿勢において、特権的非凡さを誇りうる存在ではなかったかとマクシムは憤る。あるいはミュッセの入会演説。その賤しく、罪を悔い改めたような、冴えない表情はどうか。彼は、まさしく「アカデミー・フランセーズ会員の演説のように内容空疎」な演説しかすることができなかった。「その日いらい、アルフレッド・ド・ミュッセ氏は死んだ。そしてミュッセ氏は、日々みずからの埋葬に立ちあっているのである」。かつて詩人であったミュッセ氏は、ヴィニーとともにアカデミーによって窒息させられ、死んでしまった。そして、すでにアカデミーの肘掛椅子の中にあってさえ追放者のようにみえたヴィクトル・ユゴーについてみれば、「その比類なき才能に対するかぎりない讃美の念と崇敬の思いにもかかわらず、彼のアカデミー入りは、生涯に犯した唯一の錯誤であり、今日の不幸のいっさいは、その錯誤に起因している」というべきだろう。だから、この敗残者の集団は、特権的非凡さにとっては、たんに文学に抗う無益な組織であるにとどまらず、積極的に不吉なる環境であるとさえいうべきだろう。そこでは、あらゆる才能が死滅し、凡庸さに染ってその記憶さえが風化されてしまう。若きマクシムがたえられなかったのはその点だ。そこで彼は、次のように宣言してその過激なるアカデミー攻撃をいったん中断する。

　真実は大袈裟なやり方で口にせぬのがよいとされている。なるほどそうとは思うが、それはどうでもよいことだ。わたしとしては、それをはっきり表明するのが義務だと思い、そうしたまでである。そしてわたしはいささかも後悔していない[10]。

マクシムはいささかも後悔しない。彼は、義務と信じて真実を口にしたからである。この物語の話者を初めとして、誰もその真摯さを疑うものはいないだろう。また、それが若さというものだと納得して、共感をおぼえるものがいても不自然ではないはずだ。人びとがそれとなく知ってはいるし、私的な対話としてならいくらも話題にはされてもいることがらを、三十三歳の新人が処女詩集の序文で堂々と述べたてるのは勇気がいることに違いない。しかも、崩れかかった権威の虚妄性を暴露しながらそのことを後悔しないというのだから、これは見上げたものだとさえ人は思いもするだろう。

だが、すでに述べたとおり、『凡庸な芸術家の肖像』としてマクシムの物語が語られようとするのは、この若き詩人の肖像を彩どる勇気ある率直さを強調するためなのではない。これはあくまで成熟する凡庸さの叙事詩たろうとするものであって、醜聞をおそれずに権威を罵倒するマクシムのうちに、若くあることと詩人であることが保証する凡庸さへの苛立ちを肯定することが目論まれているわけではいささかもない。そうではなく、義務と信じて真実を口にし、そのことを後悔しないというマクシムの姿勢そのもののうちに、やがては成熟する凡庸さの萌芽が含まれているという方向に説話論的な持続を組織することこそが、この物語のとりあえずの話者の目ざすところなのである。

もっともそれは、『現代の歌』が出版されてから正確に二十五年後、この若くて率直なマクシムが「アカデミー・フランセーズ会員の演説のように内容空疎な」演説をしながら、みずから、いまは死滅した亡霊とのみ戯れる敗残者の群に身を投じたという事実を、読者にさきだって知っていた話者の、説話論的持続を自在に操作しうる特権性を、あらかじめ誇示するといったこととはいささかも関係のない事実である。くり返すが、話者は、歴史を遡行的に鳥瞰しうることで可能となるその残酷な視点の無防備な犠牲者としてマクシムを選び、若さは歳月とともに勇気ある率直さを放棄するというあの退屈な教訓物語と改めて戯れてみようというのではない。かりにマクシムが何かの犠牲者であるとするなら、それは、話者の特権的な視座の残酷さの説話論的な犠牲者となる以前に、決してマクシム自身が語っているわけではなく、自分が語っていると信じるその瞬間に、すでにどこかで定っている台詞と役割を模倣すべくマクシムをそそのかせる歴史という名の物語の、それと意識されざる犠牲者であったという事実がここで強調されねばならない。決して後悔しないという彼の勇気ある率直さは、すでに筋書きが素描され、誰かによって演じられてさえいる物語がマクシムに強制する変更不能の台詞なのであり、その意味でなら、権威の虚妄性を攻撃する若いマクシムの振舞いは、それが戦略的に装われたものでないだけに、勇気とも率直さとも無縁のものというほかはないだろう。

改めてことわるまでもなかろうと思うが、マクシムが自分の言葉と信じつつ他人の言葉を反復してしまうとき、その無自覚な演技を操作するのは、真の権威主義者しか権威を攻撃しないとか、後悔の放棄こそ転向の母であるとかいった、多少とも人類にとって普遍的と思われる教訓的な寓話ではなく、それはあくまで歴史と呼ばれる説話論的な反復装置、つまりは物語にほかならない。ということは、この物語の主人公がやがて権威と折合いをつけることを知っている話者の特権とは無関係に、この『現代の歌』を醜聞として記憶させることになるその序文のテキストの表層に、物語として機能する歴史が露呈されているということにほかならない。そうした説話論的な犠牲者としてのマクシムの凡庸さを、話者は、遡行的視座に位置する特権で、あらためて残酷に解剖してみようとは思わない。また実際、そのような解剖は、これまで幾度となくくり返され、しかも解剖者自身がその残酷さに無自覚でさえあったのだから、それこそ物語にふさわしい凡庸な仕草の反復というべきものだろう。マクシムが耐えねばならない影の薄さといったもの、つまり文学史的な記述にほとんど姿を見せず、たまにその名に出会うことがあっても、傍系的な人物としてしか処理されていないという事実は、この凡庸な台詞としての遡行的な解剖が、いまなお機能しつづけていて、マクシムにおける歴史の露呈ぶりを事件として捉える視点が存在していないという事実を証拠だてるものだろう。もちろん、周縁的な存在としてマクシムを再評価するのが問題なのではない。周縁だの中心だのに言及しうる視点を無効にするその徹底した希薄さ故に、そこに歴史が露呈せざるをえないという凡庸な一時期に生きながら、なお特権者こそが凡庸さを排して歴史を操作しうるという物語の主人公を演じつつあった若きマクシム。話者は、この希薄なる説話論的な犠牲者の肖像をある種の共感をこめて描写しようとしているのだ。

勇気ある率直さの物語

マクシムは後悔しない。真実は大袈裟に述べたてるべきではないという大かたの態度に抗って、真実を表明することが義務だと彼は思う。そしてその考えを実践に移してみる。それが醜聞となる。こうした事態の推移が『現代の歌』の序文の文学的意義だと作者は考える。そしてそのときマクシムは、自分が勇気ある率直さという物語の犠牲者であることを知らない。率直に真実を述べたてる勇気を持つこと、なるほどそれは人間の普遍的な義務であるかにみえる。

もちろんここで、そうした側面を完全に無視することはできないが、いま問題なのは、その義務と呼ばれるものが実は権利となろうとしている時代にマクシムが生きつつあるという事実である。誰もが気づいていながら大っぴらにいおうとしないことがらを率先して表明するのはよいことだという意識は、犠牲者マクシムを普遍的な寓話の人物に分類することになるだろう。つまり、王様は裸だと叫ぶ子供にマクシムを見たてる姿勢であって、もちろんそこに歴史は露呈しない。多くの人がおこたっていた義務の遂行を、マクシムがやってのけたというだけのことなら、なるほどそれは教訓物語というべきものだろう。だがマクシムは、少年の無償の無邪気さを演じたてているわけではなく、誰に頼まれたのでもないのに、その真実をあからさまに述べたてることが、多くの人の利益につながるだろうといういささか身勝手な使命感に促されてその行為を選んでいるわけだ。つまり、彼には、幾つもの匿名の声を代弁し、かつ、その代弁行為が刺戟となって人びとの進むべき道を明らかにしうるという予言者的な自覚が存在しているのである。もちろんその自覚は善意のものだ。だが、その善意はあらゆる階層に満遍なく行きわたっている共有財産ではない。権利問題としてなら共通の資産といえなくもなかろうその善意は、事実問題としてはまったく虚構のものにすぎないのである。

いうまでもなく、代弁しつつ予言するという善意の義務は、選ばれたものにのみ許された特権である。それはたとえば、『現代の歌』の出版にさきだつ数年前にフランスが体験したいわゆる一八四八年の「二月革命」の翌朝に実施された憲法制定議会の議員選挙が、かりに七月王政下の法定人口のほぼ四十倍に相当する九百万人を数える有権者によって戦われたにしても、その資格が二十一歳以上の男子に限られ、しかも居住地に半年以上生活した証明が必要であったということからも説明されるとおり、特権者の選出の儀式すらが、義務というよりは特権の発露によって支えられていたこととあまりに似ている。そしてその結果として議会に登場したのが、代弁しつつ予言する善意の特権者たちであった事実は誰もが知っているとおりだ。マクシムのテキストに歴史が露呈するとするなら、その第一の点は、だからこの権利を、あっけらかんとしたこだわりのなさで、義務と書き記してしまった箇所だということになろう。しかもマクシムは、誰に頼まれたわけでもないのに、代弁しつつ予言する行為を実践し、それを義務の行使だと確信する。この無意識の勘違い。この勘違いを無邪気に正当化することで今日まで生き延びてきた階級を、人は一般にブルジョワジーと呼んでいる。こうした善意の特権が意識的かつ無意識的に制度化され、選ばれた権利を義務だと確信する錯覚ばかりが満遍なく共有されているのは、なにも十九世紀中葉のフランスにかぎった話ではなく、代弁的な予言を担わされていると思いこむ善意の特権者は、いまや汎地球的な規模でごくありきたりな日常をも操作している。つまり、誰もが多少ともマクシムに似ているという現実がどこでも観察しうるわけだが、それはあくまで歴史的な現実であって、決して普遍的な寓話なのではない。マクシムに似て代行的な予言を義務だと錯覚する人間は、あきらかに世界史のある一時期から集中的に生産され始めた特権的な集団であり、その存在は今日ではほぼ普遍的に観察しうるものだとはいえ、それは教訓物語の主人公ではなく、あくまで歴史と呼ばれる説話論的装置の犠牲者なのである。

多くの人がそれを期待したという確信もないまま率先して匿名の声を代弁し、その代弁行為が不可視のものとして閉ざされた未来を予言しうるという特権者の善意は、しかし、それをありもしない虚構だとあばきたて、権利と義務のとり違えを企まれた罠だと攻撃するといった程度のことではとても崩れ落ちたりはしないほど堅固な基盤を形成している。だから、この特権の所有者たちを批判してみるといった程度のことが『凡庸な芸術家の肖像』の主題とはなりえないことは明瞭だろう。問題は、これまでうんざりするほどくり返されてきたいわゆる知識人批判の文脈を改めて掘りかえすことではなく、この錯覚の無意識的な擁護者たちが、いつ、どんなかたちで生み落とされたのかという点を、マクシムの肖像を通してさぐりあてることにある。そのためには、『現代の歌』の序文のいったいどの部分に、歴史が露呈する二つの目の間隙が認められるかと問うてみねばなるまい。

私は後悔しないとマクシムはいう。では、なぜ彼は後悔しないなどと宣言したりするのか。若さのみが可能にする勇気ある率直さがそう口にさせているわけではないことは、すでに述べたとおりだ。では何か。みずから率先して大袈裟な身振りで真実を述べたて、その宣言が惹き起こす醜聞によって見えてはいなかった未来の地平が鮮明な輪郭をきわだたせうるといった予言者の言動に、歴史の舞台の上でマクシムが身近な体験として接しているという事実がそれである。彼は、後悔することのない代弁的な予言者の物語に、耳を傾けつつ育った世界最初の世代に所属しているのだ。勇気ある率直さが、善意ある特権者によって演じられた舞台のことをマクシムは生々しい記憶としてとどめているのである。その特権者とは、ヴィクトル・ユゴーに象徴されるロマン主義的な英雄たちにほかならない。彼らは、一八三〇年の七月革命の曖昧な挫折をほとんど虚構化せんとするばかりの勢いで予言しつつ代弁し、フランスの文学的な環境に大いなる変容の跡を刻みつけた。ユゴー、ヴィニー、そしてミュッセ。だが、この特権者たちがアカデミー・フランセーズの不吉な風にあたってほとんど死滅しかけているとき、何がなされねばならないか。彼らを模倣し、反復しなければいけないとマクシムは考える。もっともその結論は、周到な計算によって導きだされたわけのものではないし、また、模倣と反復とが是が非でも達成さるべきだと信じられていたのでもない。マクシムは、不可避的に模倣し反復すべく運命づけられ、善意の特権者の物語による分節化を受け入れざるをえなかったのだ。この運命という言葉は、歴史という反復的な説話装置の必然的な機能として、と理解していただきたい。歴史は反復するという誰がいったのかもう忘れてしまったアフォリズムは、歴史をめぐる普遍的な真実にかかわる言表ではなく、歴史をめぐる厳密に歴史的な現実を描写したものであろう。そして、その厳密に歴史的な現実にふさわしく、マクシムは喜劇として反復される物語を生きねばならない。実際、権利と義務の二語の混同ほど喜劇的なものがまたとあろうか。マクシムのテキストに歴史が露呈される第二の箇所は、まさにこの喜劇的な模倣と反復という点なのである。マクシムこそ善意ある特権者たちの代弁的な予言をみずから演じつつ、彼らが後悔することのなかった勇気ある率直さを義務だと錯覚し、その錯覚を正当化しようと試みた記念すべき喜劇の人物にほかならない。だが、『凡庸な芸術家の肖像』の話者は、それを笑おうとは思わない。というのも、この喜劇的な模倣と反復とは、厳密に歴史的な現実として現在も演じ続けられているからである。

捏造される芸術家

この反復譚の喜劇的側面は、もっぱら権利と義務との混同のうちに存している。そして厳密に歴史的なのは、こうした混同の恐るべき蔓延ぶりである。それは笑うべき錯覚というより、ほとんど現実として容認されているかにさえ見えるほどだ。錯覚が現実として居すわるかにみえるという二重の錯覚が維持されるのは、目に見えない事件が歴史を不可逆的に切断してしまっているにもかかわらず、その非=連続性がたやすくは触知しがたい世界に人が暮していないからにほかならぬ。そして、マクシムの模倣と反復とを喜劇的なものたらしめるものは、まさにこの不可視の切断面なのである。マクシムは、あの勇気ある率直さから代弁的な予言を実践しえたロマン主義的な英雄たちと、同じ身振りを演ずることはできない。それはなにも、『現代の歌』の詩人の才能がヴィクトル・ユゴーと比較して劣っていたからではない。もちろん、二人の詩人的資質の隔りは歴然としている。ユゴーが天才的であるなら、マクシムは文字通り凡庸である。だが、誰もが容認しようこうした個体的な差異とは別に、二人がまったく異質な物語の作中人物だという事実が強調されねばならない。彼らは、連続を禁じられた二つの異る言説=ディスクールの中に閉じこめられているのである。

ヴィクトル・ユゴーは、「知」の民主化ともいうべき物語の作中人物である。しばしば独創的といわれる特権的な「知」の所有者が、その「知」を分散することによって無「知」の状態にあるものたちを訓育するといういわゆる啓蒙思想家としての役割を演じ、その限りにおいて、未来へと向けて現在を組織するという代弁的な予言者の使命を帯びることが許されるのは、本質的には十七世紀に確立した古典主義的なディスクールの中においてであり、いわゆるフランス大革命は、こうした特権者の物語を消滅せしめるどころか、むしろ効果的に再編成したのである。つまり、特権的な善意が制度化され、ヴィクトル・ユゴーを初めとするロマン主義的な英雄たちは、そうして制度化された物語を完成するに必要な、最後の、いささか滑稽ともいえる役者だったといえる。彼の文学的な醜聞が代弁的な予言として機能しえたのは、こうした「知」の民主化という物語の内部においてにすぎず、その際、制度は、彼の天賦の才能を最大限に活用したわけだ。

だが、こうした「知」の民主化がかなりの程度まで行きわたると、人びとは、誰もが多少ともそうした代弁的予言者の資質に恵まれているはずだと思うにいたる。国家的な規模での教育の普及、新聞雑誌による情報量の増大といったものがその錯覚の助長に貢献し、天賦の才能の有無にかかわらずそれなりの見解を表明しうるかのごとき自信をいだくからである。ブルジョワジーとは、この自信を貧しく共有しあうもの同士が確認しあう虚構の連帯にほかならない。その自信の共有があくまで貧しいのは、結局のところ、啓蒙思想家の最後の役割として演じられたにすぎないロマン主義的な英雄たちの代弁的予言者の役割が、薄められたかたちで羨望され嫉妬されていることになるからだ。これを、とりあえず模倣と反復のディスクールと呼ぶことにしよう。古典的な「知」の民主化のディスクールにあって必要とされていたのは、詩人として生まれた詩人である。だが、ブルジョワ的な模倣と反復のディスクールの内部で、人は詩人としては生まれない。人は、才能の有無にかかわらず、詩人になるという欲望をいだくことが許される。マクシムとは、たまたまそうした野心と欲望をいだいた人間の一人にほかならない。『現代の歌』とは、詩人の作品ではなく、詩人になろうとしたごくありきたりな人間のとりあえずの詩集である。そして、それがとりあえずの詩集にほかならぬという点に、歴史が生なましく露呈しているのだ。というのも、マクシムがその喜劇的な模倣と反復を試みた時代から、詩集を正当化するものが作者の持って生まれた詩的才能ではなくなり、すべての詩集がとりあえずのものたらざるをえなくなったからである。もはや詩集は、詩人として生まれた詩人の才能が生み落としたものであることをやめ、詩人たることを欲望したものの捏造した言葉にすぎなくなる。なにも詩に限らず代弁的予言性としての文学的な「知」一般が欲望の対象となり、詩人や小説家や劇作家は、その欲望とともに捏造された素人の集団にすぎなくなったわけだ。絵画や彫刻や音楽などについてもあてはまりうるこの発生期の素人集団。芸術家とは、この欲望の共有者たちを示す厳密に歴史的な名称にほかならない。だから、あらゆる芸術家は、定義からして凡庸な連中なのだ。そうした中に幾人か、共有された凡庸さから距った地点で呼吸しているかにみえるものがいるとするなら、それは、彼らが必ずしも残りのものたちと比較してより多くの才能を持っていたからだけではなく、芸術家として捏造される過程で、その模倣と反復の対象が善意の特権者たちの代弁的予言性にあるのではなく、実は模倣し反復さるべき対象がみずからのいかがわしい捏造作業そのものだと気づき、それを実践したという理由によるものだ。それはほとんど倒錯的といってよい試みである。そして友人のギュスターヴやシャルルは、その倒錯的な試みを実践しつつ「作家」として捏造されたが、勇気ある率直さから特権者の善意に執着したマクシムは、凡庸な芸術家にとどまるほかはなかった。それは、厳密に歴史的な必然である。誰にも依頼されてはいないにもかかわらず、匿名の複数者になりかわって大袈裟なやり方で真実を述べたて、その醜聞によって未来の光栄を描写しようなどという善意に恵まれていたばかりに、「作品」を捏造することに失敗したマクシムは、では、何を予言しようとしたのか。

Ⅳ　開かれた詩人の誠実

善意の松葉杖

詩人として生まれたわけではない一人の凡庸な芸術家が、幾つもの匿名の声を代弁しつつ予言することの特権を義務であるかに錯覚し、勇気ある率直さからアカデミー・フランセーズに過激な攻撃をしかけたとき、この「無味乾燥な饒舌家どもの集団」を悪しざまにいうことは、しかし、その処女詩集たる『現代の歌』の序文の真の目的ではなかった。そのことを後悔しないと彼が宣言するとしたら、それは、この異例に長い序文が、過去ではなく未来を目指しているからだ。ありもしない廃墟だの亡霊だのと戯れている連中の権威は、いずれ崩壊するほかはないだろう。ところでわれわれは、それが崩壊したのちの光景をいまだ思い描けずにいる。マクシムがこの序文の後半で試みようとしているのは、そうした未来図の予言にほかならない。アテネのアクロポリスを課題として無能な詩人たちの名誉心を煽りたてようとする頭の古い連中には、まるで想像力というものが欠けている。いま、アテネがフランスに求めているのは、何の役にもたたぬそんな言葉の遊戯ではないはずだと彼は主張する。

　古き世界が滅亡に瀕していることは疑いもない事実だ。いったい現状はどうであるかといえば、もはやひとりでは歩行もおぼつかぬ無力な老人さながらである。援けの手をさしのべねば、倒れてしまうだろう。衰弱の兆しが見えるとはいえいまだ壮健なる国家は、それを援助する義務がある。こんにち、わがフランスは、イタリアを中心とするカトリック圏と、古代文明の栄えたギリシャと、回教世界とにとって、松葉杖の役目を果している。フランスはローマにあり、アテネにあり、コンスタンチノープルにあるではないか。もしわれわれがそうした地域に進出していなければ、すでに始まっている崩壊はとことんにまで行きついてしまうだろう。[11]

　アテネのアクロポリスといった過去の亡霊と戯れながら暢気に時代おくれの詩など綴っているぐらいなら、国家としての統一すら維持しがたく、また他国の不当な干渉によって自由を奪われているこうした国々の独立へと向けて、具体的な支援を試みるべきではないか。それこそ、マクシムが「人道主義的」な想像力と呼ぶところのものだ。この『現代の歌』が発行された一八五五年という時期に、帝政を宣言したナポレオンⅢ世の軍隊が、あるいは独自に、あるいはイギリスと連繋しながら、イタリア、ギリシャ、コンスタンチノープルに派兵されていたことは誰もが知るとおりだ。それが、マクシムの述べるごとく、善意の「松葉杖」の役割をはたしていたのか否かはいまは問わぬことにしよう。問題は、マクシムのいう「人道主義的」な想像力が、ヨーロッパ列強の帝国主義的な世界支配の構図とみごとに一致している事実を改めて指摘することにあるのではない。ここでのマクシムの言葉の真摯さは信じてやるべきだと思うし、また、その善意を疑ってかかる必要もあるまい。彼は、二十代のなかばから開始された度重なる海外旅行によって、ローマとアテネとコンスタンチノープルの惨状に身をもって接し、心底から援助の必要性を実感しているのである。何とかしなければならない。マクシムは真剣にそう考えている。

そんな彼にとって、アカデミー・フランセーズが提示したアテネのアクロポリスといった課題は、あまりにも現実から遊離しすぎている。だから、マクシムはあくまで正当な視点の持主だというべきだろう。彼には詩人としての政治的な使命感があるし、社会的な自覚もそなわっている。そしてここで重視されねばならぬのは、この政治的な使命感と社会的な自覚そのものが、マクシムをして凡庸なる芸術家の典型たらしめているという事実なのである。というのも、『現代の歌』の詩人とともに、フランスは、他国の宿命をわがことのように心配する一群の冒険者たちを生み落とすことになったからである。不当な圧政に苦しむ他国人に対する連帯の表明を存在の条件として生きること。それが凡庸な芸術家たるための一つの資格となる。別だん誰かに依頼されたわけでもないのに、自分から進んで不幸な国民の力になりたいと思う善意の人間たち。くり返すが、いまはその善意にいかなる不純なる意図も隠されてはいなかったと確信しよう。その上で、こうした凡庸な芸術家の一世代が、この時期に誕生したのだという事実のみを指摘するにとどめておこう。国境を越えた被抑圧者との連帯、そうした必要性が、ほぼ『現代の歌』と同じ時期に、マクシムとは別の人間によってマクシムとは別の言葉遣いで説かれていた事実もまた無視されてはならないだろう。この物語の話者は、しかし、マクシムその人とマクシムならざる別の人間の言動を比較しながら、のちにマクシムよりははるかに有名になるだろうマクシムとは別の人間の視点にたって、マクシム流の「人道主義的」な善意をもっぱら悪質なデマゴギーだと断罪しようとも思わない。ただ、いま話者の周辺には、マクシムを典型的なモデルとして持つ凡庸な芸術家たちが、濃密な現実感をもってひしめきあっているので、その人たちが、いつ、どのようにして世界史に登場したかをさぐってみたいと考えているだけのことだ。自分の国ではない別の世界で起こっていることがらを、あたかも自分の家族にふりかかった災難であるかのようにうけとめ、それに関しての態度の決定に自分の存在意義をぜひとも認めずにはいられない人たちの言動が、有効であるか無効であるかと問うことも当面の問題ではない。それを、世界にとって有効だと確信する一群の人間が、明らかに、ある時期、飛躍的な数でこの地上に姿をみせたこと、そして彼らの、あるいはこの話者自身をも含めたわれわれのものであるかもしれぬ政治的な使命感と社会的な自覚とが何を基盤として形成されたかというその一側面に触れようとして、マクシム・デュ・カンの『現代の歌』の序文を読んでいるところなのだ。そしてその過程で、誰かに頼まれたわけでもないのに匿者の声を代弁し、進むべきみちを予言することの特権を義務だと錯覚した凡庸な芸術家の一人が、いま、崩壊の危機に瀕した外国人たちと連帯し、いまにも倒れそうなその老いた身体を支える「松葉杖」たるべしと自国民をせきたてている姿に接したというだけの話である。つまりマクシムは、その勇気ある率直さにくわえて、こんどは「人道主義的」な善意を身にまとうことで、予言者にふさわしい使命感を人目にさらすことになったのだ。

「人道主義的」な想像力

ではマクシムは、というよりこの一群の凡庸な芸術家たちは、なぜ、自分の国が「松葉杖」の役割を演じうると確信するのか。彼らが「衰弱の兆しが見えるとはいえいまだ壮健な」世界に暮しているのは、この世界が、経験をつみ、かつ余裕をもっているからだ。ここでいう経験とは、大革命いらいのヨーロッパがこうむった血なまぐさい戦乱の半世紀にほかならない。その貴重な体験からして、われわれは未来の征服が平和的なものでなければならぬと知っている。野蛮なる掠奪やあとには廃墟しか残らぬ戦闘にかわって、いまや人道的なる侵略が行なわれねばならぬ。その平和的なる征服と人道的なる侵略が可能となるのは、われわれフランスに余裕と経験があるからなのだ。余裕は、いうまでもなく科学の進歩と産業の発展によってもたらされたものである。だからわれわれは、科学と産業とによって、崩れかかった古代文明を支える「松葉杖」たりうるだろう。だがわれわれの「人道主義的」な善意は、地中海世界にのみとどまってはなるまい。

二百年後か、あるいはもっと近い将来のことになるかもしれないが、貴重な文明的条約で同盟国となったイギリスとフランスとアメリカから、将軍たちに導かれた大規模な軍勢が古きアジアに向けて出発するだろう。彼らの武器はつるはしとなろうし、馬は蒸気機関車となっているだろう。彼らは、まだ利用されていない未開の土地に楽しげに進撃する。運河を掘り進め、鉄道を敷き、森林を切りひらき、農地を開拓し、都市をたて、港を造設し、倉庫をつくり、手に触れるすべてのものを豊かにするだろう。生産することを知らぬ国々に向けてなされる戦争とは、たぶんこうしたものになろうし、それは、「浪費さるべき動力があってはならぬ」という、何についても真実であるあの力学の格言に従うことになるだろう。(12)

こうしたマクシムの善意ある確信が、植民地主義者の信念とあまりに似ているなどとあげつらうことはすまい。いま問題なのは、ここに素描されている平和な戦争を可能にするヨーロッパ的な余裕を支える二つのもの、つまり科学の進歩と産業の発展とを詩の題材とすることが、「文学」を現代にふさわしく彩どる唯一のみちだとマクシムが予言しているという点である。しかもその予言は、生真面目なまでの律義さで口にされている。というのも、やがてそれについて触れる機会もあろうと思うが、いまや終りにさしかかったこの長文の序文に続いて、人は、この『現代の歌』のかなりのページが、実際に科学と産業とを主題としたマクシム自身の詩によって占められているのを確かめることができるからである。誰もが科学と産業の時代の到来を漠とながら感じとっている十九世紀の中葉に、彼らだけがそうした文明の未来図に同調することはあるまいと思われていた芸術家の一人が、そうした風潮に抗って科学と産業をこそ文学は描くべきだと宣言し、みずからも実践してみせてさえいるのだから、勇気ある率直さから、「人道主義的」な善意を通過して生真面目なまでの律義さへといたるマクシムの歩みは申し分なく一貫しているし、その存在はほとんど感動的な誠実さに支えられているとさえいえるだろう。実践という点からすれば、この生真面目な律義さというマクシムの資質はなにも詩作についてのみみられる特徴ではなく、いまや崩壊に瀕したかつての文明圏の住民たちが他国の不当な圧政にあえぎながら自由と独立を求めて反抗の戦いを挑んだりすることがあれば、『現代の歌』の詩人は即刻パリを離れてその土地に馳けつけもするだろう。実際、マクシムは、科学と産業という現代の神々に見離された辺境の少数民族に対する持続した関心を示しえたことで記憶さるべき貴重な存在であるといえるかもしれない。書斎に閉じこもったまま人類の未来をあれこれ思考する排他的な芸術家ではなく、身軽な旅行者として冒険に加担する開かれた芸術家マクシム。「人道主義的」な使命感からありもしない「文学」の姿を予言するのではなく、自分の経験に照らしあわせて可能だと思われることしか予言しないというマクシムは、きわめて誠実な詩人だとさえいえるだろう。科学と産業とを現代にこそふさわしい「文学」的な主題として詩に導入し、少数民族の革命勢力にみずから加担せんとする冒険者マクシム。実際、こうした行動的な芸術家の肖像は、これまでにあまり例を見ないものであるかもしれない。

たとえばあのミラノ人スタンダール。なるほど『パルムの僧院』の小説家が終生持ち続けたイタリアへの執念ぶりはこうしたマクシムの姿勢を予告していないでもない。だが、スタンダールの存在と作品とが、イタリア人にとっていかほどまでに有効でありえたろうか。イタリアは、あくまでも芸術家にとっての個人的な情熱の対象でしかなく、マクシムが説く「人道主義的」な善意とは異質の関心を惹きつけるものだったのではないか。だいいちスタンダールには、西欧の帝国主義的な植民地支配の戦略とかさなりあわんばかりのマクシム的な未来図が欠け落ちている。『パルムの僧院』の作者の視線は、古きアジアの森林を切り開き、そこに都市を建設するといった光景など思い描くことさえできなかったはずだ。その点で、マクシムと呼ばれる凡庸な芸術家は、まぎれもなくわれわれの同時代人というべき資格をそなえている。われわれというのは、いうまでもなくこの物語の話者としていつでも「私」という一人称で説話的持続に介入しうる説話論的な個体と、この物語の潜在的な読者たりうる「あなた」でありまた「あなたがた」でもある匿名の個体の群のことだ。たぶんわれわれは、マクシムと同じことがらを口にすることはないだろうが、間違いなく同じ言葉を語りうる存在だからである。だが、奇蹟的に同じことがらを口にすることはありえても、スタンダールと同じ言葉を語ることはないだろう。つまりわれわれとマクシムとは、同じ言説＝ディスクールの担い手なのである。あるいはわれわれは、マクシムと同じ言葉で世界を読んでいるのだというべきかもしれない。

もちろんわれわれが読みとる世界像はマクシムの予言する世界像の輪郭と正確に一致することはありえないし、修正さるべき少なからぬ細部のイメージや、容認しがたい視点の設定ぶりがわれわれをマクシムから距ててはいるが、その距離は、われわれとマクシムとが共有する言葉によって計測することが可能なものである。実際、特に名指すことはさしひかえるが、「あなた」も「私」も知っているあの男の肖像はマクシムのそれとそっくりではないか。あるいはあの男の言動は、マクシムに生き写しではないか。話者は、この『凡庸な芸術家の肖像』の物語を語りながら、そうした恥しいまでの類似ぶりを幾つか列挙してみたいと思う。そしてその類似が、いささかも人類の普遍的な現実ではなく、きわめて歴史的な現実であるという事実を何とか示しえたらばと願っている。そして、スタンダールに薄気味悪いほどよく似た友人をひとり持っているこの物語の話者は、この類似が、たかだか人類の普遍的な現実であっていささかも驚くべき事態ではないのだと何とか自分で納得してみたい。そのためにも、いますこし『現代の歌』の序文とつきあっておかねばならない。

科学と産業

生真面目なまでの律義さで「人道主義的」な善意の必要性を説くマクシムにとって、来たるべき世界で「文学」が演ずべき役割ははかりしれぬほど大きなものだという。それは、いま、身辺に起こりつつあることがらと向かいあうという、これまでの「文学」が等閑視していた役割である。いま、身辺に起こりつつあることがらとは、いうまでもなく、科学の進歩と産業の発展という現象にほかならない。「文学」は、そうしたことを可能にした「新たなる教義」へと、人びとの思考を誘うことに貢献しなければならない。というのも、生まれたばかりの「新たなる教義」は、いまだ人には理解しがたい野蛮な言葉しか語らず、「文学」こそが、この未熟なる言語を国民に理解可能な文章に翻訳しうるからである。新たなる「知」は万人に共有されねばならない。

たとえばフンボルトは素晴らしい科学者である。あの哲学者で言語学者として知られるフンボルトではなくその弟の、アレグザンダー・フォン・フンボルトの『宇宙論』は、実に興味深い著作だとマクシムはいう。彼はこの書物で、科学的な記述と文学的な描写との融合を試みようとしたのだ。だがその試みは明らかに失敗している。というのも、著者自身の評価さるべき企てにもかかわらず、この書物は、科学者にとってはあまりに厳密さを欠いているし、一般読者にとっては、あまりに専門的すぎるからである。「こうした書物を一人の詩人の手にゆだねてみたらどうか」とマクシムは提案する。「言葉の技術にたけ、語の価値を心得ており、その効果的な使い方に通じている男にまかせてみたらどうか。そうすれば、ありとあらゆる小説よりも面白く、ありとあらゆる新聞記事よりも興味深く、ありとあらゆる百科全書よりも役に立つ三冊本を読者に送ることができるだろう」。もしそんな書物が現実に出版されたなら、今日の読者が熱狂して読みまくっている新聞の連載小説などよりもはるかに意義深い著作となるに違いない。とにかくその書物の著者は、われわれが住まっていながらもほとんど知ることのないこの地球に秘められた豊饒さと、不可思議さと、奇怪さとを説明し、解説することになるだろうから、このパリというちっぽけな都会のかたすみでささやかれている恋物語を、嫉妬する夫だの、出生の秘密だの、無理強いの結婚だの、死んだと思った父親の出現だのといったとても信じきれない挿話をおりまぜて語ってみせる大衆小説家にもまして、読者の興味を惹きつけることができるはずではないか。「文学」は、現代という世界の創世記を読者にゆだねる必要があろうというものだ。

こうした科学的な「知」の文学化という方向と同時に、詩人はまた、休みなく拡がり続ける鉄道網を、大洋を横断するスクリュー船を、巨大な工場の建設をどうしてうたわずにいることができるだろう。

科学と産業とが芸術に死をもたらしはしまいかと人は問うたものだ。それは誤りであった。ただやみくもにその進路に身を投げだして発展をおしとどめようなどという狂気じみた期待をいだかぬかぎり、科学と産業とは芸術を援けるはたらきをするだろう。もしそんな事態が起こったなら、科学と産業とは正当防衛の権利を行使し、芸術の上を通過してひき殺してしまうに違いない。そんなとき芸術に残されているのは、かつての光栄ある思い出ばかりだろう。いまや芸術はそうした過去の記憶への執着にかわって使徒のように、あるいは将軍のように先頭をきって進み、この科学と産業という二人の姉妹を勇ましく先導し、人間精神の傾ける努力が名誉回復して花のごとくに咲き乱れる緑の野原をつき進まねばならない。(13)

だというのに、立ちならぶ工場の美しさが一度たりとも「文学」的な主題となっていないのはどうしてか。

もちろんマクシムは、あらゆる過去を唾棄すべきものとして視界から一掃せよといっているわけではない。そうではなく、日に日に拡大されてゆく人間精神とともに歩むべき「文学」が、こうした世界の変容するさまに無関心でいることはありえないと主張しているまでである。そしておそらく、こうしたマクシムの主張は、これまたきわめて正当なものであるだろう。もちろんこの物語の読者は、科学の進歩と産業の発展との中に人類の未来を夢想するマクシムの姿勢を、あまりに楽天的すぎはしまいかとからかってみたい誘惑を覚えもするだろう。科学の進歩ではなく人間精神の終焉が、産業の発展ではなく脱工業化社会の課題が誰の口からも洩れようとしている今日、マクシムの予言があまりに単純すぎたとつぶやく余裕をわれわれは持っている。だが、そのことはいささかもマクシムに対するわれわれの優位を証拠だてはしない。というのも、「文学」が今日の世界にあって位置づけられている場所は、『現代の歌』の時代と少しも変わっていないからである。実際、いっぽうに、書斎に閉じこもったまかつて存在した「文学」のイメージと深く戯れあっているだけの芸術家がおり、いまいっぽうに、生真面目なまでの律義さで「人道主義的」な善意を説き、人間精神の終焉の危険と工業化社会の弊害の普遍化とを「文学」的な主題として語らねばならぬと信じる開かれた芸術家とがいるという構図は、そっくりそのまま温存されているからである。そして、あくまで人類にとって「文学」を有効たらしめようとする者たちは、科学と産業というこの「二人の姉妹」の動向に無関心であってはならないと確信している。もちろん、その関心が目指す方向は、マクシムの積極的な顕揚の姿勢とは正確に矛盾する消極的なものではあろう。またマクシムが思い描いた光景とは対照的な風景を、彼らは「人道主義的」な善意の実現さるべき世界に思い描いている。だが、ここで改めて驚かずにいられないのは、今日の「開かれた」芸術家たちが、まるであらかじめ申しあわせていたかのように、『現代の歌』の序文の構文法と語彙とをそっくり援用しながら、生真面目なまでの律義さでその価値を逆転させることで「文学」と社会との関係を予言しているという事実である。つまり、そこでいわれていることは別のことがらでありながら、その言葉はまるで同じものなのだ。今日では読まれることの稀なこの『現代の歌』の長い序文をあたかも精読して暗記してしまってでもいるかのように、同じ言葉が語られているのである。同じ言葉というのは、構造的に同一の言語ということだ。そのことを証拠だてる最後の事実を指摘しよう。それは、「文学」を志すものたちの連帯という概念にほかならない。

マクシムは、そのあまりに長い序文を閉ざすにあたって、芸術家というこの「新たな職業」に欠けている組織の必要性を語っている。芸術家たちは、その自由を確保するために連帯しなければならない。孤立は、詩人たることの特権をいささかも保証しないばかりか、かえって商業主義への妥協を強いることに貢献してしまうだろう。あるいは貧困のうちに殉教者として一生を終えることのみが、詩人の条件となるかもしれない。それを避ける意味からも、芸術家は連帯しなければならぬとマクシムは結論する。そしてこの結論に対してさし向けられる反応は、いまも昔も二つしかない。だから『現代の歌』の序文は、いまなお有効な言葉を口にしているのだ。そしてその事実が詩人マクシムの物語を凡庸な芸術家の肖像に仕立てあげることになるのだが、それを詳述するにさきだち、詩人として生まれたわけではないこの男の詩がいったいどんな言葉からなっているかを、語っておかねばなるまい。

V　韻文の蒸気機関車

《文明》と詩神

律義なる忠告というか真摯なまでの勧誘というか、とにかくあの凡庸な芸術家にこそふさわしいと思われる生真面目な語りかけを四行の十二音節の韻文として冒頭に据えた「詩人たちに」というかなり長篇の詩によって、マクシムの『現代の歌』は始まる。

詩人たち、どうか真面目に聞いてほしい！　もはや《わが竪琴よ！》などと書いてはならぬ。

《詩の女神よ！》と書いたりしてはならない。忘れることにしようではないか、こうした古語は。

《バッカス神とその聖なる狂気！》などというぐらいなら、

見倣うがよい、ひとこと酒壺をと口にしたあのラブレーを！(14)

この冒頭の四行によってマクシムの詩的世界に接しようとするものは、いささか散文的にすぎる発想と詩句のつらなりに戸惑いはしても、あの悪名高い長文の「序文」を綴った詩人が、まんざら嘘偽りを口にしていたわけではないと合点がいって、ほとんど感動に近い心の動揺をおぼえる。彼は、その処女詩集の刊行を恰好の口実として、そこにおさめられた詩集とは縁もゆかりもない大袈裟な議論をくり拡げ、自己顕示欲の旺盛な青年にありがちな抽象的な無理難題をふっかけていたのではないと納得できるからである。あの「序文」は、まさにマクシムの詩にふさわしいものだったのであり、アカデミー・フランセーズに対するいささか苛酷な攻撃こそ韻文に綴られていないが、崩れかかった権威にほかならぬアカデミーの戯れていたものが、《わが竪琴よ！》であり《詩の女神よ！》であり《バッカス神とその聖なる狂気！》にほかならぬとあれば、「序文」に盛りこまれていた内容のほとんどすべてが、律義なまでの厳密さで韻文に置きかえられているということができる。ギリシャの神話的世界から想を得た内容空疎な修辞学を無批判に継承することのむなしさを説くところは、そのまま、「アテネのアクロポリス」を詩のコンクールの課題とするアカデミーの時代錯誤ぶりを攻撃する姿勢にも通じあっている。その意味で、あの散文の「序文」は、韻文による序詩ともいうべき「詩人たちに」を冒頭に据えた『現代の歌』の詩篇に、恥しいまでに似ているということができよう。廃墟をさまよう亡霊どもと戯れたりはせず、無償の饒舌を排し、ラブレー的な飾りけのない率直さを武器としようと説くマクシムは、散文の「序文」で強調されていた現代の詩学を、文字通りの率直さをもって韻文で実践しているのである。

もっとも、これまたかなりの長さに及ぶ「詩人たちに」の末尾に、「一八五四年八月、ブーランヴィリエ」と記され、執筆の日付と場所が明示されているところをみれば、「一八五五年一月六日」の日付を持つ散文の「序文」の方が時期的には遅く書かれているわけだから、むしろ「序文」こそが詩篇に盛りこまれている発想を律義になぞりなおしているというべきなのだろう。いずれにせよ、近く世に問うべき処女詩集の刊行を準備しつつあった一八五四年の夏から秋、そして冬にかけて、詩人マクシムが何を想い描いていたかを、われわれはたやすく想像することができる。神話的世界に閉ざされた修辞学から自由になって、今日にこそふさわしい詩的霊感のありかをさぐりあて、それを、散文に似てしまうことも怖れずに率直に述べたてようというのが彼の姿勢なのだ。だから酒精による陶酔をうたうのであれば、ただひとこと、「酒壺」という単語を口にすればよいと彼はいう。

太陽 soleil という単語はフェブュース Phoebus におとらず美しい。
月 lune という言葉があるのに、なぜフェーベ Phoebé といわねばならぬのか！
フランス語を使うことに、いささかの不都合も見あたらぬ。
だというのに、なぜこの時代に、判じものめいた言葉を話すのか？(15)

もちろん、過去の栄光に瞳を向けるのはよいことだし、それを悪しざまにいおうとは思わない。だが労働することのうちに開かれる未来の中にこそ、われわれの黄金時代が発見されるのではないか。こうした意味のことをマクシムが韻文で語りついでゆくのに接すると、それがすでに何度も散文でくり返されているだけにいささかうんざりしないでもないが、同時に、マクシムの真摯さだけは疑えなくなってくる。とにかく、彼の思考の一貫性は誰の目にも明らかである。われわれの時代は、過去のどの時代にもまして偉大であり、その偉大な世紀に生きる詩人にとっての唯一の神は、もはや「詩の女神」ではなく、「文明」と呼ばれねばならぬというのが彼の主張なのだ。

ところでマクシムにとって、「文明」とは何であったか。「文明」の名においてマクシムが予言したものは二つある。一つは科学の進歩と産業の発展という主題であり、いま一つは自由の拡大と平和の確立というイメージである。そして、その二つの主題が、ここでも韻文によって反復されるのにわれわれは立ち会う。

現代にこそふさわしい詩的霊感のありかは進歩と発展の中にあると彼は綴っている。スクリュー、蒸気機関、鉄道、電気、軽気球といったものこそがその輝やかしい象徴である。たとえば詩人は、なぜ蒸気機関車を詩の主題として描こうとはしないのかとマクシムは韻文で問うてみる。そうした考えは、すでに散文の「序文」の中にも語られていたものだ。だからマクシムの姿勢はここでもあくまで一貫している。だが、はたして彼は、この一貫した詩学をみずから実践しているのだろうか。もし、現実に、マクシム自身の手によってこの主題が詩作品として提示されているのであれば、『現代の歌』の詩人は、二重の意味での誠実さを体現していることになるだろう。そこで、とりあえず「詩人たちに」の詩句を離れて『現代の歌』の残りのページをくってみる。すると、まぎれもなく「蒸気機関車」と題された一四八行からなる八音節の詩篇が、「物質の歌」という章に発見できるのである。

蒸気機関車

一日が暮れようとしている！
これで走行はおわり、
勤めもはたしたので、
あすまでは休息だ。
鋳鉄の巨大な車庫に休みに行こう、
先史時代の巨象のような全身を、
鉄と青銅でできた全身を、
何にも屈伏することのないこの私を。
黎明よりも前に出発し、
夜が来るまで走りまわった。

気性の荒いこの脇腹は、
むさぼり喰った炎の熱でまだあつい、
そこから蒸気が吹き出し、
うなりをあげて散ってゆくのが耳に残っている。

蒸気よ、煙となって軽々と舞い、
どこまでも流れてゆき、
地平線に群れ集う、
雷雲と一つにまざりあうがよい。
あるいは冷気に触れて凝固し、
微風に揺られて、
露となってかたまり、
芝生を真珠のような水滴で蔽うのだ！

私も蒸気のように気まぐれに、
どこまでも走ってみたい。
休んでいるのは我慢がならず、
腹をたてて客車をつなげとせきたてる！

いったいいつになったら、
一目散に走れるのか？

走り始めればもう停らない。
天候がよかろうとひどい嵐であろうと、
頭上で空が引き裂かれようと、
青い地平線まで澄みきっていようと、
恐れも知らず走り続ける。
雨、雹、雷をものともせず、
煮えたぎるこの体内に、
燃えたつ空におとらぬ響きをたてるのだ。

ときに怒りにかられることもある！
すると、鼻孔から吹きあげるのは、
火山の炎にもおとらぬ火だ！
村も、樹木も、木の柵も、
円型の支えの上の陸橋も、
私は軽々とけちらしてしまう！

丘や岩間はひとまたぎ、
私の進む道はといえば、
鉄で舗装された道路である。
私のためには山がえぐられる。
河川の上には、
巨大な石の橋が築かれ、
誇りに胸をはずませて渡るのだが、
渡り切るには三歩で充分だ。

疾走する私が姿を見せれば、
樹々は、暴風に襲われたように、
そのかたわらで背をかたむける。
背後には、船の航跡のように、
閃光を放つ小径が残され、
私は、息をつき唸り声をたてる。

健康をそこねたあの馬どもを見よ。

わずかな切り傷で、
体も冷えこみ病気となって足を止めてしまう。
気さくな医師がかけつけて、
傷に薬を塗ってくれなければ、
すっかりつめたくなってしまう。
だがこの私は違う！　私には、
すすけた腕の鍛冶屋という獣医がいてくれるのだ。

脇腹に切り傷を負い、
戦場からの帰還兵さながらに、
腹部に大きな穴まであけて、
悲しげに帰宅するとき、
鉄鎚を力強くふるって、
立派な包帯をまいてくれる人がいる！

かくも屈強な私の姿に、
怖れをいだく人があってはならぬ。
頑強だとはいえ、私は従順なのだから。

人間を前にすると私の心は弾む。
人間こそが私のたくましさを導いてくれる。
私の背に人間の姿がありさえすれば、
信心深い人が司祭に対してそうするように、
私は人間の思うがままになる。

私が肉体なら人間はその魂だ。
私が思いの限り騒音をたて、
炎をはきだしてみても、
所詮は女性のようにかよわきもので、
人間がその腕で触れるとき、
慎しくその歩みに従うまでなのだ!

理由は、私が人間の好む機械だから、
人間が達した至上の力にほかならぬからだ。
蒼白い顔の臆病者が私を化物だと思うなら、
私はただ嘲笑するのみである。
いつの日か、私は聖者に列せられもしよう。

臭くて灰色のこの煙は、
芳香を含んだ微風にもましてすばらしい。
それこそ労働の香りにほかならぬからだ。

その香りは神の近くまでたち昇り、
こう口にする。「神のみもとにやってまいりました。
人間は神の愛が何たるかを知っており、
神の示される法のもとで生きんとし、
労働し、信仰深くある。
こうお伝えするようにと申しております」

「父なる神よ、人間は存じております。
思考し、愛し、希望を持つものはみな、
繁栄する未来に生きうるだろうと。
人間のために苦しまれる神の近くで、
神は人間とともに義務を担われる。
跪いて神にいのるより、
臆病者でないかぎり、

素手で休みなく労働するほうがよいのです」
「労働は祈りにまさるもの。
主よ！　どんな作業も神への祈りなのです。
道具はよき神へのおつとめ、
神に近づくための最善の助手なのです。
そして蒸気こそ
神のみ心にふさわしい香料なのです」
私のはきだす蒸気は軽やかな口調でこうしたことを語るのだ！
とはいえみじめな馬鹿者どもが、
無駄な皮膚につつまれてふるえながら、
ある朝、発見したというのだ。
私の背骨を組みたてたのは、
闇を支配する悪しき精霊で、
その不吉な策略を実現すべく、
私の乳房から生命を吹きこんだのだと！

違う！　いや違う。私は解放者なのだ。
私は罪を贖うものなのだ！
脇腹は希望にみちあふれている。
あらゆる世代の苦悩を
排除するのは私だ。
そして幾つもの国家を一つに結びつけもしよう！

国境に立てられる、
柵を崩壊させ、
諸国民がいまだまどろんでいる、
轍を埋めもしよう。
進歩が護衛として随伴してくれる。
この上なく強固な扉を、
開きたいと思うとき、私は、
神よりもみごとな黄金の雨を降らせる！

私の体から火花がとび散り、
未来を照らしだすにちがいない。

脇腹からはほとばしる、
何ものも隠すことはなく、
誰もからすことのない大河のように、
人類を祝福する大いなる平和が！

自分の国で予言者と認められる者は誰もいない。
それは間違いない。だから私は、
私を祝う祝典があげられるのは、
ずっと、ずっと先のことだと思うことにしている。
何とも頑迷な人の心も、
進歩の前には敗れさる。
——四、五千年もたったなら、
やっと銅像でもたててくれようか！(16)

ブーランヴィリエ　一八五四年八月

歴史的な悲喜劇

一四八行からなる八音節の、脚韻も周到にふまれているこうした詩句のつらなりを、くまなく日本語の散文に移しかえてみながら、この物語の話者は、あえてそうすることの残酷さをまったく自覚していないではない。たしかにこの「蒸気機関車」という作品は、その比較を越えた構成の単調さと、言葉が喚起するイメージの貧困さゆえに、詩的感動とは何かと改まって問う以前に、作者の才能の欠如を証拠だてずにはおかないたぐいのものだろう。マクシムがいう現代にふさわしい詩的霊感のありかとは、この程度の機関車の走行ぶりでしかなかったのか。もちろんここでの語彙の平易さと修辞学的な単純さとは、意図されたものであるだろう。「蒸気機関車」の詩人にとって、こうした語句のつらなりが想像させる詩的宇宙の起伏を欠いた平板さこそ、今日の詩がながらく見失なっていたものにほかならない。誰もが知っている対象が、誰にも読める言葉で書かれている。それは、『現代の歌』におさめられたほとんどの詩が理想とするものですらあろう。たしかにここには、アテネのアクロポリスといった、誰も見たことのない風景が無償の修辞学的な饒舌によって描きだされているのではなく、一八四〇年代という歴史的な一時期を特徴づける鉄道網の飛躍的拡大というもっとも身近な社会現象が、石炭を動力源とする熱力学的な革命と、新たなる鉄の時代の到来という工学的な変容と、さらには労働という新たな価値基盤の定着などを通してわかりやすく語られてはいる。そして、諷刺画と、レヴュー小屋の年末公演や、オペレッタの舞台などに姿をみせはしたが、いまだ文学の公式のジャンルには登場しえずにいた蒸気機関車を、今日にふさわしい詩的霊感源のありかとしていちはやく韻文の世界に導入し、日常生活にあっては特権的な頻度で流通していたこの新たな単語が文学的な領域で耐えしのんでいた不当な排除作用を何とか解消しようとするマクシムの姿勢は、歴史的な価値を帯びているとさえいえるだろう。それじたいはいささかも文学的な色調に染まってはいない蒸気機関車という単語は、しかし鉄道旅行の日常化とともに、とうぜん文学的領域でも流通せざるをえまい。だが文学は、持って生まれたその保守的な傾向によって、長らくその流通を認めずにいた。そうした文学的な保守主義を愚かなものと断じ、率先して蒸気機関車を主題とする詩篇を書き綴ったマクシムには、あの勇気ある率直さが一貫して認められる。詩の歴史がとまではいわないまでも、少くともその後の社会は、この勇気ある率直さが予見した方向へと間違いなく進展することになるだろう。

にもかかわらず、マクシムの勇気ある率直さによって予見された社会は、この「蒸気機関車」という作品を詩として評価する勇気ある率直さは一度たりとも持ちはしなかった。詩としてという表現が担いうる意味のあらゆる拡がりを容認するにしても、なお、これは詩ではない。作者の年齢がいささかもいいわけにはなりがたい未熟さが全篇を無器用に組みたてているし、しかもその無器用さが、思いがけぬ不均衡から生まれるあのさからいがたい魅力といったものをかたちづくらぬばかりか、かえって薄められた程よい調和となって語句の刺戟性を鈍らせてしまっている。要するに、他人にさきがけて蒸気機関車を詩にうたったことの美徳さえが記憶にとどまらぬほど、この作品は希薄な印象しかもたらしはしないのだ。この一篇を読んだものが納得しうる唯一の事実、それはマクシムが詩人として生まれたわけではないという点につきている。誰も、この詩を分析しはしないだろうし、また進んで解読しようとするものも現われはしまい。それは、ただ忘れられ、見逃される宿命しか担ってはいないのである。

だが、忘れられ見逃される宿命のみを担って書かれたとしか思われない「蒸気機関車」の全文をあえて日本語に移しかえてみたのは、作者マクシムの詩的才能の欠如ぶりを改めて確認するためではない。一つの『凡庸な芸術家の肖像』が完成されるには、そのモデルとなる人物の芸術的資質の不足が明らかになりさえすればよいわけではないからである。詩人として生まれたわけではない人間が詩を書いてしまったが故に、その人間は凡庸たらざるをえないというのであれば、なにも『凡庸な芸術家の肖像』などを物語ってみる必要もあるまい。みずからを詩人として捏造することに失敗した詩人として生まれたわけではない芸術家の物語など、詩の世界にあってはむしろ日常茶飯事というべきものにすぎない。ここで問題なのは、この「蒸気機関車」を含むマクシムの詩集『現代の歌』が、その発売当時、才能を欠いた詩人に起こりがちなように、あっさり見逃され、すばやく忘れ去られはしなかったという事実である。つまり『現代の歌』は、それなりの反響を呼び、かなりの範囲まで広く読まれさえしたのである。それは、発表から五年たった一八六〇年にその増補版が再刊されていることによっても証明されている。そしてその信じがたい事実がわれわれに明らかにするのは、凡庸さとは、たんに作者における才能の欠如といった個人的な不名誉に帰する現象ではなく、その作者の言葉を受け入れる文学的風土と深くかかわりをもつ言語的な環境の問題でもあるということにほかならない。凡庸な芸術家とは、その個人の責任において孤独に形成される普遍的な現象ではなく、詩人として生まれたわけではない芸術家にも詩を書くことを許容する世界に初めて出現する、歴史的な存在というべきものなのだ。才能を欠いた詩人がみずからを詩人として捏造することに失敗するというのは、あくまで普遍的な悲劇であり、その悲劇性は個人の欲望の偏差として生きられるしかない。だが、凡庸な芸術家の出現は当の本人の詩的資質の有無とは関わりのない、厳密な歴史的なできごとであり、その悲劇性、というよりむしろ喜劇性に責任をとりうるものは、社会そのものなのだ。凡庸さは、それを受け入れる風土が形成されたことを目ざとく見てとって出現する。そしてその風土は、匿名の複数的欲望を煽りたてながら、マクシムの登場いらい今日にいたるまで、歴史的現実としてたえずわれわれのまわりに濃密にたれこめている。われわれの興味の対象は凡庸さを容認するこの濃密な環境そのものであり、マクシムにおける詩的才能の欠如ぶりをたがいに納得しあうことにあるのではない。彼が詩人として生まれたわけでもないのに詩を書き綴ったことは、いかなる断罪の対象ともなりがたい歴史的な現実にほかならず、読者としてむしろ、そうした苛酷な状況にもかかわらずあくまで勇気ある率直さを失なわずにいた『現代の歌』の詩人の律義な生真面目さに、改めてある種の感動をおぼえずにはいられない。詩集『現代の歌』をかたちづくる作品は、いずれもその「序文」と恥しいまでに似ている。だが、その残酷な類似を回避することのなかった芸術家が凡庸であることは、普遍的な悲劇であろうか、それとも、歴史的な喜劇なのであろうか。

VI 凡庸さの発明

語られぬものの歴史

いま、この瞬間、ここにあって思考に生なましく働きかけてくる対象を見きわめ、それに向かって詩的感性をいっせいにおし拡げること。つまり「アテネのアクロポリス」ではなく「蒸気機関車」を題材として韻文を綴り、時代とともに歩むという詩人の義務を果しながら、同時に一つの文明がたどるべき未来への歩みにも同調すること。マクシムの処女詩集の冒頭に読まれる「詩人たちに」に語られているのは、その長い散文による「序文」をたどりつつ話者が要約してみせたとおり、そのような文学的展望である。それが詩人の義務というより、むしろ近代の知識人が担うべき役割の素描であるという点も、すでに述べたとおりだ。そしてその限りにおいて、醜聞として晩年までマクシムについてまわることになる『現代の歌』の「序文」が、その詩作品をいささかも裏切っていないばかりか、むしろ律義なまでの正確さで両者が補いあう関係にあるという点も、韻文の「蒸気機関車」をざっと日本語に移しかえることで示しておいた。「詩人たちに」の残りの部分には、「ポーランド、ハンガリー、イタリア」など、「抑圧された国民の自由を語れ」と述べられていて、そうした真摯なまでの勧誘は、とうぜんのことながら、「現代にふさわしい愛のかたち」へと詩人を導いてもいる。「誠実で、永遠で、みのりゆたかな愛／人の心を若がえらせ、大きくふくらませもする愛情」を歌わねばならないと彼はいう。そのとき人は「兵士ではなく労働者となり、砲弾ではなく機械を操り」ながら、「平和を歌い、労働の未来を歌う」だろう。だから、「形式」のみを美しいと断ずる「芸術至上主義」の時代にとどまってはならず、「双児の姉妹としてある形式と内容」を一つに融合させることによって、詩人は、「熱烈な教育家」の役を演じなければならない。

現代という時代に向けて語るべき言葉を持たぬなら、
詩人は無益な存在というほかはない！……[17]

詩人は同時代に対して有効な言葉を洩らさねばならず、またそうでなければ、「未来はあなたの名前を記憶することがないだろう」というのが、序詩ともいうべき「詩人たちに」を結論づける一行となっている。

すでに触れておいたように、こうした意味のことがらが、十二音節の四行詩のつらなりとして、『現代の歌』の冒頭に据えられているのだが、それが特権を義務ととり違えた凡庸な芸術家の、真摯にして率直な予言者性にほかならぬという点は、もはやくり返すまでもあるまい。

誰に頼まれたわけでもないのに、同時代にとって有効な言葉の担い手でなければならぬと思いこみ、またその特権を行使することで詩人は後世に名を残すことになるのだろうと予言したマクシムが、その若き日の確信と、その部分的な達成とも思えた晩年のアカデミー入りにもかかわらず、今日の文学的な記憶の厚みからすっかり遠ざけられて生きるしかないことの残酷さを、ここで改めて強調しようとも思わない。というのも、文学史が、その顔ぶれに多少の変動はみられながらも、なお永遠に記憶さるべきものと思われている幾つかの特権的な名前をめぐる言説にとどまってはならないからである。それについて人が語るものの歴史であると同時に、文学史は、それについて人が語ろうとはしないものの歴史でもなければならぬ。特権的な才能の持主たちが文学を支えているのではなく、凡庸な資質しか所有していないものが、その凡庸さにもかかわらず、なお自分が他の凡庸さから識別されうるものと信じてしまう薄められた独創性の錯覚こそが、今日における文学の基盤ともいうべきものだからである。文学と文学ならざるものとは異質のいとなみだという正当な理由もない確信、しかもその文学的な環境にあって、自分は他人と同じようには読まず、かつまた同じように書きもしないとする確信、この二重の確信が希薄に共有された領域が存在しなければ、文学は自分を支えることなどできないはずだ。例外的な存在としての自分を確信するというこの典型的な非凡さへの意志、この意志に恵まれた凡庸な芸術家が不断に捏造され始めた一時期、つまりは詩人として生まれたわけではない非凡さの確信者たちがいたるところに生産されることで始まった文学の時代に、文学史を、特権的な才能がかたちづくる星座群のごときものとして思い描くことは、現実を抽象化しながらみずからの凡庸さを忘れようとする歴史回避の試みにほかなるまい。文学の歴史が、それについて人が語ろうとはしない凡庸さをめぐる言説でもなければならないのは、そうした理由による。

無益な誤解を避けるためにも改めて強調しておかねばなるまいが、『凡庸な芸術家の肖像』の話者は、いまあらゆる文学史的な著作が冷酷に無視している一人の作家マクシムを、その不当な忘却の淵から現代へと招きよせ、不幸な群小作家の再評価というあの退屈な儀式をとり行なおうとするのではない。そうではなく、凡庸さの共有のみが文学を支えているという意味でマクシムと同じ文学的な環境に生きていながら、ただ彼が凡庸だったというだけの理由で誰もマクシムについては語ろうとしない事実のうちにまさしく歴史が露呈しているが故に、『凡庸な芸術家の肖像』が語られる必要があると考えているのだ。文学史の理不尽な忘却を埋めるのではなく、その忘却の正当性を理由もなく確信することでなりたっている文学史の概念を、改めて文学史的な言説の対象とするために、マクシムが招喚されることになったのである。だからマクシムの物語は、私自身ではない私の物語、あなた自身ではないあなたの物語として語られねばならないだろう。かりにその私自身ではない私、あなた自身ではないあなたに才能というやつがそなわっていて、あるとき凡庸さの圏域を離脱して非凡さのさなかで目覚めることがあろうと、それはさして問題ではない。問題は、文学史という多少とも制度的たらざるをえない言説が、いまだ凡庸さを対象としてみずからを担う戦略を心得てはいないという事実にある。その事実こそがここで語られねばならない。

では、凡庸さとは、それについて人が語ろうとしない対象だと定義すべきであろうか。だがマクシムは、決して不在の言葉のみを招きよせる寡黙さとしてあったわけではない。彼自身も饒舌な存在だったし、彼をめぐる言葉もまたそれにおとらず饒舌なものであったといえる。そしてその二重の饒舌さの遭遇する場が、間違いなく文学の中に発見できたのである。第二帝政期を通じて、彼は時代を先導しないまでも、少なくとも時代と同調し、そのまわりに言葉を組織しうる人間ではあったからだ。ただその場所は、年をおって徐々に希薄なものとなってしまった。事実、マクシムがアカデミー会員に選ばれてから一世紀ほどの時間が経過したいま、彼を話題にする者はほとんどいない。それなら凡庸さを、あるとき活況を呈しながらも時とともに饒舌であることをやめる言葉だと定義しなおすべきだろうか。生前はそれなりの名声を誇っていながら、その死を境として人が語ることを忘れて行く言葉たち、それが凡庸さというものの実体なのだろうか。もちろん、この定義がまったく間違っているわけではないだろう。だが、時代を超えて響きつづける偉大なる言葉を前にした卑小なつぶやきの群を凡庸さと呼ぶことのために、『凡庸な芸術家の肖像』が語られたりするには及ぶまい。いつの時代にも不幸な群小作家は存在するし、彼らの低い声が容易に時代を超えまいというのは当然の話だからである。

では、凡庸さとはいったい何なのか。それはたんなる才能の欠如といったものではない。才能の有無にかかわらず凡庸さを定義しうるものは、言葉以前に存在を操作しうる距離の意識であり方向の感覚である。凡庸な芸術家とは、その距離の意識と方向の感覚とによって、自分が何かを代弁しつつ予言しうる例外的な非凡さだと確信する存在なのだとひとまず定義しておこう。それは、この物語の冒頭でしばしば問題となった資質なのだが、こうした展望にそって自分の言葉を組織する人間を、ここでとりあえず凡庸さと呼んでおくことにする。自分の言葉が世界にとって有効な何かを含んでいるという確信、それは、言葉を体験として生きる以前にその進むべき方向を計測し、他との距りを計測することによって導きだされる確信である。何の名において、誰のために、いかなる目的で語ろうとするかを心得ている人間、あるいは心得ていると信じることで、誰に頼まれたわけでもないのに自分から口を開いてしまう存在、それが凡庸さだ。そして、その種の存在を許容するかにみえる社会そのものがおさまっている構図も、また凡庸きわまりないということになるだろう。こうした凡庸さにとっては、その計測が現実にどの程度の誤差を含んでいるか否かという事実だけが才能のありかを保証することになる。彼らのうちの誰かがたまたま忘れられたとするなら、それはその計測が修正しがたい誤りを含んでいたからに違いない。あるいは、計測すべき対象を何かととり違えていることもあるだろうが、いずれにせよ、凡庸さとは、やがて歴史の歩みとともに露呈される誤差の相対的な大小にその言葉の正当性を求めようとする精神にほかならない。それは、たんに書き手の問題にとどまらず、読み手の問題でもあるだろう。とりわけ、そうした相対的な偏差の指摘によって、自分の言葉が改めて代弁的＝予言的な機能を演じ、同時代とやらが思い描くにふさわしい展望を、しかるべき距離の意識と方向の感覚とによって提示しうると確信しうる精神というものがここでいう凡庸さなのだ。誰に依頼されたわけでもないのに、率先してそんな展望を提示することの特権を義務であるかに錯覚することの凡庸さ。

だから、改めてくり返すが、凡庸さとは、かつて饒舌でありながらもいまは沈黙に近い状況に陥っているマクシムの言葉そのもののうちにあるのではなく、あくまで、その前言語的な距離と方向の計測者的な役割への確信として露呈するものと理解されねばならない。かりにいまマクシムについて語られることがまれであるとするなら、それは、誰もがもはやマクシムと無縁の存在となったからではなく、むしろわれわれのまわりに無数のマクシムがひしめきあっているからなのだ。どこかで小耳にはさんだことの退屈な反復にすぎない言葉をこともなげに口にしながら、なおも自分を例外的な存在であるとひそかに信じ、しかもそう信じることの典型的な例外性が、複数の無名性を代弁しつつ、自分の所属している集団にとって有効な予言たりうるはずだと思いこんでいる人たちがあたりを埋めつくしているので、いまではもう、誰もマクシムなどという固有名詞を必要としなくなっているというだけなのである。『現代の歌』が書かれてからのほぼ一世紀は、いわば、希薄に拡散化されたマクシムが、着実に民主化されてゆく過程だといえるかもしれない。だからマクシムはいささかも忘れられてなどはおらず、あえて思い出す必要もないほどに文学の全域をおおいつくしている。しかも、それと自覚されることのない複数のマクシムたちの中には、決して文学的才能を欠いているわけではないものもいくつか認められさえする。くり返すが、凡庸さとは、文学的資質の有無とはあくまで無関係である。それについて人が饒舌に反応しようと、またそれを公然と無視しようと、凡庸さは文学にとっては必要不可欠な環境として、文学的感性の組織化に貢献する現実の力になっているというべきなのだ。

『凡庸な芸術家の肖像』としてすでに語られ始めているマクシムの物語がそうであるように、凡庸さとは、一つの比喩ではない。マクシムとは、その凡庸さにおいて何かを象徴しうる特権的な例外ではなく、ごく退屈な日常そのものであるにすぎない。凡庸さは、どこまで行っても凡庸さいがいのものへと人を導くことはなく、何ものによっても置換されえないし、何ものを代行することもありえないのっぺら棒な表層であって、その単調さにおいて人を滅入らせる。だから誰もがそれを回避しようとしながら、避けようとする身振りの単調さによって改めてその環境の一貫性とそれへの加担を証拠だててしまうのである。

サント＝ブーヴの反駁

たとえば『現代の歌』が惹き起こしたという文学的な醜聞、それは、まさしく凡庸さを回避しようとする身振りの単調さによって、当のマクシムにとどまらず、それを攻撃する側の人間までが凡庸さをあたりに蔓延させる運動そのものというべきものであった。醜聞とは、まさしくそれについて語りながら、人がいま語りつつある対象を途方もなく肥大させることで視線から隠蔽し、しかもその対象によって汚染されてしまうという無邪気な悪意の戯れにほかならない。そしてその無邪気な悪意と思われるものは、マクシムにとって願ってもないことだが、アカデミー・フランセーズ会員の高名な批評家サント＝ブーヴ氏によって声高く発せられることになる。一八四三年いらい不死の特権集団に所属していたシャルル・オーギュスタン・サント＝ブーヴは、マクシムによって許された数少いアカデミー会員のリストに載ってはいなかったが、一八四九年から『ル・コンスティチュショネル』紙の月曜日の文芸時評欄の担当者としての世俗的な権威を誇っていた批評家が、その後、政府系の『ル・モニトゥール』紙に移り、詩人として生まれたわけではない凡庸な芸術家の処女詩集を主題として、一八五五年七月二十八日号の「月曜閑談」欄を埋めたことは、その内容が讃辞とはほど遠いものであっても、われわれの物語の主人公にとっては、ひとまずは成功だったということができる。

サント＝ブーヴともあろう人が、なぜ、マクシムの詩集に言及する必要があったかという問題は、いずれ検討することとして、ここでは、その『現代の歌』の評がどんな言葉からなりたっているかを見てみることにする。「月曜閑談」の批評家は、まず、散文作品をめぐる批評にすぐれたものが多いにもかかわらず、詩をめぐる批評がきわめて貧困である現状を指摘しながら、その理由を、詩壇における諸流派の林立と、激しい攻撃合戦にあるとすることで、マクシムへの間接的な批判を始める。こうした諸セクト同士の技術論的な葛藤が、読者はいうに及ばず、批評を志すものをも詩から遠ざけてしまったというのである。マクシムの著作はこうした現状を語るにあたって恰好な材料を提供してくれるとして細部の分析に入る「月曜閑談」の批評家は、『現代の歌』の詩人が、ヴィクトル・ユゴーとテオフィール・ゴーティエの流れをくむ作家であり、何よりもまず、エジプトをはじめとする中近東各地を精力的に歩きまわった旅行家だと紹介した上で、名高い「序文」のアカデミー攻撃の部分への反駁にとりかかる。その反駁にあたって力点がおかれているのは、アカデミーという排他的な特権空間からみて、マクシムの論述に含まれている誤謬を指摘し、それを逐一修正するという手続きである。『現代の歌』の「序文」は、正しい認識にもとづいてはいないというのが、サント＝ブーヴの立論なのである。

たとえば「アテネのアクロポリス」が詩のコンクールの主題として選ばれた理由は、いささかも「廃墟と戯れる」趣味によるものではない、とサント＝ブーヴはいう。ギリシャを訪れた経験のある旅行家なら御承知と思うが、この主題が提示されたのは、近年フランスの考古学者によってなされた美術史的な発見を記憶にとどめるというきわめて今日的な「知」と深くかかわりあってのことである。わがアカデミーは決して過去のみを目指した集団ではない。その証拠に、あなたはお忘れのようだが、いまから数年前に、「蒸気機関の発明」が課題として示されていたことを指摘しておきたい。マクシムが「蒸気機関車」を韻文で歌うよりはるかに早い時期に、アカデミーはこうした近代科学の発展と文学との融合を試みてさえいたというのだ。

総じて、サント＝ブーヴの論述には、若い率直な詩人の文学的な無知をさとす調子が感じられる。科学と文学の融合など、なにもフンボルトを持ち出さずとも、前世紀にフランスのフォントネルがみごとにやってのけていはしないか。しかも『現代の歌』の著者は、文学に関して無知であるように、アカデミー・フランセーズについても何も知らないとサント＝ブーヴは追いうちをかける。

　私は真実望むのだが、たとえばテオフィール・ゴーティエといった著者の親しい友人の一人が、一日でもいいからいつの日かアカデミーに入会して、〔ユゴーの戯曲の〕『城主』の洞窟かほら穴のようなものとして思い描いているこの耐えがたい建物の中で事態がいかにして進展しているかを、氏に教えて下さればよいと思う[18]。

『現代の歌』の「序文」は、その論述のしかたも不充分だし結論もあまりに性急すぎるが、著者のいわんとすることはわからぬではない。こう口にするサント＝ブーヴを支えているのは、いうまでもなく特権者の余裕である。私は「芸術家はその時代に所属し、作品の中にその時代の刻印をとどめていなければならない」と確信している点でマクシムに同意すると余裕ある特権者は論を進める。たしかに今日、詩はその豊かな表現を失ないつつありはするだろう。しかし、それは主題を欠いているからではなく、たんに才能ある詩人を欠いているというだけのことではないか。こう述べながら、マクシムが主張する新たな詩的霊感のありかを現代に求めるという視点をしりぞけるサント＝ブーヴは、残されたほんの数ページでその詩作品を論ずることになる。だが、そこには、注目すべき記述はほとんど含まれていない。「序文」の宣言にそって書かれたものといいうるのが、例の「蒸気機関車」の一篇を含む「物質の歌」ばかりであること、残りは、個人的な心の傷を歌った伝統的な抒情詩にすぎず、その多くの韻がかなり単調な音のくり返しであること、などが強調されているばかりだ。「これはたぶん屈強な性格の持主に違いない」とサント＝ブーヴは結論する。「率直で、ちょっと粗野で、神経があらく、いささか生硬で、勇気があり、熱烈な気質で激しやすくさえあるが、必要以上に自分は憎悪に燃えていると勘違いしている。というのも彼の性格は、寛大なものだからだ。その性格は繊細であるよりは強靭である」といった言葉でマクシムの文学的肖像を描きあげる「月曜閑談」の批評家は、はたして『凡庸な芸術家の肖像』の話者と、多くの説話論的な要素を共有しうるであろうか。

こんにち、マクシムの物語を語ろうとするものにとって『現代の歌』の詩人を批評するサント＝ブーヴの言葉は、そのほとんどが無駄な饒舌であるように思われる。ひとこと、この詩人には才能がそなわってはいないといえばいいものを、それだけは口にはしまいとするために、無益な修辞学的迂回を試みているようにみえる。われわれが確信をもっていいうることがらは、このマクシムに対する権威ある反駁が、ほとんどそれに値いしない瑣末なことがらにこだわる不出来な批評だということだ。あたかもマクシムの凡庸さがサント＝ブーヴの筆に感染したかのように、きわめて魅力のとぼしい言葉しか導きだしてはいないのである。それというのも、マクシムの言説を支えていたものが、ここにそっくり再発見されうるからだ。つまりサント＝ブーヴは、この文芸時評で、その距離の意識と方向の感覚ばかりを頼りとして言葉を綴っているのであり、いってみれば誤差の修正いがいのことはしていない。マクシムの文学的遠近法は誤りを含んでいる。彼のアカデミー・フランセーズの認識は正しくない。「序文」の宣言は「物質の歌」についてしか妥当しない。詩人は繊細であるべきなのに、著者はいたって強靭そのものである。こうした言辞は、すべて距離の計測と方向の選択という手続きのみからなっており、その意味できわめて凡庸である。そしてこの凡庸さは、いうまでもなくサント＝ブーヴの才能とはまったく無縁のものなのだ。

『現代の歌』にさかれた「月曜閑談」のページが証明しうる唯一のことがらは、批評的な才能の有無にかかわらず、文学がいまだ凡庸さについて語る術を心得てはいないという事実のみである。凡庸さは、やはり凡庸さとしか出逢うことができないようだ。そしてサント＝ブーヴの不幸は、口を開く必要がない瞬間にも口を開かざるをえないという世界に自分が住まい、近代の言説が、その矛盾を耐えつつ宙吊りされることでしか担われえない現実を身をもって体験しているという点にある。「月曜閑談」の批評家は、まさにその体験をくぐりぬけることによって、詩人として生まれたわけでもないのに詩を書きながら文学と接触を持たざるをえなかったというマクシムに似た過去を持つ自分を、批評家として捏造することにかろうじて成功したのだ。サント＝ブーヴは、ものをいわずにすごせばよかった瞬間にもものをいい、いわねばならぬときにいわずにおくことのできた数少ない芸術家の一人であり、そうすることの意味を世間に納得させた最初の批評家である。たとえば詩人として生まれたヴィクトル・ユゴーであれば、ものをいうべき瞬間に口を開き、黙るべき瞬間に口を閉ざしさえすればそれで芸術家としての資格を獲得しえたのだが、サント＝ブーヴの場合はそうではなかった。そうした自分の過去がマクシムのうちに反復されているのを目にするとき、彼は、ついにそのことに言及せずにやりすごすだろう。はたしてマクシムは、そうしたサント＝ブーヴを模倣しうる存在であろうか。

Ⅶ　旅行者の誕生

コンスタンチノープルの夜食会

一八五〇年というからサント＝ブーヴが『ル・コンスティチュショネル』紙の文芸欄に「月曜閑談」の筆をとり、時評家としての地位を築き始めてからほぼ一年が経過し、数ヶ月前にはバルザックが他界したばかりという年の十一月のある宵のこと、まだ『現代の歌』の詩人でさえなかった二十八歳のマクシムは、同年輩の仲間の一人とともに、コンスタンチノープル駐在のフランス大使が住まう豪勢な邸宅に招待され、大使夫妻を初め幾人かの有力者とともに食卓を囲む機会を持つ。こんにちではイスタンブールと呼ばれるトルコの都市に、クリミヤ戦争の勃発を数年後にひかえたというこの時期に、いったいなんで詩人として生まれたわけでもない凡庸な芸術家が滞在し、どうして大使夫妻主催の夜食会に列席することになったかをめぐっては、いまは述べるべきときではない。同行の友人が誰であるかという疑問も、大使の名前がどのように綴られるかという問題と同様、さして重要な説話論的興味をかたちづくりはしない。

ここで触れておくべき唯一のことがらは、マクシムが食卓で口にしたたった一つの名前のために、夜食会の雰囲気がにわかに重苦しいものになってしまったという点ばかりである。一年近くエジプトから中近東一帯を歩きまわり、いま、二度目のコンスタンチノープル入りをはたしたばかりのマクシムは、将軍という無視しがたい地位にあるフランス大使からパリの文学界の現状について問われ、首府での文学仲間の一人から受けとったばかりの手紙に語られていた才能豊かな同世代の詩人の名前をふと口にする。とたんに大使夫人は顔を伏せておしだまり、将軍は将軍で、意図的な挑発でもくらったかのように身をそらせ、厳しい目つきでマクシムを凝視するではないか。その瞬間は何が何だかわからなかったが、どうやら自分が禁じられた領域に足を踏み入れたらしいことだけは理解できたので、思わず黙りこくってしまうほかはなかったと、三十年後のマクシムは回想する。この夜食会に同席した友人の死が直接のきっかけとなって、アカデミー入りをはたしたばかりのマクシムは『文学的回想』の執筆に踏みきるわけだが、コンスタンチノープルでの一夜にフランス大使を激昂させた名前を持つ才能豊かな同世代の詩人もとうの昔に世を去っているので、この一夜の挿話を披露しうる文学者はいまやマクシムその人しか生き残ってはおらず、しかも語り手と語るべき事件とを三十年の歳月が引き離している以上、それがどの程度まで正確なものであるかを判断すべき客観的な資料ももはや存在しない。それ故これを一つの物語としてとりあえず信ずるふりを装うほかはないのだが、その思いがけないできごとが起こってから十分ほどたち、大使が何かの目的で席をはずしたすきに、大使夫人がそっとマクシムに身をよせ、さきほどお話しの若い才能豊かな詩人というのは、本当に将来を約束されたお方なのでしょうかと低い声で念をおしたという。マクシムはますますわけがわからなくなり、無言でうなずいてみせるほかはなかったというのがことの顚末である。

もちろんマクシムがしたためた『文学的回想』を手にするだろう当時の読者のほとんどは、この若い詩人の名前が大使夫人の前夫のそれであるという事実を心得ている。詩人はフランス大使である将軍の義理の息子にほかならず、彼と義父との関係が想像しうるかぎり最悪のものであったことは、いまでは文学史的な常識として知れわたっている。父親の死と若くて美しい母親の再婚。そして軍人である新たな父親の権威への息子の執拗な反抗。それに心を痛めつつも夫に尽くす再婚した母。物語としてはむしろ凡庸すぎるこうした関係のさなかに、マクシムはそれと知らずに入りこんでしまったわけだ。

だが、ここで語るべきは、この不運な息子の反抗の物語ではない。いま問題となるのは、そのときはまだ面識もなかったその才能豊かな若い詩人とやらが、やがて、『現代の歌』の詩人となった凡庸な芸術家マクシムに一篇の詩を捧げることになろうという事実を、コンスタンチノープル滞在中のマクシムがまだ知らずにいたという運命の皮肉である。それが皮肉であるというのは、こんにちの文学的な記憶が多少ともマクシムに言及しうる機会が、マクシム自身の文学的著作によってではなく、その名前がコンスタンチノープル駐在のフランス大使を気づまりな沈黙へと追いやった当の若い才能豊かな詩人の著作を通してでしかなくなっているからである。この記念すべき夜食会から十年ほどの時間が流れたとき、この詩人が書き残した名高い詩集におさめられた一篇の詩の冒頭に、マクシムあての献辞が印刷されることになるのだが、そのたった一行の文字のつらなりが、マクシムの全著作をも超えた雄弁さで、その名前を文学史に刻みつけることになったからである。サント＝ブーヴが書き残した『現代の歌』をめぐる「月曜閑談」の一章は、よほどのことがないかぎり人目に触れはしないが、フランス大使の義理の息子によってその詩篇の冒頭に書きつけられたマクシムの名前は、ほぼ日常的といってよい頻度で、人目に触れざるをえないものなのである。だからフランスの詩の歴史に多少とも通じた読者にとって、マクシムの名はこの才能豊かな若い詩人の友達として記憶されることになる。

ここでいささかの説話論的な逸脱をおのれに許すなら、この宿命的なコンスタンチノープルの夜食会に同席したいま一人の友人は、マクシムがアカデミー入りをはたした年の五月に世を去り、マクシムがその葬儀に参列しそびれたことで不思議がられもしたあのギュスターヴと同一人物であると記しておくべきだろう。そして、フランスの小説史にいささかでも通じている読者であれば、マクシムの名前は、二十代の後半という修業時代にともにエジプトから中近東一帯を歩きまわったギュスターヴの親しい友人の一人として記憶していることだろうが、いまはそのことに触れるべきときでもない。さしあたっては、ギュスターヴほど深い親交関係を結んだわけではないコンスタンチノープル駐在フランス大使の義理の息子の名前を、シャルルとのみ記しておけばそれで充分だろう。シャルルの友人としてのマクシム。それも、現実の出会いを演ずる以前に、文学仲間からの手紙によってその名を知らされたマクシムが、家族的な悲劇の主人公として提示しているシャルルととり結ぶことになる交友関係は、もっぱら文学的なものであった。いきなりシャルルから一篇の詩を捧げられたとき、マクシムがその礼状を発送すべき住所さえ知らずにいたことからも、二人の関係がさして深からぬことがうかがい知れるだろう。それは、たとえばギュスターヴとマクシムの仲のように、多少の行き違いはあったにしてもたえず顔をつきあわせ、手紙を交換しあい、一緒に旅行をするといった間がらではなく、もっぱら職業的といってよい仲だったのである。だから、詩を献呈されたことは思ってもみない不意撃ちだったに違いない。なぜ、あの男が俺に詩を捧げたりするのか。このマクシムの驚きは、そのまま読者のものでもあるだろう。時評家としてのサント＝ブーヴがその職業的な使命感から『現代の歌』に言及するのはわからぬでもない。だが、どうして詩人シャルルは、マクシムに詩を捧げてみたりしたのか。

シャルルの献辞

この驚き、というより場違いな印象は、マクシムに捧げられた詩篇が、シャルルの残した詩集の中でもっとも長く、しかも全篇をしめくくるかたちで詩集の最後に置かれていることを考えあわせるとますます大きなものとなる。ここでは十九世紀のフランス詩の歴史の復習が問題ではないのだからそれはどうでもよいことなのだが、叙述を簡略化する意味から、その詩集の題名をとりあえず『悪の華』と記しておくことにしよう。この題名のもとに知られているシャルルの詩集は、一八五七年に一冊の書物として刊行された折に、良俗にとって思わしからぬものとしてそのうちの幾篇かが告発されたことで名高いが、マクシムに捧げられた一篇はその中には含まれていない。というのも、「旅」と題されたその一篇は、一八五九年の二月ごろ書かれ、同じ年の『ラ・ルヴュ・フランセーズ』誌の四月十日号に掲載されたうえで、一八六一年の『悪の華』の第二版からその末尾を飾ることになったものだからである。一八五七年版の詩集が大きく五つの部分からなっていたのに対し、三十五篇を新たに追加した六一年の第二版が六部にわかれているといった書誌学的な知識はこの際どうでもよいことだが、その最後の部分がいずれにあっても「死」と題された段落であることは、いちおう注目しておくべき事実かもしれない。つまり、新たに書きたされた「旅」は『悪の華』の最後におかれた「死」の部分をしめくくりつつ、全篇を結論づける性格を帯びているのであり、その意味で、この一篇に詩人シャルルがこめようとしていた役割は無視しがたいものだったと想像することができるからである。そんな一篇が、凡庸な芸術家マクシムに献じられていることの奇妙さはどうか。『現代の歌』の詩人にとって、それが不愉快なものであろうはずはなかろうが、いささか唐突な驚きであったことは、すでに述べたごとく、礼状を書き送るべきシャルルの住所をマクシムが知らなかったことからも明らかである。しかも、その「旅」と題された詩が、どうやら自分の書いた詩の「旅人」と何らかの関係を持っているらしいと即座に気づかずにはいられないマクシムにしてみれば、妙にくすぐったい思いをせずにはいられなかったろう。

そこでマクシムは、シャルルから「旅」の詩を捧げられたことの理由を、あれこれ穿鑿してみる。自作の「旅人」の詩は、一八五一年の三月、ナポリ滞在中に書かれたものだ。コンスタンチノープルからギリシャをまわり、アテネのアクロポリスをこの目でしっかりと見とどけ、二年に及ぶギュスターヴとのエジプト中近東旅行をほとんど終えようとしたときに、骨休めのつもりで逗留したイタリアの地で書かれたのが「旅人」なのである。

シャルルと識りあったのはそれから一年後のことだとマクシムは回想する。五二年の夏の休暇の折に、パリ郊外の別荘にあの男がたずねて来たのである。男はわたしを見るなり「喉が渇いた」と奇妙な挨拶を送り、ボルドーとブルゴーニュの二本の葡萄酒の壜をたちまち空にしてしまった。風采も衣裳も奇妙なもので、ときには緑色の髪の毛を風になびかせたりもしていたものだ。ところで彼がわたしを訪問したのは、わたしが雑誌を持っていたからにほかならない。当時の前衛たちを結集した文芸雑誌『パリ評論』の事実上の編集長の地位にわたしがいたからである。実際、それまで一年に一篇ほどの詩を新聞や雑誌に発表していただけのあの男に、まともな発表の機会を与えてやったのはこのわたしではなかったか。『パリ評論』誌に発表された「人と海」と「聖ペテロの否認」とは、(19)詩人シャルルにとっては事実上のデビューを意味してはいなかったかとマクシムは胸をそらせる。そういえば、あの男は何かにつけてわたしを模倣するようなところがありはしまいか。というより関心の所在が同じ方向を示していて、美術評論の分野では、いわゆる「官展」の批評や万国博覧会の美術評などを発表する。かと思うと、短かい小説など書いているところなども似ていないではない。しかも、わたしが詩集『現代の歌』で評判をとると、それに続くといったあんばいに『悪の華』で世間をさわがせもする。唯一の違い、それは『悪の華』の詩人がたえず金に困っているのに、わたしにはある程度の財政的な余裕があったという点だ。ことによるとあの男は、かりに小額であれわたしに対して持っている負債を、この詩の献辞によって帳消しにするつもりなのだろうか。彼が、わたしからうけた好意を決して忘れてはいないと書き送ってきたのは五八年の一月のことだ。そしてその一年後にこの「旅」の詩がわたしに捧げられている。しかも、その作品の冒頭にわたしの名前をかかげるための許しを求める鄭重な手紙さえ送ってよこした。とするなら、シャルルとの関係において、すべてがわたしの優位を証拠だてていはしまいか。だいいちシャルルは、『現代の歌』の「序文」で徹底的に攻撃されたアカデミー・フランセーズ入りを策動し、しかもその立候補をとり消さざるをえない破目にまで追いこまれてさえいる。こちらには彼に対するいかなる負い目もない。というよりわたしは、陰ながら彼の世話を焼き、面倒をみてやる立場にさえあったのである。

だが、とマクシムはさらに疑念を呈することもできたはずだ。だが、それにしては、一見鄭重ともみえるシャルルの手紙にはどこかしら奇妙な言葉遣いがまぎれこんでいはしなかったか。「久しい以前から、私はあなたにこそふさわしく、かつまたあなたの才能に対する私の共感の表明に役立ちうるようなものを書いてみたいと目論んでおりました。とりわけあなたに気に入っていただけたかどうかという点が重要な問題なのです」という文面には、間違いなく「旅」の詩人のへりくだった調子が感じとれはする。だが、それに続く一行はどうか。

この拙作の一貫してバイロン風な調子がお気にめさず、たとえば進歩というものに対する私のふざけた調子、あるいは旅人の見たものが凡庸なものごとばかりだといった点だの、さらにはどんなことにであれあなたが驚かれたりすることがあるのだったら、率直に仰言って下さい。あなたのためなら、変らぬ喜びをもって別の何かを書くつもりであります。[20]

それでは、まるでわたしの気に入らぬ部分があることをあらかじめ予想しているみたいではないか。いや、それは考えすぎというものだろうか。というのもシャルルは、ふたたび敬意にみちた文章にもどっているからだ。「しかし正直なところを申しあげますと、あなたにこのことのお許しを求めることなしには、あなたの名前に捧げられたこの作品を印刷することができなかったのです」。

こうした文面からなるシャルルの手紙にマクシムがどんな返事を書き送ったかは知ることができない。だが、同じ手紙に予告されている『同時代』誌にではなかったが、前述のごとく『ラ・ルヴュ・フランセーズ』誌にマクシムへの献辞をともなってこの詩が発表されているところから察するなら、その許しが得られたことは間違いない。そしてその形式をそっくり踏襲するかたちでこの詩篇が『悪の華』第二版の最後に挿入されたとき、マクシムがシャルルに対していだいていた優位と劣性との関係はゆるやかに逆転し、やがてはその逆転した関係が文学史の常識として定着することになるだろう。新傾向の文芸雑誌の編集長として多くの同時代作家の文壇登場に力を貸し、さらには財政的な援助まで惜しまなかったマクシムの庇護者的な立場は文学的な記憶から一掃され、逆に、被保護者としてあった者の著作の中にかろうじてその存在のあかしを求めざるをえなくなってしまうからである。

だが、いま語らるべきは、マクシムが背負いこんだそうした文学的不運についてではない。シャルルと比較して詩的才能が劣っていたが故にマクシムの物語が凡庸な芸術家の肖像として語られるのでないことは、これまで何度も強調してきたとおりである。凡庸さとは、才能の不在とは根本的に異質の、より積極的な資質でなければならない。不在だの欠如だのといった否定的な言辞によってではなく、肯定的な言辞によって積極的に語らるべき過剰なる何ものか、それこそが凡庸さというものだ。であるが故に、凡庸さは感染し、共有され、人を保護する快い環境ともなりうるのである。では、その積極的な資質としての凡庸さは、どんなものとして姿をみせてくるのか。

マクシムに宛てて「旅」の冒頭にその名をかかげる許可を求める手紙が発送されるより三日前の二月二十日に、シャルルは、一人の友人に向けて一通の書簡を送り、その中に次の一行をまぎれこませている。「私はマクシムに捧げる長篇の詩を書きあげた。それは大かたの人の心を震えあがらせ、とりわけ進歩に加担する連中を震えあがらせるてあいの詩だ」。読まれるとおり、献じらるべき当のマクシムに向かっては「進歩というのに対する私のふざけた調子」といささかの留保をこめて語られているものが、ここではあからさまな挑発として意図づけられている。『現代の歌』の詩人が、とりわけその過激な「序文」によって「進歩に加担する」芸術家の最先端に自分を位置づけていることは誰の目にも明らかなのだから、「進歩に加担する連中を震えあがらせる」ことを目論んだ詩をマクシムに捧げることは、明白な悪意とまではいわぬにしても、いささかの茶目気を含んだ悪戯と無縁でないとは断言しがたいはずだ。しかもマクシム宛ての手紙で献辞への同意を鄭重に求めた瞬間に、この「旅」の詩の校正刷りはできあがっており、その冒頭に「マクシムに」の一行がすでに印刷されてしまっていた事実をわれわれは知っている。「旅」とともに、『悪の華』の冒頭近くに据えられた名高い一篇「信天翁《あほうどり》」を印刷したこの校正刷りが、数少ない知人に向けて発送されていたことは、選ばれた一人であるギュスターヴが計画した奇妙な小説のための資料の中からその現物が偶然に発見されてもいるし、間違いのない事実なのである。「とりわけあなたに気に入っていただけたかどうかという点が重要な問題なのです」とマクシムに告白しているシャルルにとって真に重要だったのは、その出来ばえにかなりの自信をもっていたことがうかがえる「旅」にマクシムへの献辞をそえて小部数ながら印刷させ、それをごくわずかな仲間に送ることで『現代の歌』にこめられた進歩と効用性の詩学に対する自分の姿勢をそれとなく明らかにすることだったかも知れないが、しかし、ここではそうした心理的な臆測はさして重要な意味を持ってはいない。さしあたり注目すべきことがらは、そこにいかなる個人的な策略が秘められているのかは推測しがたいマクシムへの献辞がそえられた詩篇「旅」が、『現代の歌』の詩人を念頭において書かれながらも、あのサント＝ブーヴの「月曜閑談」の一章がまとっていた凡庸さを、いささかも共有してはいないという点ばかりである。

旅とその物語

ところでシャルルの詩の註釈を試みようとする者たちの多くは、この「旅」という作品と、マクシムがその前年に発表した『信ずること』との関係を強調しがちである。なるほどそこには、「私は旅する人として生まれ、活動的であり身も引きしまっている」という一行に続いて、「ベドウィン人のように皮膚が乾いてそりまがった足」と「黒人のようにちぢれた髪」の持主である「私」が、疲れを知らぬ旅人として世界を駆けずりまわったさまが語られている。だがシャルルがそのとき思い描いているのは、むしろ『現代の歌』に含まれている「旅人」と題された詩篇だろう。

旅人よ！　旅人よ！　何故にひたすら歩き続けるのか？
何故、たえず新たな地平線を追い求めるのか？
何故、宇宙にお前の青春をふりまいてしまうのか？
何故、眠りがお前をせきたてるとき眠ろうとはしないのか？
何故、あいもかわらずテントを張り、決して家で寝ようとしないのか？(21)

の五行で始まるマクシムの「旅人」には、「私は立ちどまるのが恐しい。それは私の生の直観なのだ」という詩句が示すとおり、不断に歩み続けねばいられない彷徨者の苦悩と、にもかかわらず、「何ものにも興味を示さぬ心をいだいて、内にこもった苦しみにさいなまれて／ものいわぬ墓の中に埋められるより」世界の表情と接しあっている方が好ましいのだと結論づける旅人のはかない慰めとが語られている。こうしたマクシム的な旅人の姿勢が、「旅への誘い」を歌い「この世のほかならどこへでも」とさえ口にしながら、生涯一貫して室内の旅人であることをやめなかったシャルルの詩的想像力とあい容れるものでなかったことはいうまでもない。シャルルは書く。

私たちは蒸気船にも乗らず帆船にも乗らずに旅をしてみたい！
私たちの住まう牢獄の倦怠をはれやかに彩るために
カンヴァスさながらに張りつめられたこの精神という幕の表面に、
驚くべき旅人たちよ、地平線に縁どられた思い出の光景をどうか次々に映しだしてほしい。(22)

こうして動こうともしないままシャルルが思い描く旅が、不断の運動からなるマクシムの旅ときわだった対照におさまっていることはいうまでもない。マクシムにとっての旅が、あくまで「蒸気船に乗り帆船に乗っ」ての空間的な踏査であり、それにともなう肉体的＝精神的な試練をくぐりぬけることであるとするなら、シャルルにとってのそれは、いかにして「時を欺くか」という時間との垂直な対決ともいうべきものであり、だからその過程で何ごとか未知のものをさぐりあてることができるとするなら、その獲得は存在の放棄なしにはありえぬものとなろう。マクシム的彷徨者がたえざる運動の過程で世界のすみずみにまで播き散らすものがたかだかその「青春」でしかないとするなら、いつはてるとも知れぬ持続を耐え続けてきたシャルル的空想の旅人が船出しようと口にするとき、その旅のはてで手にするものは「死」そのものだといえるだろう。その意味で、シャルルの「旅」はマクシムの「旅人」よりもはるかに遠い地点まで見透かしているといえようが、実は、この二人の詩人の詩的想像力の比較など初めからどうでもよいことである。というのも、『凡庸な芸術家の肖像』の説話論的な持続を担う話者にとって、マクシムの詩的な才能の欠如は自明の事実であり、その際、シャルルとの比較は、すでに始まっている物語の貧しい同語反復でしかないからである。ここでの問題は、マクシムその人に捧げられているシャルルの「旅」が、おそらくその作者の意図を超えたところで、詩人として生まれたわけではない芸術家にとっての凡庸さそのものを、積極的に定義することに貢献しているという点にある。

凡庸さを、何ものかの欠如としてではなく、過剰なる何ものかとして具体的に触知すること。それがこの物語の主題というべきものであるとするなら、不断の運動によって空間を踏査するマクシム的「旅人」と、室内にとどまったままの空想的旅行者シャルルとの比較はほとんど意味を持ってはいない。マクシムが凡庸であるとするなら、「乾された海藻の上に、山の頂きに、激流の岸辺に、人里はなれた岩の上にこそ身を横たえてまどろむべきなのだ」と説く

『現代の歌』の詩人が、そうした孤独な彷徨者を顕揚するかにみえる詩的姿勢にもかかわらず、実は、旅をいささかも無償の運動体験とは見做してはいないからである。

無償という言葉が惹き起こしがちな誤解を避ける意味からいいそえるなら、旅は、旅を表象するものの生産を伴わぬかぎり旅とは認識されてはいないとすべきかもしれぬ。表象という言葉がまぎらわしいというのであれば、さらにはそれを証拠といいかえてもよい。つまり、旅は、「旅行記」の執筆とその過程で撮った「写真」の整理を伴わぬかぎり、マクシムにとっては旅ではないということだ。もちろん『現代の歌』の詩人は、そうしたことがらを作品の中に詩句として書き残しているわけではない。彼はむしろ、『現代の歌』を刊行することで、みずからの青春そのものを旅になぞらえ、その旅行記の執筆を実践したというべきかもしれない。しかも、進歩と効用性とに加担することで、旅の未来図までをも描きあげようとしているのである。未知の世界の表情と触れることは、その風景を知識としてたくわえ、それによって存在を豊かにしうるものだとする確信がマクシムにある。だからその個人的な豊かさを人びとに共有させるために「旅行記」と「写真集」とを刊行することが義務だと彼は考える。ここでもマクシムは、誰に頼まれたわけでもないのに、その個人的かつ特権的な旅人としての体験を、人類の知的資産として民主化すべき義務があると信じているのだ。この確信が凡庸さを特徴づける第一の側面であることはすでに見たとおりである。だがここではそれに続く第二の側面について触れておかねばならない。それは、時間的なものであれ空間的なものであれ、人が一般に旅と呼びならわしている体験が、「旅行記」なり「写真集」なりの生産を可能としないかぎり、体験としての濃度を希薄化するような印象を与えるという、体験の物語化の傾向の中に姿をみせるものなのだ。つまり、あるできごとを言葉で記録し、それをフィルムにおさめないかぎり何ものかを喪失したような心もとない気持に襲われ、それを言語による、あるいは映像による物語として再編成せずにはいられないという心の動きが、凡庸さの第二の側面を構成するのである。

マクシム以前にも「旅行記」をまとめた詩人は何人もいる。だが、旅行といえば誰もがほとんど機械的に写真機を携帯するという、いまでは日常化した身振りを世界で初めて演じてみせた詩人は、まぎれもなくマクシムその人であろう。マクシムにおける旅と写真との関係はいずれ改めて語られることになろうが、旅行と写真機とのほとんど必然的と思われる結びつきに最初に気づき、しかもそれを実践してみせたマクシムは、ある意味ではおそろしく独創的な人間であったということもできよう。そして、具体的な生の体験を物語として知識化するということまた日常化した反応にどこまでも執着したという意味でなら、その独創性はすぐれた典型性を誇示しうるともいえるだろう。『悪の華』の最後におさめられたシャルルの詩篇「旅」は、おそらく作者自身の意図や策略を超えて、こうしたマクシムの凡庸さを二重に浮きあがらせてくれる。シャルルはその中の一行でいう。「旅することで得られる知識ほど苦い知識もまたとあるまい」。あたかもその詩句に盛りこまれた想念に応ずるかのごとく、五十八歳のマクシムはこう記している。

ボードレールは作家として大きな欠陥を持っており、彼はそのことにほとんど気づいてはいなかった。それは、彼がものを知らないという欠陥であった。知っていることに関しての知識は徹底していたが、その範囲はかぎられたものだった。歴史、生理学、考古学、哲学は彼の知識を超えたものだったのである。本当のところ、彼はそうしたものに視線を向けたことなどまるでなかった。彼はフランス植民地を、南アフリカを、インドの地をくまなく歩きまわった。その旅行から何を持ちかえったか。何も持ちかえりはしなかったのだ。まるで、目を閉じたまま旅行したかのようだ。彼が自分の部屋をあとにし、海を渡ったことがわかるのは、たった一篇の詩「信天翁」があるからにすぎない(23)。

ここで語られているボードレール、それがコンスタンチノープルの夜食会で大使の表情をこわばらせた若い才能豊かな詩人であることはいうまでもあるまい。ところで、そのボードレール、つまりシャルルの行った旅行の範囲と「信天翁」の執筆状況についてはマクシムの証言に疑念をさしはさむことはせずにおこう。ここではただ、『現代の歌』の詩人が、旅行を物語として知識化していない点をシャルルの作家的な欠陥だと呼んでいることのみに注目しよう。「旅行記」も「写真集」も伴わぬ旅行は、彼にとって旅行とは呼べなかったのである。そしてそう宣言することの率直な凡庸さは、こんにちではもはや凡庸さと意識されることもなく希薄に共有されてしまっている。実際、未知の世界へと旅立った詩人が「旅行記」を執筆することなく帰還することがあるだろうか。それを出版するか否かはおくとしても、旅先きで撮った写真を整理することに喜びを感じない詩人がいるだろうか。マクシムは、こうして希薄に共有された常識を制度化した最初の芸術家である。旅という運動体験が物語として反復されることなしには旅たりがたいという常識を規格化した最初の芸術家なのである。旅の途中で蒐集した知識を帰宅後に整理し、そこにかたちづくられる物語によって運動体験を表象すること。それが、進歩に加担する芸術家のあるべき姿だとマクシムはいう。これほど偉大な凡庸さを、人は十九世紀の中葉にそうたやすく想像することはできない。

Ⅷ　芸術家は捏造される

レンブラント・インクの物語

一八五一年九月三十日、マクシムは、折からロンドンに滞在中の親しい友人に手紙を書き、どこでもよい、もよりの雑貨屋なり文房具店なりにとびこんで、ある商品を見つけてそれを買ってきてはもらえまいかと頼みこむ。

それは、レンブラント・インクと呼ばれる一種のインクなのだが、濃い煤色をしており、小さな四角いビンに入っている。ふつうはエッチングのために使われているが、これはこの地球上に存在しうるもっともすばらしいインクなのだ。この小ビンを一ダース買ってきてくれたなら、とてもありがたい。(24)

この依頼をうけた同年輩の仲間は、しかし、マクシムの指定した特殊なインクをたやすくさがしあてることができなかったようだ。というのも、パリとロンドンとを何度か往復したこの書簡の次の次の便で、そのレンブラント・インクなるものの商標を、マクシムが改めて詳しく記しなおしているからである。決して長くはない十月十日付の手紙には、実際、冒頭からぶっきら棒にインクの種類だの発売元だのが列挙されており、個人的なことがらの報告が数行続いたかと思うと、またインクの話でその便りが閉ざされることになる。

いわゆるレンブラント・インクにあたるものとしては、まず、ウィンザー・アンド・ニュートン商会のものがあるとマクシムは説明する。それはアウト・ライン用の褐色不褪色性のもので、ロンドン、ラスボーン広場三六番地で買い求めることができる。次のものは、プロント印の褐色インクというやつで、ニューマン商会で売っている。ソーホー・スクエアーの二四番地。後者の方が上質である。「それから、ニューマン商会に行ったら、絵具と鉛筆の値段表をもらってきてほしい」とマクシムは書きそえる。「また、水彩画についた油の汚点をとったり、つるつるした表面に絵具がうまくのるようにするためのゴム状のパテも、ほんの小量でよいから買ってもらえまいか」。そして、大英帝国の首府でこうした買物を依頼されたことに面喰っているにちがいない相手の胸中を察したかのように、彼はその用途を明らかにする。「こうしたものは、いずれも写真のために必要なものなのだ」。さらに、別れの挨拶を書き記してしまってから、マクシムはこうつけくわえる。「それから、赤インクも一ビン買って持ってきてくれればありがたい。何ともまあ、インクばかりで恐縮だが」。それに、商標の指定が続く。改良赤インク。ロンドン、フリート・ストリート、一四九番地。十九世紀中葉のフランスの首府に赤インクが欠乏していたとは思えないから、たぶんこれもまた、写真のために必要な特殊なインクだったのだろう。

ところで、この手紙による依頼をうけた男が、ラスボーン広場からソーホー・スクエアー、ソーホー・スクエアーからフリート・ストリートへとロンドンの街をかけずりまわって指定の品を買いもとめてフランスに戻り、パリのマクシムのもとに持ちかえったか否かを知るてだては、いま何ひとつ残されてはいない。たぶん、今後もまたそれは知りえないと思うが、なぜそれを知りえないかは、いずれ詳述する機会もあるだろう。だが、そのことはさして重要なことがらではない。また、依頼をうけた友人に多少の身軽さと気転とがそなわっていれば、たぶん二度目のインクずくめの手紙が書かれることはなかったろうという想像も、とりあえずは持ちださずにおこう。この手紙がロンドン向けに発送されてから三週間もしないうちに、マクシムとその友人とのあいだにかなり深刻ないさかいが起こり、足かけ十年にも及ぼうとする二人の友情が、決定的とまではいわぬにしても、かなりの部分まで崩壊の危機に瀕したという事実も、当面の説話論的な主題とはなりがたい。その感情的な行き違いから生じた仲たがいについては、いずれかなりの量の言葉が費されることにはなろうが、ここで問題となるのは、レンブラント・インクだのゴム状のパテだの改良赤インクだのが、「いずれも写真のために必要なのだ」というさりげない一行に含まれる「写真」の一語である。というのも、この往復書簡が書かれた一八五一年という時代に、「写真」という単語は、生まれてほんの十年もたっていないものだからである。こんにちの多くの辞書が一八三九年という年号を最初の使用年代と決定しているこの英語起源の語彙は、二月革命直後のフランス社会にあっては、まだ頻繁に流通する記号にさえなってはいない。事実、それは、科学技術の著しい発達とそれにともなう生活様式や風俗の急激な変化によって特徴づけられる七月王政期の後半に生まれた、あのおびただしい数にのぼる新語の一つにほかならず、積極的な「知」の排除＝選別装置たるアカデミー・フランセーズによって正統的な語彙として認定されるのは、マクシム自身が壮大な迂回と逸脱とを介してその特権空間の門口にまでたどりつく一八八〇年の二年前、すなわち一八七八年のことであるにすぎない。だから、一八五一年に写真のために必要なのだという理由から、その親しい友人のひとりをロンドンの雑貨屋から文房具店へと走りまわらせるというのは、決して自然に納得しうる振舞いではなかったのである。それはかなり突拍子もない依頼であり、同時にまた、ずいぶんと独創的な依頼でもあるといえる。いまだ誰とも名指されてはいないこのロンドン滞在中の友人は、それとは知らずに、世界の写真史の上で重要な役割を演じているのだ。

ここでは、発生期の写真史の総復習じみたことをすべきではなかろうが、少なくとも、当時のパリに住む人びとが、こんにちのわれわれが口にする「写真」という言葉によって想像しえたものの大部分は、いまだ「写真」とは呼ばれていなかったという事実は想起しておく必要があろう。誰もが知っているごとく、それは「ダゲレオタイプ」と呼ばれていたのである。その名称は、いうまでもなく技術的開発者としてのルイ＝ジャック＝マンデ・ダゲールに由来する。一八二六年にふとした偶然が契機となって発明されたジョゼフ＝ニセフォール・ニエプスの現実複製装置がダゲールの協力を得て一八三九年にダゲレオタイプを生んだこと、ときの高名な科学者でもあり政治家でもあったアラゴーが、この銀板腐蝕による化学的な映像再現の技術を大がかりな国家援助によって文化的な欲望の磁場に放りこんだ結果、あたかも集中的な設備投資によってフランス全土に拡がりつつあった鉄道の線路網のように、ダゲレオタイプが、語彙としても、装置としても、またそれが生みだす映像としても大がかりに流通していったといった事実は、あらゆる「写真史」的な言説が述べたてている常識である。ところでマクシムは、あからさまに「写真」と口にすることで、この「ダゲレオタイプ」の大流行とは別の領域に身を置いているのである。それは、具体的にはどういうことか。写真のために必要なレンブラント・インクと、ゴム状のパテと、改良赤インクとをロンドンからとりよせる身振りそのものによって、みずからを「芸術家」として捏造せんとしていたのである。そのことの意味をさぐってみよう。

ディスクールの不連続

一八三九年八月十九日に、科学者ドミニック＝フランソワ・アラゴーは、国立科学アカデミー総会の席上、かなり儀式ばった「ダゲレオタイプ」の推薦演説を行なう。彼は政府を説得し、ダゲール自身とニエプスの息子とに多額の終身年金を受給させ、この装置を二十万フランで国家に買上げさせることに成功する。そのことからしても、発生期における写真術の発達が一つの政治的な事件であったことは明らかであろうが、ここで注目すべきは、「ダゲレオタイプ」の開発というこの技術的な事件が、ある「文化」的な言説＝ディスクールの切断面を露呈せしめることに貢献しているという事実である。その切断面は、「写真史」の言説にあっては、「ダゲレオタイプ」という語彙と「写真」という語彙とが演じたてる葛藤として歴史の表層に浮上する。そしてその葛藤の顕在化に深くかかわりあったマクシムは、まさに、ある一つのディスクールの終焉といま一つのディスクールの生誕とに同時に立ち会いつつ、歴史がたやすく人目にはさらそうとしない不連続性をきわだたせることになる。そして例のレンブラント・インクの一件こそ、マクシムを「文化」的な切断面のこちら側に位置づけ、われわれの同時代人たる資格を彼に賦与する事件なのである。しかも、そのとき、一八五一年という年号の重要性が明らかになってくるだろう。そこでこの『凡庸な芸術家の肖像』の話者は、ここしばらくのあいだ、マクシムの存在をその説話論的な持続から遠ざけ、一つの「文化」的なディスクールがいかにして切断され、不連続という事態を招致しうるかを観察することにしようと思う。

不連続はいくつかの異質な水準で観察することができる。たとえば「ダゲレオタイプ」と「写真」という二つの語彙を意味論的に考察してみたばあい、そこに顕著な違いが浮びあがってくる。記号としての daguerréotype が、その技術的装置の開発者たる Daguerre の姓からきた普通名詞であることは、すでにみたとおりだ。いわば固有名詞が普通名詞の起源なのである。また、その固有名詞からは、七月王政末期の作家たちがしばしば用いた、ダゲレオタイプを撮る daguerréotyper という動詞も生まれている。この固有名詞から普通名詞が、そして固有名詞から動詞が生まれるという関係は、明らかに起源とその派生という思考の流れをかたちづくっている。起源としての固有名詞が、おびただしい頻度で流通してゆく記号としての普通名詞や動詞の正統性を保証しているからである。ということは、派生した語彙としての普通名詞や動詞の自己同一性は、その起源と照合することでいつでも確認しうるという関係がそこにかたちづくられていることを意味する。ところでこうした関係を「写真」photographie と「写真を撮る」photographier という二つの単語についてみた場合、そこには、その自己同一性の保証として参照さるべき確乎たる起源は存在しない。たしかなことは、普通名詞の「写真」photographie が英語の photography に対応して捏造された新語にすぎないという点ばかりである。いってみれば、固有名詞ダゲールにあたるべき正統性の保証を単語としての「写真」は持っていないのである。「写真」と「写真を撮る」という普通名詞と動詞とには、起源と派生という語源的な階層的な秩序は存在しない。

ところで奇妙なことに、固有名詞ダゲールは、ダゲレオタイプを撮る人という普通名詞を派生させはしなかった。つまり、その銀板腐蝕による化学的な映像再現装置を操作する行為の主体を名付けることなく終ったのである。あたかもその事実に対応するかのように「写真」の一語の周辺には、ごく当然のこととして「写真を撮る人」すなわち「写真家」photographe の一語がかたちづくられる。たしかに、「写真家」の一語の定着は「写真」の一語の捏造より時期的にいって数年の遅れをみせてはいるが、「写真」、「写真を撮る」、「写真を撮る人」のあいだには、いかなる起源＝派生の関係も認められはしない。そこでは、何ものも特権化されることのない三つの記号が、同一平面上に同じ資格で戯れあっているばかりである。だから、意味論的にいって、写真をめぐるもろもろの語彙は、特権的な起源を持つことなしにきわめていかがわしい捏造の風土に自分を位置づけているとみることができる。

ところで、「技術」史的な領域へと視点を移行させてみた場合、その不連続性はどんなところに姿をみせるか。ダゲールの装置によって得られる画像は、いわゆる直接陽画方式と呼ばれるものの特徴として、被写体とは左右を逆転した構図におさまらざるをえない。カメラ・オブスクラの原理からして当然なこの左右顚倒現象は、銀板の表面の腐蝕によって形成される凹凸そのものを、唯一無二の画像として生産する。つまり、「ダゲレオタイプ」が定着するイメージは、印刷に類する手続きを踏んで左右の逆転性を調節しないかぎり、それ自身としては決して外界の正確な再現とは呼べぬものなのだ。

その点からして、次の事実が明らかになる。すなわち、「写真史」の言説がその発生期の一挿話として語る「ダゲレオタイプ」なる装置は、近代の特権的な発明たる「印刷術」の可能性増大に貢献すべきものとして定義されるのだ。この装置の起源ともいうべきニエプスによる「エリオグラフ」が持っていた印刷への潜在的な順応性がその事実を証明していようし、またニエプスの甥たるニエプス・ド・サン＝ヴィクトワールが伯父の発明を写真製版術の方向へと発展させている事実もきわめて象徴的である。いずれにせよ、左右が逆転したかたちでの直接陽画方式の装置は、「知」の歴史の上でまったく未知のものではなかった。それ自身が「知」の民主化に貢献した「印刷術」を生み落としたのと同じ思考が、ダゲレオタイプの開発を支えていたからである。

ところで人がこんにち「写真」と呼んでいる複製装置を支えているものは、濃淡の反転によって獲得される陰画の間接的な存在である。そしてこの陰画から間接的に陽画を定着させる技術は「印刷術」によって象徴されるルネッサンス以来のヨーロッパ的思考にとって、まったく未知のものだったとはいえぬにしても、だからといって、一つの制度的な思考の歴史をかたちづくっていたとはいいがたい。一つの技術的な切断が認められるのは、まさしくその点なのだ。

「ダゲレオタイプ」の直接陽画方式によって獲得された画像は、それじたいが唯一のイメージである。その意味で、左右が顚倒しているとはいえ、それがまぎれもなくオリジナルを構成し、印刷を介して左右の関係を調節されたものは、文字通りそのコピーである。「写真」によって定着された陰画は、それじたいが唯一無二のオリジナルではありえない。「写真」にあっては、陰画という中間媒体を通して得られたものが、いわばオリジナルを欠いたコピーにほかならず、むしろオリジナルとコピーという関係そのものを否認する無限の反映の戯れといったものを生み落とす。ここに、第二の切断面が姿をみせるのだ。意味論的な水準で起源とその派生の関係を否認した「写真」は、技術論的な視点からしても、オリジナルとコピーという関係を否認しているからである。

この二重の否認は、とうぜんのことながら「知」の歴史の上にも一つの切断面を浮きあがらさずにはおかない。というのも、ニエプスからダゲールへと伸びる「写真史」の草創期は、あくまでも特権的な「知」の所有者がその「知」を大衆化することで「文化」的な諸制度を維持していた時代に所属しているからである。その時代の思考は、「知」の特権的な所有者こそがまぎれもなく「文化」の起源であり、またそのオリジナルな姿だという信仰によって維持される。そこにあっての「知」の民主化とは起源からの派生にほかならず、オリジナルからコピーを生産することにすぎない。記号として社会に流通する「知」を正統化するものは、起源としてあるオリジナルな存在の特権性なのである。その特権者こそ、唯一の本物であり、自己同一性を保証する真実でもあるのだ。「ダゲレオタイプ」は、こうした「知」の民主化というディスクールを支える象徴的な装置にほかならない。というのも、ダゲールその人は、いささかその規模においておとりはするが、レオナルドいらい西欧に何人も生産された特権的な「知」の所有者の一人にすぎなかったからだ。それ故、ヨーロッパにとって、その存在はいささかも不思議なものではなく、そこにフランス大革命が介在し、「知」の配置が集中化から民主化へと変化したかにみえても、起源とその派生、オリジナルとそのコピーという対応関係は、ルネッサンスいらい七月王政下のフランスにいたるまで、いささかも構造的に変質しはしなかったからである。

ところで、ロンドン滞在中の友人に向かって写真のために必要なのだという理由で、レンブラント・インクだのゴム状のパテだの改良赤色インクだのを買い求めることを依頼したマクシムを呼びもどさねばならないのは、まさしくこの瞬間である。というのも、彼がやろうとしていることがらは、この「知」の民主化のディスクールとはまったく異質のくわだてだからである。ある意味からすれば、しばしばそうした言説を口にしたこともあり、またその事実によって凡庸な存在たらざるをえなかったマクシムではあるが、まさしく一八五一年という時期に「写真家」たろうと試みたことで、彼は、かろうじて「芸術家」の仲間入りをすることができたのだ。というのも、これまで回避されていた「芸術家」の定義が、とりあえず、「知」の民主化のディスクールを口にしえない人びとの群と理解さるべきときがきているからである。

自然と不自然

「芸術家」とはいささかも普遍的な存在ではなく、厳密に歴史的な存在である。それは、一八五一年の周辺に大挙して出現した、あの永遠の美などとはいっさい無縁のいかがわしい連中にほかならない。では、マクシムがその一人であるという「芸術家」とは、どんなふうに生産されるか。彼らは、模倣すべくモデルなしに唐突に生産される。つまり、みずからを捏造する人種なのだ。それはどういうことか。

たとえばダゲールは自分自身を捏造したりはしなかった。意識的であると否とにかかわらず、彼は一つのモデルに従って特権的な「知」の所有者となったのである。それはかりにレオナルド的モデルとしておくこともできよう起源としての創造者、オリジナルな存在としての真実の所有者である。いわば彼らの想像力が、その自己同一性の保証となりうるようなモデルを模倣することで、何人ものダゲールの生産は可能である。つまり彼らは、由緒正しい存在なのだ。そしてその正統性を確認する手段として、起源と派生、オリジナルとコピーといった概念が一つの階層的秩序をかたちづくっている。小説家バルザックも、詩人ヴィクトル・ユゴーも、そうした秩序の中で小説を書き詩を書いたという意味で、「芸術家」ではない。彼らの創作活動は、本質的にはダゲールによるダゲレオタイプの開発と同じ言説をかたちづくっているからである。

だが、たんに才能の問題ではなく、ディスクールの構造として、小説家でもなければ詩人でもありえなかったマクシムは、何ごとかを口にするためには自分自身を何ものかに変装させねばならなかった。バルザックやユゴーに続いて小説や詩を書こうとしていながら、実は、模倣すべきモデルを持たない自分を意識せざるをえなかったのだ。おそらく、意識的であったかあるいは無意識的であったかが問題となる以前に、彼の思考と言葉とが、「知」の民主化のディスクールからひそかに逸脱していたというべきかもしれない。これまでしばしばマクシムのことを「詩人として生まれたわけではない」と呼んできたのは、この逸脱のことをいったわけで、実は詩的才能の有無とは直接関係のない一つの歴史的現実をそう表現したまでのことである。実際、起源と派生、オリジナルとそのコピーという構造が完全に廃棄されたとはいわぬにしても、その有効な機能ぶりの上に記号の流通が保証されてはいない領域では、詩人として生まれたり、小説家として生まれる特権は誰も持ちえないだろう。そんな風土にあって、人はモデルなしに自分を詩人として、小説家として捏造しなければならない。いずれにしても、詩人や小説家としての自己同一性の保証はどこにも存在してはいないのだから、それぞれが、扮装や衣裳によって仮装せざるをえないのだ。存在の基盤となるべきものの曖昧さというか、むしろおのれの自己同一性の希薄さそのものを材料として、何ものかになったふりを装うのだとすべきかもしれないが、「芸術家」とは、このあからさまないかがわしさと積極的に戯れようとする素人集団にほかならない。起源だのオリジナルだのといった概念を思考から一掃し、しかもみずから起源であったりオリジナルであったりしようとはしない「芸術家」たち。彼らは、いってみればオリジナルを欠いたコピー、起源を欠いた派生のようにとりとめもない存在なのである。あるいは話者は、ここで、ピエール・クロソウスキーに倣って、いわゆる「シミュラークル」=「模像」こそが「芸術家」たる唯一の資格だというべきなのかもしれない。

だがそれにしても、そのいかがわしい風土に埋没してオリジナルを欠いたコピーと戯れる素人たちが、なぜ、「芸術家」と呼ばれねばならないのか。その理由は、何よりもまず彼らが不自然を糧として生きる存在だからである。たとえば詩人ユゴーにとって、小説家バルザックにとって、書くことは一つの自然ないとなみである。少なくとも、それが自然なことだと容認されていた「文化」的風土の中で、彼らは詩人として生まれ、小説家として生まれている。また、その自然さを前提として、初めて「知」の民主化のディスクールが活況を呈することもできたといえるだろう。その意味では、ダゲールもまた自然な存在であった。というのも、彼が開発した銀板腐蝕による化学的な複製装置は、それが定着する画像の左右の逆転的な性格によって、水の上の反映、あるいは鏡の中の反映と構造的にはまったくかわらない自然現象を模倣することになるからだ。そのコピーではないオリジナルな「ダゲレオタイプ」の表面に認めようる映像は、たとえばそれが一つの肖像であった場合、鏡の中の自分が見ている姿がそのまま再現されたものにほかならない。したがって、そこに出現するのはナルシス的な風土ということになるだろう。これほど自然な現象もまたとあるまい。

ところが、陰画にとらえられた影の濃淡を反転焼付けして得られる「肖像」写真は、日ごろ他者の視線にさらしていながらみずからは見ることのできぬ自分自身の顔の再現だという意味で、徹底して不自然な現象だといわねばならぬ。そこに出現するのは、しいていうならウィリアム・ウィルソン的な分身の風土というか、とにかく目の前に、いま一つの別の自分がぬーっと顔でもみせたときのように、不気味な風土である。だからダゲレオタイプと写真とは、二重化の存在論という視点からして、まったく異質な装置でありながら、そこに自然な技術的発展を認めることの不自然さに人はあまり敏感ではない。もっとも不自然さというなら、この二つの異質な装置が定着する画像を比較した場合、人は、ダゲレオタイプにみられる左右逆転した構図の方を不自然と断じもするだろう。だが、ここで問題となる不自然さがその点にあるのではないことはいうまでもなかろう。反映は、日常生活の次元でごく自然な現象であり、それに反して分身は、何としても不自然な現象だといっているのだ。

一八五一年のマクシムは、この不自然な装置と親しく戯れながら、「写真家」に変装しようとしている。そのために、奇妙な商標のイギリス製のインクを必要としているのであり、みずからを「写真家」として捏造することによって、彼は「芸術家」たる資格を獲得しようというのだ。このことは、きわめて深刻な事態といわねばならぬ。厳密にいうなら、深刻であるより残酷な事態だとすべきかもしれぬ。というのも、一方では、彼がいかなる模倣すべきモデルもなしに「写真家」への仮装を演じきらねばならないし、また他方では、この「写真」という身元の不確かないかがわしい装置が、まさに「芸術」の敵だという常識化された偏見が世に浸透しつつあったからである。冒頭に引用されたマクシムの手紙が書かれた日付が一八五一年九月であったことの重要性が、ここで改めて指摘されねばならない。というのも、十九世紀中葉における唯一の公認の「写真家」たる「ナダール大王」、つまりあの神話的な写真集『現代人の画廊』で名高いナダールことガスパール＝フェリックス・トゥルナションが職業写真家としてそのアトリエを開設するのは、一八五三年にすぎないからである。だから、マクシムが問題の手紙をしたためたとき、そのまわりには一人の「写真家」もいはしなかった。あるいは、誰が同じ資格で「写真家」たりうる時代だったといってもよい。終身年金とレジョン・ドヌール勲章によって正統化された特権的な「知」の担い手たるダゲールの名誉ある地位など、そこには用意されてなどいはしない。すべての素人たちが頼りなげな手つきで不自然の彫琢を試みていたのだ。そして、写真のために必要なのだという口実でロンドン滞在中の友人にインクの買付けを依頼するマクシムの行為は、まさしくその不自然さそのものといってよい。

では、それほど不自然でいかがわしい振舞いを、マクシムはなぜ、他人にまで強制しようとするのか。それは、当の友人が、すでに一八四九年の暮いらい、「写真家」に扮装しつつあるマクシムの不自然さに充分馴れきった存在だったからだ。この同年輩の友人とつれだって、彼は二年にわたりエジプトから中近東地方を旅行し、遺跡や歴史的建造物の写真を二千枚も撮ってパリに戻ったばかりのところだったのである。ところがマクシムの思惑と違って、この友人は「写真」という不自然と積極的に戯れようとする気配をまるで示そうとはしない。彼が率先して埋没しようとする風土は、言葉という名の不自然さである。そしてマクシムは、言葉を不自然な環境だとは信じなかった。おそらくそこに、彼らの行き違いの遠因がひそんでいるのだろうが、それは当面の主題ではない。いまはさしあたり、みずからを「写真家」として捏造しつつあるマクシムの、「写真家のような芸術家の肖像」の物語をたどりつづけることにしよう。

Ⅸ 仮装と失望

写真機と三角関係

マクシムがロンドンに滞在中の友人にレンブラント・インクの購入を依頼してから一世紀以上の時間が経過した一九六六年のこと、フランスのある美術愛好家向けの雑誌に一枚の写真が発表され、ちょっとした評判をよぶ。パリ国立図書館の司書をつとめるさる女性が発表したその写真が、この物語の主人公マクシムの手になるものと断定されたからである。その断定の根拠についてはいまは触れることをしないが、それが多少となりとも人びとの興味を惹きえたのは、しかし撮影者マクシムの名前によってではなく、もっぱらその画面に写しだされている風景と人物とによってだという点は、指摘しておいてよかろうと思う。縦長の構図いっぱいに認められるのは、決して寺院とか豪華な邸宅といった記念碑めいたものではなく、ごくありきたりな粗末な住居にすぎない。ただ、粗末なわりにはかなり背の高いたてものであり、あら塗りの泥の壁と、木材を組みあわせた支えつきの張出の部分とからして、おそらくは中近東あたりのものと思われる。手前には、何とも判別しがたい灌木が枝をのばし、そうした光景の中央に、たまたま通りがかったといった風情の年齢不詳の男がとらえられている。

男は、トルコ帽のようなかぶりものを頭にのせ、砂漠でも横断するのに適したものかとみえるアラブ人ふうの長いマントを羽織っている。家の壁に落ちる影からあたりに降りそそぐ陽光の烈しさが予測され、空には雲ひとつない。人物は、構図全体にくらべておそろしく小さな人影におさまり、カメラからの位置の遠さを物語っている。とりたててどうという写真でもなかろうが、絵画的な遠近法には無縁のある生なましい印象が、のちに人が写真的と呼びうるかもしれぬ土地の霊感のようなものを見るものに触知させるのに貢献している。迫力があるというか、とにかくしかるべき存在感がそこにみなぎっているのである。

ところで、この写真を発表した国立図書館の女司書の関心は、はたして写真家マクシムの独特な資質からくるものか、それとも何であれ草創期にありがちな大胆な身振りのみが可能にするものかは判断しがたいこの生なましい写真的存在感の分析にあるのではなく、もっぱら、その部分だけは視覚的な迫力を欠いたかたちで構図上に位置している年齢不詳の人物の身元確認にある。そして、おそらくはマクシム自身も想像しえなかったに違いない写真技術の革新の成果を応用しつつ、彼女はその小さな人物の部分のみを拡大してみせたのだ。その拡大図をながめつつ彼女は確信する。これは、誰もが知っているあの男ではないか。そこで、ためらうことなく彼女は一つの名前を口にしてみる。すると、その名前は、一八五一年の九月にロンドンに滞在していたマクシムの同年輩の仲間の名前と正確に一致することになるだろう。難儀しながらレンブラント・インクを買ったか買いそびれたかしたその友人こそが、トルコ帽と長いマントで武装した写真の男だと二十世紀の女司書は宣言するのである。風景はエジプトの首府カイロ、時代は一八四九年暮から翌年の初めにかけてである。彼女にとって重要なのは、時代と舞台装置と人物の自己同一性だ。撮影者がたまたまマクシムであったことは、二義的な問題でしかない。ことによったら、マクシムが必死にさがしまわったレンブラント・インクのおかげでそうした判断がくだせるのかもしれぬというのに、マクシム自身の存在は、あたかもそれが写真家の宿命であるかのように、不在の視線として完全に無視される。可愛そうなマクシム。ロンドンの街で依頼された買物ひとつ満足にできなかったらしい同年輩の友人が写っているというだけの理由で、この写真は貴重な資料を構成することになってしまう。

ロンドンに旅行したあまり気の利かない友人を誰だと名指さぬままに事態をやりすごしてきたのは、何も他意があってのことではない。そのとき彼が、マクシムと比較してさえまったくもって平凡というほかはないありきたりな人間であり、凡庸な芸術家の典型とすら呼びえないほど、ごくとりとめもない存在だったからである。しかしその男は、すでにこの物語の冒頭から姿をみせてはいるのだから、ここで改めてギュスターヴと呼びなおしてもいっこうにかまうまい。その葬儀にマクシムが参列しそびれた友人ギュスターヴ、その若き日のエキゾチックな衣裳をまとった写真が発見されたので、一九六六年にもなってマクシムの名前がふと思い出されもしたのである。[25]

もっとも、マクシムの撮影した写真がそれなりに興味の対象となったのは、このギュスターヴを撮ったものが初めてではない。この発見に先立つ一年前、すなわち一九六五年にパリの装飾美術博物館で「ニエプスからマン・レイへ」という一世紀にわたる写真の歴史の回顧展が催された折にも、その「イブサンブールの巨像」(26)という驚くべき力強い一枚を初め、数点の彼の作品が一般観客の前に展示されているのである。この展覧会のカタログに、決して数多くはない図版の一枚として採用されている点からしてもマクシムの代表作とみなしうる「イブサンブールの巨像」は、その巨大な彫像の横顔が描く端正な曲線と直線の交錯ぶり、画面を斜めに横切る切りとられた岩山の稜線をはさんでの光と影のコントラスト、そして俯瞰気味ながら巨大感を強調するアングルや距離の選択の妙、といった幾つもの理由によって、おそらく撮影者自身の審美観や技術的な束縛、あるいはその遺跡の正確な再現への意志といったものを超えて、圧倒的な迫力をもって見るものの瞳に迫ってくる。そこには、未知の自分自身との遭遇にほとんど驚いている写真家マクシムの戸惑いのようなものすらが感じられるのだが、この写真にあっても、それをよくみてみると、構図の中心あたりに、間違いなく西欧人と思われる豆つぶほどの人物が写っている。そしてこの物語の話者となろうとは思ってもみない東洋の一青年は、パリの装飾美術博物館でこのイメージに初めて接した瞬間、上半身を裸にしたこの小さな人物がギュスターヴでありうる50パーセントの確率を、ある感動とともにはじきだしていたものだ。だが、その確率が二分の一であるという理由はここでは詳述しまい。いまはさしあたり、模倣すべきモデルも持たずにみずからを写真家として捏造しようとしていたマクシムが、その捏造に100パーセント成功していたという事実を指摘するにとどめておこう。その意味でなら、一九六六年の女司書の振舞いは、マクシムが写真家だったという事実の再確認以上の価値を持つものではなかろう。いずれにせよ。国立図書館の女司書がギュスターヴその人だと断定しうる確率はこれまた50パーセントを超えるものではないのだから、その意味でなら、人は、彼女の発見の一年前に展示されていた「イブサンブールの巨像」の中央に認められるギュスターヴらしき男の人影に、より大きな関心を示すべきであったのだ。

だが問題は、このギュスターヴらしい男の人影が本当にギュスターヴその人であるかどうかを決定することにあるのではない。女司書がギュスターヴである蓋然性が高いと主張するトルコ帽の年齢不詳の男が、聖者アントワーヌに似たたんなる砂漠の隠者であってもいっこうにさしつかえないわけだ。重要なのは、マクシムが二月革命の一年後にエジプトに旅行し、何枚もの写真を持ちかえったということ、そして同年輩の友人ギュスターヴが、マクシムの写真に写っていようといまいと、とにかくマクシムとともに中近東地方を旅したことがあるという事実のみである。さらにつけ加えるなら、ギュスターヴはこの新鮮な科学的玩具にまったく関心を示さなかったこと、そして、友人のそうした冷淡な反応にもかかわらず、マクシムが旅さきのいたるところで写真撮影に熱中したらしいことがこの物語にとって何がしかの意義を持つものであろう。というのも、この二人の友人は、写真をめぐって一種の三角関係に入ることになるからである。もちろん、その三角関係は心理的なものではない。この物語の主題ともいうべき凡庸さをめぐって、二人の姿勢が微妙に食い違うといった、もっぱら芸術家をめぐる説話論的な三角関係がここに成立するのだ。その場合、二つの愛情に引きさかれるのはまぎれもなくマクシムである。彼は写真機とギュスターヴとから同時に愛される。そして結果的には、マクシムは前者への執着を選ぶことになるだろう。というのも、写真機は、明らかに彼を凡庸な芸術家に仕立てあげることに成功したが、ギュスターヴとの友情は遂にそうした役割を演ずることがなかったからである。

知的環境としての失望

写真機は、一八四三年いらい続いてきたマクシムとギュスターヴの友情の中に、いわば理不尽な闖入者として登場する。理不尽なというのは、唐突に燃えあがりながらも当事者がその炎の高揚ぶりを統御しえないような情熱として、という意味に理解されたい。つまり、写真機とマクシムとの恋は突発的といえる準備のなさで始まり、それにふさわしいみのり豊かな成功をもたらすいとまもないまま彼らを放棄してしまうからである。マクシムは、一生写真家であったわけではなく、ごく限られた一時期に、とりあえず写真家に仮装してみせたにすぎない。ギュスターヴに理解できなかったのも、このとりあえずの仮装として表現されるマクシムの写真機に対する愛情にほかならない。

もっともギュスターヴの理解が達しえなかったのもまた当然だと思えるような事情もないではない。というのも、その演技鍛練があまりに真剣な表情で行なわれたので、マクシムの仮装ぶりがとりあえずのものとはとても考えられなかったからである。その意味でなら、マクシムはギュスターヴにくらべて遥かに現代的な人物だったといえるだろう。少なくともマクシムが写真家へと仮装すべき試練をくぐりぬけようとしていた一八四九年という時期に、ギュスターヴは、演技を介して捏造の風土を通過することなしに自分の作家たる資質がおのずと露呈されうるものと確信していたからである。ヴィクトル・ユゴーのように、バルザックのように、詩人として、あるいは小説家として生まれたわけでもない自分が、ある真剣な努力を試みさえすれば、ヴィクトル・ユゴーやバルザックたりうると無邪気に信じていたのだ。演技や、仮装や、捏造へと人を向かわせるものがある大がかりな失望の体験であるとするなら、ギュスターヴがまだくぐりぬけてはいなかった失望をマクシムはあらかじめ体験していた、ということになろうか。もっともここでいう失望とは、夢とその挫折といったあのロマン主義的な幻滅を意味するととらえてはならない。それは、言葉によって自分自身が実現されえないという書くことの不可避的な条件のごく現実的な認識の共有ともいうべき事態にほかならず、いってみるなら、書くことの不可能性と遭遇することでしか人は作家たりえないという現代的な失望が問題なのである。

ところでマクシムにとっての失望の体験がどれほど生なましい傷跡をその存在の表層に残したか否かは、さしあたり問わずにおこう。ただ彼があたりにたちこめる失望の風土を如実に察知しうる敏感さに恵まれていたことは確かだと思う。言葉によってでは自分自身たりえないという必然を目ざとく感じとりながら、彼はその不可能性の淵へと深く埋没することを身軽に回避し、演技と仮装の風土へと滑りこんでゆく。それを実践するのにまたとない機会が、彼に訪れる。それは、一八四九年の秋からほぼ二年近くの時間を費して、ギュスターヴとつれだってエジプトを初め、中近東、ギリシャ、イタリアという地中海文化圏の遺跡を訪ねてみようという計画である。マクシムにとって、非ヨーロッパ的な地中海沿岸地方のイメージは未知のものではなかった。一八四四年の秋から翌年にかけて中近東地方を旅行し、その見聞録を『オリエントの想い出と風景』[27]として出版してさえいるからだ。どうして文学を志す二十歳そこそこのフランス青年がこんな地方への旅を計画するのかという時代風潮をめぐっては何冊の書物もが書かれているが、ここではそれに深く関わることはせずにおき、それが一つの文学的な流行であったとのみ記しておくにとどめよう。そうした事実にもまして重要だと思われるのは、マクシムが、ギュスターヴとつれだっての旅行をもすでに経験していたという点だろう。もはや学生でもなく、かといって定職についていたわけでもない二人の青年は、その数年前に、トゥーレーヌとブルターニュ地方を徒歩で踏査する試みを行なっているのである。

一八四七年五月一日、「ヒースやエニシダの茂みにすっかり囲まれ、あるいは茫漠たる砂浜の波打ちぎわに行って思いのままに息をつこう」と思いたったマクシムとギュスターヴとは、早朝のパリに別れをつげてブルターニュへと旅立つ。そして旅行中のノートをもとに、その旅行記を『野を越え、磯を越えて』[28]としてまとめあげるのだが、それぞれが奇数章、偶数章を担当するというこの書物は、文章修練の意味で二人がみずから課した一つの義務である。つまり、旅からは何かを持ち帰らねばならぬというマクシムの姿勢は、このときすでに芽ばえていたといってよい。この経験が中近東旅行にも反映しており、おまけにマクシムにとって、中近東への旅も、ギュスターヴを同行者とした旅も、これで二度目ということになる。そしてこの余裕が、彼に、写真家へと仮装することを許したのかもしれない。そこでマクシムは、『東方旅行記』の著者でもある詩人ジェラールの忠告にもとづき、テント、靴、食器類一式、薬品類、武器などを調達し、諸官庁からの公式の派遣員となるための理由を捏造し、公用旅券を手に入れ、計画がすべて順調にはこびそうな感触を得たところで、写真術の習得を開始する。この旅行に写真機の携帯が必須と思われた理由を、彼は、のちになってからこう回想している。

> 　これにさきだつ幾つかの旅行ではっきりしたのは、遺跡のデッサンや、記憶にとどめておきたいアングルを模索してまわるのに貴重な時間が浪費されてしまったという事実である。絵筆の運びはのろかったし、正確さも欠けていた。建造物であれ風景であれ、描写を目的として旅先きでとったノートは、時間をおいて読みなおしてみると漠然としすぎていた。そこで、正確な再現を可能にするイメージを持ち帰るには、厳密な機械が必要だとさとったのである。[29]

　この厳密な機械が写真機をおいてあるまいことは、いうまでもない。また、「可能な限り多くの記録を蒐集したい」というのもマクシムの夢であったから、「ある写真家のもとに弟子入りして、化学的物質の処理方法」を習おうとしたのもまた当然であろう。写真機が記録するイメージの正確さと量の豊富さ、これがマクシムにとっての関心事である。彼にとっての旅は、無償の運動であってはならず、あくまで有効なものでなければならない。正確で豊富な資料を持ち帰ることだけがその目的ではないにしても、それはほとんど絶対的な条件としてさえ考えられている。

おそらく人は、ここでマクシムの功利主義的な人格を語りたい誘惑をおぼえるかもしれない。写真によって「知」の領域拡大に貢献し、同時にそのことで自分の地位を特権化したいと目論む功利主義者マクシム。すでに、ボードレールが彼に捧げた詩篇「旅」に触れつつそうした点を指摘しておいたように、マクシムの側にある種の有効性信仰があったことは間違いのない事実である。それが詩集『現代の歌』の主旋律をかたちづくっていたことも見たとおりだし、また、そんな心的傾向が誇張されて解釈され、後世のマクシム像が必要以上にゆがめられてしまったことも事実である。エジプトの砂漠に無心の視線を注ぐギュスターヴのかたわらに、小心翼々たる写真家マクシムを配し、名誉欲ともまったく無縁ではなかろうその有効性信仰を醜悪なものと断ずるというのが、伝統的なマクシムの肖像なのである。実務的な能力にたけ、何でも計画ずくでやってのけるが、そのぬけめのなさにみあったぶんだけ作家としての繊細さを欠き、結局は何ひとつ文学史に残る作品を書きえなかったと誰もが思っているマクシム。勘定高く写真機など持ち歩いたりせず、もっぱら視線に徹しきった同行者ギュスターヴは、この中近東旅行を想像力の実験室として生き、帰国後に、文学史に残る傑作小説の執筆にとりかかろうとしている。だが、マクシムが持ち帰ったものはといえば、一冊の写真のアルバムだけではないか。

いかがわしい素人職人

文学史がマクシムに示す冷淡さの大半が、マクシム自身の性格に由来するものだとしても、しかし、人が、ここで必要以上の苛酷さでマクシムを断罪するのはあたらないと思う。というのも、かりに正確な資料を豊富に持ち帰って「知」の領土拡大に貢献し、その功績が自分の立場を有利なものにするはずだという夢をいだくものがいたところで、その豊富さと正確さとが写真機の特性として即座に可能となるような時代に彼が住まっていたわけではないからである。旅行用の携帯写真機といった便利な装置など、マクシムのまわりにはまだ存在していなかったから、エジプトの砂漠で写真家に仮装するためには、彼は撮影器具一式をそっくり捏造しなければならない。そしてそのためには、職人的な手仕事をもいとわずに、あるいはむしろ職人に徹することで、模倣すべきモデルの見あたらぬ機械を、むしろ素人じみた手つきで組みたてざるをえなくなる。

当時の写真機なるものは、今日のそれとは別物だった。ガラスの乾板も、コロディオン処理も、短時間の画像定着も、瞬間的なシャッター操作も問題とはならなかった。湿った紙片に像を得る方法の時代だったのである。それは時間がかかり、細心の注意を必要とする方法であり、完璧なできばえのネガを得るには、この上なく器用な指と、四十分以上の時間が必須の条件だった。化学液の濃度と使用されたレンズのいかんにかかわらず、最良の光学的な条件下にあってさえ、像の定着には最低二分間のポーズが必要だった。この方法がいかに時間をとるものであろうと、それはダゲレオタイプの銀板と比較すれば目を見はるばかりの進歩をかたちづくるものだった。ダゲールの方式では被写体の左右は逆になっていたし、金属的な光沢のせいでしばしば画像の識別がさまたげられもしたからである。写真術の習得は大した仕事ではなかった。だが、機械一式を驢馬やらくだや人間にかつがせて運搬するのは並大抵のことではなかった。この時代には、ゴム製の水入れはまだ発明されていなかった。そこでわたしは、ガラスのフラスコ、水晶の壜、磁器のうつわを使用しなければならなかったのだが、これは、ちょっとした事故でたちまち粉ごなに壊れかねないものだった。だからわたしは、まるでダイヤモンドの首飾りでも入れるかのような宝石箱を作らせたのである。おかげで、度重なる荷物の積み換えには切ってもきれない衝撃にもかかわらず、何ひとつ壊さずにすんだ。かくしてわたしは、旅の途中で目にとめた記念碑の写真を、初めてヨーロッパの地に持ち帰ることに成功したのである。(30)

「イブサンブールの巨像」はいうに及ばず、国立図書館の女司書が発表したギュスターヴのいるエジプト風景の写真が、こうしてマクシムによって初めてフランスに持ち帰られた二千枚ほどのいわゆるカロタイプの写真の一つであることはいうまでもない。彼は、そのうちの一二五枚の作品を選んで印刷し、それを紀行写真集『エジプト・ヌビア・パレスチナ・シリア』[31]として一八五二年に発表する。ロンドンに滞在中のギュスターヴに購入を依頼したレンブラント・インクとやらは、フランスが持つことになる最初の本格的な写真集の印刷に必要なものだったのだ。それは北フランスのリール市在住の工場主ブランカール＝エヴラールの開発した現像＝印刷技術をかりて、何度もの試行錯誤のはてに完成されたものである。写真集なる書物をどのように作ったものか、誰も知らなかった時代のこと故、マクシムはその工場に何度も足をはこび、印刷の具合をみずから確かめる。それは文字通りの手仕事であり、先行するモデルを持たない捏造品である。一世紀をへた今日、「知」の領域を容易に遡行する文化史的な視点がこのマクシムの写真集にたどりついたとき、人は、それが、いま写真集と呼ばれるものにほどよく似ていることで安心し、写真術の歴史の一貫性を確信したりするのだが、実は、それがほどよく似ていることにこそ人は驚くべきなのだ。その後の文化史が十九世紀最大の写真家として記憶することになるナダールがパリにそのアトリエを開設し、名高い写真集『現代人の画廊』におさめられるはずの有名人の肖像写真を本格的に撮り始めるのは、すでに触れたごとく一八五三年のことにすぎないのだから、一八五二年のマクシムにとって、写真集のあるべき姿などは想像することさえできず、だからその『エジプト・ヌビア・パレスチナ・シリア』は、それを写真集として正当化しうる根拠などいささかも持たぬ、徹底した捏造品だったのである。そのとりあえずの作品が、その後の写真術＝印刷術の進歩にもかかわらず、こんにち人が写真集と呼んでいるものとほどよく似ているというのは、だから驚嘆すべき事態だといわねばならない。マクシムとは、その存在理由の希薄さに長く耐ええたという頑迷さのみによってかろうじて「芸術」的な風土の一端に自分を位置づけるあの素人集団の一人にほかならない。その存在理由の曖昧な素人が、これまた正当な根拠を欠いた写真集の捏造に加担する二重のいかがわしさ、この二重のいかがわしさと積極的に戯れうるものこそが、「芸術家」なのである。

やがて「ナダール大王」の尊称によって写真の市民権獲得に貢献することになる一介のカリカチュア画家ガスパール＝フェリックス・トゥルナションは、マクシムがギュスターヴとともにエジプトの砂漠を横切りながら写真家へと仮装しつつあったそのころ、コミックな絵入り新聞の創刊に腐心するかと思えば、ロシアのポーランド進攻にいきどおる博愛的な「芸術家」の一人として遥か東欧まで足をはこび、危険人物としてドイツの牢獄につながれもするという、これまた存在理由の希薄な素人そのものとして振舞っていた。そうした曖昧な風土の中で肖像写真家としての自分を発見して流行の先端に位置し、何度もの経済的破綻を経験しながらも、印象派展の影の後援者となり、やがて軽気球乗りへと変貌してゆく写真家ナダールの誰もが知っている経歴をここで改めてたどりなおそうとは思わぬが、そこに、マクシムの場合にも共通する一つの文化的風土の現存、つまりいまや詩人は詩人として生まれず、小説家も小説家としては生まれえないという失望のはば広い共有がどんなふうに「芸術家」を捏造していったかが如実に示されているという点だけは、指摘しておく必要があろう。

あらゆる「芸術家」は、不自然に、かつ不自由に、正当性を欠いたかりそめの衣裳をまとうことで曖昧に誕生せざるをえない。そしてマクシムは、この希薄でいかがわしい「芸術」的な風土と積極的に戯れえた最初の現代人ということになるだろう。生の条件としての失望に由来する失望の生産に加担する素人たち。マクシムの友人ギュスターヴもまた、その失望と戯れることでみずからを小説家として捏造するだろう。

だがギュスターヴは、その事実をいまだ充分には理解しえずにいる。マクシムの記念すべき写真集を手にしたとき、だから彼は、「写真家が勲章をもらうご時世ですから」と皮肉まじりに慨嘆するばかりだ。そして、後世の文学史的な言説の多くのものも、このギュスターヴの慨嘆に同調しながら、マクシムの浅薄さ、名誉欲、功利主義的傾向を嘲笑するのが普通である。事実、マクシムはいかなる文学的な業績も残さなかったではないかと彼らは宣言する。だが、二十世紀のわれわれに必要とされるのは、いわゆる傑作と傑作の頂点を結びあわせながら、それにはさまれた谷間に棲息する無数の失敗者たちをときに応じて無視したり、再評価したりすることではなく、彼らがともに同じ一つの文化的な環境を生きつつあった事実を確認した上で、その環境が性質も才能も異るだろうあまたの存在どもをどんなふうに分節化していったか、またその分節化がいかなる物語として語りつがれることになったかを見きわめることにある。「歴史」とは、この物語の説話論的な磁力を身をもって生き、その分節化作用がどこまで波及し、かつまたどの点以上には波及しえないかを物語自身に語らせようとするもっぱら説話論的な体験なのだ。『凡庸な芸術家の肖像』は、その主人公たるマクシムをあくまでわれわれの同時代人として語ろうとする物語である。そしてその物語は、そこに仕掛けられた説話論的な装置がその分節機能を維持できなくなるまで続けられるだろう。その瞬間が訪れるまで、話者はあたかもそれが自分自身であるかのようにマクシムのかたわらにとどまらなければならない。

X　写真家は文芸雑誌を刊行する

聡明さの限界

写真家という存在が何を条件として可能となるかなど誰にも想像することのできなかった時代に、詩人として、あるいは小説家として生まれたわけでもないのに詩や小説への野心を隠そうとはしなかったマクシムが、一方では、詩や小説にくらべてみれば遥かに身分の卑しい表象形式と深く戯れ、由緒正しいモデルもないままにみずからを写真家として捏造せんと思いつき、その試みを完璧なものにするためにロンドン滞在中の友人ギュスターヴに何通かの手紙を書き送って、レンブラント・インクの調達を依頼したことはすでに述べたとおりだが、実はそのときのマクシムの最大の関心事がエジプト旅行の写真集『エジプト・ヌビア・パレスチナ・シリア』の刊行にあるのではなかったことは、まだ記していない。

たしかに彼は、これまた大統領として生まれたわけではない大統領ルイ＝ナポレオン・ボナパルトに献呈すべき一冊のアルバムの完成を心待ちにしてはいたが、「写真集に関しては何ごともまだきまっていない」状態であり、それが刊行されるのはその翌年、一八五二年のことにすぎない。エジプトという土地の名が伯父ナポレオンの記憶を呼びさましたこともあろうし、写真という技術的開発の成果が、ロンドンと万国博覧会の開催地を競いあっていた都市パリを首府にもつ国の大統領にふさわしい身振りだということもあってか、「一週間に二度も」そのアルバム製作作業の進行ぶりをたずねてよこしたというルイ＝ナポレオンに対して何度も居留守をつかって焦らせるという心理的作戦で応じた結果、大統領という地位の虚構性をいささか手荒なかたちであばいてみせてあっさり皇帝の座についたナポレオンⅢ世から、一八五三年一月一日付で、レジョン・ドヌール勲章を授けられることになるのだが、この点について、マクシムをめぐる最初の公式の伝記ともいうべき『十九世紀ラルース大辞典』のマクシム・デュ・カンの項目の記述は、奇妙な事実の隠蔽を行なっている。マクシムの指示のもとに書かれたとしか思えないきわめて好意的なその項目の記述によれば、「以上に列挙した国々における考古学的な調査を（無報酬で）遂行し、みごとな成果をあげたことに対して、彼はレジョン・ドヌール勲章を授けられたのだが、それはヴァプロー氏にいうごとく一八五三年の帝政下ではなく、一八五一年の共和制下のことである」。つまり、マクシムの叙勲は、共和国大統領ルイ＝ナポレオンによるもので、フランス帝国皇帝ナポレオンⅢ世によるものではないということが奇妙な執拗さで強調されているのだ[32]。

ここで言及されている悪しき情報の提供者ヴァプロー氏が何ものであるか、それをめぐってはぜひにというのであればいくらも正確な情報を提供しうるが、それはこの物語とさして深いかかわりを持つものではない。問題は、この大辞典の記述にみられる事実の歪曲である。こんにちでは誰もが公式の資料の中に確認しうる一八五三年一月一日付の叙勲という事実のあからさまな隠蔽は、それが、マクシム自身にとって何がしか不名誉なものだったからに違いなかろう。それについてはのちに触れる機会もあろうが、この『ラルース大辞典』の記述に含まれるいま一つの不自然な事実は、その無報酬でなされた事実が強調されている考古学的調査の旅が、あたかも一人で行なわれたかに記されている点だ。つまり、写真によってその存在が記録されてしまっている同行者ギュスターヴの名が完全に隠蔽されているのである。だが、この二つめの不自然な隠蔽について触れるのもいささか時期尚早というべきだろう。というのも、一八五一年の秋にロンドンに滞在中のギュスターヴは、いまだ写真家に仮装したマクシムほどの試練さえくぐりぬけてはおらず、小説家として生まれたわけではない自分がいかにして小説と戯れうるか、その条件にさえ充分に自覚的であるとはいいがたい純粋の素人であったにすぎず、『十九世紀ラルース大辞典』に名前が掲載されるいかなる必然性もそなえてはいないからである。もっとも「大辞典」の刊行は一八七〇年のことなので、それまでの二十年近い歳月のうちには、その友人ギュスターヴも何がしかの仕事をなしとげ、二流の群小作家の一人ぐらいになっていたかもしれないと想像することは可能だ。だが『凡庸な芸術家の肖像』の物語は、その主人公たるマクシムが一八七〇年当時にどんな生活を生きていたかについてさえいまだ言及していないのだから、ギュスターヴのことなどにかまけている暇は、話者には存在していない。

ところで話者は、まさにそう書き綴ることとさえ物語にとっては無用の逸脱であったことを充分に意識すべきではないか。あなたは、一八五一年秋のわたしの最大の関心事が、実は「写真集」の刊行にあったのではないと正しく指摘しておきながら、『十九世紀ラルース大辞典』などと称するほこりまみれの証文を持ちだし、とりあえずのことにせよ不名誉な事実の隠蔽といった言葉による心理主義的な穿鑿の風土を招き寄せ、その結果、計算高い策略家といったわたしの性格に読者の興味を惹きつけながら、あなた自身が出発点において周到に避けようとしたマクシム神話に、まさにはまらんとしているのではないか。『凡庸な芸術家の肖像』がたんにわたし自身の物語にすぎないなら、そんなものがいまさら語られて何の意味があろうかと、マクシムは話者を鋭く難詰する。それは個人の物語ではなく、個人の物語を際限なく生産してやまない歴史という説話装置そのものの物語としてあなたは語り始めたのではなかったか。

正直なところ、わたし自身の個人的な物語がおよそ退屈きわまりないことなど、作中人物たるマクシムは充分に心得ている。あなたが、いま、その説話的持続を操作しつつ語りついでいる一篇の虚構は、マクシムというこの生身の存在の精神なり肉体なりに送り返さるべき言葉の群であってはならないし、またそんなことが可能であろうはずもない。そこでのわたしは、顔もなく過去もなく名前もない輪郭を欠いた不定形な存在でしかなく、わたしがとりあえず受け入れたマクシムの呼称も、わたし自身ではなく物語に所属する一つの説話論的な要素にすぎない。そして、それに自覚的である点こそがわたしの聡明さであり、また、その聡明さがわたし自身の限界であることも承知している。たとえば、これに類似した物語をギュスターヴについて試みてみるがよい。こうした自覚をまったく欠いたあの男は、ほとんど理不尽ともいえる粗暴さで物語に抗い、説話論的な持続の維持はたちどころにむつかしくなってしまうだろう。だが、それはどうでもいいはなしではないか。わたしが寛容な素直さで作中人物たることを受け入れているこの物語は、わたしの聡明な諦念だのギュスターヴの理不尽な粗暴さといった個体差の指摘を越えたところで、説話装置としての歴史そのものの分節機能を触知し、その律義な残酷さといったものを聞きわけることにあったのではなかったか。そのためにこそ、わたしは、わたし自身の生が支えているわけではない虚構の役割をとりあえず容認して、こうしてあなたの説話的欲望と同調したふりをしているのではないか。

役割と演技

役割、とあなたははからずも口にされた。マクシムその人ではないあなたは、わたし自身ではない匿名の話者に向かってその言葉をつぶやかれることで、この物語の主題の一つを説話論的な持続へと導入せんとしているわけだ。話者は、そのことに感謝しなければならない。決してその言葉を知らぬわけではなかったが、いま、まさに役割の一語こそが凡庸さにふさわしいものだと合点がいったからである。あらゆる役割がそうであるように、あなたがいま演じつつある役割もまた、とりあえずのものにすぎない。誰に頼まれたわけではないし、またあらかじめその役割を担ったものとして生まれたわけでもないのに、つまり自分自身もその正当な理由を確信したからではなく、とりあえず一つの役割を演じてみせうることの聡明さ。

実際、誰から依頼されたのでもないのに、中近東地方の考古学調査のために無報酬で写真家に仮装しうるというあなたの虚構への確信ぶりは、ちょっとやそっとの思いつきとはわけが違う。それなりの報酬を計算しての行動だとする心理的な解釈は、このさいどうでもいい話だ。事実、皇帝ナポレオンⅢ世から勲章を貰ったではないか、というつぶやきがどこかから聞こえてこないではないし、そうしたつぶやきは、この『凡庸な芸術家の肖像』があなたのアカデミー・フランセーズ入りの挿話から始まっていたことと、どこかで通じあっているようにさえみえる。だが、問題はそこにあるのではないと話者は確信をもっていうことができる。あなたが写真家に仮装したことは、いささかも自然なことではなかった。マクシムは、写真家の役割を、ごく不自然に、しかもことさら不自由に演じたのである。マクシム自身の性格だの資質だのにとって不自然であったり不自由であったりするというのではない。それが誰であれ、歴史という説話装置にとって、不自然であり不自由なことだといっているのだ。二十世紀も終りにさしかかったこんにちの思考の磁場がどんなものか、あなたは想像しえまいが、「知」は、たとえば十九世紀の中葉に写真術が飛躍的な進歩をとげた事実を、科学技術の発展と産業思考の発展という見地からあっさり歴史的な必然と断じてしまう。あるいはまた、鉄道網の驚くべき拡大ぶりに関しても同じ判断が下される。だが、それなら誰が、その鋼鉄製蒸気機関車の罐焚《かまた》きになったというのか。かりに蒸気機関の発明が自然なものであったとしても、罐焚きの出現は決して自然なものではない。その出現が不自然だというのは、それが搾取された貧しい人びとに課せられた職業だったからではいささかもない、また、サン＝シモン流の産業思想がこうした職業に従事した者たちの使命感として拡がっていたという説明も、罐焚きの出現を自然たらしめはしないだろう。そうではなく、その職業の選択が意図的なものであれ強いられたものであれ、いずれにせよ、どこかに、とりあえず蒸気機関車の罐焚きの役を演じてみようというほぼ普遍化された仮装への意志がなければ、鉄道は現実に動きはしないのだ。つまり罐焚きは捏造されるものであって、決して自然に誕生したものではないということである。話者は写真家としての不自由な誕生を実践してみせたあなたに、そうしたことがらを語ってみたいのだ。

この物語にはまだ登場していないが、マクシムとギュスターヴの共通の友人であるルイのことを、いま、話者は唐突に思い出す。それは、詩人ではなく国会議員に仮装しようと本気で試み、遂に成功しなかったルイのことである。これもまたいまだ物語られずにおり、やがてあなた自身との関係で濃密な説話論的な機能を演じるはずの四八年の革命に際して、フランス最初の普通選挙が行なわれようとした折に、ルイが、セーヌ・アンフェリユール県から立候補し、二千数百票を獲得して名誉の落選を体験したのをおぼえているだろう。実際、あれには、誰もがびっくりしたものだ。政治に関しては、彼はずぶの素人と思われていたからである。国会議員として生まれたわけではない生真面目なルイが、誰に頼まれたわけでもなく、また、個人的な思惑や熱病のように蔓延する普通選挙への並はずれた期待を除けば何の正当性もそなわっていないはずなのに、自分を共和制の憲法制定議会の議席にふさわしい人物として捏造しようとしたことは、なにも彼自身の問題ではなかった。国会議員という存在が何を条件として可能となるかなど誰にも想像できなかったからである。だいいち、人は、いかにして投票者となることができたのか。それはもちろん、有権者となるための身分の確認のことをいっているのではない。有権者たちが、とりあえず投票者に仮装することなしには、それが短命なものだったとはいえ、共和制の宣言など行なわれはしなかったろうといいたいのだ。

ここでは、誰もが素人である。政治的な関心の低さ故に、素人だというのではない。誰もがとりあえずの役割を演ずることなしには、議員はいうに及ばず、投票者となることさえ不可能だったという不自由な生誕を体験しているという点が、問題なのである。その意味で、マクシムの友人ルイは、決して例外的な存在ではなかったことになる。あたりにはびこっているのは、仮装と捏造の風土なのである。そしてその風土の内部で、すべては不自由であり、不自然であった。馴れていないから、経験を欠いているから不自由だというのであれば、それは、やがて克服さるべき相対的にして過渡的な不自然でしかないだろう。だがここでは、仮装と捏造と同時的なかたちでしか馴れるべき対象は存在しえないのだから、この不自由と不自然とは絶対的なものなのだ。マクシムが写真家に仮装することでその試練をくぐりぬけた時代とは、まさにそうしたものである。そして、決してマクシムその人ではないわれわれの主人公マクシムは、そうした時代の物語にこそふさわしい典型的な人物だったというべきなのだ。というのも、彼は、写真家という捏造された存在にゆっくり時間をかけて馴れ親しもうと試みたりはせず、すでにそれとは別の関心事を持っていたからである。そして、それがマクシムの聡明さであり、またその限界であったともいえる。しかもその事実にあなたは充分自覚的であるというのだから、いまや、話者はあなたを二人称で呼ぶことを放棄してもかまうまいと思う。あなたは、虚構の役割を寛大に容認しつつ、話者の説話論的な欲望に同調するふりを演じてくれるだろう。

写真家と編集者

マクシムは、と虚構の距離を回復した話者は、説話的持続の逸脱を修正しつつ語りつぐ。いまやその聡明さを信じてふたたび彼と名指されることになるマクシムは、一八五一年の冬の初めに、無報酬で遂行された中近東地方の考古学的調査の成果を、「写真集」というかつてないかたちの報告としてまとめようとしていたわけだが、しかしそのときの彼にとっての最大の関心事は、写真家としての自分を正当化し、それを身元確認の唯一の輝やかしい符牒として世間に見せびらかすことにあったのではない。写真家への仮装はとりあえずのものにすぎず、彼が住まうべき環境はあくまで文学だったのである。だが、だからといって、写真を副業として文学を本業とするマクシムの姿がそこに浮かびあがってくるわけではない。もちろん、詩や、小説や、旅行記を書き綴ることがその主要な関心からそれていったりはしなかったが、それにもまして彼が心を傾けていたのは、作品をいかにして世間に流通させるかという点にあった。つまりマクシムは、新しく刊行される文芸雑誌の責任者の一人として、当時の文学的環境にとってはまだ未知のものであった幾つかの名前を、集中的に売りだそうとしていたのである。つまりマクシムは、雑誌編集者に仮装することで文学との関わりを持とうとしており、それが成功するか否かが、彼にとっての最大の関心事だったのだ。事実、例のレンブラント・インクのことが初めて文中にあらわれるギュスターヴ宛ての手紙は、こんなふうに始まっている。

いささか胸がどきどきする。明日か明後日の夕方になれば、文壇の連中にとって、ぼくが白痴か頓馬かがはっきりするからだ。みんなが興奮してこの雑誌の出現を待っている。ぼくはもうくたくただ。この三日間というもの二晩も徹夜し、今日は印刷所でバルザックを校正するのに七時間も立ちっぱなしだった。何ともひどいものだぜ。どうやって『メレニス』を載せたものか見当がつかない。ウーセイの奴、長すぎるといって反対しやがる。最後の最後までぼくの負けかどうかはわからない。何とかできるとは思うが、それがうまく行けばブゼも載るだろう。彼にはうまく行きそうだと喜ばせておきながら載せられなかったのは、まことに残念でならない。しかしまあ、何とかなると思う。(33)

ここでいささか興奮ぎみにその創刊号のことが語られているのは、マクシム自身が編集責任の一人となった『パリ評論』のことである。事実の確認のみをまずすませてしまうなら、バルザックとはもちろん例のオノレ・ド・バルザックその人にほかならず、その未発表の短篇の一つが、この新しい文芸誌の第一号に掲載されようとしていたことを意味している。その死後一年をへたかへないかという五一年のことだから、バルザックの名前が目次を飾ることがどんな意味を持つかは誰にも明らかだろう。では、『メレニス』とは何か。それは、三年ほど前の第二共和制の憲法制定議会の選挙の折に、セーヌ・アンフェリユール県から立候補して国会議員に仮装しそこなったルイ・ブイエの書いた長篇詩のことであり、ブゼとはその親称を意味する。まあ、さしあたってはその程度のことを心得ていさえするなら、新傾向の文芸雑誌の編集者として自分を捏造しようとするマクシムが、文学的環境といかなる接触を持ち、またそれが、友人ギュスターヴや、いま詩人になりつつあるルイとどんな関係を形成することになるかをたどるに充分であろう。ウーセイが何ものであるかも、やがてきわめて挿話的に語られるだろう。問題はむしろ、これまでにマクシムが編集者たる経験を持っていたかどうか、そして新しい雑誌を創刊するにあたって、充分な準備をかさねていたかどうかを知ることにある。すぐさま事態を明らかにしてしまおう。かつてマクシムが編集者であったことなど一度もありはしない。しかも、つい数ヶ月前までは、写真家として、旅行者として中近東の地を歩きまわっていたのである。つまり、編集者としても、彼はまったくの素人というほかはない存在だったのだ。

XI　編集者は姦通する

八月の訪問者

マクシム自身の証言をひとまず信じることにするなら、彼が文芸雑誌の編集者という特権的でありながらも曖昧な身分を介して文学と関わりを持とうと心にきめた直接の契機は、一八五一年の「八月中旬ごろ」に起こった一人の友人の訪問である。ひとまず信じるというのは、何しろその証言の書かれたのが三十年後のことなので、必ずしも意図的とは思えぬ勘違いがそこにまぎれこむ余地が大いにありうるからだ。事実、この証言の出典であるマクシムの『文学的回想』には、その種の思い違いがしばしば認められる。なかには、故意の誤記とみなしうる部分を指摘しながら、すでに他界した友人たちに対する意趣返しを目論むマクシムの腹黒さに言及するものもあるが、この物語の話者はその立場はとらない。ただ、この年の八月の前半をボルドー近郊のラ・テストで過したマクシムが、その月の十五日以前にパリに戻らなかったことだけはギュスターヴ宛ての書簡から確かめうることなので、八月の十五日以後とより正確を期することが話者に可能な唯一のことがらなのだ。

そのときマクシムのアパルトマンを訪れたのは友人ルイである。もっともそれは、あの憲法制定議会議員選挙に立候補した貧困の地方詩人のルイではなく、これまた落選の経験を持ってはいるが、子爵の下院議員を父に持ってもいるルイの方である。マクシムとほぼ同年齢のこの友人は都会生活が身についた良家の子弟であるが、この不意の訪問者は、たったいま二人の年長の文人とかわしてきたばかりの会話の内容をかいつまんで語ってきかせる。二人の友人とは、テオフィール・ゴーティエとアルセーヌ・ウーセイである。もっともこの二人は、いまだ文壇に登場したことのないマクシムだのルイだのとは比較にならぬ名高い名前の持主であるが、この物語にあってはさして重要な役割は演じない。問題はむしろ会話の内容にあるのだが、それは、しばらく休刊になっている文芸雑誌を再刊するにあたり、マクシムの協力をぜひとも必要としているというものだ。三十年後のマクシムは、この申し出に対する彼自身の反応にはまったく触れてはおらず、むしろ、それがあたかもごく自然なことのなり行きであるかのように『文学的回想』の記述は進むのだが、ともかくもかなり重要な文学的な役割を果した『パリ評論』誌の所有権を共有することに決めた四人が、その復刊第一号の発売予定日を、同じ五一年の十月一日としている点はいささか奇妙な感じがしないでもない。というのも、みずからを編集者として捏造するにあたって、マクシムは一月半にもみたぬ時間しか持ってはいなかったことになるからである。おそらく事態は、十月一日発行を目指してかなりの準備が進んだ段階でマクシムへの協力要請がなされたといったかたちで進展したのだろうが、とにかくすでに記したように、九月三十日というのマクシムが、「一晩も徹夜」しながら「印刷所でバルザックを校正するのに七時間も立ちっぱなし」で過すといった編集者に軽業師めいた身軽さで変容しきっているのもまた事実である。ともかく、写真家に仮装するのに必要とされる準備期間さえ与えられることなく、彼は、あっさり編集者に仮装してしまったのだ。そしてこの第二次『パリ評論』誌は、復刊第一号に派手な宣言文を発表したゴーティエでもなく、この雑誌題名の直接の所有権獲得者であるアルセーヌ・ウーセイでもなく、彼らとマクシムの仲介役にあたったルイでもなく、あくまでマクシムの名前とともに後世に記憶されることになったのである。

一八五一年六月二日付の書簡で、マクシムはギュスターヴに宛ててこんな言葉を書き送っている。

ぼくは四方八方から原稿を見せてくれとせっつかれているが、まだ決心はついておらず、大した約束もしていない。自分の意のままにする権利を誰にも譲るまいとしているからだ。ぼくとしては、自分の名前を読者たちの間に親しく行きわたらせる目的で、雑誌と新聞との両方に同時にデビューする算段を整えている。きみがもどってくるときには、報告すべきことがどっさりあるに違いない。ブイエはたぶんまもなく文壇にうって出るだろう。とき来たれりだ。ぼくはぼくでがむしゃらに戦闘的文学に身を投じようとしている。結果はどうあろうともかまわない。神の援けあるのみだ。(34)

同年五月二十二日にフィレンツェから書かれたギュスターヴの手紙への返信としてしたためられたこの文面にみなぎっているのは、無報酬で行なわれた中近東の遺跡の「考古学的な調査」の旅が、思いもかけぬ報酬をもたらしてくれそうな気配にいささか上気しているマクシムである。ここで原稿といわれているのは、旅行中にとったノート類を整理したものをさしている。その発表にあたって、自分の意のままに刊行できる条件の模索に言及している点は、地方詩人で憲法制定議会議員になりそびれたルイの姓にほかならぬブイエの遠からぬ文壇登場を予想している事実をそれにかさねあわせてみた場合、このときすでに、マクシムが何がしかの手がかりをつかみつつあったように想像させもする。

ところでこの手紙がしたためられたのは、ギュスターヴをイタリアに残して二年ぶりのパリを目指したマクシムが、首府での生活を始めてほぼ一月後のことである。ギュスターヴはといえば、ローマまで息子を迎えに出た母親とつれだってドイツからベルギーを訪れつつあり、故郷のノルマンディーに戻るのはまだ数週間さきのことにすぎない。だというのにマクシムは、新しいアパルトマンをサン゠ラザール街三六番地に選び、別送便の通関のためにルーアンを訪れ、久方ぶりにルイと再会して文壇制覇の戦略を練るかたわら、ギュスターヴの留守宅をも訪問しているし、かと思うと首府で遺産相続のために幾人もの弁護士と面倒な打ち合わせをし、その足で旅行中に出会った有力者の家を訪問し、好色な妻を持つさる高名な彫刻家の邸宅でヴィクトル・ユゴーやテオフィール・ゴーティエといった文人たちと会食を楽しんでいる。「きみも知ってのとおり、すべてにかたがついた上でないと、何ごとも手につかないほどぼくは子供っぽい人間なのだ」というギュスターヴ宛ての言葉にもかかわらず、マクシムにはすべてを同時的に進行させる才能があったとしか思えないめまぐるしい毎日の連続が、書簡のはしばしから読むものに伝わってくる。多くの論者たちが指摘するごとく、彼は明らかに敏捷な行動家であるに違いない。とにかくこうした雑事のほかに、政府派遣の遺跡調査官になりすまして二年のエジプト旅行を行なったものとしては、報告書提出という公式の義務も果たさねばならなかったし、またその文章をとりわけ印象深いものとするために、撮りまくってきた写真の現像もいそがねばならない。五一年八月十五日をすぎたある日にマクシムの新居にとびこんできたルイの申し出は、こうした繁雑な毎日に一つの方向を与える最良の契機となりえたに違いない。編集者へと仮装することが、多忙であることの有効性を保証してくれることになりそうだからである。

名前の時代の情事

無報酬で行なわれた中近東の考古学的な調査旅行の同行者たるギュスターヴに、マクシムがいつ『パリ評論』誌再刊の知らせを送ったかは確かでない。八月十五日過ぎにギュスターヴの到着を待つという手紙が残っていることから、ノルマンディー在住の友人がこの時期に首府のマクシムの新居に逗留したであろうことは充分に想像しうるが、それが事実であるか否かを証明しうる資料を話者は手にしていない。だが、かりにこの想像があたっているとすると、ルイの不意の訪問は、ギュスターヴのパリ滞在とほぼ重なりあっていたということになろう。いずれにせよ、『パリ評論』誌の編集権の一部が自分にまかされようとしている事実を興奮した調子で報告しえたかもしれないマクシムの手紙は残ってはおらず、しかも九月上旬の書簡では、それがもはや周知の事実であるかに語られている。また、この間、マクシム宛てのギュスターヴの手紙も残ってはいないし、その上マクシムの書きぶりからすると、二週間後に迫ったギュスターヴのロンドン行きの計画さえ知らされている様子なので、二人がこの時期にパリで出合い、親しく語りあったと想像することは大いに可能であろう。いずれにせよ、『凡庸な芸術家の肖像』の話者は、それが現実に起こりえたできごとであるか否かを詮索することなく、サン＝ラザール街における二人の対話について語らなければならない。というのも、二人の会話の主題は、マクシムの身に訪れた思ってもない好機ともいうべき、『パリ評論』誌再刊につきるものではなかったからである。これはまったくもって願ってもない幸運だ。われわれの友人ルイは三千行の詩を書きあげているし、二人にもそれぞれ幾篇かの習作がある。それに手を加えればいくらでも発表することができる。おそらく、そんな程度のやりとりが行なわれはしたろうが、彼らの関心は雑誌とはまったく別のところにあった。では、二人は、文学以外のどんな話題を熱心に語りあうことができたか。いうまでもなく、女の話である。

やがて三十歳になろうとしているマクシムは、野心的で多忙な実務家としてのみパリに戻って来たのではない。女性をめぐる野心的な冒険家というのも、その肖像を特徴づける一つの側面である。彼は根っからの社交家であり、異性を前にしたときも、その過剰な自信を甘美な誘惑の言葉につつみ隠す術を心得ていた。二年ぶりにパリに戻った彼がその攻撃の目標として選んだのは、自分とあまり年齢の違わぬ子供まで持った、中年の人妻である。その女性がほどなくマクシムに身を委ねるだろうことを、二人は八月中旬以後のパリで楽しげに予想しあっていたようにみえる。というのも、九月上旬にギュスターヴ宛てに投函された手紙は、「すべては二人で予想したとおりに運んだ」という一行を冒頭に据えた、恋の戦果報告の体裁を帯びているからだ。「かくしてヴァランチーヌは、きみの友人たるぼくの所有に帰した」のだが、一時半ごろ彼女の家を訪問したと書きつぐマクシムは、あらゆる悪行をたがいに報告しあった十年来の友人関係にふさわしく、女がいかにして身を投げだすにいたったかを詳細に記述する。彼は庭に向かって開け放たれたサロンで単刀直入に愛を告白する。と同時にさし出された手に接吻すると、相手は髪の毛からひたいへと唇をはわせてくる。そして、そんなに見つめられては困りますわと口にしながら、マクシムの唇に自分のそれをかさねあわせる。舌がもつれあう。彼はあなたがほしいと追討ちをかける。舞台はごく自然に女の寝室に移る。再び深い接吻。女は舌戯の熟練家とみえる。おまけに月経帯がその性器を覆っている。そこでマクシムは男根をつかみ出すなり、髪を振り乱した女の顔に近づける。女はそれを手にとり、唇にあてがう。そしてほとばしる精液をハンカチーフでうけとめ、それに接吻する。それからマクシムは、「義務を果しおえた男のような気持をいだいて」女の家を辞すると、雑誌の打ち合わせのためにある男と食事をしに行くのである。

こうした手紙の文面は、新たな雑誌の刊行よりも遥かに重要な事件として、午後の情事のてんまつをギュスターヴに報告しているかのようだ。いかにも戦闘的な文学に身を投じようとしている男にふさわしい攻撃的なやり方で年上の女の愛を獲得したこと、それが新雑誌の編集権をまかされたことにおとらぬ大事件として克明に語られているのはいったい何故か。それはここで問題となっているヴァランチーヌなる女性が、『パリ評論』誌と同程度に由緒正しい文学的な性器の持主でもあるからだ。というのも、たまたま生理期間中にあたっていたという理由でマクシムの男根を迎え入れることのなかったこの女の秘部は、第一次『パリ評論』誌の寄稿者の一人でもあった小説家プロスペル・メリメの所有に公的に帰するものであったからである。『カルメン』や『コロンバ』を主著として持ち、ときの大統領ルイ＝ナポレオンとも近い関係にあったアカデミー・フランセーズ会員のメリメに所属するかなりの年齢の経験豊かな婦人に、真昼間から男根を吸わしめること、これはかなり勇気のいる仕事だ。なるほどその光景は、筆が露骨さに流れることもいとわず、逐一報告するにふさわしいものであったかもしれない。ことによったら『パリ評論』誌の編集権を獲得することにおとらぬ権力奪取の一形態だとさえいいうるかとも思う。

おそらく、こうしたことが可能なのは、編集者であることを超えた才能がマクシムにそなわっていたからだろう。もちろんその才能は、文学的なものとはいいがたい。だからといって権力の中枢に滑りこむことを目指す政治的な才能というのでもない。それは、これというまとまった仕事をすることもないうちに、自分の名前を社会のしかるべき階層に遍在化させうる特異な資質というべきものだ。旅行家として、写真家として、編集者として流通し始めていたマクシムの名前は、いまや、プロスペル・メリメの女を奪った男のそれとして饒舌な口から口へと伝えられてゆくことになるからである。こうしてマクシムは、一八五一年、すでにして有名人の仲間入りを果してしまったわけだ。有名人というのは、社交的な会話の中に、その名前がしばしば姿を見せるというほどのものととっていただきたい。彼に残された仕事は、身軽に流通し始めた自分の名前に一つの実体を与えることのみである。そしてマクシムの不幸は、実体が名前になかなか追いつかなかったことにある。だがそれは、たんにマクシムその人の個人的な不幸にとどまるものではない。というのも、ほぼ一八五〇年以後と粗雑に定義しうるわれわれにとっての同時代は、名前の拡大と実体の希薄化とを当然のこととして初めて成立する世界だからである。これという正当な理由もないのに、いま、人は、知っている名前のストックを比較しあって生きているのだ。地方詩人ルイが立候補した四八年の憲法制定議会議員の選挙は、フランスの社会が体験したもっとも大がかりな最初の名前の闘いであった。名高い家系に生まれたわけではない者たちが、形式的には誰でもこの名前の闘いに参加しうるという普通選挙の実施は、最終的には誰もがその名前だけは知っている歴史上の人物の甥を大統領に選ぶことでその戯れに終止符をうったわけだが、文学もまた、それと同じ構造の戯れへと徐々に移行しつつあったのであり、マクシムは、その持前の聡明さで、同世代の誰よりもさきにその事実に気づいていた。だが、そこでもまた、彼の聡明さが同時に彼の限界ともなりえたことはいうまでもあるまい。ところで高名な名前を持つという点からすると、マクシムがその攻撃的な求愛によって口唇的純潔を奪った年輩の婦人の場合は、ほとんど神話的な領域に達していたのである。

野心と失望

ヴァランチーヌは、もちろん小説家プロスペル・メリメの正妻であったわけではない。一八三六年二月十六日に小説家の情婦となったことが後世の文学史的な知識によって明らかにされているこの一八〇六年生まれの女性は、第二次『パリ評論』が再刊されようとしていた一八五一年の秋には、高齢でありとあらゆる官職からは隠退していたとはいえ、れっきとした夫を持つ人妻である。七年後に世を去ることになる一七八六年生まれのその夫ガブリエル・ドレッセール氏は、政治的な陰謀や騒乱がことのほか多かった七月王政下に警視総監をつとめ、かつ上院議員でもあった政界の主要人物である。七月革命に際しては、最後の最後まで、つまり国王ルイ＝フィリップの廃位と逃亡の直前まで事態を楽観視し、いつでも秩序回復が可能であるかの報告書を内務省に提出しつづけることで後世の歴史家たちから無能呼ばわりされたりもするが、ここでの問題は共和制宣言後はメリメ家に身を隠し、一時的にはロンドンへの亡命も余儀なくされたドレッセール氏自身の経歴ではなく、その多情な妻ヴァランチーヌの名声である。というのも、彼女は、たんに警視総監夫人でかつ小説家メリメの情婦でもあったという理由で、当時の政界や文壇の有名人であったというにとどまらず、多くの小説家が、彼女の面影に触発されて作品を書いているという、いわば文学的な虚構の霊感源でありえたことによって、今日にまでその名を残すことになった神話的な存在だからである。

ヴァランチーヌ・ドレッセールをモデルにしたといわれている小説としては、たとえばスタンダールの未完の長篇『リュシアン・ルーヴェン』があげられる。そこに描きだされたグランデ夫人の肖像は、やがて二十年後に、この時期を回想しつつギュスターヴが書きあげることになる『感情教育』という長篇小説のダンブルーズ夫人のそれとともに、ヴァランチーヌの言動から多くの霊感を得たものとされている。また、一八四四年、メリメ自身がアカデミー・フランセーズに入会した直後に発表していささかのスキャンダルの種ともなった中篇小説『アルセーヌ・ギヨ』に姿をみせるピエンヌ夫人も、ほとんど等身大のヴァランチーヌだということになっているし、あたかもそれに対抗するかのようにやがてマクシムが書くことになる二つの長篇の女主人公も、ヴァランチーヌその人にほかならぬといわれているが、それについては後に詳しく触れることにしよう。ここでの当面の課題は、新たにマクシムの情婦となってメリメを裏切った女性が、それをめぐって多くの物語が語りつがれるにふさわしい人物だったという点である。ときには虚構の散文として、ときには社交界に流通する饒舌な無駄話として、またときには恋愛の戦果を報告しあう個人的な書簡として、ヴァランチーヌの名前はいたるところに拡散してゆく。だから、彼女はいかにも名前の時代にふさわしいヒロインだといえるし、これ以上マクシムにふさわしい情婦もいまいと思われるほどだ。詩人として生まれたわけでもないのに詩を書き、小説家として生まれたわけでもないのに小説執筆を試み、写真家として生まれたわけでもないのに写真家に仮装し、編集者として生まれたわけでもないのに文芸雑誌の創刊に加担しながら、その名前ばかりが徐々に世間に広まっていた一人の凡庸な芸術家にとって、この四十五歳の神話的な女性ほど恰好な恋人は存在しないだろう。というのも、マクシムはその関係において名声のみを享受すればよかったからだ。これは、これから編集者に変装しようとしている二十九歳のマクシムにはまたとない好機である。情事のあとのヴァランチーヌは、彼を「両腕にだいてあやしながら、可愛い坊やと呼ぶ」のだという。こんな年上の女の愛情に興奮するほど若くはないマクシムは、「途方もなく狂燥的な瞬間を伴った祖母の愛情のようなものになろう」と冷静に分析しているが、二年ぶりの首都での生活を信じがたい多忙さのうちに過し始めた凡庸な芸術家にとって、これは甘美な勲章のようなものだ。

ところで、十五歳も年齢の離れたこの恋人たちがどんな出合いを演じたのかといえば、その契機はギュスターヴを同行者とした中近東旅行にあった。彼は、その帰途に立ちよったコンスタンチノープルでヴァランチーヌの息子であるエドゥアール・ドレッセールと知りあったのである。学士院会員のド・ソシー氏なる博識な人物と死海沿岸の調査旅行をおえたばかりの同年輩のエドゥアールと親交を結んだことが、帰国後にその母親を情婦とする直接のきっかけになったという事実を語らねばならない話者は、この物語が小心翼々たる野心家マクシムという神話に接近しすぎはしないかといささか不安にならざるをえない。というのも、エドゥアールの母親が長らくメリメの情人であったことは彼には周知の事実だったし、また、政府の史蹟調査委員会の責任者でもある『カルメン』の著者が、無報酬で行なわれた彼の中近東での考古学調査に何らかの報酬をもたらしうる人物であることもまた明白な事実であるからだ。そこで、この挿話に接する多くの文学史家たちが、計算高いマクシムのぬけめのなさに舌うちしつつ、恋人を奪われたメリメに同情し、マクシムの冷徹さを断罪することになる。

だが、事態をより正確に語るとするなら、すでに一八四八年の暮ごろから、ヴァランチーヌの心は徐々にメリメを離れ始めていたのだから、必ずしもマクシムはメリメの座を奪ったわけではない。しかもメリメその人にしてからが、かなり親しい友人でさえある警視総監ドレッセール氏からその妻を奪い、十年にもわたる姦通者であり続けた人間ではないか。その上、彼はときの大統領ルイ＝ナポレオンがクー・デタによって皇帝の座につくやいなや、以前から親しかった皇后の口ききで、宮廷の重臣とさえなっているのだ。これほどの栄誉を生きたわけでもないマクシムが、どうして野心家と呼ばれねばならないのか。その名が多少は知られ始めたとはいえ、彼が手にしているのは、十年と続くこともなかろう文学雑誌の編集権であるにすぎない。ナダールのように写真家として財産を築いたわけでもないし、『パリ評論』の復刊第一号に掲載した中篇「タガオール」が『カルメン』ほどに広く読まれたわけでもない。なるほど彼は、パリに戻るやすぐさま学士院会員ド・ソシー氏をたずね、調査旅行の報告書の推薦者となる約束をとりつけているし、パッシーのドレッセール家の晩餐に招かれ、「大いに歓待され」もした。だが、その結果手にしたものはといえば、彼が後のちまでもそれを受けたことを曖昧に否定しつづける皇帝ナポレオンⅢ世のレジョン・ドヌール勲章と、かつてメリメの恋人であった四十五歳の女性の「祖母のような愛情」であるにすぎない。かりに彼が小心翼々たる野心家で、陰微な計算家であるにしても、その野心と計算とが彼にもたらしたものは、たとえば、バルザック的な同類が体験しえた壮大な情念の葛藤などとは比較すべくもないごく淡白なものでしかない。つまり、ある種の環境に埋没することの甘美な快楽には敏感であっても、他人を蹴落してまで自分の欲望を達成せずにはいられぬという狂暴さには欠けるという意味で、マクシムはほとんど野心家とは呼べないし、さして計算高い男でもないのである。

では、野心家でないとすれば彼は何ものなのか。マクシムは、野心家として生まれたわけでもないのに野心家に仮装しようとしたあくまで凡庸な芸術家である。ある種の残酷さを隠さずに断言するなら、彼は失敗した野心家にすぎない。それなら、野心家としての才能が彼に欠けていたから、野心家への仮装に失敗したのか。そうではない。みずからを野心家として捏造せんとしながら野心家たりえなかったのは、マクシムがもはや野心家の存在しえない世界に暮していたからであり、それは彼の個人的な失敗ではいささかもない。名前の時代には野心家は存在しえないのだ。そのことをめぐっては、いずれ詳しく論じねばなるまいが、いま、世界は、野心がディスクールとして存在しえない時代にさしかかっており、そこでは誰も野心家として生まれるものはなく、もっぱら失望者として生きることを宿命づけられている。人は、もはや小説家として、詩人として文壇にデビューすることはない。言葉を失望の体験として生きたもののだけが、環境としての文学の内部にその負の存在を示すというだけの話なのだ。そしてその事実を、文芸雑誌の編集者となったマクシムとの手紙の往復を通じて、ギュスターヴは徐々に理解し始めるだろう。編集者が組織するのは、大がかりな失望なのである。

XII　友情の物語＝物語の友情

長文の手紙

マクシム自身が思いもかけずその復刊に深い関わりを持つことになった第二次『パリ評論』誌が店頭に並んでそれなりの評判を呼び、第二号がまさに印刷されようとしていた一八五一年十月の下旬に、編集者に仮装してまだ間もないというドレッセール夫人の情人のもとに、一息ではとても読みきれぬほど長い一通の手紙が郵送されてくる。このいそがしい時期にこんな手紙を送ってよこすのは、ギュスターヴの奴ぐらいしかいない。彼には、雑誌を毎月定期的に刊行するという仕事が、どれだけの労力と時間とを必要とするかといったことなど、わかりはしないのだ。あいつめ、母親のお伴をしてロンドンの博覧会なんぞをのんびり見物しに行って、ノルマンディーの屋敷に戻って来たかと思うと、まともな仕事もしないでこんな手紙なんぞを書いてよこす。親父に買ってもらったセーヌ河畔の家の仕事部屋に腰を落ちつけ、仕事がはかどらないことのいいわけばかりを長ながと綴っている。いまはそんな手紙に答えている暇などありはしない。どうしてそんな贅沢につきあっていられるか。

だが、マクシムは、二十一日付のその手紙を放っておくことはしない。翌々日の二十三日には、ごく短い文面ながら、いずれこの手紙の内容にふさわしく長い返事を書き送るだろうとのみ答えているのである。「きみの手紙の一通ごとに返事を出さないからといって、心配しないでくれたまえ。実際、ばかみたいに忙しいのだ」。しかし、こちらが雑誌の編集をしている身だと知っていれば、わざわざこんなことを書くまでもあるまい。それがギュスターヴにはわからないのだと、マクシムは嘆息する。「いまは編集の最後の追いこみなのだ。それに四人の女ともうまくやらねばならない。ほかにいろいろ多忙なのだし……」。マクシムは、わざわざそう書きそえることで、「きみが早く来てくれないので、仕事の決断がつきかねる」などとのんびりしたことをいっているギュスターヴに、事態を何とか理解させようとする。それもあの男には通じないかもしれない。何しろあいつは、例のロンドンのレンブラント・インクの一件いらい、こちらの依頼をまともにやりとげたためしなどないからだ。俺はギュスターヴに、『パリ評論』誌と『ルーアン新報』紙の交換の手はずを整えてくれなどと頼んだ記憶はない。そうではなくて、『ルーアン新報』紙の定期購読者になれば、『パリ評論』誌の小さな広告か紹介記事ぐらいは書いてくれるかもしれないから、そこらあたりを打診してもらえまいかといっただけなのだ。「そのために、定期購読者の特権を利用してみたい」のだというそれだけの話が、あの男にはわからない。

実は、この短い手紙が十月二十三日付であるかどうかは、確かなことはわからない。便箋には日付はなく、パリの発信局の消印もいまは明確に読みがたい。ただ、ルーアン局の消印が二十四日となっていたことからそう判断したというだけのことである。もっとも、この物語の話者は、その消印のある封筒を手にとってみたことはない。実際に封筒を手にとって消印まで確かめたのは、ジョヴァンニ・ボナコルソとローザ＝マリア＝ディ・ステファーノというメッシーナ在住の二人のイタリア人である。[35]そして話者とこのイタリア人の男女の間には、いかなる交友関係もない。マクシムのギュスターヴ宛ての書簡を刊行するという、これまでどんなフランス人も試みたことのない愚行をあえて演じてみせたことで感動的な二人のイタリア人に、その序文と註とを徹底してイタリア語で書き綴ったことの美しさをたたえる気持いがいの感情を、話者はいだいていない。だがそれにしても、こんな書物を本気で読むイタリア人が何人存在するのだろうか。たぶん、真の無償性とは、こうした書物をいうのだろう。そして、この書簡集の二人の編者が、フランス語の序文と註を書かなかったことのうちに、マクシム、あなたはアカデミー・フランセーズ入会以上の名誉を感じとらなければならない。あなたは、フランスなどと呼ばれる国を信じたりしてはならない。あなたは、あなた自身の国によって冷酷に見捨てられたのだ。一八四四年、あなたを初めて中近東の土地へと導いた蒸気船スカマンドル号の甲板からあなたが遥かに望んだシチリア島の北西端のメッシーナの大学にこそ、いま、あなたは生きている。

　だが、マクシムとシチリア島との関係に触れるのは、まだはやすぎる。そして、いま話者を唐突にとらえたいくばくかの感慨は、この『凡庸な芸術家の肖像』の物語とはいっさい無縁の説話論的な逸脱にすぎない。とりあえずは、マクシムの名誉のためにも、復刊『パリ評論』誌第二号の編集に没頭していたはずの彼が、ノルマンディーからとどいたギュスターヴの長い手紙にすぐさま短いながらも返事を書き、この友人のいつもながらの鈍感さにうんざりしながらも、月刊誌の編集の仕事から解放されてのちに書かれるはずの長い手紙を予告しているという点だけを確認しておこう。事実、その予告は誠実に履行される。十月の二十九日というから一日発売の雑誌はもうあと製本を待つだけという日に、二日がかりで書かれたらしい長文の手紙を投函しているからである。そこにはもはや、自分の精液をうけとめたハンカチーフを胸もとにかきいだく年上の情婦のあられもない姿態の描写などは含まれてはおらず、おそらく、マクシムがしたためえたであろう生涯でもっとも誠実な言葉が、誠実であるだけに相手の心を傷つけもしようが、しかしその傷の痛みの共有をあらかじめ覚悟しているような筆遣いで記されているのだ。だが、この長く誠実な手紙を書き送ることで、一八四三年いらい続いたギュスターヴとマクシムの友情も、決定的というわけではないが、ほぼそれに近い破綻をむかえることになるだろう。三十歳に達した二人の文学青年が、パリとノルマンディーとで別々の道を歩み始める。だが、それだけのことであれば、日常のどこにもころがっているちょっとした感情的な悲劇にすぎない。問題は、長さと誠実さとが一時の行き違いを超えて歴史的な事件たりえたかもしれぬこの手紙が、マクシムをフランス文学史からほぼ永遠に追放することになってしまったという点である。年来の親しい友人に向かって本当のことをつい口にしてしまったばっかりに、世の中の人たちがこぞってマクシムを悪者に仕立てあげることになったのである。この一通の手紙さえしたためなかったら、ことによるとマクシムは、後世の文学史家たちからこれほど不名誉な無視や軽蔑をこうむることなく、一流のとまではいわなくても、二流の文学者の一人ぐらいには数えられたかもしれない。ギュスターヴの青年期の文学仲間の一人として名前は知られていながら、その作品が決して読まれることのない作家という残酷な役割を演じつづけなければならないマクシムの悲劇性は、しかし彼の才能の欠如だの性格だのに帰しうる個人的な悲劇ではない。それは、普遍的ではないがきわめて具体的な悲劇なのである。そのことの意味を考えるために、問題の長い手紙がいったいどんなものか、読んでみることにしよう。

誇張される距離

「きみの手紙にそっくり答えようとするには二ヶ月の猶予期間が必要だろうし、二ヶ月かければ一冊の心理分析の書物を発送することにもなりかねない」という言葉でその長い手紙を書き始めるマクシムは、だから、きみの手紙の幾つかの文章、とりわけ最後の部分のみを問題にしようとつけたしている。この日付からほぼ三十年後、ギュスターヴの死後にこの経緯を想起しつつ『文学的回想』を書き綴るアカデミー会員のマクシムは、ギュスターヴからの手紙もそっくり保存していたし、自分自身の手紙の下書きも手もとに置いていたらしく、その文面をほぼ二点に要約して八〇年代の読者にゆだねている[36]。それによると、まず、きみは人生を憎悪するなどと称してノルマンディーに閉じこもっているが、それはきみが自分自身の生活にうんざりしているというだけにすぎず、世の中のことなどなにも知らずに悪口ばかりいっていないでもっと謙虚になったらどうか、という忠告である。いま一つは、どんな方向に進むべきかいつまでも迷っていないで、とにかく文学は自分の仕事なのだから、何を書くべきかの決断はきみ一人で下してほしいというものだ。そして実際、例の二人のシチリア系イタリア人によって発表されたマクシム自身の手紙をひもといてみると、その要約が決して間違っていないことがわかる。そしてこのマクシムの誠実な忠告は、このノルマンディー生まれの友人に関しては決定的に正しいと思う。いまは、副次的な作中人物にすぎないギュスターヴについて多くの言葉を費している暇はないので、とにかく彼は、こうした指摘どおりの青年であったとのみ付記しておこう。問題は、つねづね周囲の人間たちに冷笑的な視線を投げかけながら、自分からは何一つしたことがなく、地方の名士だった父親の遺産でのんびり暮しているギュスターヴが、三十歳といえばすでに遅すぎもしよう将来の選択にあたって、自分の無二の親友であったはずの人間が首府の文学界に由緒正しい雑誌の編集者として華やかなデビューをかざり、その再刊第一号に中篇小説を発表し、第二号には同じ文学仲間のルイの長篇詩を掲載しようとしているとき、発表するにふさわしい文章を一つも持っていないギュスターヴが、そのあせりと心細さから、いくぶんかの非難の調子をこめて書き綴った手紙に対して、マクシムがどんな調子の言葉遣いと姿勢を示したかという点にある。

マクシムは考える。いま、ギュスターヴと自分とのあいだに必要なのは、隔りの意識を強調することだ。それが、年来の親友であったもののとるべきもっとも誠実な態度というものだろう。もう、われわれはいい気な文学青年ではない。芸術の至上権のみを確信しつつ抽象的な議論をしていても始まりはしまい。世間に有効な一撃をくらわせるには、ある部分で周囲の人間どもの愚かしさとも調子を合わせるふりをしなければいけない。そして、そのことのために、自分は『パリ評論』誌の編集権を手に入れたのである。これは、天から降ってきた僥倖といったものではなく、これまでの自分の生活のもたらした必然的な帰結なのだ。実際に、自分はしかるべき下準備を行ない、綿密な計画のもとに動いてきた。ところで、ギュスターヴ、きみはこれまで何をして来たのか。

かつてきみは、自分が文壇にうってでるときのことを夢みていた。きみは自分の役割を演じたいと思っていた。まわりの芸術家やジャーナリストどもを嘲笑しながら、一瞬のうちに成功をかちえたいと望んでいた。それがまさにきみの考えだったように思う。ところできみがどっさりお金をかけてやろうとしていたことを、ぼくはいま、無一文でやっているわけだ。そして結局、そのことが気に入らずぼくを攻撃する。きみはたぶん、ぼくが自分の作品をそっと置いておいて、讃美者どもがやってくるのを腕組みしてじっと待つべきだったというのだろう。それは違うのだ！　ぼくはもう活動し始めているし、それに「絶対」成功したいと思っているのだから、掲げた目標は必ず射とめるつもりだ。

…………

きみは『ゴリオ爺さん』のラスティニヤックの言葉をおぼえているだろう。「さあパリよ、こんどはお前と俺との一騎討ちだ」。彼が大声で口にしたことを、ぼくは小声で口にしたのである。ぼくはいま、とうとう何ごとかを手に入れている。自分の中にあふれ出てくる力強い波のようなものを思う存分ふりまきたいのだ。ぼくがしているのは真剣勝負だ。死ぬか生きるかの勝利を手に入れなければならない。ここに準備されつつある文学的革新にあって、ぼくは隊長でなければならず、兵士であってはならないのだ。一月前は心配だった。不安だった。要するに恐しかったのだ。いまでは、確乎たる信念を持っている。最初の戦闘に勝利したからだ。自分でも働いてきたし、とりわけ他人に命令を与えて働かせてきた。そして、一八四七年いらいゆっくり時間をかけて人目に触れず包囲して来たこの城砦を、最初の一撃で粉砕させることに成功したのだ。きみには、こうしたことをする心の用意ができているか。[37]

おそらくこれほどの誠実さで自分を語りうるものは誰もいまいと思われるこのマクシムの言葉の中に、一瞬の勝利に酔う小型のラスティニヤックの肖像しか認めずにいることは、あまり正しいやり方ではあるまい。というのも、彼は野心家として生まれたわけでもないのに、野心家に仮装しようとしているだけのことだからである。ラスティニヤックが一騎討ちを演ずべきパリなど、もはやマクシムの前には存在しない。そのことを充分に自覚している彼は、「われわれはもはや、一晩にして有名になれたような時代には暮していない」のだと宣言する。「芸術にとってはいまや冬の季節だ。哲学と政治とがそっくり座を奪ってしまった」のであり、

「明るい陽光に触れるには、長い暗黒の日々にあまんじなければならない」。成功して名声を得るには、むしろ地下に潜行しつつ息をひそめて目的地へと接近しなければならない。あらかじめ、失望を受け入れること。知られざる偉人などいまはどこにもいない。発表するには大声で宣伝すること。そのための策略をめぐらすことも必要だろう。マクシムがギュスターヴに対して誇示する隔りは、彼がこうした試みを緻密な計画のもとに遂行し、いまそれがそれなりの果実をもたらしつつあるという戦略家の勝利の実感にほかならない。きみにはこうしたことはできなかったし、またしようとも思わなかった。そればかりではない。ぼくはもっと知識をふやすべく勉強したいし、とりわけ生活の知慧を身につけたいと今後も努力しようとしている。きみには生活の知慧が根源的に欠けているのに、それを補うこともせず、家族の名声や資産や肉親の愛情を活用しようとすらしない。「ぼくらの仲間の誰が、きみほど恵まれた地位を持っていただろうか。誰もいはしない」。

だから、といった調子でマクシムは第二の隔りを強調する。世の中との摩擦を避けて暮しながら自分のことしか考えず、それでいてまわりの連中ばかりを軽蔑しているきみから、どんな作品を書いて文壇にうってでようかなどと相談を持ちかけられても、ぼくには何もいえないし、またいうつもりもない。そんな世話などまっぴらごめんこうむる。「きみから誤解されたりひどい扱いをうけようと、きみの優柔不断はきみに処理してもらうつもりだ」。何を書き、どんな生活の設計をするかはきみの決断にかかっている。

ぼくはきみを迷わせる悪魔になりたくはない。すでに一度、ぼくはそうした役を演じている。そしてそれは一度で充分だ。[38]

この一行は、いうまでもなく、二年におよぶエジプト中近東旅行の同行者としてマクシムが果した役割のことをさしている。そして、「ものを喰べたり、衣服を着たり、立っていたりすること」さえが苦痛なのだというギュスターヴの性格に、旅行中のマクシムがしばしば苛立ちの反応を示したことに言及したギュスターヴの手紙の一部に対する、明確な態度の表明でもあるだろう。「きみは明晰で几帳面な人間だから、ぼくが不器用な詫びの言葉でしか説明しえなかったこの漠たるノルマンディー風の性格にしばしば苛立ったもので、きみはそのことでぼくを徹底的に非難したのだったね」と書くギュスターヴの言葉に対して、マクシムは、いやきみは、恵まれた境遇にいるにもかかわらず、そうした生活を選びとっているのだと攻撃する。きみはそうした非難を浴びせたぼくの性格を苛酷なものと断じているが、自分だけ世間から身を隠して暮らすなどというのは、「大人物」のやることで、「ぼくはわれわれ二人が大人物だなどと思ってはいない」。だからこそぼくは、こうして諸々の障害を乗りこえようと、日々苦闘を重ねている。きみのいうぼくの苛酷さとは、そうした世間との摩擦をくりかえしているうちにぼくの中に沈澱して来た澱のようなものかもしれない。今そのいがらっぽい沈澱物がふと、人の心を傷つけるようなことを口にさせてしまうのだが、それをもっとも悲しく思っているのも、またぼく自身である。そしてそのことを、きみに向かって「心から語りかけたいと思う」。

相対的な聡明さの悲劇

こうした誠実な告白によって閉ざされるマクシムの長い手紙は、たしかに、三十年後のアカデミー会員がその『文学的回想』の中で要約してみせた二つの点をめぐって書きつらねられている。そこで強調されているのは、二人を隔てる距離の意識だといってよい。いいかい、ギュスターヴ、きみとぼくとは同じ道を歩んでいるのではない。きみも、きみ自身の決断によって歩み始めてみてはどうか。昔からの仲間であるわれわれは、きみの決断の後に、初めて友情の名にふさわしい協力関係に入りうるだろう。それまで、ぼくは、意図的にきみを無視する。ぼくは、すでに自分なりの役割を演じ始めている。そのため、苛酷な表情ときみが呼ぶぼく自身の相貌を崩すことはないだろう。

だから、三十年後の要約はほぼ完璧なものだといってよい。実際、マクシムは、それ以上のことを口にしてはいないかにみえる。しかし、肝腎な点で、その要約は不正確なのである。文中で何度かくり返し触れられている重要なことがらが、洩れてしまっているからだ。彼は、三十年後の読者たちに何ごとかを隠しだてしている。だが、それは、ギュスターヴに関するものではない。この年来の友人の一八五一年当時の肖像に関してなら、マクシムの要約はほぼ正確にその輪郭を浮かびあがらせてくれさえする。だが、マクシム自身についてみると、それはきわめて不充分なものであるにすぎない。『文学的回想』に接する三十年後の読者たちは、この誠実きわまる長文の手紙の要約のうちに、マクシムの自信過剰と増長ぶりしか読みとりはしなかったのだが、もしかりにこの手紙の現物に触れる機会を持ちえたとするなら、彼らはギュスターヴの友人の別の側面を発見しえたかもしれないのだ。

なるほど、「こういう文面になろうとは思ってもいないまま」に書き始められたギュスターヴの手紙とそれに対するマクシムの返事とは、まがりなりにも維持されてきた彼らの友情を、原状には復しがたい破綻へと導くことになりはしたが、しかし『パリ評論』誌の編集者たるマクシムは、その文中で口にした一つの約束には徹底して忠実だったのである。そしてその約束について、彼は『文学的回想』の中でひとことも触れていない。それは、ギュスターヴが発表するにふさわしいと自分で判断しうるような作品を書いたなら、「無条件で」それを雑誌に掲載するだろうという誓いの言葉である。

しかし、きみ自身の決断がどんなものであれ、またそれがどんなところに落ちついても、ぼくはきみに協力する。信じてくれるだろうね。きみのために、もっとも厄介で面倒な手続きなど踏ませずぼくが引きうけよう。きみが何かを発表したいと思ったときには、誰にでもあるというわけではないが、その場所は用意され、予約されているだろう。一瞬たりとも、われわれ三人のためではないか。ブイエと、きみと、ぼくとの。これまでずい分の時間が流れたきみのことをぼくの心から遠ざけたことなどはないのだ。ぼくが仕事をしてきたのは、われわれ三人のためではないか。ブイエと、きみと、ぼくとの。これまでずい分の時間が流れたが、きみたちは、それを一度たりとも疑ったりはしなかったはずだ。(39)

ここでブイエと呼ばれているのは、マクシムが別の手紙でブゼとも呼んでいた彼らの文学仲間のルイで、すでに、代議士になりそびれた貧困の地方詩人としてこの物語に登場していた人物である。そしてこの手紙が書かれつつあった一八五一年十月の下旬、その処女作である長篇詩『メレニス』は、『パリ評論』誌の復刊第二号に発表さるべく印刷中であった。それは、編集同人のアルセーヌ・ウーセイの反対をおしきってマクシムが掲載に踏み切らせたものである。だから、それと同じ処置をとってギュスターヴを援助しようというマクシムの申し出は、ごく誠実なものだといってよい。事実、五年後に、その約束は間違いなく果され、多少の心情的な行き違いがふたたび演じられはしたが、ギュスターヴの華々しい文壇登場が実現することになるだろう。だが、そのことじたいは『凡庸な芸術家の肖像』の説話論的な構造にとっては、傍系的な挿話しかかたちづくりはしまい。問題は、マクシムが何度も念をおすようにくり返している友情のあかしである。

もしきみが何かを発表する決断を下すなら、ぼくは全力を挙げてきみを援助するだろう。心から、ない知慧をしぼり、世の中に対する知識をあげて、人脈や、交友関係や、影響力のすべてを傾けて、そして半年後にはたまるだろう預金のいっさいを使って、きみを援助するだろう。[40]

かりにこうした言葉をさしでがましい申し出だと断じて顔をしかめるものがいるとするなら、それはそう感じるだろう人間の性格に帰着する問題で、どうすることもできない。私という代名詞で物語にあえて介入する話者は、こうした友情の披露ぶりに懐しさ以上の感動をおぼえる。長文の手紙の全篇にわたって誇張されていた隔りの意識は、ここで一挙に零に還元され、あとには痛々しいまでに抒情に湿った友情という名の物語が距離なしに読む感性にまつわりついてくるからである。おそらく、マクシムは、友情という名の物語に酔っているのであろう。だが、その陶酔ぶりは演技としての真剣さに支配され、マクシムの誠実さをいやがうえにもきわだたせる。そしてマクシムの不幸は、この真剣さと誠実さとを遂に評価しえなかったギュスターヴが、その処女作一篇によってマクシムの名を文学史からかき消してしまったという点にある。そうしたことが起こりうるという事実を、編集者マクシムの持っている「世の中に対する知識」は予想しえなかったのだ。徹底して愚鈍であることが、相対的な聡明さに勝利しうるという現実、それを、彼の真剣な誠実さは信じることができなかったのである。

この友情の物語で真に残酷な役割を演じているのは、間違いなくギュスターヴの方だ。彼はそれを意識することもないまま、みずからの愚鈍の残酷さによって、マクシムの相対的な聡明さを凡庸さに変容させてしまうのである。そしてその事態は、決してマクシム一人の悲劇ではない。というのも、一八五〇年を境として、文学は、相対的な聡明さが持って生まれた才能にかわってその条件となり始めながら、その条件が、たえず徹底した愚鈍の演じうる残酷さの介入におびやかされることになるからである。しかも、人びとは、相対的な聡明さに目覚めることを才能だと勘違いし、そこにみずからの文学的な成熟の尺度を見出そうとする。もはや文学だ文学だと熱に浮かされたようにつぶやいてみても始まらず、世の中には文学いがいのもろもろの価値が存在するのだから、いまこそその脆弱な殻を破って世界へと向けて身を投じなければならぬと、相対的な聡明さは胸をはって宣言する。だが、その宣言が有効なのは、聡明さが相対的におとっている連中に対してだけである。相対的な聡明さを才能と錯覚しえたものたちが支えあう文学という名の環境は、愚鈍の残酷さに対してはどこまでも無防備であることしかできない。そしてマクシムは、その無防備な環境で最初に傷ついた記念すべき悲劇の人物である。

XIII『遺著』という名の著作

聡明さの言説、そしてその限界

聡明さの限界を身をもって生きてしまうことで真に現代的な悲劇の主人公たり始めていながら、その不幸な役割にはいまだ自覚的でない三十歳のマクシムにとって、編集者に仮装しつつ一冊の文芸雑誌を刊行しつづけることは、「一晩にして有名になれるような時代には暮してはいない」ことを知っている彼にしてみれば、困難ではあるがぜひとも耐えぬいてみせねばならぬ一つの試練にほかならない。発掘すべき未知の偉大なる才能がどこかに眠っているわけでもないし、また自分自身が途方もない文才に恵まれているのでないことも充分に承知しているのだから、マクシムにとって編集者に仮装することはとりあえずの戦略でしかない。だが、ぼくは、ぼく自身のためにこの戦略に賭けてみようと彼は思う。それが、十年来の友人であるきみ自身のためであり、またわれわれの共通の仲間であるルイのためでもあるはずだ。だから、ギュスターヴ、きみはきみなりの道を選択するがよかろう。そして、ぼくの選択がきみの選択にとって有利に働くときがくるに違いないから、そのときを待つとしよう。

このように書き綴られた一通の手紙が、ギュスターヴとの友情を原状には復しがたい破滅にまで導いてしまったとしたら、それはそれでいたしかたがないことだと、マクシムはつぶやく。そして、それを直接耳にしたという証人がいるわけではないこのつぶやきは、三十歳を過ぎた男の口からもれたものとしてなら、ごく当然のものといえるだろう。実際、だまって田舎に引っこんで暮しているような男を、彼がただ文学好きだというだけの理由で、わざわざ迎えに来てくれるような時代ではない。とにかく何かを書き、そして発表しなければいけない。そして何よりもまず、名前を知られなければならない。人に知られた名前を持つということ。それは、現代では才能を持つことよりも遥かに重要なことなのだ。

おそらく、マクシムがその責任において選びとったこうした姿勢は、親から譲られた資産に護られてノルマンディーの田舎でのんびり暮し、文学をいまだに才能の問題だと信じきっているギュスターヴのそれに較べてみた場合、時代の歩みというものをはるかに正確に反映しているものといえるだろう。それと知りつつ戦略的に失望と戯れ、制度としての文学を相手に自分の役割をとりあえず演じてみせること。それは、文字通り聡明な姿勢というべきものだ。あるいは成熟したレアリスムとしてもよい、すぐれて現代的な視点だといえるだろう。ギュスターヴが選択したのは、時代遅れの愚鈍きわまりない姿勢だ。社会が社会として機能しうるのは、しかるべき数の人間たちが、マクシムの成熟した聡明さを共有しているからである。ところで、マクシムの悲劇性は、マクシムのこうした時代認識が、その友人ギュスターヴの時代錯誤に近い愚鈍さの前に、あえなく敗北してしまうことに由来している。ギュスターヴは、事実、二人の友情を破滅させた一通の手紙が書かれた五年後に、「一夜にして有名」となり、彼が、世間から身を隠して暮す未知の「大人物」であったことを実証してしまうのである。しかも、マクシムがあれほど難儀しながら耐えぬいていたとりあえずの「戦略」という試練も、くぐりぬけることもなしに。それはいったい、どういうことか。現実には、何が起こったのか。マクシムの成熟した聡明な視点が時代を読み違えていたのか。それとも制度は、こうした例外によって維持されるものなのか。

だが、そのことに触れるのは、まだ、はやすぎるように思う。ここでは、とりあえず、次の点のみを指摘するにとどめておこう。つまり、聡明さには必ずその限界があるということだ。といってもそれは、頭のいい人間には理解しがたいものごとが世の中にはきまって存在するといった程度の限界ではなく、あらかじめ視界の限定を受け入れることなしには聡明さはありえないという、その生の条件としての相対性が問題なのであり、したがって文学が制度として維持されるには、こうした相対的な、ということは必然的に程よく聡明であるものたちの連帯がどうしても必要なのである。その際、愚鈍さは、聡明さにおいて相対的に劣っているといった状態ではなく、ある比較を欠いた絶対的な現象だという点を指摘しておかねばならぬ。しかもその絶対性は、決して反＝制度的な振舞いなど演じてみせたりはしないという点が肝腎である。制度に抗うには、少なくとも抵抗すべき対象を見据えうる程よく聡明な視線がそなわっていなければならぬ。その意味で、あらゆる反抗者は、いくぶんか制度的な存在たらざるをえないだろう。たとえば『現代の歌』の「序文」を書き綴るマクシムは、そうした反＝制度的な存在の一人である。少なくとも彼には、文学がもはや才能の問題ではなく、制度的な現象だという点を見極めうる程度には、聡明だったのである。いま、彼の青春の挫折感とともに始まった仮装と失望の時代の構造に注ぐべき視野をそなえているマクシムには、その体系と機能とを記述することが可能だし、そうした環境のもとで演ずべき文学好きの人間の役割がどんなものかをも心得ている。ところがギュスターヴは、そんなことなど想像だにしていない。しかし、それは彼がマクシムよりも聡明さにおいて劣っているからではない。彼は、いま進行しつつある世界の変容に対して、絶対的に誤った視野しか持ちえない。つまり、彼は愚鈍さそのものなのだ。ちょっと軌道を修正すれば相対的な聡明さの域に達するといった知識の欠如とは違った愚かさの中に彼は暮しているのであり、より豊富な知識による教育の試みは決って失敗するしかないだろう。そのかたわらで聡明な身振りを演じてみても、何ら有効な効果を期待しえないはずだ。つまり、いかなる方法も、いかなる実践ももっぱら無効であるしかないような存在こそが愚鈍さなのである。そして、マクシムの聡明さの限界とは、そうした徹底した愚鈍さが世界に存在しうることだけはどうしても理解しえなかった点に存している。目の前に、ギュスターヴと呼ばれる典型的な愚鈍さを見ていながら、その絶対的な現象を、相対的な視点でしか捉えることができなかったのである。

もっとも、その事実をもって、マクシムを非難するのは正しくない。徹底した愚鈍さを前にした場合、われわれは誰だってマクシムのように行動するだろう。三十歳にもなっているんだから、もういい加減にその程度のことは解ってもらわなければ困る。私自身もまた、そうつぶやいてギュスターヴからそっと顔をそむけてしまうに違いない。だから、彼ら二人の友情の破滅は、決して個人的な悲劇といったものではなく、性格とか、感受性とか、趣味とかの次元を越えた普遍的な悲劇として理解されねばならない。普遍的なといっても、それはどこにもころがっているだろう野心と羨望との永遠の葛藤という意味ではない。聡明さの言説と、愚鈍の言説、というよりその非＝言説の行き違いの、きわめて歴史的な普遍性が問題なのだ。そしてマクシムの不幸は、聡明な言説が、愚鈍の非＝言説にきまって敗北するしかない世界に踏みこもうとしていながら、そのことを理解しうる聡明さを欠いていることから導き出される。愚鈍の非＝言説は、ほとんど荒唐無稽ともいえる残酷さで、聡明さの言説に勝利してしまう。だが、それはどんな理由によってか。そのことの穿鑿はもう少しさきですることにしよう。いまはさしあたり、編集者に仮装することで文学という制度との関係をとり結んだ聡明なマクシムが、その戦略的な選択をどんなかたちで正当化しようとするのか、その過程を跡づけることにしてみたい。愚鈍なギュスターヴにはその意義が皆目見当もつかなかった試練の代償として、マクシムは何を獲得しようというのか。

小説家もまた捏造される

編集者としてのマクシムが獲得したものは、みずから自由に書き、みずから自由に発表するという権利である。なるほど、書くことぐらいは誰にでもできるだろう。事実、ギュスターヴもまた、何かを書きつつある。だが、誰もがその作品を発表できるような特権に恵まれているわけではない。マクシムは、ゆっくり時間をかけて準備されたその周到な戦略によって、いま、その特権を手に入れたわけだ。しかもその特権は、ただやみくもに行使さるべきものではない。「ここに準備されつつある文学的革新」を勝利に導くべく、「一兵卒」としてではなく、その「指揮官」にこそふさわしく特権は行使されなければならないのである。

マクシムが目論見つつあった「文学的革新」の綱領と呼ぶべきものが、一八五五年に刊行された詩集『現代の歌』の「序文」に詳述されていることはすでに述べたとおりだ。ところで、『パリ評論』誌が創刊された一八五一年の秋からマクシムが行使しようとする特権は、例の「蒸気機関車」と題された一四八行の詩篇が代表しているような韻文ではなく、散文の試作の連載という大胆なものである。なるほど彼は、一八四八年に、その第一回目の中近東旅行の記録を、ごく少部数ながら一冊の書物にまとめて刊行し、それを友人ギュスターヴにささげている。だがそれを除けば、これまで散文の虚構作品を書き綴った経験などほとんどありはしない。ギュスターヴでさえ、刊行されるあてのない、短篇、中篇、長篇の小説をいくつも書きためており、また上演されることもなかろう戯曲さえ幾篇か青年時代に執筆しており、その意味で、こと散文の虚構に関してはまったくの素人とはいえない身であるというのに、マクシムには、そうした無駄な時間を浪費する意志などまるでなかったのである。旅行記の筆者としてなら、あるいは写真家としてならそれなりの実績を持っていないではなかったが、小説家マクシムとなると、これはまったく何の経験もない素人にすぎない。だから、編集者に仮装したばかりの彼は、それとほとんど同時に、小説家としてみずからを捏造しなければならなかったのである。

小説家として生まれたわけでもない三十歳の文学好きが、書き、そして発表しうるという特権を手に入れるが早いか、たちまち小説家に変貌する。そんなことが可能だと思われていたのは、マクシムが驚くべき自信家だったからだというべきだろうか。いや、そうではない。十九世紀の中葉という一時期は、才能の有無とはかかわりなしに、またそれが小説と呼ばれうるか否かを問うこともなく、誰もが自分自身に起こったことがらを書き綴り、多少ともその名が知られている人たちが、それを小説として発表し始めた一時期なのである。父親が名高い詩人であったというだけの理由で、アルフレッド・ド・ミュッセの何の才能もない息子が、『彼と彼女』を書いているではないか。かつての情人が小説家として有名になってしまったというだけで、美貌ばかりが売り物の三流詩人ルイーズ・コレは、『兵士の物語』を執筆していはしまいか。この手の安易な小説を列挙すればきりがないほどだが、いわゆる「告白」とロマン主義との関係をことさら強調するのは文学史に特有の抽象的な誇張に過ぎないことだけは、指摘しておく必要があろうかと思う。個人的な体験に多少の修辞学的な粉飾をこらして小説として発表することの流行は、フランスにおいては、ロマン主義的な熱病がゆっくり引いて行った後の、小説的な無風地帯ともいうべき一時期いらいとりわけ顕著になった現象なのである。実際、誰もが自伝に類する散文の虚構を書き、小説として発表し始めていた。だから、小説家に仮装しようとするマクシムのうちに、過剰な自信家の横顔を認めるのは正しい視点とはいえず、むしろ、彼にとっては、写真家や編集者としておのれを捏造することの方が、遥かに困難な試みであったはずなのだ。事実、小説家に仮装することの困難さは、それが誰にでも書けてしまうという点に存していたのである。

とはいえ、小説家に仮装しようとするマクシムに、それなりの自信がなかったわけではない。自分の想像力の中には、そこらあたりの人間が見たこともないような異国の光景がどっさりつめこまれている。その地に足を踏み入れたこともないのに『東方詩集』を書いたヴィクトル・ユゴーのそれとは比較にならぬほど正確で、ほんの数ヶ月エジプトに滞在しただけで『東方旅行記』を発表したジェラール・ド・ネルヴァルとも比較にならぬほど豊富な中近東各地の風景が脳裡に焼きついている。しかも、わたしには、数千枚の写真があるのだし、また、パリのもっとも優雅な女性たちと同じように、中近東地方の女たちとさえ恋をした経験もある。だから、誰もが書けるこの小説という散文の虚構にあって、わたしの書くものが他の連中のそれに劣っているはずはないと確信するマクシムにとって、とりたてて決意というほどのものは必要でなかったはずなのだ。彼は、ごく自然に小説家に仮装する。そして、『パリ評論』誌の再刊第一号に、インドの聖者におのれの精神を仮託した中篇「タガオール」を発表する。そしていまや、連載で最初の長篇小説を発表しようとさえしているのである。彼が小説家として生まれたのではないことは、何の障害にもならないだろう。恋愛と旅行におけるその体験は、誰にも負けぬほど豊かなものなのだから、それにいくぶんかの虚構を加味すれば、立派な小説ができあがるはずだ。

こうしてマクシムは、その最初の長篇小説を執筆し始める。舞台はナイル川流域と、現代のパリ。主人公は、旅行家。形式は、パリにもエジプトにも定住しえぬ漂泊する魂の手記。主題は自殺、つまり、みずからを肯定しえぬ存在に可能な唯一の肯定の試み。題名は『遺著』、またはは『ある自殺者の回想』となろう。『パリ評論』誌に連載中は前者が、一冊にまとめて刊行されるときには後者が、題として選ばれることになるだろう。いずれにせよ、独創的な長篇小説が完成されるすべての条件がそろっているはずだとマクシムはつぶやく。だいいち、フランスの読者がまだ目にしたこともないアラブ語の単語が、あらゆるページにちりばめられたような小説など、これまであっただろうか。パリの上流階級の女にヌビア生まれの女奴隷が嫉妬する物語などあったろうか。そのことだけからしても、この長篇は、フランスの文学的な風土に、まったく未知の何ものかを導入するはずだ。

『ある自殺者の回想』

筆者の死後に刊行された書物だという意味で『遺著』とも呼ばれるマクシムの最初の長篇にあって、自殺することでその話者たる資格を獲得する人物はもちろんマクシム自身ではなく、一八五二年九月二十七日に三十歳を迎えたことが文中から察せられる彼と同世代の青年ジャン＝マルクである。全篇は時間的な秩序を無視して書きつがれた十八の断章からなっており、この死後の書物を一冊にまとめて刊行することを思いたった編者マクシムによるプロローグが、その冒頭に置かれている。内面の手記を綴るジャン＝マルクは、いうまでもなくマクシム自身である。十八世紀の小説にしばしば見られたように、そしてジャン＝ポール・サルトルの『嘔吐』にまで継承された作品提示の一技法、つまり、新居の書斎の机の中に眠っていた作者不明の草稿とか、塵埃だらけの納屋の奥から発見されたとかいった原稿を、試みに刊行してみるという手法がここでも踏襲されているわけだ。編者のプロローグによると、彼とジャン＝マルクとは一八五〇年の五月、エジプトの砂漠でめぐりあったことになっている。ヌビアよりの帰途、ナイル河を下ってケネの街で小休止し、不意に紅海を見たくなって一行を離れ砂漠を横断しているとき、夜中に近くのキャラバンから銃声が響く。一人の白人の旅行者が、ジャッカルを追い払う目的でカービン銃を放ったのである。その旅行者が、フランス人のジャン＝マルクである。彼は、ペルシャ、クルディスタン、メソポタミアをぬけて、コーカサス地方から戻って来たところだという。これからアレクサンドリアに出て船に乗るが、目的地はフランスかも知れず、あるいはまったく別の国かもしれない。

異郷で出逢った同国人の旅行者たちは、翌日、砂漠の中の涼しい場所で長い会話を交わす。一時間もしないうちに、二人はすっかりうちとけ、たがいに古くからの友人であるかのように話がはずむ。会って間もないというのに、長時間にわたって同じ主題を論じうること。そこには、同じ感性、同じ内的体験の共有が前提とされている。つまり、これは一つの友情の物語なのだ。断定的にものをいいながら、その論理の展開にはしばしば多くの矛盾が含まれるというジャン＝マルクは、自分は運命論者だと主張し、また一方で、至上の審判者の意志に抗って自由意志にもとづく行為を実践すべく、自殺のことを考えているともいう。

だが、それにしても、何と奇妙な友情の物語であろうか。というのも、その砂漠での語らいののち、彼らはもはやこの世界では言葉をかわす機会を持ちはしなかったからである。ケネでの再会を約して別れながら、紅海からの小旅行から戻った編者を待っていたのは、不意の出発をわびる一通の手紙にすぎない。許してくれたまえ。どんな土地に行っても、ぼくは自分のみじめな生涯が残した足跡にめぐりあってしまう。それに、ぼくはあまりに孤独に慣れすぎている。できればカイロ、あるいはことによったらパリで、君に会えるかもしれない。「では、また会うのを楽しみにしている。この世では会えぬにしても、せめてあの世では会えるだろう」。

長い旅を終えてパリに戻ったマクシムその人とみなしうる話者は、すでに帰国している友人ジャン＝マルクの家をたずねてみる。だが、何度訪れても、留守である。手紙を残してきても返事はない。彼を知っているという人たちの誰一人として、その近況に通じているものはいない。

「あいつは気狂いさ」とある男はいう。

「人づきあいの悪い奴さ」と別の男がいう。

「変わりものだぜ」と三人目の男がいう。

「病人さ」と一人の医者が私にいった。(41)

読者が深遠なものと勘違いする難解な言葉を弄してもてはやされているという男の一人が、かつてはつきあいがあったというジャン＝マルクについて、蔑みの身振りとともにこうもいう。

「あいつは無用の存在なのさ。ルネの生ませた私生児で、アントニーとチャタートンに育てられたのだよ[42]」

そんなある日、数日留守にしていたパリに戻ってみると、ジャン＝マルクから厚い包みがとどいている。それにそえられた一通の手紙は、彼がみずからの生命を絶ったことを知らせている。あの砂漠で過した長くはない時間の忘れがたい思い出のために、ぼくは、君に、この回想録をゆだねる。必要と思われるならそれを発表するのもきみの自由だ。おそらく、これを読まれた後でなら、あのとき、ぼくが、なぜ自殺の話などを持ちだしたのか、理解していただけると思う。

マクシムにほかならぬ編者がジャン＝マルクのもとに駆けつけたとき、もはや葬儀は一週間前に終っている。教会は、この自殺者のために祈りをささげるのを拒絶したという。彼に残されたのは、「脈絡もなく書き記されたノート」であり、そこには手紙や、今後発表さるべき主題に役立つはずの考察や、愛情の物語、苦しみの叫びなどが認められる。私はそれに何ら変更を加えず、受けとったままの順序で発表しようと思う、と編者はいう。

ルネの膝にだかれて誕生し、ラマルチーヌの『瞑想詩集』に涙し、オーベルマンにおのれをなぞらえて心をかきむしり、『マリオン・ドロルム』のディディエとなって死と戯れ、アントニーの口をかりて社会の顔につばきをはきかけるといった人種は、さいわいなことに、日に日に跡を絶ってゆくが、その意味で、ほとんどこれは一種の考古学的な書物である。(43)

わたしはこうした人物を非難しようというのではない。編者はただ、ジャン＝マルクが属していたあの一連の人びと、つまり「いやしがたい倦怠にさいなまれ、いわれもない喪失感につき動かされ、度を過した想像力の願望によって未知のものへと引きつけられるあの一世代」の青年の生きた姿を、彼自身の真摯な告白によって読者の手にゆだねようと思う。こうした編者のプロローグによって始まる『ある自殺者の回想』は、とうぜんのことながら、いまは生きのびることのむつかしいロマン主義患者の物語となるだろう。その回想がどんな挿話からなりたっているかは、次にみてみることにしよう。ここでは、ただ、以下の事実のみを指摘するにとどめておきたい。

まず、編集者に仮装し、同時に自分を小説家として捏造しようとしているマクシムの最初の長篇が、ほぼ同じ世代に属する二人の青年の特権的な友情を基盤としているということ。友情そのものはあからさまな主題として提示されているわけではないが、生涯にたった一夜、それもエジプトの砂漠で偶然に出会い、そこでたがいに何ごとかを理解しあったという前提がないと、この散文が作品としての形態をとりえないのだ。しかも、その友情にあって、二人の役割は平等のものではなく、マクシムその人として登場する人物が書く人として想定されてはおらず、書かれたものを読んだ上でそれを出版するという、編者の位置に置かれているということ。つまり、プロローグを書いてこの回想の来歴を読者に知らしめるという機能を自分に与えることで、ものを書くことはできても、その文章を生前発表することができなかったジャン＝マルクに対して、マクシムはいくぶんか有利な位置を占めているのである。さらには、この長篇小説の中心となる回想が、小説家として生まれたわけではない孤独な旅行者の、その漂泊する魂の記述という形式をとっているということ。マクシムという存在と遭遇していなかったとしたら、ジャン＝マルクの手記は、人目に触れることなく、自殺者の遺品として整理されてしまっただけということになるわけだ。

細部の解読を始める以前に確認しておくべき事実は、以上の三点である。その三つの事実は、回想の中で述べられている個人的な体験の意味を越えて、『遺著』と呼ばれもするこの『ある自殺者の回想』が、まぎれもなくマクシム自身の長篇にほかならぬことを語っている。すなわちマクシムは、そこで、他者の友情をうけとめうる信頼さるべき存在として自分を提示しており、しかもその信頼にふさわしい聡明さによって、自分がその手記を刊行しうる特権を身につけている事実を立証しているのである。信頼、聡明さ、特権。その三つの事実こそ、三十歳のマクシムが社会に対して主張したいと願っているみずからの資格である。その意味で、

『遺著』におけるマクシムは、ジャン＝マルクという虚構の人物を設定しながらも、あくまで誠実に、自分自身を人目にさらしている。やがて要約されることになる諸挿話に色濃く影を落としている深い自伝的な色調にもまして、こうした作品の構造そのものが、裸のマクシムを語ってしまっているのである。

だが、それにしても、仮装がこれほど生真面目な告白に似てしまうとするなら、彼が口にしている戦略とは、いったい何なのだろう。おそらく、文学と呼ばれる制度は、この種の戦略をいたるところで崩壊させてしまう悪意の罠として機能しているに違いない。しかし、いまはまだ、それについて語るときではない。

XIV 自殺者の挑発

自殺者とは何か

『遺著』という題名でも知られる『ある自殺者の回想』は、なぜ、自殺者の回想なのか。とりわけ、なぜ、自殺者でなければならないのか。自殺者とは、そもそも何なのか。もちろん語の定義はさして複雑ではない。みずからの生命をおのれ自身の手で絶ったもの。事実としても、そうした行為を実践するものは決してめずらしくないだろう。また記号としても、さらにはその記号が体現する事態としても、自殺者が何であるかを知らぬものはいない。だから、マクシムが自分を小説家として捏造するにあたってその長篇の題名として選んだ『ある自殺者の回想』には、解読すべきいかなる難解な意味も含まれてはいないはずだと人は思う。では、どうして、自殺者にこだわってみたりするのか。『ある自殺者の回想』が不特定の一人の自殺者の回想であることは、自明の理ではないか。

なるほど、それはそうには違いなかろう。にもかかわらず、人は、この題名に含まれる自殺者、の一語に、いま少し敏感であらねばならぬ。その一語は、ことのほか執着してみるに値いする言葉なのだ。なぜか。理由は簡単である。著者のマクシムが生きつつある十九世紀中葉のフランス市民社会では、自殺者の一語は、必ずしも公認された語彙ではなかったからである。むしろ、単語としての自殺者は、蒸気機関車だの写真機だのと同じぐらい新しく、かつまた由緒正しからぬ新たな単語だというべきかもしれない。そもそも十九世紀に編まれた代表的な辞典類には、自殺者の一語はほとんど見あたらない。自殺 suicide とか自殺する se suicider とかがかろうじて載っている場合でも、回避さるべき新語という註が必ずそえられている。ロンドンに赴任したイギリス駐在のフランス大使タレイランが自殺するという単語を口にしたところ、一八三〇年当時の大英帝国の貴族たちは、その言葉のいかがわしい響きに仰天したという。一八四二年版の『アカデミー・フランセーズ大辞典』の補遺には、「非論理的で冗漫な不正語法」とさえ記されている。だから、それを耳にする良識ある存在は、誰でもが顔をしかめるべき野蛮な言葉として自殺者は流通していたのだ。それは、蒸気機関車や写真機がそうであったように、十九世紀中葉のフランス市民社会が希有の資産として獲得した、便利で快い発明品なのである。

ここでいまさらキリスト教文化圏における自殺の意義を復習してみるにも及ぶまいし、また、多くのロマン主義的な演劇や小説が、自殺の反社会的な側面を積極的に顕揚したという事実も、改めて指摘することはなかろうと思う。問題は、事実としてそれ以前の社会にも明らかに存在していた自殺そのものにあるのではない。あくまで、回避さるべき野蛮な語彙群としての自殺する、自殺、等々の中で、とりわけ流通頻度の低かった自殺者の一語を題名にとりこんだことのうちに、『現代の歌』の「序文」の著者にふさわしい一貫した姿勢が認められるという点なのだ。詩人として生まれたわけでもないマクシムが「蒸気機関車」を韻文にうたうことで詩人へと変身し、おのれを「写真家」といういかがわしい身分に仕立てあげることで「芸術家」の捏造に成功した以上、彼が小説家となるためにも、それに似た戦略が必要であった。それには、アカデミー・フランセーズが「非論理的で冗漫な不正語法」と断じたものを大っぴらに「文学」に導入する。とりわけそれを処女長篇の題名にすべりこませておけば、新しい文芸雑誌の編集者となったばかりのマクシムにこそふさわしい挑発の儀式は完璧なものとなるだろう。だから、問題は、自殺という事実そのものではなく、あくまで「記号」としての自殺者なのだ。「ルネの生ませた私生児で、アントニーとチャタートンに育てられた」のだというジャン＝マルクが、いまさらみずからの生命をおのれ自身の手で絶ったところで、そこには何も目新しいことはない。だが、自殺者の一語は新鮮である。それこそ、「一兵卒」としてではなく「指揮官」として「文学的革新」を目論見つつあった自分にふさわしい身振りだ。小説など誰にでも書けてしまうという点に小説家に仮装することの困難が存するというなら、「文学」が野蛮なものとして回避している言葉そのものを、あえて冒頭に書きつけることでその困難を超えてみようではないか。三十歳になったばかりの自分よりもまだ若い生まれたての単語である自殺者、これを、一八五二年十二月号の『パリ評論』誌の巻頭をかざる長篇小説の題名に滑りこませてみよう。わたしは誰よりもさきに蒸気機関車を韻文に綴ったのだし、誰よりもさきに写真家に仮装してみせた。このように、まだ、誰もがやったことのない振舞いを「文学」の領域で演じてみせる勇気こそがこの自分にそなわったかけがえのない資質であり、特権ではなかったか。

この勇気は、優れて歴史的なものであるはずだとマクシムはつぶやく。誰もが喜び勇んで汽車に乗り、われがちに争いあって写真の被写体になろうとしていながら、「文学」はそれを自分自身のうちにとり込む勇気を欠いていた。それとまったく同じように、誰もが自殺を試みたり、また自殺を小説や詩の題材としていながら、まるでそうすることが社会的な悪だと恐れているかのように、自殺者の一語を回避しつづけている。これは、いかにも愚かなことではないか。だからわたしは、ピラミッドを初めとするエジプトの歴史的建造物の写真を初めてパリに持ちかえったように、自殺者の一語を初めて「文学」に導入してやろう。しかも、誰の目にも触れるだろう文芸雑誌の巻頭に据えられた長篇小説の題名として、あからさまに使用することで、勇気を欠いた愚かものどもをあっといわせてみせる。あとはただ、作中人物のジャン＝マルクに託しておのれ自身を語ればよい。自殺者という生まれて間もない新語を題名として使ってみせるほどの独創的な資質に恵まれているわたしのことだから、それは必ずや人びとの注目に価いするだろう。それに、自分には語るべき確かな経験がある。白人女と奴隷女との嫉妬の物語を、ナイル河流域に設定しうるような人間は、このマクシムをおいてほかにはいないはずだからである。中近東の砂漠の光景は、もはや異国趣味を超えた生なましい現実とならねばならない。恋に狂った肌の黒い奴隷女の心理を、パリの女性の内面と同程度の深い陰影をもって描きうるのも、この疲れを知らぬ旅人マクシムだけだ。それを立証してみせるためにも、『ある自殺者の回想』は、あくまで自殺者の回想でなければならない。いまや、人はヴィクトル・ユゴーの『東方詩集』の時代に暮しているのではない。それが進歩というものだろう。「文学」は、この進歩を自殺者の一語によってその財産とすることができる。

近代悲劇の英雄

すでに述べたように、刊行者による長い前書きとごく短い後日譚とにはさまれた自殺者ジャン＝マルクの回想は、脈絡を欠いた十八篇の断章からなっている。そのうち二篇を除いて、残りすべての断章は明確な日付をもっている。第一の断章は一八五二年九月二十八日、第十七の断章は同年十月二十五日午前三時に書かれたということになっており、それは、主人公の死の直前にあたっている。この長篇の連載第一回が五二年の十二月号だから、ことによると、その最後の日付は、この作品の完成した時刻と正確に一致しているのかもしれない。いずれにせよ、この自殺者の回想にあらわれている歴史的な日時は、小説家としておのれを捏造しつつあったマクシムの現在の時間とぴたりと重なりあっているかにみえる。

もっとも古い日付は、第三の断章の一八四六年十一月である。冒頭の断章には、一八五二年九月二十七日に三十歳を迎えたという記述があるから、これらの断章は、ジャン＝マルクが二十四歳から三十歳になったばかりのときまでに書かれたものであることがわかる。もちろん、その手記には少年時代の思い出がいたるところにちりばめられているから、三十歳と一ヶ月で世を去ったジャン＝マルクの一生は、ほぼそっくり再現されているといってよい。そして、父親の死後、黒い喪服を着ている母のイメージのまわりに拡がりだすそのおぼろげな幼児の記憶いらい、手記の執筆者は、自分自身を一貫して孤独な反抗者に仕立てあげている。自分をとりまいている環境とのあいだに調和を見出しえない不幸な存在として、まわりの無感覚な複数者に対してたえず苛立たしい摩擦を惹き起こさずにはいられない変人ジャン＝マルクは、その回想の刊行者が生前の彼を知っていた者たちから蒐集した証言の中にみられる、あの「気狂い」、「人づきあいの悪い奴」、「変わりもの」、「病人」といった言葉の定義する人格そのものとなるべく、その少年時代をくぐりぬけてゆく。要するに、他人とは異る存在としての自分を発見してゆくのである。そして、彼が、自分はみんなとは違っているという確信を深めれば深めるほど、そこにある種の甘美な特権意識がかたちづくられてくるという点は、いささか時代遅れのロマン主義患者の作品に共通する事態というべきものだ。倦怠、喪失感、孤独、どれといって目新しい主題はない。とりわけ自分一人が呪われているわけでもないのに、社会の呪詛が自分を特権的な対象として選んだかに錯覚することからむなしく肥大する想像力は、自分をたやすく悲劇の主人公に仕立てあげる。それこそ、「ルネの生ませた私生児で、アントニーとチャタートンに育てられた」ジャン＝マルクの肖像だ。

だが、ロマン主義者ではなくロマン主義患者にすぎないジャン＝マルクのまわりには、一八三〇年代のロマン主義演劇が生み落としたアントニーやチャタートンのように、情熱の自由な飛翔をさまたげる社会といった、それ自体としては絵に描いたようなものではあるが舞台の上ではそれなりの機能を演じえた障害が身近にあったわけではない。自分一人で外界そのものの敵意をそっくりうけとめうるような特権的な舞台装置はもはやどこにもない。世の中の方が途方もなく大がかりな書割り装置であることをやめ、さしたる手応えもないごく卑小な風景と堕してしまっているからだ。実際、作者マクシムのまわりでは、誰だって汽車に乗れるし、誰だって写真のモデルになれる。原理的には、誰だって選挙に立候補できるし、誰だって大統領を選出しうる世界ができあがってしまっているのだ。例外的な特権者の悲劇は、もはや成立しようがない。だから、ジャン＝マルクは「無用の存在」たらざるをえない。アントニーの殺人も、チャタートンの自殺も、それじたいで積極的な振舞いたりえたが、そうした特権性はもはやどこにも求めえない。この物語の話者は、写真術の発見と写真家の困難な誕生とのあいだに、大きな歴史的な断層のあることをすでに指摘しておいたが、それと同じ断層が、いまジャン＝マルクとアントニーやチャタートンを引き離している。彼らは、同じ一つの言葉をしゃべってはいないのである。アレクサンドル・デュマやアルフレッド・ド・ヴィニーのロマン主義的戯曲の主人公たちは、あくまで悲劇的英雄として生まれている。彼らは、宿命によって選ばれた特権的英雄であり、見かけの違いにもかかわらず、フランス伝統の古典劇とロマン主義演劇とが、構造的には同じ言説に属していることを立証する人物たちなのだ。だがジャン＝マルクは、というより彼に類するあまたのロマン主義患者たちは、いずれも悲劇的英雄として生まれているわけではない。彼らが「気狂い」で、「人づきあいが悪く」、「変わりもの」で、「病人」でもあるとするなら、それは、そう断ずる側と断じられる側の双方に錯覚があるわけで、実は、その両者はともに同じ言葉をしゃべっているにすぎない。少数者と複数者を隔てるものは、いまや宿命なのではなく、とりあえず演じられる「役割」の違いにすぎず、その二つの「役割」がともに必要なことを、社会そのものが容認しているからである。ブルジョワ社会とは、原理的には誰もが少数者を自認し、誰もが複数者を自認しうる数的な環境のことだ。したがって、その選択は恣意的なものでありながら、その恣意性をあたかも宿命が決定した絶対的なものだとする錯覚がその二つの領域で共有されたときに、ブルジョワ的と呼ばれる社会は安定する。自殺者の回想を綴った三十歳の青年ジャン＝マルクとは、そうしたブルジョワ的な英雄にほかならない。とりあえずのものにすぎない自分自身の条件を、あたかも絶対的なものであるかに勘違いし、同時にその勘違いを普遍化せずにはいられない主人公。彼らは、宿命として背負わされたわけではない倦怠と喪失感とを捏造し、それを拡大する作業に専念しなければならない。この拡大作業こそ、近代の「芸術家」にとっての主要な課題となるはずのものだ。たまたま自分の身に起こったごく個人的な不幸を、社会的な不幸にまで拡大せずには気がすまぬ卑小な意志、そしてその意志を実現するために動員されるこれまた卑小な戦略。これが、近代小説と呼ばれる言説の真の姿である。かくして「文学」は、十九世紀の中葉いらい、この卑小な戦略の卑小さを隠蔽し、かつそれを錯覚として拡大させようとする試みの演じられる不実な環境として定義されることになるだろう。そうした環境にあっては、ごく親しい肉親とのあまりに早すぎた別れ、たとえば幼いジャン＝マルクにとってならその母親の不意の死が、あたかも大革命による社会的構造の、決定的というわけではないがほぼそれに近いかたちでの崩壊とほとんど同じ価値を持つかのような喪失感として認識されることになる。いま、この瞬間、ここに母親が存在していないということが、彼を他人たちから引き離す絶対的な要因であるかのように語られているのだ。母親とその死が、『ある自殺者の回想』の主要なモチーフであることは間違いのない事実である。だが、マクシムは、それを唯一のよりどころとして、ジャン＝マルクを他人とは異る存在として提示するほど単純素朴ではない。自分を、複数者たちとは明らかに違う少数者として納得するのに恰好な舞台装置を近代社会が捏造していることに、彼は意識的だったからだ。

では、他の人びととの違いをきわだたせる恰好の舞台装置とは何か。学校である。学校とは、マクシムにとって、自殺者の一語と同じぐらいに新しい発明品なのだ。マクシムは、幼いジャン＝マルクを、ある教育施設に「新入り」として登場させている。すでにその構成員たちがたがいに知りあっている学校という集団的環境に、その主人公をいささか遅れて登場させているのである。「新入り」にとっては敵意にみちた教室という空間、そして同級生という複数者たち。この空間も複数者たちの存在も、「文学」にとっては決して普遍的な細部ではなく、きわめて歴史的なものである。というのも、こうした挿話は、義務教育の実践を前提としてしか成立しえないものだからだ。ジャン＝マルクは、誰とも同じように学校に送り込まれたのであり、誰もが同じ資格で支えあっているその集団の中で、彼は初めて、自分を他人とは違う存在として顕示することになるのである。特権的な大学や、女子教育の場としての修道院ではなく、普通教育がごく当り前に行なわれている閉鎖的環境としての男子中学校。『ある自殺者の回想』は、そうした近代的な設備が内側から描かれたもっとも早い例の一つである。義務教育とは、実質的に、近代小説とほとんど同時に発明された制度なのである。誰でも小説が読めるように、誰もが学校に通うことができる。そんなものが「文学」的題材たりうるとは、誰も思っていなかったのだ。ところがそれは悲劇的英雄として生まれたわけではないジャン＝マルクを悲劇的英雄に仕立てあげる卑小な舞台装置として機能してしまう。これは、「文学」にとってきわめて斬新な事態だというべきだろう。

牢獄としての学校

いま、この物語の話者が住まう世界とマクシムが生きた世界との間に横たわる幾多の超えがたい距離にもかかわらず、なおわれわれがマクシムを同時代人と見なしうるとしたら、それは、『ある自殺者の回想』の著者が、誰とも同じように学校に通い、初等、中等、高等教育を通過し、誰とも同じように大学に登録することをごく自然に受け入れた最初の世代に属しているからだ。とりわけマクシムは、ほぼ今日のそれと構造的に等しい義務教育によって生産された最初の教育的個体の一人なのである。そのことが、この話者と、その物語の主人公とに、同じ一つの言葉を話させる一つの根拠となっている点に注目しよう。構造的に等しいというのは、実質的な内容はともかくとして、環境としての学校が形式的に存在しているということだ。同世代の仲間との友情の成立、競争心、嫉妬、そして何よりも、教師という名の小宇宙の管理者の影響、あるいはそれへの反発、さらには規律の徹底化と不自由の意識。こうしたものが、原理的には、階級を越えてあらゆる生徒たちに共有される。われらが主人公マクシムは、世界の「文学」の歴史の中で、こうした共通の体験による感受性の形成を蒙った最初の「文学者」の一人である。

前世代の作家たちは、たとえばスタンダールにしてもバルザックにしても、このような環境によって生産された存在ではない。もちろん、大革命直後の一七九三年の共和国憲法には教育の機会均等が基本的理念として盛りこまれていたし、今日でいうところのリセ、すなわち中等＝高等教育施設は一八〇二年に創設されている。つまり、誰もが知るとおり教育制度はナポレオンによって作られたには違いないのだが、これが制度として真に機能し始めるのは、七月王政期に入ってからにすぎない。制度としてとは、あたかもそれが自然であるかのように受け入れられた、ということを意味する。それには、制度的にいって、二つの事実が重要な役割を果すことになる。その一つは、誰が教師として適任であるかという国家的な選抜試験の実践、つまり職業的な教育者の誕生をうながす法律的な処置であって、これは一八二一年に行なわれる。さらには、すでに名目的には実施されていた義務教育を実質的なものとするための法律的な処置が、一八三三年にギゾーによってとられる。こちらは、各市町村はきまって一つの小学校を持つことを義務づけるものだ。この二つの歴史的な事実によって、誰もが、学校という閉鎖空間の内部で、職業的な教師による授業を受ける権利が実質化されたのである。つまり、学校が、今日の学校という言葉で知られているものとほとんど構造的には違わない環境となりえたのだといえる。

もちろん、『ある自殺者の回想』のジャン＝マルクにとって、こうした環境との接触が快い体験であったはずはない。「さあ、一人前の男になる術を学ばねばなりません」という母の言葉によって送りこまれた中学の寄宿舎は、そこでの生活に慣れ親しんだものだけが理解しうる隠語がはばをきかせ、知識の伝授とは異質の不快な規律が卑小な権力者たる教師どもによって維持されている、徹底して不自由な環境にほかならない。これは牢獄だ、と彼はつぶやく。教師も、同級生たちも、すべてが自分の敵なのだ。一八三八年十二月初旬のこと、十五歳半であった「私」は、この学校という名の牢獄で、初めて自殺を試みたとジャン＝マルクは回想する。牢獄としての学校。この物語の読者の誰もが体験的に知っているか、あるいは少なくとも容易に想像しうるこの二つの環境の同質性は、自殺者ジャン＝マルクの回想によって初めて「文学」に導入されたものである。以後、何人の小説家が、そして何人の映画作家が、この牢獄としての学校という物語を語りついできたことだろう。あるいは、この二つの環境が同質なものであるが故に成立した、特権的な友情を語りついで来たことであろうか。また、それが、寄宿舎での反抗といったごく卑小な体験を、あたかも宿命的な悲劇であるかに錯覚させてもきたのだ。『ある自殺者の回想』は、そうした「文学」的な常套句の源流に位置しているという意味で、すぐれて歴史的な書物だといえる。

もちろん、学校生活を小説に描いた作家はマクシムが最初ではない。だが、それ以前の学校は、いずれも特権的な子弟のみが通う選ばれた環境にすぎず、そこで出合う仲間たちの家庭も階級的にあらかじめきまってしまっている。ジャン＝マルクが「新入り」として登場することになるのは、それよりはるかに猥雑な環境である。誰もが、当り前の顔をしてそこに居すわり、選ばれたものといった意識などこれっぽっちもない。ジャン＝マルクを苦しめるのもその点だ。そして彼は、その牢獄に似た環境の凡庸さに苛立ち、反抗者となる。自分は、あの連中と同じであってはならない。だから彼は、「怒り狂った革命家」として「反抗を、騒動を、反乱を」夢見つつ暮し、ついにそれを実行に移す。あたかもそれが、宿命的な悲劇の英雄たるにふさわしい試練の身振りであるかに錯覚しながら。

XV　教室と呼ばれる儀式空間

堂々たるすがすがしさ

話者たることの隠微な特権を利用して、ここで、やや唐突ながら説話論的な持続を切断し、この物語の主人公たるマクシムには知りえなかった一つの挿話を読者に提示することで、『ある自殺者の回想』の著者に対するごく小さな裏切りを働くことにしよう。当然のことながら、そのことで、話者の心はいくぶんか痛みはする。この『凡庸な芸術家の肖像』の物語は、詩人であり旅行家であり写真家であり編集者であるうえに、いま小説家として自分を捏造しつつあり、なおこれからのち、従軍記者となり、美術評論家となり、歴史家となり、やがて不死の人ともなろうとしている第二帝政期の三十歳の青年に対して、彼らにその権利があるとは思えないほどの数かぎりない人びとが働いた堂々たる裏切りにだけは同調しまいとして筆を進めているわけだが、ここでは、この小さな裏切りも何とか正当化しうるような気がする。というのもそれは、二十世紀も終りにさしかかった日本でこの物語の読者を演じつつあるものの多くがそうであるように、マクシムが、誰とも同じように学校教育を受け入れた小説家の、最初の世代に属するという点にかかわりを持つものだからだ。学校とは地獄だ、とりわけ中学の寄宿舎は牢獄か兵舎のようだという、いまではあまりに一般化されてしまってあえてそう口にするのもためらわれるほどになってしまった通念が、『ある自殺者の回想』の中で、初めてまともに文学的主題となったという歴史的な意義については、すでに述べたとおりだ。話者の隠微な裏切りは、その事実を改めて立証することに役立つのである。

そうした目的のために、話者は、ここでいったんマクシムから遠ざかる。そして、『パリ評論』誌上で、いまだ『遺著』と呼ばれていたころの長篇の冒頭の部分を読むことになった同時代の読者の一人に登場してもらうことにする。ところで、その同時代の読者もまた、それとちょうど同じ時期に、牢獄のような、あるいは兵舎のようなあの寄宿舎と呼ばれる閉ざされた世界に一人の少年を導入することで始まる長篇小説を執筆中だったのである。『ある自殺者の回想』の読者でもあり、かつまた小説家志望でもあるこの青年は、マクシムの長篇の第一部が『パリ評論』誌に連載され始めたとき、まったく無名の田舎者であるにすぎない。読者は、この地方在住の文学青年にはすでに何度か出合っているはずである。ギュスターヴというのがその洗礼名で、長文の書簡によるかなり深刻な罵りあいをマクシムとの間で演じたことのある男がそれだ。ロンドンでレンブラント・インクを買いそこなったギュスターヴ。アカデミー会員となろうとしていた一八八〇年のマクシムが、その葬儀に参列しそこなったギュスターヴ。エジプトでマクシムの写真機の被写体となった、あのアラブ風の衣裳をまとったギュスターヴ。やがて、文学がそのさして遠くない過去を歴史として記憶することがごく自然なこととみなすにいたったとき、『現代の歌』の「序文」も、『遺著』も読んだことがなく、その歴史的な写真の一枚をも見たことのない連中までから、マクシムが、たまたまその友人でもあった才能のない文学的敗残者として位置づけられることになるギュスターヴ。しかし、そのギュスターヴが、当時のパリの文壇でもっとも華々しい名前を所有していた美貌の女流詩人と昵懇の間柄であったといった事実は、さしあたり、傍系の挿話をかたちづくるものでしかない。

ギュスターヴより、ということはこの物語の主人公マクシムよりもやはり十歳ほど年上にあたるルイーズは、詩人として生まれ歴史家として生まれたことがごく自然であった時代の高名な知識人たちとの派手な交友関係で知られ、ときには男どもからの侮辱を短刀の一撃で晴らすといったいさましさも発揮しないではなかったが、みずからは詩人として生まれたわけでもないのに詩人を僭称するこの奔放な女性は、こと詩作に関するかぎりはおのれの才能をまったく過信することなく、アカデミー・フランセーズ主催のコンクールでの大賞をねらうときなどは、きまって、その情人である無名の地方青年ギュスターヴや、マクシムが売り出しはしたがそのためにとりわけ裕福になったわけでもないその文学仲間の、あの憲法制定議会議員選挙の落選候補ルイなどに、本格的な助言を仰いだりする自信のなさもそなえていた。彼女の存在がわがマクシムの物語といくぶんかでも交錯することになるのは、その一点においてのみである。つまりルイーズは、あの名高い『現代の歌』の「序文」でアカデミー・フランセーズの時代錯誤ぶりの象徴として攻撃されている「アテネのアクロポリス」(44)という五三年度の課題に応募しているのだ。このとき、マクシムがアカデミーという旧態依然たる組織をどれほど大っぴらに軽蔑していたかは誰もが記憶しているとおりである。ところでギュスターヴはといえば、その年上の恋人の冴えない詩篇の推敲のために、ルイと語らって彼女の長詩「アクロポリス」をアカデミーの詩的感性にふさわしく仕立てあげるべく、一月以上も添削しつづけているのだから、いったい『凡庸な芸術家の肖像』とは誰にふさわしい物語なのかと、ついつい訝かしく思わずにはいられない。実際、そろそろひたいのはげあがりかかった三十男が二人して顔を寄せあい、アカデミー・フランセーズの辞典にあたりつつ穏当な語彙の選択に精を出しているといった光景は、はた目にも決してすがすがしいものではない。やせ気味で表情もひきしまった長身のマクシムが、あからさまに権威を罵倒し、その時代錯誤ぶりを嘲笑している図の方が、はるかに堂々としているのだ。

だが、マクシムの悲劇は、この堂々たるすがすがしさにあまりに拘泥しすぎた点にあるのかもしれない。そして、たぶんそれを性急に求めすぎることが、彼にとって文学的と思われるいとなみを多分に抽象化してしまったのだ。堂々たるすがすがしさとは、詩人が詩人として生まれることが自然であった時代の幻想にすぎないからである。マクシムがいまだ納得しえずにいるのは、そうした残酷な現実だ。誰もが自分自身を芸術家として捏造しなければならない時代には、人は堂々としている必要もなければ、またすがすがしくある必要もない。実際、マクシムが踏み込みつつある時代の文学的環境は、やがてさえない一人の中学の英語教師を、その世紀最大の詩人として持とうとさえしているのである。そして、この時期に、詩人として生まれてしまったたった一人の少年は、その天性の詩的才能を、願ってもない特権としてより、むしろ一刻も早くぬぎ捨てるべき時代遅れの醜悪な衣裳にほかならぬことを、直感的に見ぬいていた。何とか生き残ったものたち、たとえばやがてマクシムに「旅」と題された一篇の詩を捧げることになるシャルルが送ったのも、徹底してみっともない生涯でしかなかった。

みっともない図々しさ

ところで無名の文学青年ギュスターヴは、「アクロポリス」の女流詩人に向かって、『ある自殺者の回想』に関するごくみっともない見解を表明し始める。それは、一八五二年十二月九日付と考えられる長文の手紙の中でのことだ。みっともないといっても、かつて親しい友人であった男の処女長篇をめぐるギュスターヴの判断が間違っているというわけのものではない。それは、むしろ正当といってよいものでさえあるだろう。要するに、これはいくら何でも情けない、「われわれの友人」はもうおしまいだといっているのだ。最初に発表した中篇の「タガオール[45]」とは大変な違いである。彼の才能は目にみえて急速に凋渇しつつある。あいつは残った有金のいっさいを賭けて、最後の大勝負に出ようとしている。彼は、この長篇の中でその容貌をも含めて、いっさい自分のことしか語っていない。いい気なものではないか。しかも、わたしが若い時分に書いて彼に読ませたことのある中篇小説の記憶に、どっぷり浸ったままで筆を進めている。

『ある自殺者の回想』という小説全篇には『十一月』の漠たる無意識的な記憶と、わたしの影響とが霧のようにまつわりついているような気がします。[46]

こうした指摘のどれもがあたっていないわけではない。だが、ここに示された見解がみっともないのは、ギュスターヴがかつての仲間の文学的な未熟さをいささかも残念がっていないばかりか、むしろそのことにほっと胸をなでおろしているような気配がその筆遣いを通して感じられることだ。しかも、あえてそうした心理の襞にわけ入ることをせずとも、たとえばこの『ある自殺者の回想』の冒頭の一章を、ルイーズの「アクロポリス」の詩に比較した場合、そこに才能の違いを見出すことはほとんど困難だからである。文学的資質という点からするなら、詩人ルイーズは、小説家マクシムにくらべて秀れてもいなければ劣ってもいない。ましてや、ギュスターヴの情婦である女流詩人が独創的な発想に恵まれていたわけではないし、また女性独特の感性によって文章体験の新たな局面を垣間見させてくれたわけでもない。二人の作品から感じとられるものは、詩人として、あるいは小説家として生まれたのではないものたちが何かのきっかけから正当な理由もないまま好きになってしまった文学への、無邪気な確信ばかりである。

趣味の問題を度外視するなら、『ある自殺者の回想』は、同じ作者の処女中篇「タガオール」に比較して良くもなければ悪くもない。また、マクシムは、ルイーズ・コレに比較して秀れてもいなければ劣ってもいない。ただマクシムが示す文学への無邪気な確信が、ルイーズのそれにくらべて一貫した持続性を示していたという点からすれば、そしてまた、人は、書くにしたがって醜悪なまでに自分自身に似てくるという事実を立証しえたという点でも、マクシムの方が遥かにわれわれの関心を惹くということはあろう。しかし、それは、文学史と呼ばれる思考の制度が組織化する展望なのであって、ギュスターヴが、ルイとともに「アクロポリス」を添削しつつあったときにたまたま彼の目に触れた『ある自殺者の回想』に対するその厳しい非難の言葉は、その時点では、当然ルイーズに向けられてもおかしくないはずのものである。ところがギュスターヴは、その義務をおこたっているばかりか、ルイーズに彼の見解への同調を求めさえしている。しかも、そうした身振りが、正当な文学的評価の領域でどれほど滑稽なものかという点にさえ、ギュスターヴはまったく気づいていない。それが、何ともみっともないところなのだ。

ルイーズの詩篇をアカデミー向けに添削しながら、マクシムの長篇の悪口をいうこと。それこそ、人が矛盾と呼ぶところのものにほかならない。あるいは、恥ずべき混同といってもよいものだろう。ところがそれから一月後に、ギュスターヴは、同じ女流詩人に向かって、マクシムの混同ぶりを非難する手紙を書き送っている。それは、『ある自殺者の回想』の作者がレジヨン・ドヌール勲章を受章した知らせに接したときの不快感を綴った手紙である。「写真家どもに勲章を与え、詩人を追放する時代なのですから」という結論めいた言葉で終るその手紙には、もちろん、ヴィクトル・ユゴーに亡命生活を余儀なくさせたナポレオンⅢ世による帝政確立と、それにともなう文学的名誉の安売りが嘆かれているのだが、そこに読みとれるのは、その後のマクシム像をほぼ決定したといってよい、野心家青年の肖像である。

彼はどんなに得意に思っていることでしょう。ぼくと比較して、ぼくと別れて以後に歩んだ軌跡を眺めて、ぼくを遥か後方に置きざりにした気になって、ついにここまで到達したと思っているに違いありません。見ていてご覧なさい。いまに何かの地位を獲得してあの心安まる文学などは放棄してしまうでしょう。彼の頭の中では何もかもがごっちゃに一つになっているのです。女、勲章、芸術、長靴、こうしたものがみんな同じ水準で旋回していて、出世に役立つものなら何でも大事なのです。[47]

『凡庸な芸術家の肖像』の話者が確信をもって断言しうること、それは、それなりに正確な側面をそなえていないでもないギュスターヴの描写が、ある一点で決定的に誤っているということである。それは、かつての友人の未来を予言しているくだりだ。マクシムは、ギュスターヴの自信をもった宣言にもかかわらず、文学を放棄しはしないだろう。彼は、生涯、ひたすら書き続けた文学の人であることを、話者は、文学史と呼ばれる物語によって知らされている。そして、なるほど彼は何らかの地位につきはしたが、すでに述べたように、それはギュスターヴがこの世を去った後のことであり、「出世に役立つものなら何でも大事」だという態度の持主にとっては、あまりに遅く訪れすぎた名誉でしかない。

だが、アカデミー会員たる地位を手にするにあたって、マクシムがどれほど屈辱的な思いをしなければならなかったかという事実を証明する挿話からこの物語が始まっていたことを、読者は記憶しておられるはずだ。「編集者は姦通する」の章で触れておいたごとく、マクシムは失敗した野心家でしかないのである。「女、勲章、芸術、長靴」といったものを同じ水準で混同したことから、彼はいかなる利益も引きだしはしなかった。それは、彼にまったく欠けていなかったわけではない権勢欲にもかかわらず、マクシムがどこかで堂々たるすがすがしさにこだわり続ける人間であり、ギュスターヴのように、あからさまにみっともない振舞いを無自覚に演じうる図々しさに恵まれてはいなかったからである。ギュスターヴとの喧嘩別れに同じ不愉快な記憶を持ち続けはしたろうが、少なくとも彼は、美貌の女流詩人ルイーズと、旧友ギュスターヴの文学的資質とを混同することの愚を犯すことなどなかったのだ。事実、ギュスターヴは、それから一年たらずのうちに女流詩人との仲を清算し、五年をかけて書きあげたその処女長篇を、マクシムの手にゆだねることになるだろう。これほどみっともないことがまたとあろうか。しかもマクシムは、そのとき、堂々たるすがすがしさで、編集者たる義務に徹しさえするのだ。それが、新たな葛藤のもととなったことはここでは触れまい。確かなことは、彼が、ギュスターヴに対するいかなる悪意もなしにことにあたり、まったくの無名の田舎者が書きあげた評価のきまらぬ長篇小説を、断乎として『パリ評論』誌に掲載してしまう。一八五六年の秋のことである。そしてその長篇は、四年前にマクシムが同誌に発表した『ある自殺者の回想』とは比較にならぬ反響をよび、ギュスターヴの名を一挙に有名にすることになるだろう。マクシムは、ギュスターヴの『ボヴァリー夫人』の生みの親ともいうべき存在なのだ。それでいながらギュスターヴは、生涯でひとことの感謝も口にしてはいない。

二人の新入生

マクシムは堂々としてすがすがしい。ギュスターヴはみっともなく、図々しく、かつまた残酷である。出世を夢みる野心家という存在がすでに時代遅れとなっていたように、堂々たるすがすがしさへの拘泥もまた、挫折するほかはない世界に二人は暮していたのだ。堂々としてすがすがしくあるためには、ヴィクトル・ユゴーのように亡命でもするほかはないだろう。第二帝政期のパリで生きてゆくには、ある種の図々しいみっともなさを実践しうる感性が必要なのである。事実、共和国大統領ルイ＝ナポレオンは、図々しくもみっともないやり方で堂々としてすがすがしいラマルチーヌの政治的生命を絶ち、かつまた皇帝の地位まで手に入れたではないか。

ところで、義務教育は、中学の寄宿舎はどこに行ってしまったのだろう。兵舎に、あるいは牢獄に似た閉ざされた環境としての教室はどうなったのか。この物語の話者は、ここで改めて時間を遡行し、ルイ＝ナポレオンのクー・デタ後の一八五二年十二月二十七日に書かれたギュスターヴのルイーズ宛ての書簡を読んでみようと思う。あるいはそれより十日前の、十二月十七日の手紙から始めてもよい。もちろんそこには、パリで起こった非常手段による政権奪取の物語など、一見したところ影さえ落としてはいない。そこで語られているのは、「是認されているものをことごとく史実に照合して賛美し、多数派が常に正しく、少数派が常に誤っているとされてきたこと」を示し、「従って文学についてみれば、凡庸なものは万人の理解するところであるが故に、ただこれのみが正当なものとなり、その結果、ありとあらゆる種類の独自性は危険で馬鹿げたものとして辱しめてやらねばならぬという点を証明する」ための、すなわち「いかなる意味での超俗行為をも断乎として排撃する」ために必須と思われる書物の着想といったものである。かと思うと、「一人の男が想念を深くつきつめすぎた結果、幻覚を持つにいたり、ついに友人の亡霊が出現するのだが、結局その男は、諸々の前提（世俗的、物質的な）から、結論（観念的、絶対的な）を抽き出すことになる」といった「形而上学的小説」の着想が問題となってもいる。つまり、ここでのギュスターヴは、二つのまったく矛盾した世界を生きているわけだ。前者は、文字通り、もっぱら図々しいみっともなさの普遍的な勝利に同調すべき作品となり、後者は、堂々たるすがすがしさとまではいわなくても、少なくとも、「断乎として排撃」さるべきだという「超俗行為」の賞揚となるべきものであるからだ。いずれにせよ、確かなことは、前者が彼にしか書けないものだとしたら、後者は、マクシムにでも書けそうな主題だということになろう。

だが、まあさしあたり、そんなことはどうでもよろしい。問題は、十九世紀という時代がその中葉にかけて、原理的には誰もが通過せざるをえない儀式的な場として、教室と呼ばれる権力空間を発明したということにある。それが権力的であるというのは、もちろん、教師と生徒という異質な個体が、一方は単数でいま一方は複数の視線を交錯させる場としての空間的な配置による管理性の確立という点から考えうる問題でもあろうが、ここでの関心は、誰もが同じ資格でそこに存在していながら、その複数の平等な視線同士のあいだに力学的な葛藤が生じ、きまって優位と劣性という関係がその制度的空間を分割することになるという点だ。つまり、義務教育が制度として確立していらい、教室とは、「多数派が常に正しく、少数派が常に誤っている」という権力関係によって不可視の分割が実践される場の典型として生きられることになるのである。人が、差別をあからさまに学ぶのは、教室にほかならない。そこで、子供たちは、無意識のうちに、みっともない図々しさか、堂々たるすがすがしさかを選択しなければならない。つまり、常に正しい多数派となるか、常に誤っている少数派となるかしかなく、その中間に曖昧に漂っていることは禁じられている。

たとえば、新入生として、誰も知った顔のいない学校に入学する。そのとき、新入生は、「新入り」であるというだけの理由で、常に誤っている。ところで、マクシムが一八五二年に『パリ評論』誌に発表した処女長篇『ある自殺者の回想』も、ギュスターヴがその四年後に発表した『ボヴァリー夫人』も、ともにその冒頭部分で、無数の敵意がみなぎる教室へと一人の新入生を登場させている。その意味で、この二篇の小説は、おどろくべき類似を生きているといえよう。それ以前の文学史には、常に誤っている少数者としての編入生を常に正しい多数者たる生徒たちに紹介することで始まる小説というのは皆無である。彼ら以前に、制度化された義務教育の通過儀礼そのものをくぐりぬけた小説家は存在していないのだ。その意味で、教室とは、文学的な主題としては、自殺者や蒸気機関車などと同じぐらいに新鮮なものである。その新鮮さを、いまでは誰も歴史的なものとは思うまいが、それこそ時代の最先端をゆくものだったのである。『ある自殺者の回想』の自殺者ジャン＝マルクは、『ボヴァリー夫人』のシャルルと同程度に、文学にとっては馴染みのない少年なのだ。もちろん、彼らは二人とも、文字通り常に誤ることしかできない存在だ。ところで二人の小説家は、この少年たちを、まったく異った権力構造のもとに提示している。つまりマクシムは、その少数者ジャン＝マルクを、徹底してすがすがしい堂々たる反抗者に仕立てあげ、ギュスターヴは、シャルル・ボヴァリーを、どこまでもみっともなく図々しい少数者として描いているのである。つまり、ジャン＝マルクは、少数者としての課された誤りを、不当な仕打ちとして認めることのできない少年にふさわしく、彼をとりまく権力的な諸関係に対するけなげなまでの戦闘を試みる。いっぽうシャルルが、みっともない図々しさから、常に正しい多数者の群へと曖昧に埋没することを選んでいる点は、誰もが知るとおりだ。この二つの対照的な姿勢の意味を、いま少し歴史的に観察してみよう。

XVI 説話論的な少数者に何が可能か

新入りは常に誤っている

自殺者ジャン＝マルクがマクシムにゆだねた断片的な手記という体裁を持つ『ある自殺者の回想』の第一章は、三十歳の誕生日を迎えたばかりだという「私」が、書物を手にしながらも読書に熱中しえず、煖炉のかたわらで終日むなしく時間をやり過すしかなかった一八五二年九月二十八日の記述にあてられている。戸外はただうすら寒く、何をしても気が滅入るばかりだ。煖炉の壁面をなめる炎をあてもなく見やっていると、ふいに薪が崩れ、一瞬、室内の薄暗がりを明るさの帯が走りぬける。それが、壁にかけられた一つの肖像画を視界に浮きあがらせる。母親の肖像である。その蒼ざめた唇は、すでに遥かな昔に別れの接吻を送ったまま消えていった死者の唇だ。「私」には、父の死後、喪服に身をつつんでばかりいた彼女の姿がよみがえってくる。父の臨終の光景。そして、母にだきかかえられるようにして馬車でパリを離れた七月革命のおぼろげな記憶。首府の騒乱を避けて田舎で過したなつかしい日々。「私は、広々とした世界の中で、自由だった」。美しい村娘との牧歌的な愛。ああ、なんというなつかしい日々だろう。

これ以上要約を続けるまでもなく、ジャン＝マルクの手記は冒頭から郷愁に浸りきっている。感傷的な孤独という凡庸な文学的主題が筆を操っていることはあまりに明らかなのだ。いま、自分のまわりには父親も、あの母親もいないという欠落の意識が、誰もがそうするであろうような平板な小説的技法で語られているにすぎない。ある親しい存在のぬくもりが失なわれ、自分は殺風景な世界とむかいあっているという崩壊感覚。何ものも埋めがたい幸福への距離の実感。だが、マクシムの処女長篇を染めあげているこうした凡庸な色調を嘲笑しようというのが当面の目的ではない。なるほど、この喪失感、崩壊の意識がその後もマクシムの文章体験を支えつづけ、『現代の歌』の「序文」の誇らしげな新文学宣言の言葉をいたるところで裏切ってゆくという意味では重要でもあろうが、この冒頭の挿話は、それじたいとして、それほど出来の悪いものではない。マクシムは、郷愁に浸りがちな記述をかなりあっさりと切りあげ、すぐさまその主人公を、あの教室という名の儀式空間に投げ入れているからだ。

十九世紀文学が発見した特権的な閉鎖空間としての教室で、ジャン＝マルクは、孤独な感傷家としてではなく、戦闘的な反抗者としての自分を発見する。重要なのはその点である。「多数派が常に正しく、少数派が常に誤っている」という権力関係の図式が凝縮されたかたちで堅持されている学校という名の規律空間に、常に誤っている「少数派」の典型ともいうべき新入生として導入され、ジャン＝マルクは、そこに支配している権力の磁場を容認しがたい悪と断じ、「少数派」こそが常に正しいという絶対的な真理を実現させようと躍起になる。凡庸さが語られるべきであるとするなら、一八五二年という歴史的な一時期に、こうした真理の実現を義務づけられた作中人物を構想しえたマクシムの文学的な感性そのものでなければならないだろう。教室という権力空間を占有する「多数派」が正しいのは、彼らの側に真理があるからではなく、もっぱら、その連中が、同じ一つの物語を共有しているからにすぎない。そして、その物語の中で、新入生は、常に正しからぬ「異物」という機能を演じなければならない。「少数派」が常に誤っているのは説話論的な機能としてそうなのであり、真理と誤謬、善と悪といった倫理的な基準とは何の関係もないことである。同じ言葉を共有しえないもののみが、正しくない。そしてこの事実は、教室という儀式空間がそうであるように、文学が十九世紀の中葉になしとげえた歴史的な発見ともいうべきものだ。

あたかもそれを証拠だてるかのように、フランス語は、それまで存在していなかったある単語をこの時期に捏造する。それは、新入生いじめ bizutage の一語である。多くの語彙論的な文献は、その一語が一八三五年を境として記号の圏域に流通し始めることを証言している。マクシムの処女長篇はそれとほぼ同じ時期に執筆されつつあった友人ギュスターヴの処女長篇とともに、この生まれたての語彙を文学的主題として小説を書いた、きわめて歴史的な存在だということになる。

それは自習室だった。生徒たちは全員私の方をふりかえった。私には、こんな言葉が耳に入った。

――おや、新入りだぞ！(48)

この文章をギュスターヴの長篇の冒頭の一行とくらべてみよう。

僕らは自習室にいた。そこへ校長が背広を着た「新入り」と大きな書見台をかついだ小使をしたがえて入ってきた。眠っていた連中は目をさまし、みな、勉強中に不意をつかれたといった顔で、立ちあがった。(49)

この二篇の小説は、いずれも冒頭もしくはそれに近い導入部で、自習室に「新入り」が登場するという共通点を持っている。前者で直接話法の台詞中に姿を見せる「新入り」の一語は、後者では客観的な描写の中に位置していながら、イタリック体で強調されていることで、そこにいあわせたものたちの全員によって暗黙のうちに心の中でつぶやかれた言葉として、それぞれの登場人物が担うべき説話論的な機能を明らかにすることになる。かつてはたがいに兄弟と呼びあい、指環まで交換しあった仲でありながら、いまでは異質な文学的環境に住まい、一方は首府の新文芸誌の編集者として、いま一方は、地方都市の文学好きの一人としてほぼ同じ時期に書き始めた二作の処女長篇が、ともに、「新入り」の自習室への登場という挿話を導入部に持つということには、あながち偶然の一致とはみなされがたい一つの歴史的な意義がある。

それはたとえば、「自殺者」の一語がそうであったように、「新入生いじめ」という主題そのものが語彙として生まれたばかりのものであったという年代記的な歴史性のみに還元されうるものではない。では、それはどういうことか。

例外的たりえぬ例外

すでに述べたように、十九世紀中葉に成立した教室という新たな舞台装置は、特権的な権力空間である。そこを支配する権力構造は誰もが知るごとく、二重のものだ。管理者としての教師が生徒たちに及ぼす制度的な権力と、生徒たち同士がたがいに作用させあっている習慣的な振舞いの固定化された権力とが、異質なやり方で「新入り」の精神と肉体とをこわばらせる。「新入り」は、異る存在として、そこに機能している権力の磁場に馴れることを要求される。つまり、異っている自分を模倣によってその磁場に同調させざるをえないし、また、同調させえぬかぎり、自分はどこまでも不幸であるほかはないだろう。

こうした権力関係の舞台装置としての学校は、十九世紀の中葉にいたって、文学の構造に一つの感知しがたい変容をもたらす。その変容は、冒険小説、教養小説と呼ばれる文学ジャンルの内面化ともいうべきものだ。自分には未知であった土地、あるいは無縁であった人間集団と接触し、それとの葛藤、あるいは和解といった過程を通りすぎることで自己を発見するという文学的主題と等価の体験が、ごく身近な都会の誰もが知っている通りとか、田舎の何の変哲もない建物の扉を押して壁の内側に足を踏み入れただけで、ごく簡単に得られることになるからだ。そのとき自分の馴れ親しんでいた環境との空間的な距離はあっさり廃棄され、遠い世界に旅立つことなくまるで散歩に出るような気軽さで人は教室に入ってゆくことができる。しかもそこで、自分は徹底的な異人として、敵意ある視線の対象となってしまう。だから、人は、もう遠い異国に旅立つまでもなく未知の体験を演じうるわけだ。それが、いまだ過渡的な混乱を残しているとはいえ、近代の義務教育と呼ばれるものが文学に及ぼした決定的な変質なのである。原則として誰もが通過しうる儀式的な環境としての教室が、ロマン主義の発見したという未知の世界の地方色を凡庸に中和したというべきだろうか。空間的な尺度は情けないまでに縮小され、そこで出会う異質な体験の持主たちの表情も劇的な緊張を恐しく欠いている。ただ彼らは、その密閉空間に支配している説話論的な磁場に通じていないというだけの理由で、「新入り」を嘲笑する。それは、文字通り、多数派が常に正しい世界なのである。

自殺者となるべき少年に向かって、母親は瞳をうるませながらこうつぶやく。「さあ、一人前の男になる術を学ばねばなりません」。そしてあの「呪われた」十月のある月曜日、ジャン＝マルクはサン＝ジャック街の古びた建物の門をくぐる。「それが中学だった」。自習室に席を与えられた少年は、母のいる家を思って涙を流す。その姿を見る級友の口から洩れるのは、彼にはまるで理解不能な言葉のつらなりにすぎない。「私にはほとんど何のことかわからなかった。まだ知らない隠語だったからだ」。

休み時間はただ孤独に過ごす。ああ、あの田舎で出会った連中はどんなにか自由に野原をとびまわっていることだろう。と、不意にあたりに人垣ができ、歓声があがる。いま一人の「新入り」が校庭に入ってきたのだ。みんながその子供のまわりに身を寄せあっている。

——何て名前だい？　とみんなは新入生にたずねる。

——アジャックスっていうんだ、と彼は答える。

奇妙なものに映ったのだろう、この名前に爆笑が起こった。

——国はどこだい？

——キプロスだ。

また歓声があがった。

——お前のおやじさんは何をしてるんだい？

——フランス領事館のドロッグマンだ。(50)

この一語が何を意味するのか理解できない生徒たちの騒ぎは絶頂に達する。

——キプロス生まれ！——アジャックスが名前だって！——おやじはドロッグマン！(51)

生まれた土地、名前、父親の職業。そのどれ一つをとっても、生徒たちにとって親しいものはない。それらは、教室空間の説話論的な磁場が分節化しがたい異質なる記号である。それは常に正しい多数者の物語にとっては、排除さるべき説話論的要素にほかならない。生徒たちはこの「新入り」をとり囲み当然の権利であるかのように手荒な仕打ちを加え始める。髪を引っぱる。脇腹をこづく。足蹴りをくらわせる。あげくのはてに、排除さるべき三要素を高らかにはやしたてながら彼のまわりで踊り始めるほどだ。

自殺者となるべきジャン＝マルクは、そのとき、ドロッグマン drogman が何たるかを知っていた唯一の存在だ。その例外的な知識が多数者の説話論的な暴力とは異質の機能を彼に演じさせざるをえない。それはとりわけ中近東地方における植民地行政の現地側役人としての通訳官を意味するわけだが、それじたいが新語にほかならぬ新入生いじめの儀式が、こうした語彙をめぐって遂行されている点はきわめて興味深い。「新入り」は、ここでは、説話論的にも語彙論的にも負荷を担うものとして提示されているからだ。

物語の展開の上で、この二つの劣性要素の間に親しい連繫が生まれるのは必須のものだろう。ジャン＝マルクは、少数者たることの義務から、多数者の群に攻撃をしかけずにはいられない。

傷つけられた正義の心から、私は彼の前にたちはだかって防戦した。最初に近寄ってきた男に鉄拳をくらわせる。アジャックスは必死に私を援護し、騒ぎは大きくなった。その結果、私の顔はあっというまに血まみれになり、アジャックスの奇麗なギリシャ服もちりぢりに裂けてしまった。(52)

義務教育という名の近代的発明が制度化した教室空間にみなぎる権力関係とは、とりあえずこうしたものである。いかにもありきたりな正義感の発露と、いかにも退屈な差別意識の発現だと人はいうであろう。それはまさしくその通りには違いなく、そこにこそマクシムの凡庸さが露呈しているといえさえするのだが、問題は、そうした点を改めて指摘することにあるのではない。小説と呼ばれる文学ジャンルにとって、この種の「新入り」の不幸は、かつて描かれたためしのないものだという事実が重要なのである。孤独という主題は孤立のそれとともに文学にとってはむしろうんざりするほどありきたりなものだが、そのありきたりな主題が、誰もが同じ資格でそこを通過する中学校という舞台装置で演じられ、いささかも特殊な背景を必要としていない点に、自殺者の断片的な手記からなる『ある自殺者の回想』の歴史的な新しさが認められねばならない。複数者の群の無理解と少数者の孤立という図式は、もはやいかなる例外的な状況をも必要としないまでに日常化されてしまったのである。だから、いまでは、誰もが例外なしにロマン主義的な例外者の不幸という物語の話者たる資格を持つ。そのことは、逆に、ロマン主義的な例外者の不幸は、もはや文学の主題たりえない日常的茶飯事へと希薄化されてしまったことをも意味している。そのとき、孤立の主題は消滅したのではなく、凡庸に拡散してしまったのだ。十九世紀の中葉に文学とかかわりを持とうとする者たちにとって、描かるべきは、もはや少数者の例外的な不幸そのものではなく、物語として希薄に拡散し、凡庸に共有されてゆく例外的な不幸の主題、つまりは、常に正しい多数者の説話論的欲望にかなういささかも例外的ではなくなった典型的な物語にほかならない。すなわち、説話論的な装置の機能ぶりそのものが新たな文学的主題として捏造されてしまったわけであり、したがって、作家とは、もはや物語を語る人ではなく、語られている物語と戦略的に戯れるほかはないという、多少とも倒錯的な存在へと変容せざるをえない。マクシムの同世代の仲間たちは、ギュスターヴも、シャルルも、その事実にまったく無感覚ではなかった。そしてこうした作家の定義は、こんにちにいたるも変質を蒙ってはいない。では、長篇第一作を執筆しつつあるわれらのマクシムは、そんな作家の定義にふさわしい存在だといえるだろうか。

懲罰的な訓育装置

ドロッグマンという奇妙な名の職業の父親を持つキプロス出身のアジャックス少年のために顔中血まみれになったジャン＝マルクは、そのとき、中学という密閉空間を支配するいま一つの権力関係の攻撃に身をさらす。騒ぎを止めに入った自習監督から、翌日は外出禁止、おまけに「暴力をふるったことは間違いでした」という動詞の活用を十回書き写せという命令をうける。「そうすれば、おとなしくしていなければならぬということがわかるだろう」。こうして、新たな文学的主題となったばかりの中学校は、説話論的な排他空間であるにとどまらず、訓育的な懲罰空間として提示されることになる。「新入り」は、そこで物語に馴致せざるをえないと同時に、規律にも服従しなければならない。ジャン＝マルクは、中学に足を踏み入れてからほんのわずかのうちに、たちどころにそのことを理解する。こんにちの読者にとってはあまりにありきたりなその発見は、しかし、それまで文学的主題となることはなかったものだ。その意味で、『ある自殺者の回想』は、社会に推移しつつある事態とほぼ同時に進行する歴史的な小説なのかもしれない。彼が、この二重の権力関係が交錯する不吉な空間から解放されるのは、母親の死という、かけがえのない存在の消滅する瞬間でしかない。

中学校の義務教育化の初期的な成立が、多数者は常に正しいという説話論的な磁場の形成と、法律的な犯罪とは異質の悪として懲罰の対象となる訓育空間の制度化とほぼ同時的であったということ。それを文学の題材として小説に導入し、多数者の群からの孤立という既知の主題を日常的な体験の領域にまで希薄化して拡散させたこと。それが、マクシムの処女長篇の書き出しの部分に認めうる歴史的な新しさだ。ジャン＝マルクは、パリの喧噪から壁一つへだてられただけの世界で、決して例外的ではない少数者の孤独がきわだつ空間に閉じこめられている。それは、群衆と身を寄せあうことによってしか孤独は可能でないという、新たな文学的主題を必然化する事態であろう。だが、マクシムは、その近代にふさわしい都市美学を形象化しうるにいたる戦略的な文章体験を実現しえただろうか。『ある自殺者の回想』は、そうした意味での近代小説たりえているだろうか。

日付を持たぬ断片ながら物語の展開からして最初の断片とほぼ同じ時期に書かれたものと想定される第二章に描かれているのは、懲罰的な訓育装置としての中学に対する、少年ジャン＝マルクの激しい反抗の試みである。「私が中学で過した十年間は、絶えざる闘争の十年間であった」という一行で始まるその断章では、「わが生涯の最も美しい歳月」という常套句で人びとが回想する中学時代への呪いの言葉にみちあふれている。「私はといえば、そこで、熱血漢の革命家として、反抗を、騒動を、暴動を、解放を、報復を夢みて暮した」。実際、自習監督からなぐられてばかりいたジャン＝マルクは、遂にたまりかねてアルプ街の別の中学に移らねばならなくなる。だが、そこでも騒ぎが持ちあがる。ある数学教師との関係が険悪化して、一八三八年の十二月のある日、授業中にクラス全員で反抗の戦いに立ち上るのである。あらかじめ申し合わせておいたとおり、教師が不当なやり方である学生を罰そうとした瞬間、みんなが大声で騒ぎ始める。投げつけられた生卵が顔面に炸裂し、事態に対処しきれない教師は泣きだしてしまう。かけつけた学生監は、抗弁のはなはだしい三列目の九人に懲戒室行きを命ずる。それは、監獄を思わせる独房である。しかも、翌朝から毎日そこに送りこまれ、ヴェルギリウスの詩など暗唱しながら時間を耐えていたジャン＝マルクは、遂に我慢の限界に達する。これはいくらなんでも不当な仕打ちではないか。九人は、独房の隙間から攻撃の合図をうちあわせあって、全面的な反抗を開始する。独房の扉を何とかこじあけると、自習監督がそこに立っている。ジャン＝マルクは一人で敵に立ちむかい、その腕をへし折って空になった独房に閉じこめるが、屈強な小使いにとりおさえられ、共謀した残りの二人とともに校長の前に引きたてられる。こうなったら、逃亡するまでだ。彼らは、隙を見て校舎から逃れ出ると、仲間の叔父の家にころがり込む。ジャン＝マルクは煙草をふかす自由をもてあましながら、流行の大劇作家アレクサンドル・デュマ訪問を思いたつ。そうだ、彼に会って、まずわれわれの共感ぶりを知らせてやろう。それからこの三人が未来の大作家だと自己紹介しよう。彼に中学の不当なやり方を説明し、味方になってもらうのもよい。金を貸してもらうのもよい。

三人の逃亡者は、夕刻に予定された大作家との会見までの時間をもてあまし、劇場のまわりをうろつき、図書館で本を読み、レストランで食事をしたりするが、やるせなくてならない。ポン＝ヌフ橋からセーヌ河を見おろしながら、誰かが、ふと、死んでみようかとつぶやく。それをきっかけとして、生と死をめぐって真剣な討論が始まり、口々にその問題を論じあいながら戻ってきたところで、彼らは中学の教師たちにとり囲まれ、あっさり独房に送り帰されてしまう。ジャン＝マルクが初めて自殺を試みるのは、そのときである。彼は、興奮して母の名を呼びつつ、隠し持ったナイフに接吻する。その夜、彼はある保護施設に収容される。

教師への暴力的な反抗。学校からの逃亡。自殺未遂。これらの振舞いは、いずれも規律に服そうとはしない非行少年のそれである。不良と呼ばれるこの種の異分子が、義務教育のほぼ初期的な確立期にすでに存在していたことに注目しよう。非行という名の訓育装置への反抗は、学校の近代的な制度化と同時的に発生したのである。善意によって国民全員にゆだねられた教育の機会均等政策が、徐々に頽廃しつつ矛盾を露呈させてゆく過程で問題児や非行が生まれたのではなく、不良は、そもそもの初めから、教育制度の一要素として誕生したものなのである。監獄の独房を思わせる懲戒室の存在が、その事実を雄弁に物語っている。しかもその密室への監禁が、常に誤っている少数の異分子を多数者から隔離する目的というより、多数者への同調を彼らに容易ならしめる制度として発想されたものだという点を、二十世紀の歴史的な知は明らかにすることができた。それが有効に機能しないというのであれば、特殊な非行少年を保護する施設まで存在する。それは決して、排除の力学を波及させるものではなく、常に誤っている少数者に、常に正しい多数者たちが共有しあう物語へと素直に加担しうる契機を提供しようというまでのことだ。そして、この大がかりな善意による連帯こそが真に近代にふさわしい権力装置であることをわれわれは知っている。とするなら『ある自殺者の回想』の導入部に読まれうる自殺者の回想断片は、この書物が、文字通り権力の物語の歴史的な証言たりえていたということができるかも知れない。

ところで、そのとき、マクシムの長篇が陥ることになる皮肉な情況が明らかになる。それは、この種の権力の物語の歴史的な証言がいささかも例外的なものではなく、いたるところにころがっているにもかかわらず、『ある自殺者の回想』の説話論的な機能としては、あくまで例外的な少数者が蒙る不当な体験という側面が強調されてしまうという矛盾である。作家としてのマクシムは、常に正しい多数者の側から、常に誤っている少数者の不幸を語らざるをえないという自家撞着に陥っていたはずなのに、その矛盾に無自覚なばかりか、書くことがそれを解消する方向でしか実現しえない世界に踏みこんでいながら、しかもそれを解消すべき必然性すら感知しえなかったというのが彼の最大の不幸なのだ。彼には、倒錯的な戦略性というものが徹底して欠けている。『ある自殺者の回想』を特徴づけるのは、何よりもその正直さである。

たとえば二十世紀の文学史的な知は、マクシムとほぼ同時に執筆されていたいま一つの「新入り」の物語の著者ギュスターヴその人が、『ある自殺者の回想』で語られている学校騒動とほぼ同質の不祥事件に連座し、その首謀者の一人として放校処分になっていた歴史的な事実を、さまざまな資料によってわれわれに証言してくれる。それは一八三九年のルーアンの王立中学校でのことなのだが、教師の一人の不当な振舞いに対する反抗から始まったその事件の全容を教えてくれるのは、ギュスターヴの処女長篇ではなく、教師がしたためた視学官への報告書といった公式の書類ばかりである。(53) ことによると、彼が十二年後に発表するいま一つの長篇にその記憶がおぼろげに反映しているといえるかもしれないが、事態は、マクシムのそれにおけるがごとく生真面目に語られてはいない。ギュスターヴにあっては、マクシムが克明に記述した権力空間の歴史的発生過程はそっくりはぶかれている。そこでは、歴史は不在として刻印されているのである。また、そうした消滅を介してしか文章体験が実践されえない時代の説話論的な磁場というものを、ギュスターヴはおぼろげながら察知していた。だからこそその処女長篇を、彼は、もっぱら常に正しい多数者の側から記述したのであり、「新入り」は、あくまで嘲笑の対象としてしか語られていない。シャルル・ボヴァリーと呼ばれるその不幸な少数者を、教室空間に行き交う物語には遂に同調しえぬ白痴に近い存在として、彼は残酷に嘲笑しつくしさえした。だから、常に正しい多数者の群は、安心してその「新入り」を馬鹿者と断じたのである。いうまでもなくそう断じたのは読者であって作者ではない。そして、読むことは、読者たちに共有される白痴の物語と、作品の構造がきわだたせる「新入り」の説話的機能とのあからさまな葛藤という水準で初めて可能となるものなのだ。マクシムは、この葛藤を彼の長篇に導入する術を知らなかった。というより、その必然性を実感しえなかった。つまり、常に正しい読者という多数者に対する戦術を欠いていたのである。この欠落が、マクシムを凡庸な芸術家たらしめる決定的な一点にほかならない。

XVII　イデオロギーとしての倦怠

新たなる愛のすがた

『ある自殺者の回想』の物語は、いうまでもなく、説話論的な少数者ジャン＝マルクによる教室という近代的な権力空間の発見と、そこでのいささか感傷的な正義感からくる反抗の諸形態の叙述につきるものではない。マクシムの処女長篇は、なによりもまず恋愛小説であり、それをかたちづくる断片的な手記には、幾人もの女性の横顔が素描されている。その意味で、ここには『現代の歌』のいささか性急な詩論家がいう「新たなる愛」なるものが、小説的虚構のうちに姿を見せているはずだと想像する権利をわれわれは持っている。

ところで、新たなる愛という言葉で人は何を想像することができるか。マクシムによる新文学宣言ともいうべき『現代の歌』の「序」を、とりわけ「詩人たちに」と題された「序詩」を読み直してみると、そこで詩的主題として語られている愛なるものが、何とも奇妙な部分に位置づけられていたことに思い当る。現代には現代の詩的霊感というものがあるのだから、かつての使い古された詩的修辞学を捨てて、われわれにこそふさわしい希望を、苦悩を、怖れを描こうではないかと誘いかけていたマクシムは、誰もが文学に描こうとはしない電信設備だの蒸気機関だのが、充分に詩的主題となりうるはずだと説いていたのである。それがどのように実践に移されたかは、詩篇「蒸気機関車」を読んだ際に指摘しておいたとおりだ。ところがマクシムは、時計台や気球をも積極的に詩の領域にとりこむべきだと述べたあとで、いささか唐突に「新たなる愛」に言及し始める。

しかも、誠実で、永遠で、みのり豊かな愛、
魂を若々しく保ち老いさせることのない愛、
人の心に女性への敬意を目覚めさせ、
心をさらに高邁に、精神をさらに激しく
燃えあがらせるような愛を[54]。

そう書いてから、マクシムはこれまた唐突に、被抑圧民族の自由こそ詩に歌われるべきだと筆を転じる。つまり「新たなる愛」は、近代の科学的な発明や産業の発展という主題と、辺境の中小国家の統一と独立運動への共感という詩的主題にはさまれたかたちで、それらと同等のものとして語られているのだ。まず、その点がいささか奇妙である。のみならず、ここで語られている恋愛が、具体的にどうして新しいのかすぐには理解しがたいという問題もある。女性

への敬意という語彙から、婦人の権利拡張運動への共感が語られているのかとも予想されうるが、現実のマクシムにはいわゆる青鞜派に対する関心はほとんど皆無といってよい。だいいち、誠実で、永遠で、みのり豊かな恋愛が、どうして現代にこそふさわしい詩的主題だというのか。

　おそらく、こうした表現を支えるものとして、市民社会における性的な交渉の遊戯的な頽廃をあらゆるかたちで助長する時代風潮に対するマクシムの反撥といったものが考えられる。実際、姦通は日常茶飯事となり、愛戯はなぐさみごとでしかなくなっている。かと思うと、性的倒錯がひそかな流行の兆しを見せ始めてもいる。また、新聞連載の通俗小説に姿を見せる女たちの絵に描いたような悲恋に、愛が語られているといえるわけでもない。だとするなら、現代にこそふさわしい愛とは、いったいどこにあるのか。もちろん、マクシムがこんなふうに自問自答したとは思えない。だが、『現代の歌』の「序」を読むかぎりにおいて、その「新たなる愛」がいかなるものであるか、その具体的な姿を思い描くことは困難である。近代科学の発明や産業の発展は、弱小国家の統一の気運がそうであるように、誰の目にも明らかなかたちの現象としてありながら、それを詩的霊感とすることを文学がおこたってきたものなのだから、それに同調するか否かをおくとするなら、マクシムの主張は理解可能である。だが、「新たなる愛」となると、これはあからさまな現存としてではなく、むしろ不在として彼につきまとっていたものとしか思えないものだ。おそらく、風俗としては確かに生きられていながら、それを文学的に形象化しようとする必然性に人びとが目覚めてはおらず、そうした詩人たちの無感覚を『現代の歌』の青年理論家が攻撃しているわけではないだろう。実際、近代の抒情なるものが何であるか、誰も知るものはいなかったのだ。おそらくマクシムは、ヴィクトル・ユゴーの抒情詩が彼自身の希望と、苦悩と、怖れとを表現しうるものとは思っていなかったろう。だからといって、これこそ誠実で、永遠で、みのり豊かな愛だと呼びうるものがあたりに存在していて、それを表現する言葉を文学が欠いていたわけでもあるまい。近代の抒情としての「新たなる愛」は、それが言葉として綴られた瞬間からしか人目に触れることはない。そしてそのことを、マクシムに「旅」の詩を捧げることになる同年輩の詩人シャルルが、『現代の歌』の刊行された数年後に、忘れがたい文学的醜聞として実践してみせるだろう。

だが、その醜聞が『悪の華』と呼ばれる一篇の詩集であることを指摘する説話論的な必然を話者は持ってはいない。いまはさしあたり、マクシムが「新たなる愛」という不在の主題と戯れていたことのみに触れておけばそれで充分である。その不在の主題は、いま『ある自殺者の回想』の作者のまわりで、それにふさわしい言葉の欠如を嘆きながら、文学的な表現におさまる瞬間をむなしく待っているのではない。それは、あるとき詩人の特権的な才能によってみごとに形象化される前言語的な現象ではなく、言葉に触れる以前にはそれを「新たなる愛」として想像することさえ禁じられたものにすぎないはずだ。あるいは、表現の対象ではなく、捏造されることで初めて説話論的な対象となる虚構といったらいいだろうか。とにかく、現代にこそふさわしい表現が、虚構の捏造によってしか達成しえないという逆説に意識的ではなく、主題を深く鋭くきわめつくしさえすれば適確な表現に到達しうると信じているところにマクシムの作家的資質の凡庸な限界がひそんでいるのだが、この凡庸さはなにもマクシムのみに限られた特性ではなく、われわれの誰もが共有しているものだ。

喪失・不在・崩壊

恋愛小説としての『ある自殺者の回想』を読むかぎり、マクシムにとっての誠実で、永遠で、みのり豊かな愛とは、文字通りの純愛であるかにみえる。だが、純愛という主題そのものの凡庸さをあげつらうのはやめにしよう。生きることのわずらわしさにかまけてその肖像を見失なうことはあっても、決定的な瞬間にはきまってその人の記憶が蘇ってくる女性への変わらぬ思い。そうした忠実さが、自殺者ジャン＝マルクの短かくはあるが決して単調ではない生涯を一つに方向づけている。

『ある自殺者の回想』における純愛は、二人の女性を対象とするものだ。一人は、寄宿舎の訓育的な懲罰空間に閉じこめられていた少年ジャン＝マルクの前から不意に姿を消してしまった母親であり、その記憶はあらゆる手記の断片に漂っている。いま一人は、第六章のある女性宛ての書簡で語られているシュザンヌ・B夫人である。彼女も、母親同様、この手記が書き始められたときには、もうこの世にはいない。したがって、純愛は、二人の死者を対象としている。不在が保証する純愛というわけだ。だが、不在は、こんご何度か触れる機会もあるように、小説家マクシムにとっては最大の文学的主題である。不在そのものというより、かつては身近にまさぐることのできた親しい存在がいまは失なわれてしまったという喪失の意識といってもよいその主題は、世界の崩壊といったいま一つの主題と連繋しあって、こんにちに至るまでいわゆる知識人と呼ばれる一群の個体に、思考と文章体験とを保証する契機たり続けてきたものだが、それに触れるのはもっとさきのこととしよう。ここで問題なのは、マクシムの処女長篇における純愛の主題が、そうした欠如の意識によって正当化される支配的な文学風潮と程よく調和するものであったという点の確認のみである。つまり、『現代の歌』の詩人は、誰もと同じようなやり方で小説家になろうとしているわけだ。

　いずれにせよ、身近な現存は、自殺者ジャン＝マルクに深い倦怠しかもたらしはしない。「アドリエンヌと別れていらい、わたしは倦怠している。もっとも彼女との交渉が退屈なものであったからこそ別れたのだったが」とジャン＝マルクは書き始める。ここで倦怠、退屈と訳した言葉はいずれも ennuyer という動詞であり、やるせない思い、ふさぎこむとか面白くないというほどの意味なのだが、この言葉が十九世紀中葉から世紀末にかけて、いわゆる倦怠《アニュイ》の主題として詩的感性を支配したものであることは、日本でも知られている文学史的な事実だろう。いまやこの文学史的主題のイデオロギー的な機能が問われるべきときが来ているわけだが、それについて語る機会ものちに譲るとする。もちろん、マクシムはそうした倦怠をある一つの世代に独特な精神状態として描く以上のことをしていないが、それはたとえば次のような心理的典型として要約しうるものである。

とするなら、人間というものは、自分の手にしえないものへの欲望と、もはや失なわれたものへの悔恨との間をいつまでも歩き続けることになるのだろうか?[55]

作中人物の手記という形式をとる作品だとはいえ、この種の感慨を一篇の虚構にまぎれこませうる作家の小説的想像力はかなり貧しいものに違いない。だがこの貧しさもまた、決してマクシム一人のものではないだろう。欲望と悔恨によって定義される現在の無表情なとりとめのなさへの苛立ちといったものは、『ある自殺者の回想』におけるほどあからさまに表明されることはないにしても、ほとんどの作家が無意識的に選びとる執筆の契機である。いま生きつつある瞬間を確かな手応えをもって把握しえず、そこから充実した体験が見失なわれてゆくという焦躁感が、あっという間に単調なくり返しのリズムに同調してしまう。そこで、倦怠感ばかりが、存在を無為と懶惰《らんだ》な時間へと埋没させる。こんなはずではなかった、と誰もがいぶかしげに過去を振り返る。かと思うと、これではいけないと未来を望見する。かつて確実にこの手でまさぐりえたはずなのに、まるで嘘のように視界から消滅しているものへの漠とした悔恨、あるいは、いま自分が手にしていてもいいはずなのに、そうすることが何故か禁じられているものへの抑えがたい欲望、そうした過去と未来とが描きあげるイメージの鮮明さに対するこのいまという瞬間の曖昧さはどうだろう。

いずれにせよ、何か貴重なものが自分から奪われている欠如の実感なしに、人は思考することもなければ、また文章体験へと向かうこともしない。だから、マクシムにおける純愛の主題は、それが現在という時空にうがたれた空洞として意識される限りにおいて、あらゆる作家に共通する書くことを正当化する直接の契機となりうるものだ。人びとは、誰しも倦怠によって筆をとる。もちろんその倦怠は、何もすることがない人間を詩へ、小説へ、批評へと向かわせる暇つぶしとして文学を正当化するのではない。現在を、貴重な何ものかの喪失に端を発した崩壊の一過程として捉え、その困難を耐えぬくための試練を、成熟に至る通過儀礼として特権化することに、倦怠が貢献するのだという意味である。あるいは、なし崩しの頽廃としてしか生きられることのない現在を、あらかじめ奪われた何ものかの過渡的な不在として捉え、その欠如を語ることで実現さるべき未来を先取りしようとする欲望を、その倦怠が正当化するといってもよかろう。肝腎なのは、生なましく触知しえない現在に苛立つ者たちだけが、思考すべき切実な課題とやらを文学に導入し、何とか欠如を埋めようと善意の努力を傾けようとする点だ。思想とは、この欠如を充塡すべく演じられる身振りにほかならぬ。そしてその身振りは、いくつもの解決すべき問題を捏造する。イデオロギーとは、そうして捏造された諸問題がおさまるべき体系化された風景にこそふさわしい抽象的な名称なのだ。

その意味で、『ある自殺者の回想』のマクシムはすぐれてイデオロギー的な作家であるといえる。もちろん一八五二年の彼はそのことを意識してはいないし、この長篇小説によって有効なイデオロギー的な機能を演ずるほどの地位を獲得したわけでもない。それは当時の彼が、思考すべき切実な課題に目覚め、それを解決すべく諸々の問題を提起するには至っていないからである。『現代の歌』による新文学の宣言と、新雑誌の編集権の独占にもかかわらず、『ある自殺者の回想』のマクシムはいまだ無邪気な文学青年でしかない。だが、遠からず、彼は問題を提起するイデオロギー的な存在に変貌しているだろう。その変容の過程を跡づけること、それはこの『凡庸な芸術家の肖像』の後半の物語だ。いまはただ、倦怠の主題が、やがて起こるだろうマクシムのイデオロギー的な変容を遥かに、しかも無意識的に準備している『ある自殺者の回想』という長篇の純愛がどんなものかを、明らかにしておくにとどめよう。

自殺者と純愛

自殺者ジャン＝マルクは、もちろん、初めから終りまで倦怠しきっているわけではない。事実、死んだ母親の思い出にふけるとき、彼はいささかも倦怠してはいない。ジャン＝マルクの手記の第一の断片が、母の死から始まっていたことはすでに述べたとおりだ。彼が十三歳のときに母を失ない、以来、祖母の手で育てられたという小説的な細部は、作者マクシムの伝記的事実をほぼそのまま反映しているが、すでに父親をもなくしているジャン＝マルクにとって、そのできごとは、彼を係累なしの天涯の孤独に追いやることになる。

十三歳という年齢で両親と死に別れるという体験はなるほどたやすくは耐えがたい試練であろう。「わたしには、もはや何もなかった」と十七歳のジャン＝マルクは書き綴る。「兄弟も、姉妹も、父親も、母親も、情婦もなかった」。彼は、自分の身の不幸に快く酔いながら、悲しみをまぎらわそうと曖昧宿の扉を押す。「せめて、まぼろしを腕の中にだきしめたかったから」である。だが、若く美しい娼婦をあてがわれても、少年は黙ってその女性を眺めているばかりだ。あら、その時計、素敵ね、鎖を腕環にしたらきれいじゃないかしら。女の手の中で開かれたメダイヨンから、母親の遺髪がこぼれ落ちる。まあ、あなたのいい人の記念かしら。少年の沈黙が、そうでないことを女に理解させる。すると、お母様はもうなくなったのね。じゃあ、あなたはひとりぼっちだからここにいらしたのね。その言葉に甘く包まれるように、ジャン＝マルクは初めて異性と一つになる。時計の鎖を残して立ち去ろうとする彼に向かって、女は、恋人をお持ちなさいと言葉をかける。そのとき『ある自殺者の回想』の純愛の物語が始まる。

純愛に必要なものは距離である。身近にいる限り倦怠を募らせるしかない女性を、誠実に、永遠に、みのり豊かに愛し続けるには、その不在の影と戯れねばならない。残された一ふさの髪の毛で結ばれている母親との間には時間的な距離が拡がっているが、では、純愛を捧げるべき恋人との間には、いかなる距離を介在させることが可能か。すぐさま予想されるとおり、空間的な距離、つまりは地理的な拡がりがあればそれで充分だ。彼は、ほどなく二十二歳の既婚婦人シュザンヌを識り、「二人がともに若かった」というだけの理由で愛し合うようになる。彼らは人目を避けての逢い引きを重ねる。だが、倦怠が訪れるよりもはやく、その愛は夫の知るところとなる。五十歳にさしかかったシュザンヌの夫は、あえて決闘によって事態をおもて沙汰にするのをきらい、ジャン＝マルクがパリを離れることを条件に妻を許すという。彼は恋人の金髪を胸に、エジプトに向け出発し、パリの生活を忘れるために女奴隷を買い求めて、ナイル河の小さな島に住みつく。

おそらく、セッテ・ゼネブと呼ばれるこの女奴隷との生活を叙したところが、この長篇のもっとも読みごたえのある部分だろう。倦怠が、文字通りの無為と惰性によって時間の意識を崩壊させ、現在への執着を放棄させてゆく過程が、いささか説明過多ながらもゆるやかなリズムで書きこまれているからである。セッテ・ゼネブとの距離を介した同居生活の描写も、風俗的な興味以上のものを読み手に惹き起こす。実際、こうした世界に暮していると、時が止った、というよりその流れが感知しえぬほどの緩慢さで精神を麻痺させ、存在をどこまでも希薄化させてゆくのだなと誰もが実感する。時折、天候の悪い日など、ジャン＝マルクの心には、もはや悔恨も欲望もないのだなと見やってパリをなつかしみはするが、ジャン＝マルクの心には、シュザンヌのブロンドの髪をそれとなく見やってパリをなつかしみはするが、もはや悔恨も欲望もない。その姿を見て、女奴隷の心に嫉妬が芽ばえても、もう自分には関係のないことだと思う。

だが、子供が死んだという絶望を綴った手紙がシュザンヌからとどいた瞬間、時の流砂に埋もれてゆくような魅力的な倦怠の描写は唐突に絶ち切られ、物語は一挙に通俗化する。ある日、パリからシュザンヌが不意に到着する。それを妹だと偽って納得させるが、女奴隷の態度は、不気味にこわばってゆく。と、一方では、使用人の一人がセッテ・ゼネブに心を奪われたらしく、悲しげに沈みこんでしまう。ジャン＝マルクとシュザンヌとの関係を察した女奴隷が嘆く。そしてこの入り組んだ愛情のもつれは、セッテ・ゼネブによるシュザンヌの毒殺によって破局を迎える。自殺者がその純愛を捧げるのは、この死んだシュザンヌに対してである。

こうして『ある自殺者の回想』の自殺者は、一八五二年の五月パリに戻ってくる。彼の心には、欠如の実感しかない。フランスのすべてが醜く思われ、ただエジプトの砂漠ばかりがなつかしい。「すると、やはりすべては同じことになる。わたしは、自分がそこに暮してはいない国がなつかしくてならないのだ」。それに、同じ年の手記の断片がいくつか続き、自殺への意志が徐々に確かなものとなってゆく。何度となく母親の夢を見る。母の死こそが、自分のまわりに埋めがたい空洞をつくりだしたのだ。ピストルは、胸をめがけて発射しよう。この黒髪は、幼い日に母が何度となく愛撫してくれたものだから、それを汚すのはしのびないことだ。十月の晴れた朝、太陽に輝やく樹木を最後に視線におさめようと、チュイルリー公園に散歩にでると、いきなり一人の少女がだきついてくる。「あなたがわたしのパパになってほしいの」。一瞬、シュザンヌの顔がその娘の顔と二重写しになり、時間が大きく揺らめく。しかし、年齢をきくと、少女が、恋人の死の九ヶ月後に生まれた娘であることがわかる。「だが、これは間違いない。シュザンヌの魂がこの娘にのりうつっているのだ」。少女は去りたがらない。ジャン＝マルクはこの娘をつれて逃げようかという誘惑にかられる。その夜、一晩中シュザンヌの夢を見る。ああ、彼女がわたしを招いているのだ。こうして自殺者ジャン＝マルクは、真の自殺者たる自分を自覚する。

『ある自殺者の回想』の最後の断片は、あまりにも遅く彼の生活に訪れた一人の女性ポルシアに宛てられた遺書からなっている。あなたに会ったとき、わたしはすでに一つの死骸だったのです。わたしは一足さきにあの世に行ってあなたをお待ちしています。わたしは、もう燃えつきていたのですから、ことによったら救えたかも知れないなどと悔まれてはなりませぬ。罪深いのはこのわたしです。そのわたしがどんな人間であったかを知っていただきたく、この手記をあなたに托します、といった意味の言葉がそこに単調に綴られている。

マクシムのいう「新たなる愛」とはこうしたものだ。それは、文字通り、失なわれたものへの悔恨である。それに心を動かされているのがジャン＝マルクというより作者のマクシム自身だなどと指摘するのはやめにしよう。なるほどこれは出来そこないの小説である。事実、この処女長篇は、『現代の歌』ほどにも評判になりはしなかった。だが、彼の小説家的資質の欠如をことさら嘲笑するのも慎しみたいと思う。というのも、まさにこうした凡庸きわまる不在と倦怠の主題こそが、やがてマクシムが演ずるだろうイデオロギー的役割を強固に支えることになるからだ。そしてわれわれは、そのイデオロギーからいまだ自由になってはいない。

XVIII　新帰朝者の自己同一性

東方の誘惑

自分自身にふさわしい環境を身近に発見しえず、居心地の悪さと息苦しさに耐えきれなくなって遠ざかるほかはなかった対象を、遥かな距離を介してながめたときになつかしく思うといった心の動きは、それじたいとして悲劇と呼ぶほど深刻な事態ではない。不在によってしか世界との調和ある接触を保ちえないことの不幸は、どちらかといえば通俗的な不幸だろうし、そうした心理的類型をあえて作中人物に託して虚構の物語を完成しようとするには、それなりの小説的な戦略か、もしくは文学への過激な盲信といったものが必要だろう。いま、ここにあるものと戯れることが退屈さしかもたらさず、それが程よい距離の後方に遠ざかったときばかりに、あらためていま、ここにあるものとなった時空から瞳をそらすべく、漠たる記憶へと悔恨のまなざしを注ぐといった体験ほど退屈な試みもまたとあるまい。にもかかわらず、それが退屈さとして意識されることなく、むしろ特権的な文学的主題であるかに思われていた時代が明らかに存在するのであり、『ある自殺者の回想』は、そうした倦怠の時代の典型的な書物だといえる。すでに見たように、自殺者ジャン＝マルクの存在は、「自分がそこに暮してはいない国がなつかしくてならない」という心情に浸りきっている。彼がパリを離れるのは、やがて自分がとらわれるだろうパリへの郷愁のためだし、アドリエンヌと別れるのも、同じ理由からだ。「するとすべては同じことになる」と記している以上、この断片的な手記の書き手は、それが自分の性格にほかならないと充分に意識している。

パリに戻って一月たつが、私は倦怠しきっており、それが激しい痛みのように私を苦しめる。何ごとも手につかず、何に専念することもできない。思念は、檻に閉じこめられた野獣のように頭の中を堂々めぐりするばかりだ。初めは好んでそんな苛立ちの中に暮してもいたが、それもほどなく苦悩にかたちをかえるのだから、それとは縁を切らなければならない。私は、雪の中で迷ったあの旅人に似ていた。彼らはうつらうつらと気持よく眠りにつくが、かりに目覚めることがあったとしたら、そのとき彼らのからだは硬直しているだろう。旅行中の最後の数ヶ月は、パリが懐かしくてならなかった。自分の家が、文明化された生活が、音楽が、芝居が懐かしくてならなかった。だが、そうしたものがそっくり手に入ったいまとなっては、砂漠が懐かしい。テントで過す夜が、隊商との歩行が、らくだが水を飲みに行くシュロの繁みとオアシスが懐かしくてならない[56]。

いま、この瞬間、自分の身近に感じられることのない風景へのこうした郷愁は、ジャン＝マルクに、親しい存在に対しても同じ姿勢をとらせるだろう。「彼女との交渉が退屈なものであったからこそ別れた」はずのアドリエンヌの不在を前にした彼の倦怠も、まったく同じ性質のものだ。

アドリエンヌの部屋の煖炉のかたわらで、その寝台脇の大きな長椅子に坐っていたとき、私は自分の仕事部屋を、自分の丸テーブルを、モロッコ皮張りの肱掛椅子を、孤独をまぎらわせてくれる快い仕事とのことを考えていた。とうとうこうした鎖から放たれて自由な身となり、自分の部屋にいるいまとなると、よく通って行った彼女のアパルトマンのことが思い出され、練習帳の載ったピアノと、青い絹のカーテンと、玩具をいっぱいに載せた飾り棚と、ザクセンの陶器の時計などが目に見えるような気がする。(57)

この引用に続いて、「人間というものは、自分の手にしえないものへの願望と、もはや失なわれたものへの悔恨との間をいつまでも歩き続ける」ことしかできないだろうかという結論めいた言葉が読みとれるわけだが、この、いささか通俗的な感慨になにがしかの目新しさがそなわっているとするなら、それは、この言葉がエジプト帰りの青年の口から洩れているという点に尽きている。倦怠は、なにもヨーロッパの都市や田園ばかりに巣喰っているのではない。いったんこの病いに冒されるや、人は、どこまでもその痛みを引きずって歩くしかない。地中海を越えて、遠くインドや中国大陸への夢を誘う古代文明の廃墟としての中近東地帯。それは、ヴィクトル・ユゴーの『東方詩集』いらい、ロマン主義的な魂にオリエントへの憧憬という詩的熱病を蔓延させたものだが、その灼熱の砂漠にあってすら、倦怠が存在をむしばむ。旅行者マクシムの口からそうした言葉がつぶやかれると、読むものは、ついそれを信じてみたい気になるだろう。エジプトの風物を身近な環境として生きえた旅行者マクシムは、事実、自信ありげにそう語っている。エジプト帰りの青年を倦怠から自殺へと赴かせるといった小説的発想は、一八五二年という歴史的な一時期には、マクシムのみに可能なものであったといえるのかもしれない。

異郷、それは別の世界ではない。アラブ風の衣裳をまとって砂漠を横断しようと、褐色の肌の女奴隷と暮そうと、人はなお、不在への欲望と距離の彼方への悔恨にさいなまれ続ける。無為と懶惰な日々から、存在は倦怠の淵に埋もれるしかない。セーヌ河とナイル河とを距てる空間的な拡がりは、決して人格を変容させたりはしないだろう。存在の表皮にまといつくこの息苦しい居心地の悪さは、文明の病いではなかった。パリを思い切り離れ、野生の風物や粗野な存在にとり囲まれて暮してみても、事態は同じことなのだ。倦怠のはてに見出しうるものはといえば、倦怠しつつある自分自身にすぎない。環境を変えること、それはより深い部分で自分に出会うという体験だろう。だとするなら、旅は、なににもまして、変わることのない自分自身を発見するために必要な迂回だということになろう。いま、ここにあるものの不快な肌ざわりを逃れることで、旅人は不在と距離とを不断に内面化しながら、「自分がそこに暮してはいない国」への郷愁を快くまさぐることができる。『ある自殺者の回想』は、こうして、旅行が教育であることをやめた時代の最初の小説となる。身近な環境を離れて未知の地平線へと存在を投げかけることが、もはや試練ではなくなっているからだ。その事実は、懲罰的な権力空間としての中学校の教室が、いわゆる教養小説的な風土を希薄に中和したことと重なりあっているかもしれない。実際、「新入り」として自習室に登場する少年ジャン＝マルクは、エジプトの砂漠の青年ジャン＝マルクよりも遥かに強烈に外界に対しての異和感をいだいているし、また、遥かに深い絶望をもって自分を異国人として意識している。こうした危機的な外界との摩擦がエジプトの風物からまったく失なわれている点が、『ある自殺者の回想』の目新しさといったものだ。

不在と距離

パリの中学の寄宿舎にはりつめていた目に見えない敵意が、言葉の真の意味での異国人たちに囲まれて暮すエジプトのジャン＝マルクの周辺からは姿を消しているということ。その事実を『ある自殺者の回想』の特質だと指摘してみても、そこには作品の評価はいささかも介入することがない。エジプトでの生活が異国に暮すことの切実な感覚を欠落させているのは、作者が才能に恵まれていないことを証拠だてるものでしかないかもしれないし、また、青年に達した作者の感性が鈍化しているという事実の反映と理解する方が正しいのかもしれない。もっとも、三十歳を迎えようとする自殺者ジャン＝マルクが、外界への敵意をまったく失なってしまったわけでもないことは、エジプト旅行からの帰途、マルセイユからパリまでの馬車の中での体験を語る断片からして明らかである。

窓辺にくり拡げられるフランスの田園地帯はひたすら醜く見える。とりわけこの土地の太陽が投げかける白っぽい光が、東方からの帰郷者にはいかがわしいものに思われる。宿駅ごとに農民がより集って、ジャン＝マルクの奇態な風貌をしげしげと眺め、ベドウィンの将軍だとうわさ話をする。かと思うと、乗換え駅では子供たちがあとをついてまわる。「こうしたことに、わたしは苛立った。この連中は、まるで何も見たことはないのか」。汽車に乗れば、中近東から来た商人に間違われ、コンスタンチノープルでは小麦の商売はうまくいっているかなどとたずねられる。黙って答えずにおけば、フランス語がわからぬと思い、ハーレムで何人の女をかこっているかきけないのが残念だなどと口にする。「わたしはこの馬鹿ものの首をしめ、窓から放りだしてやりたくなった」。いくらなんでもあらゆるフランス人がこれほど救いがたい連中ではないと自分にいいきかせ、ナイル河の船頭たちの船歌に思いを馳せながら、彼は車中で眠ったふりを装うほかはない。

青年となったジャン＝マルクが、自分を異国人と実感しつつ狂暴な敵意に身を震わせるのは、三百ページに及ぶマクシムの処女長篇にあってはこの挿話ばかりである。ここでの自殺者は、中学の級友や教師たちにいだいたのとほとんど同じ苛立ちにとらえられ、例外的な少数者の不幸を快く見出している。だが、それもほんの一瞬のことにすぎない。彼は沈黙を選び、敵意は身振りとして顕在化することはないだろう。帰郷者に必要なのは不在と距離とであり、あからさまな攻撃として視界に迫ってくるものには、それがどれほど不快なものであろうと、もはや、それを見ず、それには触れずにおくことしかできないからだ。現存と密着とは、彼をいかなる行動へともかりたてることはしないのである。倦怠が倦怠としておのれを維持するには、現存と密着の風土はあくまでも回避されねばならないだろう。『ある自殺者の回想』の自殺者ジャン＝マルクの言動を操作するものは、だからあくまで不在と距離である。身近な対象が距離の彼方に身を隠し、その不在が明らかになったとき、彼は初めて世界との調和ある関係を回復する。倦怠しつつある自分を通して、その思考と行動とに一つの方向を確信することができるからである。だが、そうした姿勢の中に、作者マクシムの現実回避の試みをさぐりあて、ことさらそれを非難するといった気持はまるでない。というのも、『ある自殺者の回想』が書かれた時代いらい、人はもっぱら不在と距離とを介してしか思考していないからである。

もちろん、マクシム以前の人間がすべて現在を直視していたというのではない。人は、あらゆる瞬間、不在と距離によってものを考えていたわけだ。ただ、誰もが、思考しつつある自分を正当化しようなどと思いはせず、そうした任務を特権的な頭脳の持主たちにまかせていたのである。自分にも思考する権利がそなわっているという自覚が広く共有され、それが知の領域に一つの変容をもたらしたのは、あくまでマクシムの時代に特有の歴史的な事件だ。思考するといっても、それは自発的な意識の大がかりな覚醒を意味しはしない。むしろ、誰もが他人と同じように思考し、しかもそのことの中に独創的な思考を確信しうる時代が始まったというべきかもしれない。それは、自分を説話論的な少数者と見なす風潮の蔓延としてすでに詳述しておいたものだ。希薄に拡散した例外的な孤立の主題のいささかも例外的ではない流行としてもよいその現象は、一方で、文学を文学の不可能性の問題として提起したということができる。誰もが例外的な少数者を確信するという状況の普遍化にみんなして貢献しながら、自分だけはなお少数者たりうると確信するものだけが語り始めるとするなら、人は、結局、誰とも同じことしか語れないだろう。だが、書くことが書くことの不可能性としてしかありえないとき、だからこそ書くことが許されたと信ずる者たちの錯覚として意識させないために、人びとは一つの文学的な課題を捏造した。それが、倦怠である。書くことが思考と行動との同時的な達成だとするなら、倦怠は、思考と行動の不可能性をそっくり距離の彼方へと遠ざけ、不在化させたと考えてもよい。そのとき、倦怠は文学の不在証明となったのである。不在が思考をせきたて、距離が行動を促す。そして、現存と密着だけは周到に回避しながら誰もが同じ言葉を綴ってゆく文学的な構図の単調さを、倦怠が蔽い隠す。かくしてイデオロギーとしての倦怠が、いたるところで思考と行動とを流産させるという次第だ。それにつれて、書かないために書くという欲望が、自分こそ書きうるのだというささかも例外的ではない確信となってあらたに広まってゆく。それこそ、旅行が教育であることをやめた世界に成立する文学的な磁場なのである。人は、捏造された不在と距離に保護され、自分自身と出合うために書く。そこに見出される自分は、つねに変わらぬ自分自身、つまり自己同一性でなければならない。思考し行動する主体を支えるのも、その自己同一性なのだ。旅は、これを崩壊させることがない限りにおいて有効だろう。身近な環境を遠ざかり、異国に暮してもなお同じ自分が保たれ、帰郷はその輪郭をなおいっそうきわだたせてもくれよう。だから、完全な異国人へと変容してしまうのでなければ、旅行は、いつでもより確かな自分との遭遇を約束してくれるに違いない。

事実、ジャン＝マルクは、自殺者として出発し自殺者として帰郷した。彼は、倦怠する自分をエジプトの砂漠で見失なったりはしなかった。「すると、やはりすべては同じなのだ。わたしは、自分がそこに暮してはいない国が懐かしくてならないのだ」という感慨には、同じであることの単調さへの嘆息というより、むしろその倦怠に接しえたものの安堵が感じられさえする。砂漠の太陽に焼かれた肌をアラブ風の衣裳にくるんで駅馬車から鉄道へと乗りつぐ新帰朝者は、軽薄な乗客たちの言動にいちじるしく腹をたてはするが、それは自分があくまで自殺者ジャン＝マルクだと確信しているからである。また、そう確信していればこそ、フランスを一歩も離れたこともない連中から異国人と思われても不思議でない奇妙ないでたちのまま、パリへの旅程を続けることができたのだともいえよう。東方での長い滞在がもたらした変化はあくまで表層にとどまり、内部にはまぎれもない自分が変わることなく維持されている。表面の人目にふれる奇態さはかりそめの自分にすぎず、それが旅の過程でどれほど異郷の風土に順応しようと、背後に隠されたおのれの自己同一性は揺るぎもせず、同じ思考と同じ行動の基盤たり続けている。ナイル河のほとりでさえ存在は倦怠すると自信をもって断言しうるのも、その自己同一性である。エジプト帰りの自殺者を主人公に選び、その恋愛心理の分析を、断片的な手記として一篇の小説に仕立てあげうるはずだとする確信も、そこから導きだされる。いずれも、距離を介して不在と戯れるもののみに可能な、いささかも例外的ではない例外者の特権である。誰もがそうした確信のもとに思考し行動し始めた時代に、自分ばかりがその類型化をまぬかれていると錯覚することでますます類型化する時代の典型的な小説、それがマクシムの処女長篇『ある自殺者の回想』と呼ばれる書物なのだ。

旅の文学的な近代化

しばしば自伝的小説として分類される『ある自殺者の回想』は、なるほどその両親との幼少期の死別といった挿話を初め、作者自身に起こったいくつかの現実のできごとが作中人物の虚構の生涯に影を落としているという意味でなら自伝的ではあるだろう。だが、同じ東方からの新帰朝者だといっても、マクシムはジャン゠マルクのように倦怠から自殺を夢想したりはしない。「パリに戻って一月たつが、私は倦怠しきっており、それが激しい痛みのように私を苦しめる」と書き綴る自殺者の倦怠を共有するほどの暇が彼になかったことはすでに書いたとおりだ。ふとした瞬間にエジプトの風物への郷愁がよみがえることぐらいはあっただろうが、半年もしないうちに新雑誌の編集部を占拠し、誰もまだ見たことのない歴史的建造物の廃墟の写真を焼きつけ、旅行記出版の構想をねり、あわせて有名作家プロスペル・メリメの情婦ともねんごろな仲になっていたというのだから、彼には退屈する余裕などありはしなかった。それはすでに、エジプト出発以前から予想されえたことである。マクシムは、二年に及ぶ中近東地方への旅行を企てるにあたって、それがあてどもない放浪として存在を無駄に減退させることのないためのあらゆる配慮をほどこしており、それには何がもっとも有効であるかも彼は心得ていた。つまり、匿名の旅行者であってはならないと彼は確信していたのである。旅行者の自己同一性が容易に他者の目に触れるための手段が必要だ。自分から俺はマクシムだと告げてまわってもそれが聞きとどけられることのなかろう土地へと旅立つのだから、一つの確実な名前が自分の名前を保証してくれねばならない。それには、政府を利用するのが得策だろう。そして彼は、自分自身にとどまらず、旅の同行者である友人ギュスターヴ宛てにも、政府の正式の証明書をとりつけることに成功する。これは倦怠する自殺者にはとてもできない芸当というべきだろう。

かくしてマクシムは文部省から、ギュスターヴは農林＝通商省から正式の任務を委託され、公式の旅券を政府から授与されることになる。一八四九年十月二十四日に交付された彼らの公用旅券は、「共和国の名において」と印刷された大型の便箋に、次のごとく記されている。

外務大臣ならびに外務次官は、フランス国内とフランス共和国と友好関係もしくは同盟関係にある諸国の秩序維持にあたる軍事的非軍事的官吏諸氏に、文部、通商両省よりの任務を帯びて東方の地に赴くマクシム・デュ・カン、ギュスターヴ・フロベール両氏の自由なる通行を保証し、必要に応じて援助と保護を与えられるよう要請する。(58)

この文章の「文部……」以下「フロベール両氏」までの部分はもちろん印刷されているわけではなく、公式の書類の空欄にペン書きされたものにすぎないのだが、マクシムの名前の上に×印が付され、ページの下の余白に「レジョン・ドヌールのオフィシエ章受勲者」との註記が読みとれる。いうまでもなく、文部省と通商省とは彼ら二人に特別な任務を課したわけではなく、それは「われわれの旅行があらゆる便宜に恵まれること」を望んだマクシムの策動によって捏造された口実にすぎない。その任務の遂行はあくまで「無償」のもので、帰国後に簡単な報告書の提出が義務づけられているだけだ。問題は、あくまで、自分が何ものであるかを証言しうる証拠書類を携行することにある。国家が、その公用旅券によって二人の旅行者の自己同一性を保証してくれるというなら、これほど便利なことはまたとあるまい。事実、マクシムとその同年輩の友人は、いたるところで公式の歓迎をうけるだろう。彼らが、やがて『悪の華』の詩人となるいまだ無名の芸術家シャルルの義父オピック大使と、会食できたのもそのためである。実際、何の職業にもついたことがなく、過去にいかなる業績も持ってはいない二人の文学青年が、各地で大使たちと対等の口をきいたりすることができたのは、マクシムが、捏造されたものにすぎないとりあえずの任務を、あたかも公式のものであるかに振舞い通したからだ。つまり、彼らの旅行は、国家によってその自己同一性を保証されたきわめて儀式的なものだったのであり、マクシムはその儀式性をことさら荘重に演じきって見せたのである。すでに、一八四四年にコンスタンチノープルまで足をのばしているマクシムにとっては、こうした配慮がきわめて有効なものだと思われたに違いない。事実、彼は、ノルマンディーに残った病身のギュスターヴに、封筒の宛て名には、必ず「東方学会会員」と書き添えるように依頼している。「ばかげたことだけれど、当地ではその方が何かと便利なのだ」[59]。

一世紀後にマクシムの書簡集を刊行することになるあるイタリア人は、この部分に註をつけて、虚栄心こそがマクシムの弱点だと指摘している。だが、われわれは、事態をそうした方向にそって語ろうとは思わない。だいいち、「東方学会会員」も共和国の「公用旅券」も、たんなる虚栄心の発露とは理解しがたいものである。世界が、そうすることで何層倍か生活しやすくなる時代にさしかかっているという意識を持つことは、性格的な弱点とは異質の問題を提起しているからである。国家の組織そのものが無名の旅行者の存在を否定する方向に進みつつあることを察知し、そうした事態を有効に活用すべきであるとする視点は、それまでの文学には存在しなかったものだろう。たまたま暇をもてあました外交官が、小説を書いたりすることはないでもなかった。だがここで、マクシムは明らかに自分自身を外交官として捏造している。特権ばかりがあって義務を伴うことのない一時的な外交官として旅行すること。たんにそうしたことを思いついただけではなく、それを実行に移してしまったマクシムは、文学志望者としてきわめて興味深い存在だとさえいえると思う。こんにちでさえ、見知らぬ土地に出発する旅行者は、できればそこの大使館に働く外交官に一人か二人知人がいれば便利だろうと考えたりはする。それとまったく同じことが、しかも周到な配慮のもとに、一八五二年の文学青年によって試みられ、みごとに成功をおさめてしまったのだ。彼は、国家による自己同一性の保証を獲得することで、旅から、ロマン主義的な放浪という側面も、教養小説的な試練の側面も、ともに消滅させてしまったのだ。その意味で、マクシムは、旅行を制度的に近代化したといえるだろう。

この物語の話者には、文学的な旅行の近代化にまぎれもなく貢献した一人の芸術家を、そのこと故に非難しようとする意図など毛頭ない。彼は、われわれがそうするように、着実に帰還しうる旅を組織したのであり、そのために権力の構造そのものを利用しさえする。住みなれた環境から思いきり遠ざかり、異郷に暮すことが、文学志望者の青年にとってすら冒険であるのをやめたこと。そのことをむしろ、文学にとっては記念すべき歴史的なできごととして喜ばねばならない。何ごとも抜けめなくやってのけるマクシムを、虚栄心の強い野心家とみなして文学から遠ざけようとする試みは、ほとんど自分自身を文学から遠ざけることと同じ結果を招くだろう。いま、ほとんどの文学者は、マクシムと変わらぬやり方で旅行しているからだ。彼ほど徹底して几帳面な配慮を堅持しうるか否かという点はあろうが、それは性格の問題であって旅の構造の問題ではない。

にもかかわらず、人は旅行者マクシムを凡庸な芸術家と呼ばねばならない。それは、新帰朝者としての彼が、みずから実現しえた旅の文学的な近代化を、その処女長篇のいかなる細部にも反映させていないばかりか、かえってそれが文学的な主題とはなりがたいとでも信じているかのように、倦怠を語り始めてしまうからだ。まだ誰も持ち歩いたこともない生まれたての写真機を遺跡という遺跡の前にすえ、「一時間ごとに」考古学的なノートをとり、都会に戻れば大使公邸の夜会に列席するといったマクシムに、東方の地で倦怠する暇などありはしなかった。それでいながら、彼は不在と距離の主題を物語に導入し、退屈きわまる恋愛心理小説を、砂漠を舞台として書きあげてしまったのだ。非難さるべきは、まさにその点である。国家から自己同一性の保証を引きだし、即席の外交官といういかがわしい演技を完璧に演じきってみせた青年が、その仮面と真実とのくい違った関係によって達成された旅の近代化そのものではなく、ひたすら、いま、ここにはない存在への郷愁を引きずって歩く凡庸な自殺者しか描きえなかったのは、何とも惜しむべきことではなかろうか。

しかし、この非難をマクシム一人に浴びせるのは正しくあるまい。というのも、いまなお文学は近代化された旅を主題としては容認せず、スケールにおいていくぶんか異るとはいえ、自殺者ジャン＝マルクの一世紀遅れの兄弟たちを描きつづけているからだ。事実、国家権力によって公式に保証された自己同一性をパスポートとして携行することなしに国外に出ることさえ禁じられているというのに、異国に暮すことを、不在と距離を介した例外的な自己の再発見といった物語に仕立てあげることばかりが珍重されている。つまり、いまなお、誰もがマクシムのように思考することが、文学的だと確信しているのである。そして彼の不幸は、『ある自殺者の回想』の作家が、いまだに文学的な主題だと信じられている不在と距離の神話に捉われたまま、自分自身が演じている旅の近代化を文学的に導入しえなかった点にある。イデオロギーとしての倦怠は、マクシムの個人的な資質よりも遥かに強固なものだったというほかはあるまい。灼熱の砂漠ですら存在は倦怠の淵に埋もれるなどと口にすべき必要性はまるでないにもかかわらず、思わずそんな物語を綴ってしまうのは、不在と距離そのものがイデオロギーとして、思考をこわばらせてしまうからである。

XIX　日本人の模倣癖と残忍さについて

「官展」の言説

『ある自殺者の回想』の執筆がすでに始まっていたのかそれともいまだ構想の段階にあったのかは知りえないが、その最初の断章の『パリ評論』誌への発表を数ヶ月後にひかえた一八五二年四月十六日、マクシムは「きみに知らせるべきニュースは何一つない」の一行で始まる短かい手紙をギュスターヴに書き送っている。「『官展《サロン》』評のためにすっかり時間をとられてしまい、すぐに返事を書けなかった」と続けていることから、エジプト旅行の同行者からの手紙を受けとっていたことがわかるが、そのギュスターヴの手紙は現存していない。決定的ではないにせよ二人の友情に亀裂を走らせることになった例の長文の書簡の交換いらい半年が経過しており、その間の手紙のほとんどは二人の手で廃棄されたことになっている。だが、ともかくも伝えるべきニュースを持たない書き手による短かい手紙に語られているのは、マクシムの生活のあいもかわらぬいそがしさである。

ぼくは『パリ評論』誌に「官展《サロン》」評を書いており、それですっかり時間がとられてしまう。先月は、まるまる一月、というかそのほとんどをぼくの立派な写真集の準備についやしてしまった。その最初の見本刷りはたぶん来週に出まわることだろう。たいそうみごとなものになるはずだ。きみ宛ての一冊は、写真集が売り出されたら発送させるつもり。

夏休みのために、ヌイイに墳墓のごとき一軒の家を借りた。「官展《サロン》」評を書きおえたら、五月の十日から十五日ごろそこにわが身を埋葬しにゆく。「河舟曳きのアブダラ」は写真と「官展」のおかげで中断状態。田舎に行ったらそいつを最初に仕あげ、そのすぐあとに、前から構想中のいろいろなものに着手する。[60]

読まれるとおり、マクシムはいたって多忙な日を送っている。ここには触れられていないが、帰国後に関係を結んだドレッセール夫人との仲も、ほぼ公認のものとなり始めている。雑誌編集者としての彼は、半年後に、以前からけむたい存在だったアルセーヌ・ウーセイを編集部から追い出し、実質的な編集長の座におさまることに成功するだろう。だから、遠からず『ある自殺者の回想』の著者となって自殺者ジャン＝マルクの倦怠の日々を描こうとしているマクシムにはいささかも倦怠する暇などなく、文字通り、からだがいくつあっても足りないほどいそがしかったのである。

ここで田舎と呼ばれているヌイイは、いまでは行政的にはパリ郊外でありながらブローニュの森の目と鼻のさきにある首都に隣接した住宅地となっている。その「墳墓のごとき」田舎家に身を埋没させてするはずの最初の仕事と呼ばれている「河舟曳きのアブダラ」は、五四年に発表され『奇談六篇』におさめられた中篇小説「河舟曳きのイブライム」のことである。マクシムその人に類似したフランスの旅行者がエジプトからつれ戻ったナイルの河舟曳きイブライムが、サロンの美女に恋心をいだくという物語である。だが、その小説の凡庸さはさしあたりどうでもいいことで、問題は、写真と「官展《サロン》」評の仕事で散文的虚構の筆がはかどらないと嘆いている点だ。マクシムは、あくまで小説家となろうとしている。しかしその処女長篇として選ばれた『ある自殺者の回想』は、詩集『現代の歌』ほどにも評判になりはしなかった。すでに見たごとく写真集のほうはそれなりの評価を蒙り、共和国大統領から皇帝へと横滑りしたばかりのナポレオンⅢ世の目にとまったことから、彼を政府の中枢にまで侵入させることに貢献しはしたものの、マクシムが写真家として世間に広く知られることになったわけではない。では、その執筆にすっかり時間をとられてしまったという「官展《サロン》」評は、彼にいかなる利益をもたらすだろうか。そもそも、この領域においては何の業績も残してはいないエジプト帰りの文学青年が、新雑誌の編集部に身を置いたというだけの理由で、いきなり官僚的な組織の主催する美術的年中行事を語ったりする資格があるのか。

まず、最初に思い出しておかねばならぬ点は、美術批評家として初めてマクシムが筆を執るにいたった時期において、美術を語ることは「官展《サロン》」を論じる以外にありえなかったという美術史的な事実である。美術作品の流通形態として、人は、この中央集権的な機構しか持ってはいなかった。一人の画家の個展などというものはほとんど想像することができなかったのである。私的なギャラリーでの展覧会という点では、ごく最近の発明品にすぎない写真のほうが絵のそれに先行していたという事実を人はしばしば忘れがちである。一八五五年の万国博覧会におけるクールベの落選、六三年の「官展《サロン》」におけるマネの「草上の昼食」の落選といった事件が、「官展《サロン》」体制とは異る絵画の展示手段を模索させるに至ったという周知の事実を想起してみるまでもなく、画商による商品の展示手段としての個展という制度が確立されるのは十九世紀も後半に入ってからにすぎない。販売を目的とするというより客寄せが主眼であったとはいえ、ナダールがその仕事場で写真を展示するのは一八五二年のことであり、実は写真もまた、「官展《サロン》」や四九年の産業博覧会といった官僚的な組織によって権威づけられていたのである。五五年の万国博覧会への展示を許されていないことからも明らかなとおり、写真家ナダールは皇帝ナポレオンⅢ世に対する敵意をたえず表明しており、その彼が、「官展《サロン》」に対する不満分子を集めてやがて「印象派」の旗挙げに力を貸すことになるのはきわめて象徴的だといえる。諸外国の美術館の訪問記や独断的なジャンルの優劣論を除けば、絵画を語ることは必然的に「官展《サロン》」の展示作品を論ずることだと思われていたのは当然のことであり、『現代の歌』の「序文」でアカデミー・フランセーズの権威をあれほど攻撃することになるマクシムも、こと絵画に関してはこの国家的行事をごく自然に受け入れていたわけだ。

では、なぜ文学青年マクシムが、絵画を語ろうとするのか。「芸術家」なら、誰でも美術や音楽を語るべきだという確信が、広く共有されていたからである。その必然性があったわけでもないのに、そうすることが彼にとってはごく自然だと思われたのである。一八三〇年代にロマン主義的な熱病とともに生まれた「芸術家」たちにとって、文学、音楽、美術といったジャンルを超えて理想的な環境としての「芸術」を信ずることが問題だったのであり、彼らはだから、才能の有無を問うことなく、一つの文化現象として連帯しあった。マクシムとは、そうした環境によって捏造された「芸術家」の一人にほかならず、それ故、「官展《サロン》」を論じる当然の権利の持主と自認していたのである。

美術評論家マクシム

それですっかり時間がとられてしまうと多忙さを嘆きつつ誇ってもいる彼の「官展《サロン》」評は、予告通り『パリ評論』誌五二年五月号に掲載される。以後、五五年のパリ万国博覧会の折に書かれた『五五年の美術』を初めとして、五七年、五九年、六一年と「官展《サロン》」批評を続け、六四年以後は『両世界評論』誌に同じ仕事を執拗にくり返すことになるのだから、彼がこの国家的な年中行事に深いこだわりを示していたことは間違いない。ただし、ここでは美術批評家としてのマクシムの凡庸さを改めて指摘しようとは思わない。『現代の歌』の「序文」で詩人は人類の未来を歌えと説いた進歩派の詩論家マクシムは、絵画をめぐっても、もはや「なかば兵士でなかば盗賊」といったいい加減な連中ばかりが好き勝手な振舞いを演じるばかりで、「美も、デッサンも、思想も、輪郭」も画家には求められないと嘆いたあとで、カシミールの「機織り職人こそ最大の現代画家」だと皮肉をとばしているのだが、その彼に、絵画の現代的な課題といったものの具体的なイメージがあったとは思えない。というのも、旅行そのものの現代的な形式をみずから創造しながら、旅行者の心理をきわめて通俗的なかたちでしか描くことをしなかった『ある自殺者の回想』の作者にふさわしく、芸術の諸領域での革新を口にする彼の美術観は、その「官展《サロン》」評を読むかぎりにおいて、たとえば大かたの反応に従ってクールベを「醜の美学」の信奉者として位置づけてこれを批判するといった具合に、ごく保守的なものにすぎない。

もちろん、醜聞の渦中にあったクールベを顕揚することがたんに審美観の問題にとどまらず、ある種の党派性の表明につらなるものである以上、新雑誌の編集にたずさわるものとしては戦略的な配慮を必要とする問題であったし、またそこに、人脈の問題もからんでいたといえよう。また、異郷でながらく生活したという体験的な問題としても、北アフリカを題材としたユジェーヌ・フロマンタンの筆遣いにより詩的な親近感をおぼえたのもわからぬではない。『文学的回想』に記されるごとく、彼にとっての芸術は「事物の内在的な美を認知し、それを感知させる」という能力に存しており、従っていわゆる「レアリスム」の画家たちは「綿密な模写」のみに精を出しているにすぎず、芸術家ではないのだと結論し、晩年に至ってもクールベに対する評価を変えてはいない。その点、「記憶と再現の意志との間を揺れ動く」フロマンタンを好むという彼の姿勢はわからぬではない。

だが、そうした個人的な趣味はこの際どうでもよろしい。旅行家であり、詩人であり、小説家であり、しかも写真家でさえある多忙きわまるマクシムが、新たに美術評論家としても発言しようとしているときに、その言説がどんな言語におさまるのかという点が問題なのだ。五二年の夏休みのためにヌイイに借りたアパルトマンに、何の予告もなしに姿をみせた同年輩の詩人シャルルが、その奇妙な振舞いによって彼の嘲笑を買いはしたものの、なお美術批評家として、たんにその時代の絵画的課題をより深く究明したというにとどまらず、こんにちに至るも傾聴するに足る幾多の刺激的な言葉を残しているのに反し、マクシムの「官展《サロン》」評には資料的な価値しか認められないといった事実も、この際、さして重要ではない。のちに『悪の華』の詩人として記憶されることになるシャルルよりも劣った美術評論家は、なにもマクシム一人には限らないからである。だいいち、シャルルをのぞけば、美術評論がいかなる言説として綴られるべきかに自覚的であった評論家など、誰もいはしなかった。

そのことは、もちろん文学についてもいえる。サント＝ブーヴという巨人の存在にもかかわらず、批評は、まだ言説として制度化されるには至っていなかったのである。芸術が、選ばれたものの特権的な才能の問題であることをやめ、模倣への薄められた欲望が支える文化現象へと拡がりだした時代に暮していながら、そしてそのような状況に応じて誰もが芸術を話題にしうる権利を保証されたのでありながら、人はもっぱら選ばれた才能の問題としてしか作品を語ろうとはしていない。とすれば、美術評論家とは、たまたま語る権利を占有しえた少数者が、その権利を持たずにいる多数者に向かって創意のありかを指摘してまわるという特権的な身振りを演じるにとどまり、言説の構造としては、詩人として生まれたものだけが詩人でありえた時代のそれとまったく変わらないことになる。語る権利の占有が創意のありかを指摘しうる感性的な特権と錯覚されるという現象は、ジャーナリズムの時評として批評が生まれつつある時代には必然的に起こりうる事態であろう。だから、この錯覚に陥ったのはなにもマクシム一人にとどまりはしない。誰もが、それを批評だと思ったのだし、その傾向はわれわれの時代においてすら変化してはいない。つまり、凡庸な人たちがこぞって特権的な才能を顕揚するという構造の上に批評が築かれていたのである。その意味でマクシムは典型的な美術評論家だといえる。

一八五五年のパリ万国博覧会と同時に開館された美術展が、ドラクロワとアングルとドゥカンのために特別の陳列室を用意していたことは周知の美術史的な事実である。多くの「官展《サロン》」評を書きまくったマクシムも、結局、この特権的な才能の持主たちの大がかりな回顧展に対する感動以上のものを綴ることができない。それはある意味でごく当然のことともいえるし、その事実が美術評論家としての限界をきわだたせるというのではいささかもないのだが、彼自身の同時代である作家たちに対しては、才能の不在からくる頽廃といった言葉しか口にしてはいけないのである。問題はその点にあるといえる。媒介者的な機能を演じながら、そこでの批評的な運動はあくまで才能ある少数者から多数者へと一方的に進み、確かに起こりつつある享受者の側の感性的変容を組織しようとする意志などまるで存在していない。それは、少数者は常に正しいとするいささかも例外的ではない視点をなお例外的と確信しながら、一人の「新入り」を多数者によって占められた教室に登場させることで『ある自殺者の回想』を書き始めるマクシムにこそふさわしい姿勢であり、髪を緑色に染めたりして奇態な振舞いに及んだことで彼からいくぶんか軽蔑されもした詩人シャルルが、なお多数者の感性的な変容に自覚的な美術論を書きえたことと、対照的な事実といえよう。語りうることを特権的な感性の保証であるかに錯覚することなく、それがいつでも交換可能なとりあえずの権利でしかないと意識しうるとき、人は初めて、現代にふさわしい芸術的な才能を自分のものにすることができる。詩人として生まれたわけではない詩人が芸術家として捏造されるとはそうした事態をいうのである。とうぜん美術評論家も捏造されねばならない。その捏造の過程を、マクシムは回避しうると確信した。だが、その確信が錯覚にすぎぬと気がつかなかったのは、何度も記したように、マクシムばかりではない。

オランダの日本

創意のありかを指摘しうる例外的な資質に恵まれているわけでもないのに、語る権利を手にしただけでそう錯覚してしまう美術評論家マクシムも、その錯覚に安住することの居心地の悪さにまったく無自覚だったとは思われない。というのも、彼の言葉がもっとも円滑に綴られている美術論が「官展《サロン》」評ではなく、旅行記のかたちをとったものだからである。異国の歴史的建造物や博物館の展示品を語るとき、彼は真の少数者を確信することができる。事態は、審美観や才能の問題を離れ、もっぱら特権的な知の水準で処理しうるからだろう。結局のところ、詩人としても、小説家としても、写真家としても、マクシムは自分が特権的な少数者だと確信できる場合にだけ芸術家たりうると思っているかのようだ。というわけで、美術評論家としての彼は、あまり多くの人に知られていない日本の美術の話を始める。もちろん、彼は日本にやってきたわけではない。オランダ旅行の折にたちよったデン・ハーグの博物館の日本美術品コレクションの印象が『オランダにて』の一部に語られているのである。

「ある友人への手紙」と副題されたこのオランダ紀行は、一八五七年二月十三日から二十八日までの日付をもつ十七通の書簡からなる美術論で、一八五九年に一冊の書物として刊行されている。「お祭しのとおり、私は何冊かの古い本をポケットにしのばせてパリを発ったのです」と冒頭に述べられているごとく、彼は、十七世紀中葉に書かれたジャン＝ニコラ・ド・パリヴァルの『オランダの逸楽』を読みながら旅を進める。第一部には「住民の衣裳と風俗をともなう土地の周到な描写」が含まれ、第二部には「略述の歴史」があてられているという二部構成のこの古い書物は、それ自身が一種の旅行記ともいうべきものだ。すでに述べたように、マクシムにとっての旅行とは、たえず知に保証された確実な歩みでなければならない。友人シャルルに「ものを知らないという欠陥」を指摘するマクシムにとって、「旅への誘い」の詩人の限界は、現実の旅行にこうした文献を携行することのない点にあると思われたのだろう。律義といえば律義なそうした姿勢が、おそらく美術評論を書くにあたっての彼の基準ともなっているようだ。事実、日本美術について語り始めるにあたって、彼は読者にエドゥワール・フレシネの著書『日本』上下二冊を推薦している。そうすることが、彼の少数者たる特権の快い保証となっているのだろう。

彼が「大そう美しく、世界でもっとも豊かなものとして知られる日本コレクション」で発見するのは、だから、すでに語られていることがらの再確認にすぎない。

ここで賞讃しうるのは、あまりにも異質であまりにも頽廃しているのでわれわれの目には野蛮なものと映る文明を持った国民について、あらゆる旅行者が指摘しているあの驚くべき模倣の能力である(61)。

日本人の驚くべき模倣の資質。われわれはマクシムとともにすでにこの神話の中にいる。これはヨーロッパの肖像画を日本的な筆遣いで再現した美術品について述べられているのだが、そうした作品に対するマクシムの評価は、「精緻だが魅力に欠ける」というものだ。おそらくは竜をかたどったと思われる怪物の図をめぐっていま一つの神話が姿を見せる。それは残忍な幼児性というイメージである。

日本人の残忍さとともにその幼稚さは、いろいろな動物の異った部分の綿密な総合からなる怪物のうちに現われている。将軍の臣下たちは、この種のバロック的仕事に秀れた手腕を発揮する。それは一種の幻想的な骸骨を描いたものだが、その現実感は驚くべきものだ。それを見ていると、このようなこけおどかしの像を考えついて実現しうる職人たちは、グロテ

スクと恐怖への奇妙な欲求に憑かれているように思う。(62)

フランドル派の画家たちでさえ、聖者アントワーヌの周囲にこれほどの奇怪な怪獣どもを配しはしなかっただろうと結論するマクシムにとって、日本人のこうした作品はいくぶんか滑稽で、子供っぽく見える。この領域にあって、マクシムは、日本をめぐる二つの神話、つまり巧妙な模倣性と残忍な幼児性という要素を美術品の上に再確認するにとどまり、それ以上のことは何一つ語っていない。だが、あれほど旅と知識との関係を強調しながら、すでに多くの日本旅行記が証言している事実しか口にしえないというのはどうしてであろうか。もっともマクシムが論じているものは日本人の模倣癖と子供っぽい残忍さばかりではない。彼の興味は、純粋の美術品よりもむしろ民芸的な装飾品へと向かっている。たとえば衣桁、あるいは三味線か琴と思われる弦楽器や鼓、太鼓のたぐい、そして何にもまして鼈甲《べっこう》の簪。彼は、こうしたもののほうが好きだと断言しているのだが、それらは過去一世紀を通じて欧米の観光客たちが骨董屋で好んで買いあさる民芸品にほかならない。日本人をめぐる神話という点でも、また装飾品への趣味という点からしても、だから美術評論家マクシムの姿勢はあくまで典型的なものだといえる。つまり、誰もが彼のように考え、感じることになったという意味で、その言葉は満遍なく多数者の思考と感性を代弁していることになる。語る特権を占有しえた少数者が誰にも知られていない日本美術品のコレクションについて語りながら、少数者と多数者との関係を安定したかたちで結びつけるという点に、おそらくマクシムの凡庸な才能が認められる。いささかも例外的ではないにもかかわらず自分を例外的だと錯覚しうる魂は、いつでも無意識のうちに多数者と連帯しうる強みをもっているのである。そうした少数者の言葉は、社会の安定にとってはきわめて貴重な言説をかたちづくる。世界は、いま、誰に頼まれたわけでもないし、権力に媚びようとするあからさまな意図がないにもかかわらず、いたるところで葛藤を解消し、社会の変動をあらかじめ封じる機能を演じてしまう存在を大がかりに生産し始めているのだ。美術評論家マクシムが演じているのも、そうした役割にほかならない。自分を例外的だと人に錯覚させる知は、きまって世界から変動の予兆を奪う。美術評論家に仮装しようとするマクシムは、ここでもおのれの自己同一性に忠実なのだ。

XX　才能の時代から努力の時代へ

怠惰と勤勉

真冬のデン・ハーグで日本人の「模倣癖」や「幼児的な残忍さ」などを発見したりした休暇中の美術評論家は、その短かいオランダ滞在の印象を綴ったノートや資料類をかかえてパリに戻ると、たちまち持前の勤勉さを発揮してその旅行記を書簡形式の美術論として『パリ評論』誌に発表する。その年も、マクシムは「官展《サロン》」評を書くことになるだろう。それまでに書きついできた中篇小説を、『奇談六篇』としてまとめて刊行する作業も続けられている。編集者としても作家としても、彼はあい変らず多忙をきわめているといえる。

リブレリー・ヌーヴェル社から出版された『奇談六篇』には題名通り六つの中篇がおさめられているが、二度の旅行によって土地や風俗を熟知しているエジプトを舞台にしたものや、インド人を主人公にした作品ばかりが集められている中でいささか異色なのは、一八四七年に書かれたという日付が記されている「さ迷える魂」だろう。そこにはマクシムが晩年まで失なわずにいた一種の輪廻転生の思想がいささか稚拙に語られている。魂が肉体から引き裂かれて宙を漂い、しかるべき存在にとりついて蘇生するという主題そのものは、しかしここではさしてわれわれの興味を惹かない。すでに『ある自殺者の回想』の最後の部分を語った折に触れておいたことだからである。にもかかわらず、作品の質とは無縁のところでこの中篇が注目に値いするのは、作家にとっての執筆体験そのものがここで主題とされているという事情による。「さ迷える魂」は、「私」がかつて面識のあった一人の小説家の身に起こった奇談として語られている。その小説家は、『ある自殺者の回想』と同じジャン＝マルクという洗礼名を持っているのだが、「快い安逸」をむさぼっているその長髪の文学青年が、ある晩、新たな小説を書き始めねばならない状況に陥る。

原稿用紙の真白な紙面に大胆な手をさしのべねばならぬという恐るべき瞬間に、彼は追いこまれていた。彼は書き始めねばならない。最初の一句を書きつけねばならない。そのあまりの困難さ故に、最も勇気ある作家さえたじろがせた最初の一句という奴を。(63)

純白な紙面に筆を向けようとする作家の逡巡。もちろんこれは、文学にあってはいささかもめずらしい体験ではない。実際、何人の詩人が、そして何人の小説家が、それを前にしてたじろがずにいられたことだろう。想像されたものでしかなかったものが言葉としての形式におさまろうという最初の一瞬への脅えなくしては、文学は存在しないとさえいえよう。だが、マクシムのこの中篇の場合、書くことの不可能性をめぐる悲劇といったことが語られているわけではない。事実、事態はいかにも容易に解決してしまうのである。しばし思い悩んでいる小説家ジャン＝マルクは、ふと奇妙なもの音を耳にする。目の前の仕事机の上で、何本もの羽根ペンががさごそと立ち騒いでいるのである。その中の一本がふいに空中に舞い上ると、インクに自分を浸してから、紙の上をさらさらと滑り始める。やがて紙片が文字で埋まると筆は次の紙片へと移り、それが自然に重ねられてゆく。やがて、わけもわからぬままに見まもる小説家を無視するように、筆は完の一字を大文字で記す。目の前には、原稿用紙が何枚も重ねて置かれている。それを読んでみると、次のような文章となっていたというのがこの中篇の導入部なのである。

これは、テクストの提示の仕方としてはごく伝統的な手法である。新居の壁の中から書類が発見され、それが一篇の物語になっていたので、無名の筆者にかわって「私」がこれを発表するといった小説形式のヴァリエーションにすぎないからだ。では、マクシムが示すその物語はどんなものかといえば、これまたごく他愛もないものである。愛する女性の姿をたえず身辺から見守っていなければ落ちつかない青年の魂が、自分の肉体を離れて彼女の家に逗留し続けた結果、自宅に残された肉体が死体として解剖されてしまったというのがその筋なのだ。かくしてさ迷える魂となったその青年は、愛する女のもとにとどまり、神の意志によって新たな肉体を得るまで彼女を愛し続けることだろう。そして、ある夜、彼女が一人の男の妻となろうとしていることを知らされる。倖いなことに、その二人の愛の中に侵入し、彼女の子供となって地上に姿を現わす許可が神から与えられた。だから私は急いでこの一文を書きつけ、自分に似て軽卒な振舞いを演じかねない人々に注意を喚起しようとしているのだ。

原稿はそこで終っている。ジャン＝マルクがその全文に目を通したとき、もはや自分から筆をとって新たな小説を書くには時刻が遅すぎた。だが彼は、輪廻転生という現象をいまや真剣に信じ始めていた、というのである。

さして深い思想を含んでいるわけでもないこの中篇で重要なのは、小説家であるジャン＝マルクが匿名の原稿を発見したというのではなく、彼が作品を書く契機を見失なったということだろう。しかも、さ迷える魂がその肉体に宿って彼にその物語を書かしめたわけではなく、他人の魂が乗り移ったのはあくまでも筆なのだ。だからジャン＝マルクはなす術もなく小説を書きそびれたというだけの話である。つまり、ここでは、「快い安逸」にふける小説家が、いかにして作品を書かずにすませたかが語られているのだ。純白の紙面に向かいあった作家の怖れが主題となっていながら、書くことをめぐる悲劇性はあっさりやり過ごされ、しかも、霊感がその救いとして彼の身に訪れてさえいない。執筆体験そのものが主題とされていながら、これはいかにも奇妙なことではなかろうか。作家が、言葉の可能性とも不可能性とも出会うことなく物語が終ってしまうからである。

「さ迷える魂」における小説家ジャン＝マルクの位置は、多忙をきわめるマクシムとどうにも調和しがたいものに思われる。マクシムはあくまで勤勉な作家であり、とうてい「快い安逸」をむさぼっている暇などありはしないからである。にもかかわらず、自分とほぼ等身大の小説家を主人公としたこの中篇は、マクシムにあっての「書くこと」の位相をきわだたせる何かを含んでいると思う。それはここでの執筆体験が「勤勉」と「怠惰」という軸上に設定されていることと深く関係している。何より意義深いのは、この作品にあって才能という側面がまったく問題とされていない点だろう。起こっているのはもっぱら機械的な記述であり、それにはジャン＝マルクの肉体も精神も関与していない。突然、何かに憑かれたように筆を握った手が走り始めたというのであれば、詩的霊感というそれなりに文学的な主題が導入されえたでもあろうが、あえてそのことは回避されている。作家は、ひたすら「安逸」にふけり続けていたわけで、その徹底した無為が、ここで直接的に奨励されているわけではない勤勉さを浮上させ、怠惰の対極点に位置づけることになる。そのことから、勤勉さがとうてい救いとはなり難い体験として書くことが作家をたじろがせるという苛酷な瞬間をマクシムがまだ生きていないと結論することは可能だろうが、ここで何より興味深いのは、作品創造をめぐって、才能＝凡庸という軸が作者の視界にまったく浮上していない事実の方だ。「快い安逸」が何ら傷つくことなく救われているかにみえるこの楽天性こそ、マクシムにあっての書くことの意味なのである。

若き前衛たちの退屈さ

「われわれはもはや、一晩のうちに有名になれた時代には暮していない」というギュスターヴ宛ての言葉を思い出してみるまでもなく、天賦の才能が芸術家を定義しうる時代は過去のものになってしまったという認識がマクシムにはある。「芸術家にとってはいまは冬の時代なのだ」という断言には、才能の時代が努力の時代へと移行しつつある文学的な趨勢に対する諦念から出た同調の姿勢と、であるが故に、自分のような人間にも、努力と戦法によっては文壇制覇の夢がかなえられるはずだという確信がこめられてもいる。勤勉さが才能にとってかわった時代にあって、「快い安逸」をむさぼることは許されない。事実、マクシムは、二年に及ぶ中近東への長旅から戻り、『パリ評論』再刊の下準備に没頭し始めた五一年の暮から、『奇談六篇』を含めて七冊もの本を書きあげている。写真集、旅行記、長篇小説、詩集、美術評論、中篇集といった多彩なジャンルの書物を、編集者としての仕事のあいまに彼は精力的に出版し続ける。過去には何の実績もない無名の青年として文壇に登場した彼にとって、六年間に七冊という著作の数は、ひとまず満足すべき成果だというべきだろう。この疲れを知らぬ勤勉さの持続こそが、この時代にふさわしい芸術家の姿勢であるのかもしれない。

ギュスターヴへの長文の手紙にも触れられていたように、彼が「指揮官として」の自覚をもって文学刷新の戦いに身を投じたのは、自分が世間から不当に無視された大作家だなどと信じていたからではない。偉大な才能の持主ではないと意識しているからこそ、ひたすら勤勉に仕事を続け、精緻な策略をめぐらせてことにあたらねばならないのである。それは決して自分一人の問題ではなく、同世代の親しい仲間たちにとっても貴重な試みとなるはずだとマクシムは考えている。

恐れるべきは、才能ある敵にめぐり会うことではない。名前ばかりが知れわたっていながらさしたる仕事をしてもいない長老たちを除けば、そんな例外的な存在は同世代には誰もいないはずだとマクシムは高を括っている。そして、その状勢判断は、ある程度まで正しい。彼自身がその一員であり、かつまた文学的な一世代を構成すべき若者たちは、ルイ＝ナポレオンが権力の座についた一八四八年いらい、その間に共和制から帝政への移行が介在したとはいえ、詩の領域においても小説の分野にあっても、注目すべき作品をほとんど残してはいないからである。すでにバルザックは他界しているし、ヴィクトル・ユゴーは皇帝ナポレオンⅢ世のクー・デタを容認しえず、亡命の地にある。芸術の世界にあって、王座は空位のまま残されている。彼が自分にも活躍の場があると断じたのは、その意味で間違ってはいない。

ちょうどそのころ、マクシムは一人のロシア人の作家と知り合う機会を得る。イヴァンと呼ばれるその小説家がパリに到来したのは五六年夏のことだから、二人の最初の出会いはその年の暮か翌年の初めのことだろう。いずれにせよ、マクシムは『猟人日記』という作品が仏訳されてかなりの評判をよんだイヴァンの戯曲の一つを『パリ評論』誌に掲載しているから、職業的な利害関係がかなり早い時期に彼らを結びつけたことは間違いない。そのイヴァンがパリの文壇に登場した若手の作家たちの才能の欠如ぶりを、故国の知人に向けて語っている手紙が残されている。「過去の栄光を担ったお年寄たち」にいまさら会っても仕方がないので、「若い前衛ども」と知り合いになったが、「彼らはみんなちっぽけで、散文的で、内容空疎で、才能もない」とその判断はきわめて厳しい。そしてその「若い前衛ども」の一人としてマクシムの名前が挙がっていることはあまり名誉なこととはいえまいが、このロシア人作家の見解がマクシムの状勢判断と一致していることは記憶しておいてよいだろう。「芸術家にとってはいまは冬の時代なのだ」という彼の認識は、一人の外国人の目にも明らかな事実だったのである。

イヴァンとマクシムとが親しい友情で結ばれたと断ずるにたる資料は存在しない。おそらく『パリ評論』誌がその戯曲を翻訳して掲載したことへの返礼としてだろう。イヴァンはマクシムの長篇小説のロシア語訳のために一肌脱ぎ、その出版にあたってはロシアの読者向けの序文まで書くことになるのだが、決して短かいものではなかった二人の関係の微妙さに触れるのはもっと先のことになろう。いまさしあたって指摘しておくべきことは、五六年の夏という時期にパリに到達してしばらくフランス暮しを計画したロシア人の作家にとって、知り合って損のない人物の一人としてマクシムが存在していたということ、しかもその作家的資質の限界を的確に見抜いた上で、なお職業的な交友関係を結ぶにふさわしい人間だと判断されたということ、その二点に尽きている。つまり、『猟人日記』の作者は『パリ評論』誌の編集者を、その時代のフランスにふさわしい文学者の一人だと見なしていたのである。その事実は、きわめて逆説的ながら、才能の時代から努力の時代への移行というマクシムの認識の正しさを証明しているといえるだろう。これといった傑作を残したわけでもないのに、ただ勤勉さによって文学との関係を維持し続けただけで、六年前には無名の文学青年の一人でしかなかったマクシムが、パリの文壇でそれなりの地位を占められるような状況が確実に到来していたのである。だがそれにしても「みんなちっぽけで、散文的で、内容空疎で、才能もない」と外国人に判断されてしまうような「若い前衛ども」によって占拠された文学とは、いったい何なのだろう。それは過渡的な無風地帯でしかないのか、それとも歴史的な現実なのか。もし、それが歴史的な現実であるとするなら、そうした事態をみごとに体現している作家がマクシムということになるだろうか。その点を詳しく論じるのも、のちのことにしておきたい。いまはただ努力の時代にふさわしい勤勉さを発揮し続けるマクシムの姿を追い続けることにする。

一通の手紙

『奇談六篇』の作者の勤勉さは、書くことのみに費されたわけではない。問題は、あくまでその文筆が書物として刊行されることにある。雑誌に掲載された作品を単行本として出版することに関しても、彼はいたって勤勉なのである。

たとえばここに、マクシムの手になる一通の書簡が残されている。誰に宛てられたものか、それを厳密に決定することは、文面に宛て名が記されておらず、封筒が失なわれている以上、かなりむつかしい。だが、それがある重要な人物の書類の中に多くの彼宛ての手紙とともに分類されていたことから、そこでのマクシムが誰に語りかけているかを推理することはまったく不可能なわけでもない。これは、ほぼ間違いなくナダールに宛てられた手紙なのだ。ガスパール＝フェリックス・トゥルナションという本名を持つ、名高い写真家のナダールである。日付は一八五八年二月八日。マクシムのオランダ旅行からほぼ一年後にあたる。五三年にアトリエを開設した彼の肖像写真家としての名声も確立し、絵入り新聞や美術関係の出版にも手を拡げたナダールが、気球熱にとりつかれて空中写真家に変身しようとしている時期である。

五四年に発表した著名人の肖像写真集『現代人の画廊』によって一躍有名になったとはいえ、ナダールもまた写真家として生まれたわけではない。すでに触れる機会もあったが、マクシムよりわずかに年上のこの芸術家も、四〇年代の終りごろまでは貧乏な文学青年であり、売れない風刺画家であったにすぎない。帝政ロシアのポーランド進攻に憤る正義漢としてフランスを去りながら、スパイまがいの振舞いを演じて逮捕されたりするところなど、いかにもいかがわしい人物だといえるだろう。それが、ほんの数年のうちに名高い写真家に変身をとげている。その意味では、彼もまたマクシムと時代認識を共有していた芸術家の一人だということになる。つまり、天賦の才能によって写真家となったわけではなく、ちょっとした思いつきを勤勉さと精緻な戦略とによって自分にこそふさわしい衣裳に仕立てあげたのがナダールなのだ。

自分自身もいったん試みてはみながら、一冊の写真集を出しただけでそこから遠ざかった写真という表現手段にどこまでもこだわり続けるナダールに対して、マクシムがどのような感情をいだいていたかはよくわからない。もちろんみずからの肖像写真をも撮らせているのだから親交があったことは確かなのだし、何通もの手紙が残されている以上、その交友が通り一遍のものでなかったことは間違いない。ただ、そのほとんどが「親しいナダール」と書き始められている中で、五八年二月八日付のそれがいささか儀式ばった「拝啓」の一語を冒頭に持っていることは、これが最初の手紙であることを告げているのかもしれない。その第一行目から、彼は、『パリ評論』誌に発表された折に「かなりの好評を得た」みずからの「オランダ滞在記」を話題にしている。

誰の紹介によるわけでもないのでいささか身勝手とは思われましょうが、今日お手紙を差しあげるのは、この仕事があなたのすばらしい叢書の一冊としてふさわしくはなかろうかという点をうかがってみたいと思ったからです。私の原稿は二十七万六千字からなっており、判断を下されるにあたりそれを必要とされる場合は、早速おとどけいたします。(64)

読まれるごとく、これは原稿売り込みの手紙である。だが、そこには、自分の文章を何とか本にしたいという卑屈さは認められず、ごく事務的な事実のみが記されているといってよい。主題、原稿の長さ、そして何よりも美術関係の出版社としての実績に対する評価が、職業的な文面を通して語られているのだ。オランダの美術館の目録を付録とした「豪華本」、できれば「高価な限定出版」を考えてもいるというマクシムの言葉には、むしろ自分の文学的な名声に対する自信が漂ってさえいるだろう。金銭的な条件や出版時期に関してはあなたの意向に従うつもりだという言葉も、むしろ余裕の現われだというべきである。豪華な美術書でなければいつでも別の本屋から出版できる立場に自分がいるという事実を、相手も承知しているという前提からこれが書かれているからである。

この手紙に対するナダールの返事がどんなものであったかを知ることはできないが、二人の条件が折り合わなかっただろうことは、『オランダにて』が別の本屋から刊行されている事実から明らかである。豪華な限定版とはならなかったが、その美術論は、この手紙が書かれてから一年後にプーレ＝マラシによって本となっているからだ。シャルルの処女詩集『悪の華』を出版して著者とともに良俗を害ねたかどで起訴され、かなりの額の罰金を支払ったばかりの印刷屋プーレ＝マラシである。だが、出版社の名前が変わっていることで、マクシムによる出版依頼が効を奏さなかったことをことさら強調したいのではない。それ以後もナダールとの文通は続いているし、職業的な交友関係が絶たれたわけでもない。五八年二月の手紙をあえて引用したのは、マクシムの勤勉さが執筆に限られたものではなく、原稿を書物にするにあたっても同じ努力が傾けられていた事実を示す証言としてにほかならない。どこかに自分の仕事をひそかに見まもってくれる人がいて、黙っていてもいつかは迎えに来てくれるはずだといった夢物語をもはや信じようとしないマクシムは、自作の商品化に関してはあくまで自分で責任をとろうとする。仲間のギュスターヴやルイを文壇にデビューさせるために払ったのと同じ努力を自分のために示してどこが悪いのだろうと彼は考える。そうした実務的な戦略のために野心家と思われ、立身出世主義者のようにいわれたりすることがあれば、それはそれで仕方のないことだろう。詩人として、小説家として生まれたわけではない人間がこの世界で生きて行くためには、こうした作業から顔をそむけてはなるまい。ありもしない才能に恵まれたかのように錯覚し、世間に認められない不幸をあきもせずにつぶやきながら自分を慰めたりするより、この方がずっと気が利いている。自分が出版したいと思う本があるなら、わずかな可能性を頼りにせっせと手紙を書く。拒絶にあうことで傷つくような自尊心は過去のものだ。事実、わたしは、ナダールのもとで本にするという目論見には失敗したけれど、ある小さな出版社からそれを一年後には確実に刊行している。こうした勤勉さによってかろうじて時代と歩調を合わせ、今日の自分を築いたわけだ。

一八五九年『オランダにて』を出版したマクシムは背後に十冊もの著作を持つ中堅作家としての地位を確かなものとする。ギュスターヴ宛ての長文の手紙に予告した彼の戦略は着実に施行されたとみてよい。翌六〇年には、詩集『現代の歌』が再版され、それに短かい序文をつけることになるだろう。かつて物議をかもしもしたその文面を一字一句たりとも訂正する意図はないという誇りが主調音をなす、ごく短かい序文である。新雑誌の編集者として文壇に地殻変動の亀裂を走らせた過去の十年を振り返り、そこにかたちづくられる自分自身のイメージと調和ある関係を結びうるのだという自信が、その簡潔な新版の序文に漂っている。

だが、その言葉を綴りながら、何かが円滑に機能しないという齟齬感を彼は否定しきれない。もとより、後悔は自分の特技ではないと、マクシムは低くつぶやいてみる。現状を肯定しつつ世間と折り合いをつけながら、そこに自分の理想とするものをひそかに流しこんでゆく。それがわたしの戦略だったのであり、そのための妥協なら、率先して買って出たりしたものだ。にもかかわらず、何かがうまく運んでくれない。ぬかりなくめぐらせた策戦がどこかで間違っていたのだろうか。あたかもそうした危惧の念を象徴するかのように、一八六〇年には一冊の書物も刊行されてはおらず、『現代の歌』の再版が、彼の勤勉さをかろうじて証言しているばかりだ。

『凡庸な芸術家の肖像』第二部

I　崩壊・転向・真実

老眼鏡と真実

一八六二年五月のある午後のこと、マクシムはセーヌ河を見おろすポン＝ヌフ橋の石のベンチに腰をおろす。『ある自殺者の回想』の冒頭にくり拡げられる中学時代の回想の中で、寄宿舎を脱走した正義漢の青年たちがふと足を止め、死をめぐる瞑想にふけったのも、シテ島をはさんでセーヌの右岸と左岸とを結ぶこの由緒正しい橋の上である。だが、一八六二年のマクシムは、もはや十五歳の律義な反抗者ではない。四十歳の誕生日を迎えたばかりの彼は、肉体の老化としていやでも年齢を意識せざるをえない一時期にさしかかっている。いくら軟膏をつけても痛みのとれない目が、彼を眼科医のもとにおもむかせるのだが、医師にさし出された書物を読もうとして、マクシムは「トロンボーン奏者のように」心持ち頭をうしろにそらせてしまう。結局、老眼鏡を注文しなければならない。レンズの調整には三十分の時間が必要だという。そこで、鼻眼鏡と塵埃よけの眼鏡が出来あがるのを待つために、ポン＝ヌフ橋のベンチに腰をおろしたのである。

「ときおり太陽が雲間から洩れる快適な一日だった」と、マクシムはその日のことを回想する。セーヌには材木が運ばれてゆく。水泳学校用のボートが集められる。目の前の造幣局の煙突から煙がたなびいている。河岸ぞいの通りには乗合馬車が行き交い、辻馬車が客を待っている。警官たちが、かたわらの警視庁からいろいろな方向へと散ってゆく。囚人を乗せた馬車が人混みにわけ入るように走りさる。八百屋が荷車を押す。「何度もわたしの視線を惹いたことのあるこうした光景が、その日、とりわけわたしの心を動揺させたのはなぜだろう」。マクシムは、あたりの喧噪に目をやりながら、夢見心地へと誘いこまれる。「この騒がしさを通して、不意に人知を超えた予見能力の発現ぶりを目にすることになったのはなぜだろうか」。

確かなことはわからなかった。だが、パリは、突然、一つの巨大な機構としてわたしの目に映ったのである。そしてその一つひとつの機能が、統禦され、驚くべき正確さを持った特殊な器官に従って作動している。わたしは夢想に陥った。その夢想は、あたりの運動と騒音とによっていっそう強烈なものとなってゆく。わたしは、心を領する想念にすっかり気をとられたまま、ぼんやりしていた。そして迫りくる夕闇に促されてわれに戻ったとき、二時間も眼科医を待たしていたことに気づくのだった。そのとき、わたしは、パリの日々の生活を活気づけているこうした歯車仕掛けの一つひとつをじっくり研究しようと心に決めていたの

である。(1)

この引用文が、それから二十年後に書かれた『文学的回想』を出典としていることからも明らかなとおり、ここに記されていることがらが現実に起こった体験の忠実な記録であると保証するものは何一つない。回想が事態を美化することもあろうし、そこに記憶違いがまぎれこむ余地もあるだろう。あるいは故意の言い落とし、さらには誇張された記述もあるに違いない。だが、語られている事実と語りつつある言葉とが生きうる偏差を修正しようと試みたりはせず、また、そこに含まれうるかもしれぬ虚構的な要素の濃淡にもこだわることなく、こうした事実が書かれたというまぎれもない現実だけをもとに話を続けたいと思う。マクシムが老眼鏡を求めた日付が一八六二年五月のことであろうとなかろうと、彼自身は、あるとき、みずからの物語を語りつつ、おのれをポン＝ヌフのベンチに位置づけ、そこを舞台装置として、人生の不可逆的な転換点ともいう瞬間を描写しているという事実は否定しがたいものだからである。

マクシムも言うごとく、その日、ポン＝ヌフのベンチで起こったことがらは、「自分がそれまでたどってきた進路を捨て、別の進路に向けて身を投ずる」決意を彼に促した決定的なできごとである。彼は、以後、決然とパリの研究に没頭することになるだろう。それが、一八六九年から七五年にかけて断続的に刊行される六冊本の『パリ、十九世紀後半におけるその組織、機能、生活』に結実し、その業績がマクシムをアカデミー・フランセーズへと導くことになる点は、すでに触れておいたとおりだ。

ところで「経済的、社会的研究」と副題されてもいるとおり、この書物は芸術家にふさわしい著作とはいいがたい。それは文字通り、「まったく慣れてはいない知的な苦業を強いる」たぐいの仕事だったのである。だが、「韻文だの小説だのといった漠として捉えがたい概念ではなく、自分の支柱となりうる何ごとか堅固なものを手にしえたと感じたとき、わたしは、そのすがすがしさに心から驚いてしまった」とマクシムは書いている。この言葉を、不死の特権を手に入れてしまったマクシムの、老齢に達したことが口にさせる余裕ある過去の正当化にすぎないとすることもできようが、話者はそうした立場には同調しない。老眼鏡を介してしか書物と接しえなくなった四十歳の芸術家が、小説でも詩でもない分野におのれの天職を発見しえた喜びは、それが聡明な諦念から出たものであろうと、虚勢でも負けおしみでもないだろう。「わたしを眼科医のもとへと導き、ポン＝ヌフの上に立ち止まらせ、尽きぬ喜びを発見させてもくれた仕事を始める契機ともなったこの視力の減退を、わたしは幾度となく祝福したものだった」。そんなふうにこの一八六二年五月のある午後のできごとを追想する六十歳のアカデミー・フランセーズの新会員は、おのれにふさわしい分野の発見が、自分自身の限界の発見でもあることを充分に意識している。

こうしたことは、わたしが詩人でも小説家でもなかったことの証拠ではないかと人はいうかもしれない。そのことは、わたしもよく承知している。だがいままでは、自分がそれ以前に

書いたいっさいのものを、そのとき企てつつあった仕事の困難を軽減してくれる予行演習にすぎなかったのだと思っている。(2)

自分は詩人として生まれたのでもなければ、小説家として生まれたのでもない。にもかかわらず小説を書き、詩も書いたりしてきたのは、自分にふさわしい仕事を発見し、それを遂行するに必須の修業としてであったという部分は、なるほど、詩でも小説でもない領域で成功したと確信しえたもののみが口にしうる余裕の表現でもあるだろう。だが、自分が詩人でも小説家でもないという天啓とのめぐりあいが、模倣と反復の風土のなかで曖昧に芸術家として自己を捏造しようとしていたマクシムに、ある種のすがすがしい解放感をもたらしたであろうことは容易に理解できる。彼は、迷いから醒めたのである。だが、老眼鏡を必要とするに至った四十歳の芸術家が、橋のたもとからぼんやりセーヌを見おろしながらふと迷いから醒めるといった光景を、グロテスクと呼ぶことはしまいとは思う。これはあくまでも残酷な体験であり、その残酷さをくぐりぬけえたものには、それなりの幸福が約束されてもいるからである。凡庸な幸福感、といえばそうには違いない。この体験の舞台装置や時代背景は、いかにも凡庸なものではあるだろう。だが、その凡庸さはあくまでわれわれ自身のものだ。誰しも、これに似たみっともなさで世間から身を護るのである。

この凡庸な護身術の体得の技法を、人は転向と呼びうるかもしれない。だがこの場合の転向は、八年ほど前に、「準備されつつある文学的革新」に「一兵卒」としてではなく「指揮官」

として加担すべく、あの『現代の歌』の「序文」を世に問うた戦闘的な芸術家が、その敗北をあまりに容易に受け入れているという点に姿をみせているものではない。自分はギュスターヴのような小説家でも、シャルルのような詩人でもなかったという限界の認識が、彼を戦線から撤退させたというそのことは、さして重要ではない。マクシムの身に起こった突然の変化を転向と呼ばねばならぬのは、その自己同一性の曖昧さの上に捏造さるべき芸術家であることを放棄し、何ごとか確実で堅固なものを基盤として、新たな自分を築きあげようとしているという点なのだ。つまり模倣と捏造による曖昧な風土に身を置き、仮装から仮装へと存在を不断に横滑りさせてゆくことの強いる緊張にもはや耐えきれなくなったのであり、そうしたマクシムの姿勢を転向と呼べば呼べようということなのである。「わたしは自分でも知らぬまに真実というものの薫陶をうけていたのであり、それと気づくことさえなく、わたしはその真実へと導かれていたのだ」と彼はいう。老眼鏡を必要とするほどの視力の減退がポン＝ヌフ橋のベンチでマクシムに発見させたもの、それは「真実」への意志なのである。その「真実」のためなら、小説や詩や、その他もろもろの分野で試みた模倣だの仮装だのを、あっさり放棄してもよいと彼は確信する。おそらく爽快なものであったに違いないこうした「真実」の発見は、みずからの存在の基盤たるべき曖昧さへの訣別の一瞬でもあったわけだ。

ギュスターヴの登場

視力の減退として顕在化されたマクシムの肉体的な衰えは、しかし、ごく唐突に彼を襲ったわけではない。かつて「黒人の髪のようにちぢれている」とみずから歌ったその長髪にも白いものがまじり始めていたし、一八六〇年にある手相見が予言したごとく、関節炎の発作に悩まされて筆も持てない状態となり、やがて三年ごしの病状の悪化にともない、バーデン＝バーデンまで湯治に出かけねばならぬほどになるだろう。そうした肉体的な変調を伴って姿をみせる年齢の非情さにもまして、周囲の社会的な環境が、かつて「ゆっくり時間をかけて人目に触れず包囲してきた」のだとギュスターヴに語った文芸雑誌の編集長という名誉ある地位から、彼を遠ざけざるをえない状況を作りあげてしまっている。一八六二年、ポン＝ヌフ橋のベンチに腰をおろしたとき、マクシムはもはや『パリ評論』誌の編集権を握ってはいないのである。雑誌そのものがもう存在してはおらず、彼は、それが新文学の機関誌的な役割を演じ続けえた七年ほどの間に獲得したいくばくかの名声を頼りに、由緒ある『両世界評論』誌の扉をたたき、その執筆者の一員となりえはしたものの、もはや他人に指令を与える「指揮官」ではなくなっている。周到な配慮のもとに手に入れた特権はもはや彼のものではなく、いまでは、文筆を職業とする一人のジャーナリストにすぎない。すでに数年前から、彼は崩壊が起こり始めていることを感じとっていたのである。時代はマクシムのものでなく、生きのびるには、マクシムの方が時代と同調してゆかねばならない。多くの貴重なものがその周辺から離脱してゆく。年上の愛人であったドレッセール夫人も公式の恋人であるプロスペル・メリメのもとに帰ってゆく。何ごとか決定的なできごとが起こりそうな気配が、すでに彼のまわりに漂っていたのである。

できれば決定的な破局だけは避けたいというのが自分のやり方ではなかったか、とマクシムは考える。新文学の擁護を旨とする雑誌などいつでも消滅せしめる力を持った政治的環境の中で仕事をしていたのだから、人目を欺きつつも妥協をくり返すというのがわたしの戦略だった。われわれは、何でも思ったことを口にしうる世界に暮していたわけではない。『パリ評論』誌が、一八五一年にほとんどルイ＝ナポレオンのクー・デタとともに生まれたことを思い出すなら、編集長としてのわたしが雑誌存続のためにどれほどの苦労を傾けなければならなかったかは、容易に理解していただけると思う。のちの人びとが第二帝政期と呼ぶことになるこの独裁政権下にあっては、なによりもまず、自由に書くことが法律によって禁止されていたのだということを想起されたい。全権力を掌握することになった大統領ルイ＝ナポレオン・ボナパルトは、クー・デタの翌年、皇帝に即位するより以前に、あらゆる出版物の予定申告制を強要する政令を公布している。名高い二月十七日の政令というのがそれである。この政令のために、ごくつまらない口実によって、何度、警視庁に召喚されたかわかりはしない。「第二帝政期のジャーナリストたちは、たえず脅やかされて暮していたのだ」と回想する六十歳のマクシムは、この時代の編集者たちの困難に比較してみれば何もが許されているという自由に恵まれた第三共和制下のジャーナリストたちが、なお出版の自由を口にして不満をとなえるのが甘えに似たものにすら思える。昔は、いまよりさらに厳しい条件のもとで、誰もが、「自由の炎だけは何とか絶やすまいと必死になっていた」のだ。「自由な精神の持主たちは——自由のうちに、まさしく自由のみを愛するものという意味だが——当局からの警告をうけたのちも、なお毅然として筆を捨てようとはしなかったこの時代の文筆家たちに、どれほど感謝しても感謝しすぎることはないだろう。」とマクシムはちょっと胸をはってみせる。

『文学的回想』の筆者は、もちろん、自分自身を、このどれほど感謝しても感謝しすぎることはない文筆家の一人に数えているのだが、それはまんざら傲慢な振舞いともいえぬだろう。少なくともマクシムは、二月十七日の政令とともに政府が積極的に推進した御用新聞『ル・モニトゥール』紙に協力したりはしなかったからである。幼なじみのルイ、あの人の善いド・コルムナンが、その父親の策動によってこの政府系の日刊紙の編集長に招かれたとき、そんなことをすると文学の死滅に加担することになってしまうぞと心から反対したものだ。わたしには『パリ評論』誌があったし、またこの雑誌にはそれにふさわしい任務がそなわっていたはずだ。かつての文学仲間たちを文壇に売りだすこと、という至上命令がそれである。事実、五一年の暮に起こったあの不幸な仲たがいにもかかわらず、ギュスターヴはその処女長篇の原稿をわたしの手もとに送ってよこしたのだし、わたしはそれを、編集部内の反対をおしきって、五六年から五七年にかけて『パリ評論』誌に掲載した。のちに、文学史が近代小説の祖として記憶することになる『ボヴァリー夫人』という小説がそれである。これを連載することができたおかげで、第二次『パリ評論』誌の名前は永遠のものになったとさえいえるだろう。この連載が始まるや否や、地方在住の無名の一文学青年の名前は一挙に有名になる。ギュスターヴ・フロベール氏の『ボヴァリー夫人』。発表と同時に、誰もがこの小説について熱心に語った。誰もが、というのは内務省の役人をも含めてということである。

まず、『パリ評論』誌の定期購読者たちがさわぎ始め、毒を含んだ投書が殺到する。これはフランスの恥を諸外国に向けてさらすようなものではないか。夫を裏切った姦通女が毒をあおって果てるさまを、あたかもこれがフランス女性の真の姿であるかに描いた小説を掲載するとは、いったいどういう了見なのか。こうしたあからさまな反響とは別に、よりひそかな声が、権力の中枢に位置するものたちによって『パリ評論』誌が告発される可能性のあることをマクシムに知らせる。読者たちのいささか誇張された反応には、編集者として、ひとこと「これは傑作なのだ」と断言すればそれでよい。だが、軽罪裁判所から追及をうけるとなると、二月十七日の政令に抗う手段は何も見当らない。この雑誌はいかなる反政府的な運動の温床ともなっていなかったが、クー・デタに抗議して辞職した大学教授や、第二共和制下に大臣であった者たちを執筆陣に持っていたので、われわれの活動はたえず監視されていたのである。だから、『ボヴァリー夫人』の捲き起こした醜聞が、どんな口実にならぬとも限らない。編集長たるわたしが慎重にならざるをえないのもまた当然だろう。そこでわたしは、まだ掲載されていない部分の原稿を検討し、無用な誤解をうけそうな部分の印刷をいったん中止した。だが、こうした配慮もギュスターヴにはまったく無意味なものに思われる。雑誌がつぶれる、それがどうしたというのか。問題は「芸術」にあるのではないか。ブルジョワどもが腹をたてたとするなら、こんな嬉しいことはまたとあるまい。そう断言してはばからぬギュスターヴには、マクシムがどんな危険を冒しつつあったかなど、想像をすることさえできないだろう。それに、『パリ評論』誌の発行者であるローラン＝ピシャが必ずしも乗り気でないのに、無理にギュスターヴの小説の連載を決定したマクシムの苦労など、わかろうはずもなかろう。無名の文学青年の処女長篇が、そっくりそのまま一行の削除もなしに雑誌に発表できるというのは、政治的にいっても、文壇の力関係からいっても、ほとんど奇蹟に近い僥倖だという事実を彼に説明するのはまず不可能である。八方手を尽して事態が円満におさまるよう苦労しなければならないのは、いつでもこの自分なのだ、とマクシムは嘆息する。政治的な状勢判断とか、世渡りに必要な適度の平衡感覚とか、そんなものを徹底して欠いている野蛮人のような友人を持ってしまったことの不幸は、あくまで自分で負わねばならぬにしても、結局のところ悪口をいわれ、しかも権力の介入によって雑誌そのものを手離さねばならぬのは、このマクシム自身である。

実際、ギュスターヴがその処女長篇の原稿を送りつけてくるまで、多少の苦労はあったにしても、編集作業は順調に運んでいたといってよい。だが、予想どおりこれが起訴された瞬間から、人目に触れぬかたちでゆるやかに崩壊が始まったのである。それを押しとどめることのできるのは、もはや個人的な努力の域を遥かに超えてしまっている。ところがギュスターヴはといえば、この騒ぎで一挙に新進作家としての地位を確立してしまった。そして、この危機的な一時期に何とか「炎を絶やすまい」として示したあらゆる配慮ゆえに、わたしはギュスターヴの軽蔑とうらみの対象とされることになる。ギュスターヴの愚鈍な残酷さの前に、わたしの聡明な平衡感覚は、何という損な役まわりを演じなければならないのか。マクシムは、ものがみえてしまうものの不幸をかみしめ、展望を欠いた連中の無知と利己主義からくる頑固な図々しさに羨望をおぼえずにはいられない。

崩壊の始まり

「冗談をいっている場合ではない」と業をにやしたマクシムは、あくまで全文掲載を主張するギュスターヴの迷いを醒ますべく短かい手紙を書き送る。

あの辻馬車の場面はとても無理だ。世間体など気にしはしないぼくたちにとって無理だというのではないし、編集責任者であるぼくにとって無理だというのでもない。ただ、軽罪裁判所にとっては無理だというのだ。これよりも些細なことでモンテパンに有罪宣告をしたように、連中はわれわれを有罪にするにちがいない。この雑誌は二度ほど警告をうけている。連中はわれわれの隙をうかがっており、ちょっとした口実も見逃すことはあるまい。[3]

問題の辻馬車の場面とは、『ボヴァリー夫人』の第三部の第一章に姿をみせるレオンとの姦通の場面である。女主人公のエンマ・ボヴァリーが、夫を欺いて年下の恋人と旅先での逢い引きをかさね、さる寺院の前から馬車に乗りこみ、「窓掛けを下ろし墓穴よりも厳重にしめ切り、船のようにゆれながら」、一日中、古都ルーアンの街路を狂ったように走りまわる部分である。マクシムの勘はあたっていた。裁判にあたっての論告をうけもつエルネスト・ピナール検事は、まさしくこの部分に攻撃を加えるだろう。

さて諸君、堕落の場面が辻馬車のなかで起こらないことをわれわれは承知しております。これは『パリ評論』の編集者の手柄でありますが、その躊躇のおかげで馬車内の堕落の部分はカットされたのであります。だが、いくら『パリ評論』が馬車の日よけをおろしてみたところで、逢い引きの行なわれている車内はわれわれに透けてみえるのであります。(4)

ところで『パリ評論』誌にはきわめて同情的なピナール検事は、「作者の承認をえた」うえで「本誌の編集方針にそわぬ一節を削除」した点を評価し、それに対して「その必要を認めがたい配慮だ」と断じた作者ギュスターヴを、あくまで主犯とみなして起訴することになる。だから、マクシムの配慮はほぼ功を奏したといってよい。雑誌の名目的な所有者ローラン＝ピシャと印刷人アレクシス・ピエを従犯としながらも、検事は論告の終り近くで、「ピエ氏については、よろしく刑を軽減すべき」だし、ローラン＝ピシャに対しても「同様に寛大な処置を下されたい」と述べているほどだ。「だが、フロベール氏に関しては――この主犯については、諸君は格別峻厳なる態度をもってのぞむべきであります」。この言葉で、ほぼマクシムの名誉は救われたといってよい。

だが、驚くべきことには、こうしたマクシムのあらゆる配慮を超えたところで、主犯と従犯の三人はあっさり無罪放免となってしまったのである。しかも、この予見されがたい勝利を勝ちとるにあたって、いつでも保護が必要だと思われていたギュスターヴが、皇帝ナポレオンⅢ世の側近に何人かの知人を持ち、それなりに有利な地位にいると確信していたマクシム自身にさえ想像もつかぬほどの策略と政治的駆け引きを演じたという点に、深く驚かずにはいられない。ギュスターヴにとっては、『パリ評論』の存亡の危機など眼中になかった。重要なのは、彼が属するルーアンの名医一族にとってのお家の一大事であり、その地方的な血の結びつきが、都会人にはとても可能とは思えない執拗さで、政界と文壇の上層部にまで人脈をたぐりよせ、断乎とした姿勢で戦線を組みたてたのである。弁護人として、国民会議議長と内務大臣とを歴任した高名なジュール・セナールを引っぱり出したことが、もう、それだけでギュスターヴの無罪を約束しており、マクシムが示した事前削除といった配慮を、かえって滑稽な世間知らずの振舞いのように見せてさえしまった。パリで勝利したのは、あの田舎者の文学青年ギュスターヴであり、洗練された都会人マクシムではなかったのである。

この裁判の終了を待って別の書店から発売されたギュスターヴの処女長篇は、一月のうちに初版一万五千部を完売してしまう。マクシムは、こうした派手な文学的な振舞いなど一度として演じることはなかった。ギュスターヴにそんな瞬間が訪れようとは夢想することさえできなかったのである。かつて、「われわれはもはや、一晩にして有名になれるような時代には暮していない」とギュスターヴに語りかけ、「ない知慧をしぼり、世の中に対する知識のいっさいを傾け、人脈や、交友関係や、影響力のすべてをあげて」きみの文壇登場を援助しようと口にしたマクシムにとって、それは思いもかけぬ敗北を意味している。ギュスターヴは、そうした助力をもはや必要とはしない人間として、自分を小説家に捏造する困難な試みにあっさりと成功し、あまつさえ、「一晩のうちに有名」になってしまった。マクシムの聡明な視線が視界に思い描くことのできない事態が、起こってしまったのである。おそらく、それを予見するには、老眼鏡とは違う眼鏡が必要とされていたのかもしれない。彼は、いくぶんか自信を失なう。いずれにせよ、崩壊はそのとき始まっていたといってよい。失意の編集者は、旧友の処女作が煽りたてた興奮を避けるかのように、そっとパリを離れる。理由はそればかりではない。この文学的な事件とほぼ同時に、政治的できごとによって『パリ評論』誌は一ヶ月間の発行停止の処分をうけることになったからである。雑誌に載ったあるドイツの亡命者の記事が、プロイセン大使館の抗議を誘発してしまったのである。

五七年の初めに起こったこの発行停止期間を利用して、マクシムは、旅に出る。すでに触れる機会もあったオランダ旅行がそれである。寒くはあったが天候は申し分なかった。オランダ語に対する完全な無知が、孤独と沈黙とを彼に保証してくれる。

人は群衆に囲まれながらも孤独でいられる。この孤独を、そぞろ歩きにも、美術館にも、蒸気船にも、客車にも食卓にも、いたるところに引きずって歩く。これほど快いこともまたとなかった。もろもろの印象も、他人に伝達すべくもないが故になおいっそう強烈なものとなる。印象の伝達とは、だから皮相的なものなのだ(5)。

この孤独の旅、それはまた感傷的な逃避の行程である。以後、自分の身に何ごとか崩壊を告げる予兆のようなものが訪れるごとに、マクシムは旅に出ることになるだろう。それはもはや、かつてギュスターヴと行った中近東旅行のように、開かれた地平線へと向けた冒険の旅ではない。自分自身を変容せしめる試練ではなく、変わらない自分を確認するための旅行だといってよい。だが、オランダの街で孤独の快適さを享受していたマクシムは、その一年後に、『パリ評論』誌廃刊の命令が下されることをまだ知らずにいる。実際、マクシムの雑誌は、翌年の一月、ある政治的な事件の煽りをくらってごく呆気なく消滅することになるだろう。

そのとき、マクシムの耳に響くのは、ナイルの河舟の船頭たちの歌声である。また、星空のもとで眠る野蛮な生活に戻ってみてはどうかと、その遠い響きは語りかけている。だが、彼の選択は文明の地ヴェネチアに落ちつくだろう。コンスタンチノープルからの帰途に立ち寄ったヴェネチアとの十四年ぶりの再会。マクシムはそこに二ヶ月滞在する。この旅行が、新たなイタリアへの情熱を燃えあがらせるであろうことも彼はまだ知らない。もちろん、自分がある日老眼鏡を必要とし、それによって修正された視線を、エジプトでもイタリアでもなく、生まれ育ったパリという都会にじっと注ぐことになることも、マクシムは知ることができない。自分が徐々に防禦的な姿勢をとりつつあることにも無自覚のまま、彼はいま、ゆっくり時間をかけて転向への道を滑り始めている。「真実」にたどりつくには、人は防御的でなければならない。

II　夢幻劇の桟敷で

休暇が明けてから

なかば強制された休暇としてマクシムが過すオランダでの四週間は、酷寒の季節にもかかわらず信じがたいほどの晴天に恵まれ、パリの喧噪とはうって変わった快適な沈黙の世界が、その疲労をそっと癒してくれる。一時的なものにせよ休業を余儀なくされた編集者は、その休暇が、やがて受け入れざるをえない決定的な変化の遥かな予兆であるとはまだ考えていない。彼にとって、首都を遠ざかり、異郷で過されたその猶予の一時期は、編集者としての、そして何にもまして芸術家としての自分自身をとり戻すための願ってもない口実としてしか意識されていない。事実、マクシムは、旅行中にとったノート類をもとに、そのオランダ滞在記を『パリ評論』誌に連載する。すでに見た日本美術論を含む『オランダにて―ある友人への手紙』がそれである。まるで何ごともなかったように、パリに戻った彼は同じ姿勢で編集し、執筆し、出版し続ける。ギュスターヴの処女長篇が惹き起こした訴訟事件も、注意深くありさえすれば避けえたはずの技術的な失敗にすぎないように思われてくる。「当局からの警告をうけたのちも、なお毅然として筆を捨てようとはしなかった」この時代の文筆家の一人として、彼はその天職を確信している。だが事態は、権力の文芸への介入に対して毅然として立ち向かうといった問題ではなくなっていたし、書きたいことを書くことの自由といった命題に向けて戦略を組織することでもなくなっていた。何を書けば許され、何を書けば許されないといった政治的力学の均衡を超えて、書くことそのものが問われ始めていたのだ。

　何を書くかの問題ではなく、書くとは何かの問題が文学の領域に浮上したといくぶん粗雑に要約しうるこうした事態は、いうまでもなくわれわれがこの時代に注ぐ歴史的な視線によって初めて把握されうるものだ。だからこの視点を共有しえないことは、決してマクシムの無感覚を証拠だてるものではない。『ボヴァリー夫人』のギュスターヴにしても、また彼と同様に訴訟の対象となる『悪の華』のシャルルにしても、決してそうしたことに自覚的であったわけではない。ただ、日々実践される文章体験の場で、言葉が、作家の創意と呼ばれるものに素直に従う透明な素材であることをやめたのではないかという意識ぐらいは持っていたかもしれない。言葉は、彼らのまわりで、意識にさからい存在にまつわりつく不快な環境として動物的に触知されたといったらいいか、いずれにせよ、そこでの書くことは、絶対的な不自由としてしか実現されえないだろう。権力の介入による執筆することの不自由と、この書くことの不自由とを混同しないこと。書くことが存在と意識とに課す不自由は、個人的な才能の問題を超えて、言葉をめぐる集団的な感性そのものを無意識のうちに方向づける。このとき、これまで何度か述べてきたように、文学は特権的な霊感の持主に従属することをやめたのである。人が霊感と信じてきたものまでが、方向づけられた言葉の集団的な感性によって、すでに特権的なものではなくなっている。

だがそのことはもはやくり返すまい。オランダ旅行から戻ったマクシムは、書くことをめぐるこの二重の不自由の、その一方だけが一時的に自分の身に訪れたのだとしか感じていないからである。だから、これからはいっそう注意深くやって行けばよいのだと考える。書くことは、彼にとって、いくばくかの趣味をかねそなえた技術の問題にすぎない。実際、彼ほどの趣味と文学的な技術とに恵まれていれば、何でも書けば書けてしまうだろう。マクシムは、こうして編集者と作家との仕事を再開する。四週間のオランダ滞在とともに始まった一八五七年は、彼にとってはことのほか豊饒な年となる。『パリ評論』誌の編集の実権を手に入れた一八五二年いらい、毎年一冊の割で出版されていた書物が、この年は二冊に増える。これまで書きためていた中短篇を六つあわせて『奇談六篇』とし、またこの年の「官展《サロン》」評を同誌に執筆してから、すぐさま一冊の小冊子『一八五七年のサロン』として、ともにリブレリー・ヌーヴェル社から刊行しているのである。もちろん、首都での交友関係もそれまで通り始められるだろう。その年の暮には、トゥルゲーネフと識りあう。ディドロの「官展《サロン》」評を『パリ評論』誌に連載で複刻したことは、編集者としての腕の冴えを示すことかもしれない。そして仲間たちと語らい、新作の初日にはきまって芝居小屋に顔を出す。『奇談六篇』に続けて、新たな中篇「処刑人の魂」の執筆を準備する。こうしてマクシムは、自分自身をパリでもっとも多忙な人間として改めて発見することになるだろう。テオフィール・ゴーティエを説得し、新たな着想のもとに執筆されるはずの長篇小説を『パリ評論』に掲載すべく約束をとりつける。ギュスターヴも新作にとりかかっている。ルイもまた、詩劇を仕上げつつある。マクシムは、こうした仲間たちの作品がいずれ完成されたなら、自分の雑誌の誌面を飾るだろうとかたく信じ切っている。だがその夢は、オランダ旅行のほぼ一年後にあえなくついえさる。

道化芝居の時代

一八五八年一月十四日の木曜日の夕刻、パリのオペラ座周辺は、盛大に催される慈善興行のために賑わっていた。と書いても、話者は、当時のオペラ座を知っているわけではないし、皇帝ナポレオンⅢ世の列席を仰ぐという特別チャリティー・ショウの日付がたまたま木曜日にあたっていたことを記憶しているわけでもない。その場に居あわせたり居あわせなかったりした人の証言を総合し、残された資料をつきあわせたうえで、とりあえずそう語るふりをしてみせるだけのはなしだ。だいいち、当時のパリの中心街の雑踏がどんなものであったか、その光景を描写することさえ話者にはできない。ただ、確かなことは、パレ・ロワイヤル広場からも望まれるかたちで聳え立つ今日のオペラ座がいまだその場所に位置していたわけではなく、どちらかといえばせせこましいル・ペルティエ街に面していたという程度の歴史的事実ばかりだ。ジョルジュ＝ウジェーヌ・オスマンはすでに五三年いらいセーヌ県知事の座にあり、皇帝から男爵の位を授かって上院議員にも列せられているとはいえ、彼の計画にもとづくパリの近代都市化はいまだ充分には進行しておらず、広場、公園、並木道などが開かれたパースペクティヴをかたちづくるには至っていない。

ところで問題の木曜日、正装のマクシムは旧オペラ座の慈善興行に出かけて行ったわけではない。仲間たちと語らって顔を出したのは、帝国劇場と呼ばれるに至ったフランコニ座の方であり、そこで演じられようとしていたのはオペラではなく『テュリュリュテュテュ』と題された新作の夢幻劇である。(6) 題名そのものがフルートの響きを模倣した擬音語であるだけに何ともいかがわしいこの演劇ジャンルは、仕掛けの多い見世物的な要素の濃い音楽入りの舞踏劇であり、正統的なオペラでもなければましてや演劇でもない。縫いぐるみの動物たちが美女の踊り子たちと書割りのパノラマ装置を背景に踊りかつ歌い、それにアルルカンやポリシネルが道化的な仕草でからむといった筋立ては、荒唐無稽なスペクタクルとして、オッフェンバックによる喜歌劇が公認の軽佻浮薄さとして第二帝政期の首都の主要な快楽となる以前、ヴォードヴィルやパントマイムとともに、民衆的な娯楽の中心となるものであった。

こうしたいかがわしい道化芝居が芸術家たちの強い興味を惹きつけていた事実は、マクシムより一世代前の小ロマン派作家たち、テオフィール・ゴーティエやジェラール・ド・ネルヴァルのこのジャンルへの異常な執着ぶりによっても明らかである。ゴーティエは、観劇評を集めたその『演劇の歴史』の中でヴォードヴィルに多くの頁をさいているし、ジェラールもまた、仕掛けの大きな見世物に対する深い関心を示す文章をいくつも書残している。そこには、演劇の領域で真の闘いが展開されロマン主義的な風土の勝利に加担したはずの彼らが、みずから擁護したヴィクトル・ユゴーやアレクサンドル・デュマといった戯曲作家が、その得意としたジャンルとしての「正劇《ドラーム》」の領域で後継者を持ちえず、同時代の演劇的な感性が、改めて真実らしさの基準に向けて組織されて行こうとする現実への抵抗の意味が含まれていたかもしれない。彼らは、あくまで自然さを欠いた驚異の世界に執着する。子供じみた荒唐無稽な筋だてが臆面もなく肯定され、ピエロたちがその既知の役割に従って舞台を活気づけるという道化芝居の中に、公式の美学が排除しつづけてきた民衆的な想像力のときならぬ活性化を認めたということもあるだろう。善と悪との単純な葛藤の持つ御都合主義のあっけらかんとした居直りに、雑踏と群衆の時代にふさわしい芸術家の感性が刺激されたということがあるかもしれない。写真技術の開発者ダゲールによる幻燈装置に似た投影法が舞台にくり拡げる「ディオラマ」の原始的な興奮が、進歩の時代にふさわしい新しさの印象を誇張したということも考えられる。いずれにせよ、大がかりな夢幻劇へと流れこむ一連の見世物の系譜は、演劇ジャンルとしての正統性からはもっとも遠いものであり、文字通りいかがわしい捏造品だったのである。

マクシム自身は、必ずしもこの種の見世物に同時代的な感性の表現を認めてはいない。同世代のシャンフルーリのように、『フュナンビュール座の回想』を書くほどパントマイムに通いつめたわけではないし、また、オッフェンバックの華やかな登場によってその流行がほぼ終ってしまってから、デヌリー、クレールヴィル、アニセ・ブルジョワといった連中の脚本を三十三篇も一挙に読み、上演されるあてもないまま十景からなる夢幻劇『心の城』をルイとともに書きあげるギュスターヴのように、こうした上演形態に対する執着を示しているわけでもない。彼はただ、パリの名高い文芸雑誌の編集長でもある社交的な作家として、『テュリュリュテュテュ』の初日の桟敷や広土間を埋める着飾った観客たちの一人であったにすぎない。その彼が、なぜオペラ座の慈善興行ではなく帝国劇場の夢幻劇の初日を選んだかといえば、それはたぶん、社交界にも顔が広い芸術家としては、その方が気が利いていたからだろう。

桟敷の権力者

しばしばちょっとした記憶違いから、たとえばシャルルの詩集『悪の華』の訴訟事件を一八五五年のできごととして語っているように、あまり厳密さを期待しえない『文学的回想』の著者が、『テュリュリュテュテュ』の初日の年月日から曜日までを正確に記憶しているのは、この夢幻劇の出来栄えが素晴らしく、彼に忘れがたい印象を残したからではない。作者の名前も筋書きの要約さえも書かれてはいない『文学的回想』の文面に認められるのは、ただ、「流行遅れの駄洒落、ちぐはぐな挿話のつながり、大仕掛けの装置、舞台の転換のカラクリ」といった記述ばかりだ。そこには、感動した様子もなければあえて稚拙な出鱈目さと戯れようとする喜びも認められない。彼は、あくまで職業的な義務感から顔を出したというだけのようだ。

実際、二階の桟敷に陣どったマクシムの関心は、もっぱら客席を埋める招待客たちの表情でしかない。その視線が惹きつけられるのは、とりわけ正面の桟敷席で、貂《てん》の毛皮のコートを羽織ったまま寒さをこらえている人物である。二幕が始まってからまもなく、その男の桟敷の扉が不意に開き、飛びこんできた使いの者がその男の耳元で何ごとかをささやく。男は、すぐさま立ちあがって「あたかも誰かをさがすかのように」客席をぐるりと見渡してから、姿を消す。彼の唐突な退場ぶりは、帝国の秩序を乱す重大事件が起こったのであろうことをマクシムに確信させる。幕間に、彼は権力の中枢に近い地位にいる知人をつかまえ、貂のコートの紳士が姿を消した理由を問いただしてみる。「皇帝の暗殺未遂だ」と相手は声を低める。犯人にどんな政治的な背景があるかもわからぬまま、事件のうわさが客席全体に低いつぶやきとなって拡がってゆく。革命で新政府が組閣されるのだろうか。まさか、とマクシムは口にする。暗殺未遂であるなら、被害をうけるのは新聞雑誌の方だ。これは、発行停止処分の恰好な口実ともなりかねぬからである。彼は、自分の身にまでその余波が及ぶだろう事態の重大さをすぐさま察知する。それを肯定するかのように、権力の中枢に近い知人が、他人には感じとれぬ程度にそっと眉を動かしてみせる。

だがしかし、これ以前にもこんなことがありはしなかったかと、マクシムは奇妙なめぐりあわせを想起してみる。一八五一年十二月一日、『青髭の城』のオペラ・コミック座での初演の晩に、やはりあの貂のコートの男を桟敷に認めはしなかったろうか。[7] もっともその夜、男は上演中途で姿を消したりはしなかったし、終演前に妙なうわさが客席でつぶやかれもしなかった。わたしはといえば、十時半過ぎに劇場に到着し、かろうじて最後の幕があがろうとする直前に桟敷に腰をおろしたにすぎない。そのときだって、わたしは舞台を見てなんぞいなかった。わたしの目は、一階の舞台脇の桟敷にいるその男に注がれていた。同じ冬の観劇シーズンだとはいえ、彼はその時、貂の毛皮のコートなど羽織ってはいなかった。はっきり記憶に残っているのは、彼が、晴れやかな微笑を浮べながら、オペラグラスで美女たちの姿を追っていたという光景だけである。

だが、一八五一年十二月一日の夜の十時半過ぎに、新作喜歌劇の初演の客席から彼の姿を注視していたのは理由のないことではない。大統領ルイ＝ナポレオン邸での夜会で、彼に会えるものと期待していたからである。そもそも、その夜、エリゼ宮へ来てみないかと言葉をかけてくれたのは彼ではなかったか。いま、不意に桟敷から姿を消した貂のコートの男と、わたしは親しいとはいわぬまでも、決して面識がないわけではなかった。『パリ評論』誌がわれわれの手で再刊へとこぎつけ、その第一号が刊行されてからほぼ二ヶ月後、正確には一八五一年十一月二十六日の水曜日に、わたしは一冊の写真集をかかえてシャン＝ゼリゼ大通り十七番地の彼の邸宅を訪れている。その写真集がどんなものであるかは、読者も憶えておられるだろう。まだ、パリの誰もが見たことのないエジプトや中近東地方の遺跡を撮った写真のアルバムであり、わたしは、その写真集の著者として、刷りあがったばかりの一冊を貂の毛皮のコートの男へ献呈したのである。彼は、それと同じものを、義理の兄にも見せたいという。義理の兄というのは、当時のフランス共和国大統領ルイ＝ナポレオン・ボナパルトである。わたしは快諾した。大統領と識りあいになれる願ってもない好機だからである。その頃のわたしが、どんな野心をいだいていたかは、改めてくり返すまでもあるまい。雑誌のため、そして自分自身のために、あらゆる有利な交際を求めていたのである。別れぎわに、大統領は、毎週月曜日にはきまって在宅しているから会いに来たまえとマクシムにいう。彼は有頂天になる。灼熱の砂漠で苦労して撮った写真が、明らかに彼を権力の中枢へと導いているからだ。

　次の金曜日、マクシムは豪華な晩餐会に招待される。食卓についているのは、プロスペル・メリメ、ヴィクトル・クーザン、ヴィオレ＝ル＝デュックといった著名人ばかりである。なるほど当時は好奇の対象であったとはいえ、一冊の写真集を発表したことがあるだけの三十歳の文芸雑誌の編集者にとっては、名誉ある特権だといってよかろう。マクシムは、自分の周到な戦略が徐々に有利な結果をもたらすことに思わず微笑んでしまう。『パリ評論』の未来は、これで約束されたようなものだ。大統領の異父弟が彼の耳元でこう親しげにささやきかけたのは、この晩餐の席でのことだ。「こんどの月曜日にエリゼ宮に行ってみたまえ、面白いものが見られますよ」。

　その言葉に促されて大統領邸に足を運んだものの、面白いものは何一つ起こらなかった。だいいち、大統領の異父弟その人が姿をみせないし、わたしは退屈するばかりだった。そこで、テオフィール・ゴーティエが行っているはずのオペラ・コミック座に終幕近くに駆けつけたのではなかったか、とマクシムは回想する。ところが、そこでわたしが目にしたものは、もっとも人目につきやすい桟敷席で微笑んでいる大統領の異父弟の姿だった。面白がっていたのは、彼一人ではないか。舞台がはね、着かざった招待客たちが家への道をたどりはじめてから、何喰わぬ顔でその場を辞すと、かねて予定されていた通り、大統領ルイ＝ナポレオンの一身に権力を集中させるためのクー・デタの指揮をとったのが、ほかならぬその男だったからである。その非合法的な手段による権力奪取の翌朝、フランスは自由を失った。雑誌は、二月十七日の政令に拘束されることになった。われわれにとって、だからすべてはオペラ・コミック座の桟敷席から始まっていたのだとマクシムは回想する。いま、同じことが起ころうとしているに違いないと帝国劇場の桟敷で彼は確信する。もはや大統領ではなく、皇帝ナポレオンⅢ世の異父弟となっているあの貂の毛皮のコートの男の桟敷からの消滅は、悪い前兆である。オペラ座での慈善興行に出かけているはずの皇帝の生命をおびやかす陰謀が行なわれたとするなら、かりにそれが未遂に終ったとしても、すぐさま言論機関にしめつけがくるだろう。すべてはさっきまで桟敷席で微笑んでいた貂の毛皮のコートの男の決断にかかっている。そして、七年前に彼に献呈した一冊の写真集は、いまやいかなる効果ももたらしはしない。わたしは、すでにあまりに多くの警告をうけすぎていたし、おそらく、ギュスターヴの処女長篇をめぐっての訴訟の結果が、こんどは不利に働くだろう。われわれの雑誌そのものが存続の危機にさらされたとしても、ギュスターヴは、一家の名誉にかかわる権力の介入に対して闘いをいどんだときの、あの執拗な勝利への意志をもってわたしを擁護してはくれまい。

マクシムの予感は適中する。一月十九日の火曜日、彼は、『パリ評論』の事務所で、同誌の廃刊を告げる皇帝令を持参した警官の言葉を、その場に居あわせたものから聞かされる。かくしてマクシムの雑誌は、一八五八年、夢幻劇『テュリュテュテュ』の初演の晩に起こった政治的な出来事とともに消滅する。事件は、オルシニの陰謀と呼ばれる。桟敷席から姿を消した貂の毛皮のコートの男は、モルニー伯爵と呼ばれる。マクシムの身分は、いまや写真家でも、旅行家でも、雑誌編集者でもなくなっている。はたして彼を、なおも芸術家と呼び続けてよいかどうかさえ話者は知らない。その周囲では、すべてが呆気なく崩壊のきざしを見せ始めている。

Ⅲ　外面の痛み＝内面の痛み

凡庸さの犠牲者

『パリ評論』誌の不意の消滅は、マクシムの身に起こった個人的な悲劇ではない。それは友人ギュスターヴとの仲たがいや、ドレッセール夫人との関係の破綻といった感情的なできごとでもないし、視力の減退とか関節炎の発作のような肉体的な変調とも異る徹底して政治的な事件である。そこに権力の露骨な介入があったからというだけの理由でそうなのではない。権力の介入は、もちろん否定しがたい事実である。だが、これが真に政治的な事件である理由は、その当事者であるマクシムが、『パリ評論』誌の消滅をその政治的な側面から捉えようとはせず、あたかも、自分の身に起こった一連の崩壊の過程に生起した偶発事であるかのように認識している点に求められねばならない。

もちろん、帝政という独裁的な権力の磁場で編集者として仕事をすることの困難に、マクシムが無自覚であったわけではない。だが彼は、その困難を、正常な神経の持主が蒙らねばならぬ不当な心労というか、ある種の精神的な疲労として感じとってしまう。つまり、マクシムにとって、それは崩壊とか挫折といった内面的な体験を正当化するできごとなのである。だが、実際には、『パリ評論』誌の発行停止は、そんなマクシムの内面とは無関係の、治安維持法ともいうべき法律の制定という、もっぱら外面的なできごとの結果でしかない。だから、このとき敏感に反応しなければならぬのは、皮膚という存在の表層部分においてであり、精神という内部においてではないはずなのだ。にもかかわらずマクシムは、外面の痛みを、内面の痛みとすりかえることで事態を納得し、その推移に歩調をあわせてしまう。真に政治的なのは、こうした外面と内面とのすりかえを矛盾なく機能させ、その錯覚を満遍なく共有させてしまう匿名の力とも呼ぶべきものだ。マクシムが政治的な犠牲者であるというのは、そうした意味においてである。あたかもそれが内的な感受性の繊細さを証拠だてるものであるかのように、彼は外的な葛藤を内的な不幸としてしか体験していない。もちろん、それはマクシムだけの問題ではない。芸術家を自称するもののほとんどは、痛みを内面化することこそが自分の役割だと思い込んでいる。その思い込みは、当然のことながら表層的な鈍感さで芸術家を保護することにもなるだろう。だから、芸術家とは、その内的な感性の鋭さ故に政治に背を向けるのではない。内的な繊細さが要求されてもいないときに外的な鈍感さを装う、きわめて政治的な存在なのである。それはほかでもない、制度的に深く政治に加担する存在だということだ。一八五八年に示すマクシムの反応は、その典型的な例だといってよい。

桟敷の貂のコートの男の義兄の身に、何ごとか重大な事態が発生したことは確かだろう。それが未遂に終ったとはいえ、国家元首暗殺の陰謀に政府が神経質になるのもわからぬではない。だが、その首謀者は一人のイタリア人の革命家にすぎず、フランス国籍の所有者にまったく共犯がいないことが捜査によって明らかになった以上、どうしてわれわれの『パリ評論』誌が発売停止の処置をくらわねばならぬのか。こうしたマクシムのつぶやきはしごくもっともに響く。政府の御用新聞『ル・モニトゥール』紙さえ、「この陰謀にはいかなるフランス人も加担していない」と確言しているではないか。とするなら、いかなるフランスの新聞雑誌も警察につけねらわれまいと考えるのが道理というものだろう。にもかかわらず『パリ評論』誌はあっけなく消滅してしまった。その理由は何か。結局のところ、権力の中枢に位置するものたちが分別に欠けているからだ、というのがマクシムの結論である。「舵を握っている連中が低能で、情報にもとぼしく、すっかりあわてふためき、専断に走ることが事態をいささかも救うことにはならぬとも知らないようなとき」、こうした愚かなことが起こってしまうのだと彼は考える。

責任をとろうともせず、絶対権力を所有し、たった一こと口を利いただけで敵を全滅させてしまうということは、凡庸な連中には何とも魅力的なことではなかろうか。そして当時の大臣たちには、少なからず凡庸な連中がそろっていた。(8)

マクシム自身の口から凡庸の一語が洩れていることで感動的なこの文章は、『パリ評論』誌が凡庸さの犠牲となって消滅したことを語っている。ああ、こんな連中のもとで苦労するのはもう沢山だ。愚にもつかない有象無象が平気でのさばっているような世の中で、まともな振舞いをしていたのではとても神経が持ちはしない。いったいこの『パリ評論』誌を消滅させることで、あの凡庸な内務大臣ビローは高度な政治的行為でも演じたつもりなのだろうか。

こうしたマクシムの個人的な憤りはしごくもっともなものだろう。だが、このとき事態は彼の内面とは異質の領域で進行していたのである。マクシムの内面をも、名前をも、過去をも、資質をも残酷に無視しつくす法律の力が発揮されつつあったのであり、その威力は、権力の中枢に巣喰う凡庸で無感覚な連中の低能ぶりとは比較にならぬ着実さで、マクシムを匿名の存在として犯し始めている。彼がマクシムであったから、『パリ評論』誌がその手から奪われたわけではない。いくつかの政治的な理由からこの雑誌に目がつけられていたことは事実だが、問題はもはや連中の凡庸さの域を越えたところで決定されているのだ。にもかかわらず、自分をあくまで凡庸さの犠牲者だと信じこまずにはいれぬところに、かえってマクシムの凡庸さが顔をのぞかせているといえるかもしれない。彼の目には、内務省がおよそ見当違いな難癖をつけているとしか映らないからである。それ故、『文学的回想』の筆者が想起しているこの事件は、もっぱら、健全な判断力をそなえてはいない官僚や役人たちの愚行としてのみ語られることになる。

医師の物語＝患者の物語

『パリ評論』誌の発行停止を決定した政令には、その理由を明記した報告書が付記されているが、その出鱈目さはあまりに明白である。「そこにいかなる政治的論議や当てこすりの跡さえ見出しえないような歴史的叙述や、短篇、中篇が告訴の対象となっているからだ」。やりだまに挙げられている掲載記事の一つはジュール・ミシュレの『フランス史』の断片であり、十六世紀のアンリⅡ世の宮廷で演じられた貴族二人の決闘の挿話が語られている。ジャルナック男爵ギ・ド・シャボは、シャテニュレの城主フランソワ・ド・ヴィヴォンヌを、剣ではなく長靴の一撃によりその踵の拍車で倒し、それが正当な振舞いであると断じられた事件である。この『ジャルナックの一撃』が、ときの内務大臣ビローにとっては、ルイ＝ナポレオンの一八五一年十二月二日のクー・デタへの仄めかしとしか思われなかったのだとマクシムは書く。そして、こうした愚かな官僚的な思考の犠牲になった作品として、みずからの中篇小説の一つ「処刑人の魂」[9]を挙げている。

「輪廻転生の理論を説明する目的」で書かれたというこの小説は、一八六二年に発表された幻想小説集『傷ついた心の騎士』[10]におさめられることになる中篇だが、それについて『文学的回想』の筆者は、その主人公をネロだといい、にもかかわらず「ナポレオンⅠ世なりナポレオンⅢ世なりの心理分析」だと思われたが故に、告発の対象とされたのだろうと記している。魂が肉体から離脱して時代を越えてほかの存在に住みつくという主題はマクシムにとって親しいものので、すでに触れる機会もあった『ある自殺者の回想』の後半部分にも、かつて愛した女の生まれかわりとしか思えない少女を公園で認める挿話として語られていたものである。肉体と魂との分離、永遠である魂の新たな肉体を求めての彷徨といった輪廻転生の主題は、分身の主題とともに『傷ついた心の騎士』に含まれる他の小説でも主要な挿話をかたちづくっているが、題材としていうなら、いくぶん時代遅れのロマン主義的な幻想小説を一歩も出てはいないものだろう。マクシムにあって特徴的なのは、こうした流行遅れの主題が、精神分析という言葉さえまだ存在していない時代に、多少とも医学的なまなざしをうけとめる対象として語られる点につきている。事実、「処刑人の魂」は、一人の医師を語り手にした物語なのである。

ある夜会の席で、ベートーヴェンの耳が聞こえなくなったのは、彼が前世で犯した何がしかの罪をつぐなうためではなかったのかといったことが話題になる。その主題をめぐって誰もが饒舌に語り始めるとき、それまで沈黙をまもっていた医師が、大革命直後の恐怖時代に軍医として従事したときの奇妙な体験だとして、彼が治療にあたった一人の死刑執行人の挿話を全員に披露する。

それは、「みせしめとして」多くの人間が断頭台にかけられていた一時期の話である。軍医のヴァティネル博士は、ある日、警察の責任者から呼びだしをうけ、大変な腕利きで仕事は完璧にやりとげるのだが、高潔な人格にもかかわらず大そう神経質で、いったん刑が執行されると、その直後に人事不省に陥ってしまうという死刑執行人について相談をうけたのだという。

前任者によって、卒中、癲癇、強梗症といった診断をうけているその男は、事実、罪人の首が落とされるや否や硬直したまま意識を失ない、つめかけた群衆の嘲笑の声も聞こえぬように倒れこみ、家へ帰ってからも目をつりあげ、かぼそい脈搏はなかなか回復しそうになく、「まるで悲劇を演ずる俳優のように」ぎごちない仕草を示すばかりである。そして意識をとり戻してからも、医師にただ眠らせてくれと訴えるだけだ。

私は定義不可能な未知の症状からくる奇妙な徴候を前にしていた。ジャックの発作ははっきりと異質な二つの時期に分れていた。第一期は明らかに強梗症的で、第二期は、恍惚感と幻覚を示すもののように思われた。(11)

医師は、文献をいろいろあたってみるが確かなことはわからない。そこで彼は、治療法も見つからぬまま、普段はまったく狂気とは無縁の生活をしている死刑執行人ジャックと親しい関係を結び、あれこれ話をきいてみることにする。ここで注目すべきは、身分の上では外科部長であるにすぎない軍医が、無意識のうちに精神分析医と同じ役割を演じ始めているという点だろう。ついでにいいそえるなら、大革命期から十九世紀の中葉まで、あらゆる医者は外科医でしかないし、また、この中篇が出版された年、ジグムント・フロイトはまだ六歳の少年であるにすぎない。だが、何とも興味深いのは、精神的な障害に基因すると思われる「未知の症状」を前にした医師の物語を語る一人の芸術家が、「医師としてより親しい仲間として」患者とうちとけた関係を設定し、その幼児体験を語らせようとしているという事実である。ヴァティネル医師は、みずからをごく自然に分析医に仕立てあげ、ジャックの無意識の物語をききだそうとする。彼は、そうするほかはないという事実を経験的に知っていたのだと証言している。ナポレオンに従ってロシア遠征に参加した折、その悲惨な敗走の過程で、昨日まで正常であった兵士たちが、突然、狂気の発作にとらわれた例をいくつも知っている。その際、彼らの物語に耳を傾ける以外のどんな方法も、彼らを正気に戻らせることはできなかった。「そうした治療に馴れていたので、彼と親しくなってその関心をのぞきみようとした」というのである。

以後、医師の物語はジャックの生いたちの物語となる。彼は、代々父から子へと死刑執行人を職業とする家に生まれた。「世襲制は貴族ばかりとは限らない」のである。彼のもっとも古い記憶は、中庭で包丁をふりかざして鶏を追いまわしている料理女のイメージだという。「彼女は鶏をつかまえ、両膝でこれをはさむと、さっとその首を切り裂いて、まだ全身が動いているその鶏をかたわらに投げ出しました」。その光景を目にして少年は卒倒する。その後、母は彼を溺愛し、父からは臆病者あつかいされる。

それからのジャックの生涯をことごとく語る必要もあるまい。父は接骨医のような仕事を副業でいとなみ、死刑囚からとったという人間の油のようなものを軟膏と称して高く売っては息子の教育資金にあてている。だが、息子の示す旺盛な知識欲に対しては、お前はしっかり人の首を切ればいいのだから、勉強などは必要なかろうといってとり合おうとはしない。母からは、フルートと楽譜を買ってもらい、父からは馬を与えられる。その母も青年時代に死に、父は泥酔する。そして二十二歳のとき、父も死亡するので、彼がその跡を継ぐことになる。彼の魂が肉体から離脱するのを最初に体験するのは、いうまでもなく彼が死刑執行人としての仕事を始めた第一日目のことである。そして、それに続いて何度か起こった卒倒の状況が語られるのだが、そのとき肉体から離れた魂は、見知らぬ国の見知らぬ時代の見知らぬ人物に住みつき、思ってても見ない身振りを演じているというのだ。

目の前には群衆が平伏している。私が言葉を発するごとに、彼らは歓声を挙げる。私は人間を超えた存在である。ほとんど神なのである。眉をちょっと動かしただけで大地が揺れるかと思われる。手をさっと振りあげただけで、世界が震えるかのようだ。(12)

おそらく、第二帝政期の官僚たちが皇帝の地位への仄めかしを読みとったのは、貧しい臆病者の首切り役人の魂が暴君の肉体に住みつくというこうした挿話であるに違いない。この暴君は、裸の踊り子たちに囲まれての酒宴の席で、悲しげな表情の青年が、こちらの顔をのぞき込むなりあっと叫んで卒倒してしまう光景に立ち会う。あるいはまた、真夜中に自分が殺させた女の死骸をあらためながら、何かを告発する唇のように開かれた傷跡に、恐れを含んだ讃嘆の思いを感じたりもする。かと思うと、あたり一面が燃えさかるのを高所から見おろしながら、酔ったように何かを叫んでいたりもするという。こうした挿話によって、マクシムは、ジャックの魂が暴君ネロのそれにほかならぬと主張しているのだろう。もちろん、現実のジャックはひたすら孤独な存在であり、不幸な結婚生活も永続きはせず、彼の言葉に心から聞き入ってくれたのは医師だけである。医師が職務から他の町へ滞在していた折に、ジャックがその夢枕に立つ。真夜中のことである。彼は、いま自分の肉体が死につつあることを医師につげる。「私はいま魂となって、新たな肉体を求めて旅立って行きます」。そして、あっと叫び声をたてようとする医師に向かって、「私は、かつてドミティウス・ネロと呼ばれておりました」と告げて姿を消す。その瞬間が、ジャックの死亡時刻と一致していたことはいうまでもない。そしてこの物語を語りおえたヴァティネル博士は、で、あなたの話の結論は、と最後の言葉を聞きたがる聴衆に向かって、「あなたは誕生以前に存在していたのだし、死後も存在するだろう」という現代の哲学者の言葉を残してその席を辞するのだ。こうして、この「輪廻転生の理論を説明する目的」で書かれたという幻想小説はあっけなく終る。

いま、この中篇の幻想小説の文学的価値を判断することは問題とならないし、輪廻転生の思想そのものを論じることも重要だとは思えない。あたかもフロイト流の無意識の物語であるかのように始まった患者の告白が、ユングの集団的無意識による幼児体験の否定のようにして終るところが面白いといえばいえようが、話の筋そのものは不思議に驚きを欠いて平板である。いくぶんか興味深いのは、一時的に意識を失なうこの青年が、死刑執行人としての職業を世襲制によって親から受け継ぐことを、さして不幸とも思ってはいないという点だ。そうしたことよりも彼を悩ませるのは、その卒倒ぶりを、勇気の欠如と断じて彼を嘲笑し、危害を加えようとさえする群衆の無理解ぶりである。青年は、死刑執行人としての差別に苦しむのではなく、その職務を忠実に遂行したあとで彼が陥る人事不省のせいで迫害されるのだ。つまり、ここでも彼の悩みは、内面化されたものなのである。断頭台による死刑という制度そのものは、首切り人という職業そのものと同様に、彼の悩みにはいささかも加担してはいない。ジャックとしては、むしろその職務を忠実に遂行しえない自分に悩んでいるのである。そして、群衆の無理解によって孤立する自分の身を嘆く。ここでも内面と外面の痛みはみごとに顚倒しているというべきだろう。

許しがたい犯罪

処刑に手を貸すごとに意識を失なう誠実なジャックの内面と外面との混同が、そのまま作者マクシムのものだとはいうまい。彼の肉体に宿っていたのが暴君ネロの魂だとしたなら、その悲劇はもはや個人的なものでも政治的なものでもないからである。いってみれば、それは理論に内在する悲劇ともすべきものであり、彼が示す症状は、「親しく内面をのぞきみる」といった程度のことで快癒すべくもないだろう。分析医を気どる軍医は、従ってあらかじめ敗北しているのだし、被験者の幼児体験や両親の存在は、語られたところで何の解決ももたらしはしないだろう。だが、この作品に含まれている興味は、「輪廻転生の理論」の応用による結末の部分よりも、あくまでその無意識の精神分析的な過程にある。そして、かりにこの外科部長が一世紀遅れてこの世界に生まれていたら、肉体からの魂の離脱という流行遅れの主題ではなく、父と子という問題と夢判断とによって、精神分析的な物語としてジャックの無意識の葛藤を語ってみせたに違いない。いずれにしろ、マクシムがフロイトの目に触れるほどの名声を持った作家であったとしたら、「処刑人の魂」は『夢判断』の著者には恰好の主題を提供する中篇となっていただろう。

だが、さしあたっての問題はその点には存していない。この中篇の幻想小説が『パリ評論』誌消滅の直接の原因となったとしても、それはたんに、帝政官僚の文学的無感覚による解釈の誇張や意図的な誤読によるものではないということだ。問題は、ときの政府の対外政策と対内政策とから必然的に導き出された制度の領域に存しているのだ。

なるほどオルシニによるフランスの国家元首暗殺未遂事件にフランス人の共謀者は存在しなかった。だが、このイタリアの革命家の目ざすところは、皇帝ナポレオンⅢ世の暗殺によってフランス全土に革命を誘発させ、その余波をイタリアにも波及させるという点にあったのであり、この計画は、領土的な分割状態を生きるイタリアと、フランスとの関係を見ればあながち奇想天外なものとはいえぬばかりか、きわめて現実性の高いものでさえあったのである。ナポリを支配しているのはいまだブルボン家であるし、ローマは、フランスの軍隊によって法王領として保護されている。ロンバルディアはオーストリア人の支配下にある。カブール、ガリバルディといったイタリア統一の指導者たちにとって、フランスの影響力は無視しえないものがある。それに、いまナポレオンⅢ世を名乗りつつフランスの皇帝の座にある男は、身分のほども不確かな若き日の放浪時代には、イタリアの自由と統一の闘士としてローマ法王の軍隊に向けての戦闘に参加しさえした身である。彼は、私的にも公的にも、イタリアに何がしかを負っており、その負債を支払うべく何ごとかがイタリア人によって謀られるのは当然のことだといってよい。事実、オルシニは捕えられ死刑となるが、その裁判が引き金となって、ロンバルディア地方からのオーストリア軍の追放に力を貸すことになるだろう。

いわゆるオルシニの企謀がフランス国内に及ぼした影響は、より深刻なものがある。皇帝の生命には別状なく、市民たちの幾人かが傷を負ったにすぎなかったとはいえ、この事件は、憲法がそのことに言及していない国家元首の権力の後継者への委譲の問題が、国の政治体制の存続にとって早急に解決さるべきだという危機意識を国民の諸層に滲透させることになったからである。誰も漠然とながら考えてはいたが公然と口にはしなかったこと、それは、皇帝ナポレオンⅢ世の死が帝国の崩壊をもたらすという事実であり、そのことがこの失敗に終った陰謀とともに明らかになったからだ。したがって、権力の中枢に位置する者たちが動揺するのもまた当然だろう。彼らは強硬な手段に出て、有無をいわせぬかたちでこの種の犯罪が企てられることを未然に防止しようとする。共和主義的傾向を示す者たちの逮捕と、新聞雑誌の発行停止が即刻決定される。そして、「今こそ善良なる者たちが安心し、悪人どもが震えるときが来た」と考えるエスピナス将軍が、事件から一月もしないうちに内務大臣に任命される。二月二十七日には、治安維持法が可決され、一八四八年以後の政治犯は、釈放中であろうと、裁判なしに投獄されうるという政治的状況が出現する。この法律によって合計四百三十人が逮捕され、アルジェリアに送られることになるだろう。

『パリ評論』誌の消滅は、こうした政治的な過程で起こったごくとるにたらないできごとにすぎない。それは、いかなる意味でもマクシムの個人的な悲劇とはなりがたいのである。彼がいささかの恨みをこめてその愚行をあげつらっている内務大臣ビローさえが、『パリ評論』誌を発行停止に追いやってから二週間もしないうちに、エスピナス将軍にその地位を奪われてしまうだろう。こうした一連の政治力学を凡庸な権力主義者どもの愚行ときめつけるのはいささか楽天的にすぎはしまいか。いま、マクシムの前に立ちはだかっているのは、まさしく国家そのものである。だが、彼にはその国家の顔が見えてはいない。『文学的回想』の筆者が、あたかも『パリ評論』誌消滅の直接の原因であるかに非難しているのは、「卑怯にして目的意識のとぼしい」オルシニの犯罪ばかりである。彼らは、「自分たちの生命を救うべく他人の生命を犠牲にし、通行人を殺害し、傷つけ、皇帝は見逃したのだ」。これでは、結局、あのフィエスキ事件とかわらないではないか。だから、こうした犯罪は断じて許してはならない。そう口にするマクシムは、治安維持法については何ら言及していない。事態は政治力学の表層に外面の痛みとして推移しているのに、彼は、個人的な正義の意識という内面の痛みとしてしかそれに対応しえないのである。それは、なにもマクシムの限界を示す問題ではなかろう。近代の国家は、こうした内面と外面とのとり違いが広く共有された磁場に成立するものだ。自由を求める連中の気持は理解しえぬでもない。だが、その手段は周到に選ばれねばならぬ。それがこうした無責任な残酷さとなって行使された場合、わたしはそれを許すわけにはゆかない。こうした個人的な正義感による外面と内面との混同は、ほぼマクシムとともに成立した政治的な姿勢だといってよい。その意味で、彼は典型的な芸術家なのである。やがて彼は、こうした許しがたい犯罪と内面とののっぴきならぬ関係を、『フィエスキ事件』として一冊にまとめあげることになるだろう。だが、それについて語るべきときは、まだ来ていない。

Ⅳ　シチリア島の従軍記者

赤いシャツの兵士とともに

一八六〇年八月十三日、マクシムは、赤いシャツを身にまとった兵士たちでごったがえしているジェノヴァの港から、数人の平服の将軍たちと蒸気船プロヴァンス号に乗りこむ。真夜中に錨をあげた船は、イタリア半島の沿岸にそって南下し、三日後にパレルモに到着する。このシチリア島の港町はいまなお戦乱の跡をとどめているとはいえ、通りには何やら華やいだ祭の気分が漂っている。夜になると、町中にさまざまな灯りがともされ、子供たちが爆竹をならして歩く。カフェからは歌声が響き、細い露地には群衆があふれている。今日は何かのお祭りなのかとたずねるマクシムに向かって、通りがかりの一人が、いいや、毎晩がこうなんだと答えて歩み去る。教会のまわりには武装した神父たちが半ズボン姿で立っている。と、不意に通りかかった馬車に向かって歓声があがり、そのあとを追って人波が移動し始める。そのときマクシムは、あの馬車に乗っているはずの一人の男と行動をともにすべく、自分はパリを離れたのだと改めて自覚する。まもなく彼は、その男とともにメッシーナ行きの蒸気船に乗りこむだろう。「その男が好きなのは、一人の人間でも、大義でも、政治形態でもない。彼が愛するのは祖国をだ。祖国から何かが得られるからではなく、自分で祖国に何ものかをもたらしうるが故に、祖国を愛しているのだ」とのちに記すことになる一人の英雄に従い、マクシムは千人の軍隊とともに、イタリアの長靴のつまさきにあたる地点から、ナポリへと向けて北上する。この男が愛している祖国はマクシムのそれではない。だがいまこのフランス人の芸術家は、のちにイタリア独立の父と呼ばれることになる一人の英雄ガリバルディと行動をともにしようとしている。実際、マクシムは、メッシーナをめざすイギリスの蒸気船アマゾン号の甲板で、一人の兵士を相手にオペラの一小節や民謡を歌うこの男の姿をまぢかから眺めることになるだろう。「それは、権力者でもなければ革命軍の総司令官でもなく、親しき者たちとともに余暇を楽しむ気のおけない仲間であった」。

彼の容貌は、ふつう女たちがいうような意味では、いささかも魅力的ではなかった。だが彼の近くにいると、何か力のようなものが通りすぎるのが感じられ、頭を垂れる。何か言葉を口にするとき、彼は人の心を捕えてしまう。というのも、これまで聞いた声の中でもっとも美しい彼の声は、深くもありよく震えもするその響きの中に、それにさからうのが不可能と思われるほどの威信を含んでいるからである。(13)

この男が受けた教育はかなり凡庸なものにみえるし、頭のよさもごく普通、そしてかなり軽々しく人を信じてもしまうようだ。「だが、彼には大いなる心があった」と書くマクシムは、その歌声の素晴らしさを『シーザーとクレオパトラ』の台詞などを引きながら、シェークスピアに語らせている。かと思うと、フランスに戻ってからガリバルディとはどんな男かと問う者たちに向かって、「それは、ジャンヌ・ダルクのような人だ」と答えたりもしている。つまり、「言葉のもっとも美しい意味において、彼は率直な人間なのである」。

わたしはこれまでの生涯で、羨望の的となりながらも凡庸な人間よりはいくらかましだという程度のいわゆる有名人と近づきになる機会を一度ならず持ってきた。彼らに対していだくべき讃美の念をほとんど持たなかった自分にいつでも驚いたものだ。わたしが出合ったこうした人間たちの中で、おそらくガリバルディだけが、わたしにいかなる失望ももたらさなかったのである。(14)

いま、マクシムは、いかなる失望の念もいだかせることのなかった例外的な有名人の一人の身辺に自分を感じとり、その偉大なる心がイタリア各地から招き寄せた千人の赤シャツの義勇軍とともに、その特権的な存在によるシチリア島と、南イタリアの独立戦争に参加し、ブルボン王家の軍隊が迎え撃つナポリへと向けて北上しようとしている。彼は、自由と独立の闘いに、いわば生きた証人として同伴しようというのである。つい二年前まで『パリ評論』誌の編集長であった男のこの振舞いは、それがかつて『現代の歌』の詩人でもあった男の振舞いであると考えるなら、さして奇妙なものともいえないだろう。実際、彼は、不当な圧政に苦しむ外国人たちの身の上に「人道主義的」な想像力を働かし、かつての文明圏に住む者たちが崩壊の危険に瀕しているなら、みずからそれを支える「松葉杖」たるべきだとフランスの詩人たちに説いていたではないか。いまや、『現代の歌』の作者である彼に、その機会が訪れようとしているわけだ。

だが、一八六〇年のマクシムは、もはやほとんど詩人とは呼びえぬ人間となっている。五八年に刊行された二冊目の詩集『信念』いらい韻文はほとんど書いていないし、またすでに記したように、初めてあつらえた老眼鏡とともに、自分が、詩人としても、小説家としても充分な才能に恵まれてはいないと確信するにいたるのに、もうあと二年しか残されてはいないからである。「韻文だの小説だのといった漠として捉えがたい概念」ではなく「自分の支柱となりうる何ごとか堅固なもの」にすがりつこうとする六二年の老眼鏡をかけたマクシムは、もうすぐそこにいる。彼の周囲で多くの貴重なものが崩壊の兆しをみせており、そのことにもっとも自覚的であったのが彼自身にほかならぬという点も、すでに見たとおりである。虚構の構築とは異なる何ごとか堅固なもの、それは、いかなる失望ももたらすことのなかった特権的な存在、「言葉のもっとも美しい意味」における率直な人間ガリバルディの行動をそっくり記録し、その遠征の物語を特権的な証人として語ることとしていま実現されようとしている。そのイタリアの国民的な英雄の真の姿をフランス国民に親しく紹介すること。そうした企てを思いついただけで、彼はすでに詩人でも小説家でもなくなっている。というのも、マクシムは事態の推移を、生なましい記録として物語るという意志をあらかじめいだいた上で、この解放の闘いに参加することになるからだ。幸運にも、地獄から生還しえたものがその希有の体験をぽつりぽつりと語りだすというのではなく、彼は特権的な体験が生きられうるはずだと確信の持てる旅に、その物語を語ることをあらかじめ意図して出発していたのである。つまり、義勇軍をひきいるガリバルディの遠征に参加するマクシムは、語の正確な意味においての従軍記者となろうとしていたのだ。

事実、帰国後の彼は、その従軍記を、一八六二年の三月十五日号から四回、『両世界評論』誌に連載することになり、それが終ると時を移さずリブレリー・ヌーヴェル社から一冊の書物として刊行している。「個人的な思い出」と副題された『シチリア遠征記』は、その意味で、世界でもっとも早い時期に書かれた芸術家による戦争ルポルタージュの一つとして記憶さるべき書物となるだろう。それがルポルタージュとして読まれるべきだという明確な意図のもとに、ある外国での外国人による戦闘に参加し、帰国後、自国の読者たちを意識しながら、自分の身に起こった特権的な物語を雑誌に連載することじたいが、すでにすぐれて現代的な振舞いだといえるだろう。しかも匿名の証言とは異なり、筆者は明らかに一つの名前を持っている。その名前は、従軍記を雑誌に連載し、すぐさま書物にまとめて刊行することを可能にする程度には世間に知られた名前なのである。だがそれにしても、決して無名ではない一人の芸術家が従軍記者になるとは、具体的にはどういうことなのか。

一八四八年には『オリエントの想い出と風景』を処女作として出版している旅行家マクシムにとって、この従軍記は決して突飛な思いつきによるものではない。この時代の多くの芸術家がそうであるように、彼はフランスを離れる機会があれば必ず旅行記を持ち帰っている。エジプト旅行の折の「写真集」もその一形態だし、一種の美術論ともいえる『オランダにて』もまたそうだろう。だが、この『シチリア遠征記』は、そうしたものといくぶんか性格を異にしている。その違いは、まず、ある程度まで生命の危険を代償とすることで書くことが可能となるという点に存している。最前線でみずから銃をふるう義勇軍の一員だったわけではないが、マクシムがまったく戦闘の圏外にいたのでないことは明らかである。事実、彼は、目の前で敵弾に倒れる兵士を何人も目撃しているし、またそのことを彼はあらかじめ覚悟もしていた。だからこそその友人のコルムナンは、ちょうど彼がパレルモを出港したばかりのときに、パリへとつれ戻すべくジェノヴァまで馳けつけて来たのだし、ギュスターヴはギュスターヴで、「たった一ことでいいから、きみが生きているのか死んでしまったのか、どうなっているか教えてほしい。きみのことを考えまいとしているのに、きみの思い出が日に何度も何度もよみがえり、まといついて離れないのだ」といった手紙を書かずにはいられなかったほどである。マクシムの出発の知らせをうけて、「ああ何とうらやましい」と叫んだテオフィール・ゴーティエにしても、別れぎわに彼を抱擁するその目は涙にうるんでいた。彼の生還は必ずしも約束されていたわけではないのである。

だが、危険な地帯への旅立ちという点にもまして、この遠征への同行とそれ以前の旅とをへだてる大きな違いが存在する。それは、ガリバルディとともに南部イタリアの解放の闘いに加わることが、崩壊の危機をいたるところに感じとってふさぎこんでいた四十歳近い無職のマクシムにとって、一つの過激な治療効果を持つものと期待された冒険だという点である。それは、未知の地平線へと向けて身を投ずる発見の旅でもなければ、心と肉体とを鎮める体験でもない。彼は、あえて危険を身に蒙ることで、立ち直りの契機を得ようとしていたのだ。立ち直りの契機というからには、一八六〇年のマクシムが精神的にかなり深刻な危機を通過していたことが予想される。われわれは、『パリ評論』誌がすでに彼の手から奪われていることを知っている。自分では充分だと信じていたあれこれの配慮が決して有効なものではなく、自分の時代が呆気なく過ぎさろうとしているのを彼は実感せざるをえない。それに加えて、その感情生活の面でも、マクシムは決定的な破局を体験する。

一八六〇年、わたしはジャコブの梯《はしご》を昇っていた。それを支えていた天使が揺さぶったので、わたしは落ちてしまった。高みからの失墜で手痛い傷を負った。(15)

この比喩的な表現が語っているものは、ドレッセール夫人ヴァランチーヌとの仲の終焉である。彼は、その別れから受けた心の傷ゆえに、暗澹たる一時期を過すことになる。自分の身近にあったいくつもの貴重なものが遠ざかってゆく。のちに『文学的回想』の著者となった六十歳のマクシムは、あえて理由を明示することなく、この悲痛な体験がもたらした苦悩がどれほど深いかといった点のみを強調している。「わたしは陰鬱にふさぎこみ、かつてない孤独に閉じこもった。ひたすら書物を読み、ほとんどものは書かず、まったく外出もしなかった」。そして、ここに回想されている一時期は、『凡庸な芸術家の肖像』の主人公としてのマクシムがわれわれの視界に登場していらい、旅行家であり、写真家であり、小説家であり、詩人であり、美術評論家であり、同時に編集者でもあったここ十年間のその多忙な生活とはまるで無縁なものである。回想が言葉にまとわせうる感傷的な誇張をさし引いてみても、彼が、ドレッセール夫人を失なったことで生きねばならなかった日々の暗さがどんなものであったかは容易に想像できる。誰もがこうした体験を心のすみに隠し持っているからだ。ただし、こうした暗澹たる生活から抜け出すために、みんなが他国の独立戦争に参加することを思いついたりはしない。個人的な内面の傷の痛みを癒すべく、自由と独立という人類の大義へと一足跳びに移行しうるところに、マクシムの特殊な凡庸さがひそんでいるといえぬでもない。蒙った恋の痛手を忘れようと革命戦争に馳せ参じる四十歳の芸術家というのは、いくぶんかロマン主義的な小説の凡庸な筋立ての中でこそ想像可能な人物像だからである。だが彼は、その役割をいま真剣に演じようとしている。一八六〇年のシチリア旅行がそれ以前のマクシムの旅といくぶん性格を異にしているとしたら、それはこの従軍記が、恋と革命といういかにも小説的な体験の統一される場として想定された旅を起源に持っているからである。

もちろん、出発にあたってのマクシムは、イタリアの統一と独立のために自分の生命を犠牲にするといった覚悟でパリに別れを告げたわけではない。あまり人にも会わず自室に閉じこもり、悪夢と夢想の淵へと自堕落に沈みこんでいた彼の耳にガリバルディのシチリア島上陸のニュースが伝えられたとき、彼は遥かな起床ラッパの響きが高らかに鳴りわたるのを聞いたと思い、眠っていたある何ものかが不意に自分のうちで目覚めるのを感じる。「わたしは身震いし、ガリバルディのもとに馳けつけたい気持にかられた」。馬にまたがり開かれた世界を馳けぬけることが、いまの自分にもっともふさわしいことではないか。こうつぶやくマクシムの胸の中に、死の影など横切りはしなかった。彼がまず思うのは、自分の政治的な身分のことである。そして、いかなる政治的な党派にも属したこともないわたしは、自由だと結論する。それに、大っぴらにではないにしてもフランス政府はこの統一運動に好意的である。だから、わたしの振舞いはいかなる意味でも利敵行為とはなりがたい。

それに、二つの火山の解放に加担することはいつでも出来るといった行為ではないのだし、一八五一年にあまりの苛酷さにたえていたのをこの目で見た国民の苦しみを軽減するというのは悪い行為だとは思えなかった。[16]

ここで二つの火山と呼ばれているのは、いうまでもなくブルボン王家の支配下にあるシチリアのエトナ山とナポリのヴェスヴィオス山とを意味している。五一年に、エジプト旅行の帰途に立ち寄ったイタリアでの体験が、『現代の歌』の序文をしたためていたときのマクシムによみがえり、詩人よ、崩壊に瀕した古代文明を支える「善意の松葉杖」たれという人道主義的な言葉を綴らせたものであることはいうまでもない。いまや、詩人としてではなく従軍記者という身分ではあっても、その人道主義的な振舞いを実践しうる願ってもない機会が到来している。だが、起床ラッパの響きを耳にした彼は、銃をかついでやみくもにパレルモを目指して旅立ったわけではない。義勇軍の象徴的な制服ともいうべき赤シャツで身をかため、千人隊の一員としてジェノヴァ港から上船したのではなく、数人の平服の将軍たちとともに、あてがわれたキャビンに落ちつくやたちまち一日の記録をノートに書き記すといった身分こそが彼にふさわしいものなのだ。マクシムには、それにふさわしい革命の参加の仕方というものが存在する。そしてそれは、一兵士としてではなく、あくまで指揮権を持った将軍たちの側に自分を位置づけるということである。ところで、彼とともに蒸気船プロヴァンス号に乗りこんだ将軍たちは、これから戦場に向かおうとしているというのに、どうして従軍記者マクシムと同じ平服姿であったりするのか。

従軍記者の誕生

ガリバルディのシチリア遠征に自分にふさわしい条件で参加する手だてをあれこれ模索しな

がら、その計画を誰にも告げずに日を送っていたマクシムのもとに、ある日、一人のハンガリー人が訪ねてくる。サンドール・テレキ伯爵と名乗るその男は、ハンガリー人というよりマジャール人と民族的に呼ぶのがふさわしいかもしれない。というのも、ハプスブルグ家に対する反抗の試みが軍事的に敗北していらい、ハンガリーという独立国が存在していたわけではないからである。テレキ伯爵サンドールは、一八五一年にマクシムがジェノヴァで会ったラディスラス・テレキの兄弟である。亡命ハンガリー臨時政府の中心人物であるラディスラス・テレキ伯爵は、三十歳になろうとしていたマクシムに、抑圧された少数民族の独立の重要性を身をもって教えた人物だが、やがてオーストリア軍に捕えられて幾多の妥協を強制され、自殺へと追いこまれる悲劇的な闘士である。その弟のサンドールが、いまマクシムをイタリアへと誘っている。オーストリアの北イタリア支配がその統一をさまたげている以上、亡命マジャール人のテレキ伯爵にとって、ガリバルディの軍事的行動は共通の利害によって結ばれたものだったからである。その誘いに応じたマクシムは、同じマジャールの軍人テュール将軍の参謀本部の一員として行動することになる。ちょうど写真家マクシムが共和国政府の公用旅券によってその身分を保証されつつエジプトの砂漠を横切ったように、ここでも従軍記者マクシムは革命に殉ずる無名戦士ではないばかりか、きわめて特権的な場に身を置きつつ戦場へと向かうことになるわけだ。但し、『文学的回想』の筆者である二十年後のマクシムは、こう書きそえることを忘れはしない。

わたしはこの申し出を了承した。しかしそれには条件がある。その一つは自分がいかなる報酬をも得ないこと。また、それが必要と思われたときには撤退の自由を持つこと。そして、戦闘下にあっては無条件に指揮に従うこと。さらに、もしガリバルディがローマに向けて進撃する際には、あらかじめその事実を知らされ、フランスの軍隊との戦闘の可能性のある軍隊からただちに除隊しうること、などである。異議なしということで、ジェノヴァでの再会を約してわれわれは別れた(17)。

読まれるごとく、われわれの従軍記者はきわめて慎重である。その慎重さは、彼が国益に反すまいとする綿密な配慮からきている。当時、ローマの法王領はフランスの守備隊によって守られており、ひそかにガリバルディを支援してもいるフランス政府にとってもその遠征は、ナポリ王国の解放をもって終るべきものとされていたからである。だから、イタリアの解放と統一の戦いに人道主義的な立場から加担するといっても、その行為は、フランス帝国国民たる資格をいささかも逸脱することにはならないだろう。彼の身分のほどは、戦火からも、また国民として果すべき義務という点からしても、ほぼ完璧に保護されているといってよい。

だが、『凡庸な芸術家の肖像』の話者は、こうした振舞いがわれわれの主人公にもっともふさわしいものだとすでに知っている読者に向かって、シチリアに旅立つにあたって示した彼の慎重な留保のかずかずを、ことさらあげつらおうとは思わない。われわれがここで問題にしたいのは、その行動と記述とがどれほど人道主義的な善意に支えられたものであろうと、従軍記者とは、国益を代弁する存在として誕生するほかはなかったという点である。それは何も、ガリバルディのシチリア遠征をフランス皇帝がひそかに支援し、そうしたナポレオンⅢ世の外交政策をマクシムが無意識的に体現していたということのみを意味しはしない。そうではなく、シチリアをブルボン家の圧政から解放しようとするイタリア統一の父ガリバルディを身近に観察し、その英雄的な容姿を、勇敢な赤シャツの義勇軍兵士たちを背景として記述し、解放の喜びに酔うイタリア人たちの表情をフランス国民に知らしめるという従軍記者の役割そのものが、きわめて政治的なものだということである。というのも、皇帝ナポレオンⅢ世による間接的なイタリア干渉は、ある意味で、治安維持法によって帝国の秩序を守ろうとする帝国政府にとって、弾圧された共和主義者たちの不満がフランス全土に波及するのをあらかじめ防ごうとするための国内政策でもあったからだ。『パリ評論』誌を廃刊へと追いやったオルシニ事件を直接の契機として、帝国はますます独裁国家に近い権力の集中を示しており、だからガリバルディ英雄神話をより強固なものとするマクシムの従軍記は、疑いえない彼の人道主義的な善意にもかかわらず、フランス国民がかかえこんだ緊急の問題を人目から遠ざけることにしか貢献することがないのである。イタリアについて熱っぽく語ること、それは、皮肉なことに、間接的ながら『パリ評論』誌の消滅を正当化する行為となる。マクシムを初めとして、当時の芸術家たちは、新聞や雑誌の生命をいつでも消滅させうる政治体制のもとで暮していながら、その身近な不幸よりも、隣国で起こりつつある英雄の神話的な身振りを伝える物語に興奮しており、そのときイタリアの物語がフランスの物語を抑圧しているという事実を、快く忘れているのである。そして従軍記者マクシムは、何の疑問もなくこの物語的な抑圧に加担している。それに相似する振舞いが、第二次世界大戦中の日本の芸術家たちによって再現されたなどと主張しようとは思わない。だが、いかに戦争の悲惨を語り、無名の兵士の苦労を語ろうとも、それが戦争の物語である限りにおいて、必ずや国益にそった物語的抑圧が起こらざるをえないという従軍記者の宿命が、一八六〇年のマクシムによって体験されているという事実は記憶さるべきだと思う。情報とは、人道主義的なものであれ、抑圧する言葉としてしか機能しないのである。善意は、そこでは何ごとをも救わない。それが救いうるのは、ただ、報告者の内面の傷ばかりなのだ。だが、その事実に無自覚だからといって、マクシムを非難しようとは思わない。われわれはただ、彼が、誰に頼まれたのでもないのに義勇軍とともにジェノヴァを出港したとき、あまりにも素直に従軍記者としての宿命を体現してしまうことの凡庸さを、ああ、またしてもといった思いで見定めることしかできない。

V　ふたたび成熟について

人類の大義と真実

一八五〇年に一人の芸術家であった青年が一八六〇年に従軍記者に変装するためには、どんな儀式が必要であるのか。自分の国の政治情勢といくぶんかの関係を持つものだとはいえ、所詮は他人の国にすぎないイタリアの自由と解放の闘いに参加するためには、どんな言葉が書かれねばならないのか。パレルモを出港してメッシーナへと向かうマクシムの目の前に「エトナ山の影」に隠れたシチリアの島が迫ってきたときの模様を、彼はその『シチリア遠征記』の冒頭近くにこんなふうに記述している。

一八四四年、わたしはすでにこのメッシーナ海峡を横切ったことがあった。いま、船はその港に投錨しようとしている。そのころわたしは、誇大な幻想をいだいてはち切れんばかりの身だった。それが徐々に崩れ去って行ったことを思うと、いまは消えうせているわれらが青春がなつかしく感じられる。わたしにはすべてが美しく見えていたものだ。自然の光景に対して、興奮せずにはいられぬほどの深い驚きを感じていた。丘の向こうに沈む夕陽、かげりをおびた渚にふちどられた青い湾、緑の樹々におおわれたベッドにまどろむがごとき白壁の街並、沼のほとりの高い寺院の塔、そうしたものがわたしをどこまでもうっとりとさせたものだが、その恍惚感も、いまでは永遠にわたしから去ってしまった。かつては宗教的な祈りに似た心をもってながめたあのシチリアの沿岸地帯と南イタリアの山々とを、とりとめもなく、鈍った好奇心をもってながめているにすぎない。わたしは、その土地にまた戻ってきたのである。だが、夕陽と風景とを追いもとめる巡礼としてではなく、人生によって苛酷な体験をつんだ一人の人間として、不滅の大義に殉ずる無名の一戦士として戻ってきたのだ。その大義は、抑圧に反抗する自由の大義であり、暴力に対して権利を擁護するという大義である。かつてのわたしと今日のわたしとが、ともに踏みしめもしたこの岸辺で出会ったとしても、二人がたがいに相手を認めうるかどうかわからない。いったい、相手の口にする合言葉に何と応ずることができようか。(18)

ここに書かれているのはごく単純なことがらだ。かつてのわたしはもはやいまのわたしではない、といっているのである。また、そう書くことで、その二人のマクシムを隔てるものが何であるかを納得しようともしているのだが、肝腎な点は、一八六〇年のマクシムが人類の大義を信じているということである。わたしはもはや、開かれた地平線とありあまる大気とを求めてさまよい歩く無責任な旅人ではない。未知の風物を前にして胸をおどらせる若さはもう自分のものではなくなっており、そのことがいくぶん悲しく思われぬでもない。だが、失なわれた感性と引きかえに、わたしは貴重な何ものかを手にしている。ひたすら幸福だったというわけではないこれまでの生涯が、わたしを一人の責任ある大人に仕立ててくれたのだ。自分一人の美意識に従ってこの土地を通りすぎるのではなく、人類の大義に忠実たろうとする確かな目的を実現すべく、いまわたしはこの土地を踏みしめている。つまり、自分は着実に成熟した人間としてここに来ているのだと、いくぶんかの誇りをこめて宣言し、そのことでいまある自分自身を肯定しようとしている。一人の芸術家が従軍記者へと変貌するには、抑圧に反抗して自由を擁護し、暴力に対して権利を擁護することが必要となろうが、いまマクシムは、それが可能な身となっている。彼が従軍記者として演じようとしている身振りは、もはや自分自身のためのものではなく、個人的な利害を超えた崇高さに達しているのである。

人類の大義を確信しつつ振舞いうるまでに成熟しえた自分自身を肯定すること。芸術家はその自己肯定によって従軍記者となる。おそらく、そんなふうに自分自身を肯定しようとするマクシムの善意を疑うものは誰もいないだろう。彼の二度目のシチリア訪問は、第一回目のそれにくらべて遥かに真面目なものである。いずれにせよ、それは成熟した人間にこそふさわしい、責任ある態度だといってよいだろう。年齢をかさね、体験をつむことによって、自分が正しい側に立っていると信じうることは、快い体験であるに違いない。実際、いまある自分を肯定しながら、しかもその肯定の身振りを快適に演じることほど人を勇気づけることもまたとあるまい。そんなことが可能になったとき、人は、本物の自分にめぐりあえたのだと思う。従軍記者マクシムは本物のマクシムであり、芸術家マクシムは本物のマクシムではなかった。広大な風景の中に夕陽を追いもとめて過したあの青春の一時期は、この本物の自分とめぐりあうために必要な迂回にほかならなかった。失なわれた過去の自分への郷愁よりも、彼はいま、本物の自分として本物のイタリアの土を踏み、ガリバルディという本物の革命家をめぐっての本物の記録を読者にゆだねようとしている。その意味で、『シチリア遠征記』は、マクシムが書いた初めての本物の書物だといえる。それまで発表されてきた韻文や散文は、いってみれば、放蕩息子の手すさびにすぎない。そこには、人類の大義を確信することの真面目さが欠けている。抑圧に対する反抗も暴力に対する自由の擁護も語られてはいない。なるほど自分は、『現代の歌』の序文で、詩人たちに人道主義的な想像力の必要を説きはした。だが、もはや想像力すらが問題ではない。人道主義的な行動こそが演じられねばならない。そのために、わたしは、このシチリアの島に、「不滅の大義に殉ずる無名の一戦士として戻ってきた」のではなかったか。

二人のマクシム

ガリバルディのイタリア解放運動に共感する従軍記者マクシムが、無名の一戦士といった匿名の存在としてシチリア遠征に参加したわけでないという点は、すでに見たとおりである。また、彼がパリを離れる直接の契機となったものが、人類の大義に殉ずるといった大袈裟なものではなく、感情生活の上で蒙った精神的な痛手をいやすには、開かれた世界を馬で横切るといった、未開の土地での粗野な行動しかないという確信であったということも記しておいた。いずれにせよ、無名の一戦士も人類の大義も、口実としては申し分ないものだとはいえ、現実には自分自身の行動をあとから正当化するための手段であるにすぎない。彼としては、ただ陰鬱なパリを離れたかっただけである。従軍記者としての振舞いがフランスの国益に反することのないように、彼はさまざまな配慮を示していたし、また、参謀本部の一員として行動するというその身分的な保証が、出発にあたっての条件であった点にもすでに触れておいた。では、従軍記者マクシムは、その『シチリア遠征記』の冒頭で、読者に向かって嘘をついているのだろうか。それとも、自分を納得させるべく、話の辻褄をあわせていただけなのだろうか。

マクシムは、ここで出鱈目をいっているわけでもないし、無理に自分を正当化しようとしているわけでもない。彼は、むしろ驚くべき真摯さをもって、本当のことを口にしているのだ。そしてその本当のこととは、本当の自分に戻った自分自身を肯定するという事実につきている。重要なのは、彼が青春の一時期に深い感銘をおぼえた土地にまた来ているという点であり、その二度目の印象が、一度目のそれとまったく異っている点なのである。さきの引用文で比喩的に語られているかつてのわたしと今日のわたしとのシチリアの浜辺での出会いというイメージは、たんなる修辞学的な誇張ではない。マクシムは明らかに二人存在するのである。そして『シチリア遠征記』が語っている唯一のことがらは、二人目のマクシムが一人目のマクシムを、自分自身の中で、初めて意識的に否定しているという事実なのであり、そこにはいかなる嘘も含まれてはいない。マクシム自身による一人目のマクシムの否定という事態がより明確なかたちで起こるのは、一八六二年五月のある晴れた午後、セーヌ河にかかったポン＝ヌフ橋の傍らで過された数時間のことである。注文した老眼鏡ができあがるのを待ちながら、「韻文だの小説だのといった漠として捉えがたい概念ではなく、自分の支柱となりうる何ごとか堅固なものを手にしえた」と感じ、「そのすがすがしさに心から驚いた」というその午後の体験は、明らかにこのシチリアでの従軍記者生活によって遥かに準備されていたのだといってよい。このイタリア解放運動のルポルタージュには、いかなる想像力も関与することがなく、原則として、そこに書かれていることがらはすべて本当に起こった事件なのである。原則としてというのは、語られた事件は、決して起こった事件と同じものではなく、そこに介在する言葉そのものの構造と、言葉で語らざるをえないものが必然的に捉えられている文化的な制約が、無意識の歪曲をいくつも物語にまぎれこませてしまうからにほかならない。だが、その事実をとりあえず度外視するなら、事件そのものは明らかに本当に起こったできごとであり、それを記述しようとするマクシムが、『現代の歌』の詩人であり『遺著』の小説家でもあったマクシムと同じ筆遣いでものが書ける身分でなかったことは確かなのである。従軍記者として、真実のガリバルディの肖像を描写すべきであるという制約が、彼により大きな使命感を与えているからだ。そしてその使命感にふさわしくいまの自分が充分に成熟しているという自覚が、これまでとは異質な言葉を彼に綴らせることになるだろう。ここで筆を握っている二人目のマクシムはより真剣である。あるいは、より真剣である自分を納得しようとしている。この義務感が、一人目の自分と二人目の自分との距離をことさらきわだたせることになる。二人の間には、もはや共通の言葉は存在しないだろう。「いったい、相手の口にする合言葉に何と応ずることができようか」。

凡庸な芸術家マクシムの物語は、この虚構の上に成立するいま一つの虚構である。自分自身が、同じ合言葉を共有しあうことのない二人の存在からなっているということ。第一の自分を否定し、第二の自分を肯定することで彼は本物の自分とめぐりあったと思うのだし、また世間も、その否定と肯定とを一つの物語として納得する。一人目のマクシムを否定したが故に、彼は、アカデミー・フランセーズの会員として晩年を過すことも可能となるわけだが、その点は、すでに第一部の冒頭で、「蕩児の成熟」として予告しておいたものである。第二のマクシムとは、帰還した放蕩息子にほかならない。彼が帰還した場所は、人類の大義という巨大な家族であり、そこでの彼は、真実という名の父親の前に頭を伏せることになるだろう。わたしはもう、詩人として生まれたわけでもないのに詩を書いたり、写真家として生まれたわけでもないのに写真を撮ったり、編集者として生まれたわけでもないのに編集者の役を演じるといった曖昧な存在ではなく、誰もがひとしく所有している真実に奉仕する存在として、一人の本物の革命家の真の肖像を読者に提示するという責任を果しつつあるのだ。いくつもの仮面をかぶってはぬぎすて、不断の変装に明け暮れていたあの捏造の風土はもはやいまの自分から遠い。自分自身の素顔を人目にさらすことに何の恐れもいだかぬまでに成熟をとげた人間が、この第二のマクシムである。そのことによって、わたしは世界との調和ある関係を回復した。わたしは、もはや放蕩息子ではない。

ところで、この放蕩息子の帰還という主題そのものが一篇の虚構にすぎず、マクシムがその文化的な虚構で一つの説話論的な役割を演ずる新たな作中人物になろうとしているのだということを、ここで改めて指摘すべきだろうか。かつての自分がいまの自分ではなく、そこには超えがたい距離が拡がっている。困難な生をくぐりぬけることで得られた貴重な体験が、自分でも気づかぬうちにその距離をひとまたぎさせてくれた。その無意識の跳躍を許してくれたのが成熟というものだとマクシムは考える。その意味で、彼の『シチリア遠征記』は、みずからの成熟を、自分自身に向かって、また他人に対しても証明するための書物だといえる。だが、人類の大義を口にしながら成熟を証明してみせるという作業は、人類にとって決して普遍的なものではない。誰に頼まれたのでもないのに進んで筆を執り、自分がもはや過去の自分ではないと証明してみせるというのは、自然な振舞いではないからである。もちろん、変容が文学の主題ではないというのではない。多くの神話的な変身譚からグレゴール・ザムザの不運の冒険に至るまで語りつがれて来た変容の文学の系譜が一方にあるし、教養小説的な風土の中に、世界との接触を通して形成される若い魂の物語の系譜も明らかに存在してもいる。たんに文学の領域にとどまらず、不意に自分が過去の自分とは異る人間になっていることに驚いたり、自分が自分自身から徐々に離脱してゆく体験を語ったり、それまでの自分を清算せずにはいられない気持にかられたりするということも、あらゆるとき、あらゆるところに起こっているだろう。

だが、芸術家であった自分自身を放棄し、従軍記者になりつつある自分を肯定することに甘美な快感を味わい、そこに新たな生活の出発点を認めたうえで、それを人類の大義と真実といった文脈にまとめあげ、あえて読者に向かって誇らしげに宣言するといった振舞いは、明らかに歴史的なものである。そうすることで救われる人間が存在するという社会が、あるとき形成されていたのである。救われるのは、人類の大義と真実を口にするその人にほかならない。そして、そんなふうに救われる可能性を持っているのは、まさに芸術家そのものなのだ。芸術家とは、従軍記者となることでいまある自分を肯定しうる人間にほかならぬことがいま明らかになる。従軍記者とは、芸術家の特権的な衣裳だといってもよい。

兵士は兵士である

もちろん、従軍記者とは、革命的な運動に同行する人間に限られているわけではない。従軍記者になるための条件は、それが一般的に保守的と呼ばれるものであれ革新的と呼ばれるものであれ、きまって人類の大義と真実の二語を口にし、それを口にすることでみずからの成熟を確信し、いまある自分自身を肯定し、しかも強要されたわけでもないのに、他者の群に向かってそう物語ってみせる人間のことである。たえて久しく戦争など起こっていないというのに、現代の日本社会にも多くの従軍記者が棲息している。誰もが知っているあの批評家も、あの小説家も従軍記者そのものではないか。あるいはあの国のあの哲学者、あの人類学者も従軍記者ではないか。実際、現代とは、意識的であると否とを問わず従軍記者の時代なのだ。そして、その時代は、ほぼマクシムの『シチリア遠征記』とともに始まる。彼らは、一様に何ごとか貴重なものが喪われたという思いを心のかたすみに隠し持っている。しかも、その崩壊の意識が、成熟の実感と彼らのうちで深く結びついている。だが、成熟にせよ喪失にせよ、それを口にしうるのは従軍記者へと変容する芸術家に限られている。それを幻想と呼ぶか否かはともかくとして、少なくとも、この成熟と喪失が具体的に歴史を分節化しているのではなく、大義と真実の二語を口にしたものだけにみえてくるものだという意味で、それは一つの世代的な虚構なのである。人類の大義の名のもとに真実を顕揚したりする人間はきまってこの虚構の中に身を閉じこめ、従軍記者という名の作中人物をみずから演じ始めることになるだろう。この役割はきまって政治的なものであり、それを演じるのもきまって芸術家たちなのだ。従軍記者の役が真剣に演じられれば演じられるほど、その演技は政治的な色調を帯びることになるだろう。

もちろん、彼らの政治性はいわゆる党派的活動とは何の関係もない。マクシム自身が従軍記者となるための必須の条件として、自分がこれまでいかなる党派にも所属していなかったことを強調していたように、社会にはりめぐらされている権力関係の外部にいると信じる者たちの振舞いの政治性が問題なのである。にもかかわらず、彼らが演じてしまう政治的な役割が一つの力を帯び始めるとき、従軍記者は新たな名前を獲得する。それは知識人という名前である。知識人とは、従軍記者の役を真剣に演じながら、こうした政治的な虚構の説話論的な要素にすぎない人類の大義や真実に殉じようとする芸術家にほかならない。こうした定義にあてはまる知識人は現代にしか存在しない歴史的な生産物である。それは、たとえば中世の知識人だの江戸時代の知識人などとは、説話論的な機能において異っている。そして、しばしばそう口にされることで現代の特質を明らかにしうると信じられている知識人の終焉の知識人とは、現代に生きのびていた中世的な、あるいは江戸時代的な知識人にほかならず、今日の社会には、過去の自分を否定することで従軍記者の役割が真剣に演じうるものと錯覚している芸術家たち、つまりは知識人があふれているのである。その知識人たちの政治的な役割を明らかにするためには、彼らに共通する資質としての凡庸さの構造を明らかにしなければならない。特権的な知識人の終焉を口にすることはいささかも歴史を明らかにしはしない。それは、歴史から目をそらすための恰好な口実にすぎず、それこそ凡庸な芸術家にふさわしい政治的な虚構というものなのだ。だから参謀本部の一員という身分に保護されながらシチリア遠征に参加したマクシムが、その遠征記の中で自分を「無名の一戦士」と呼ぶとき、彼は嘘をついていたわけではない。自分が所属する政治的な虚構の説話論的な磁力に従って、与えられた台詞を真剣に口にしていたまでのことなのだ。

もっともマクシムは、このとき完璧な従軍記者に変貌しつくしたわけではない。人類の大義や真実を口にしながら、彼は芸術家を完全に否定する勇気を欠いていた。事実、マクシムは、このシチリア遠征から従軍記とは別の作品を持ち帰っている。一八六一年に、彼は『両世界評論』誌に、みずから「かなり出来の悪い」と形容する中篇「黄金の腕環の男」(19)を発表しているし、ハンガリーを舞台にしたこの作品の中心部分の挿話は、明らかにシチリア遠征で行動をともにしたマジャール系の愛国者たちから聞いたであろう挿話を下敷きにしている。だから、マクシムはいまだにフィクションの世界を放棄してはいないし、また、『シチリア遠征記』そのものにしても、ガリバルディの真の肖像をフランスの読者に提示するという目的にもかかわらず、イタリア半島南部に上陸するための短かい船旅の期間を除くと、このイタリア独立の父の姿は従軍記者マクシムの前からは完全に消滅してしまう。ハンガリーの将軍たちと行動をともにするマクシムは、次の駐屯地につけばガリバルディがいるだろうと期待する。だが、彼らの行程を引き離す三日間という時間はどこまでいっても縮まらない。「彼の歩みは何とも速かったので、ときに従卒までがその姿を見失なってしまうほどだった」からである。結局、マクシムたちが白馬にまたがったその雄姿に接するのは、最終的な攻撃目標であったナポリに到着してからであるにすぎない。しかもこの革命家はその地でとどまろうともせず、ローマの法王領を目指して馬を進めてしまう。この頃になって、マクシムが従軍記者としての自分にうんざりし始めているさまが、ギュスターヴ宛ての個人的な書簡から読みとられる。ながらく手紙を書けなかった事情を説明しながら、彼は次のように書く。

> ぼくは不思議なことにも、みごとな光景にも立ち会うことができた。だけど、ここだけのはなし、兵隊って奴はやっぱり兵隊でしかないんだよ。それが正規軍であろうが反乱軍であろうが、根底にあるのは虚栄心であり、利害関係であり、愚劣さであり、臆病さなのだ。[20]

この地上で美しいものといったらそれは風景でしかないと断定したりもするこの手紙の中で、彼はガリバルディを「大馬鹿野郎」と呼び、ローマ進軍を断念した彼の振舞いを、「この頭の弱い男のすることにしてはむしろ驚くべきことだ」とさえ断定している。

われわれはここで、こうして本心を偽り、人類の大義と真実とに忠実な無名の一戦士に自分をなぞらえ、『シチリア遠征記』を書きあげてしまったマクシムを難詰しようとは思わない。それよりもむしろ、ここだけのはなしとして告白される兵士の実態のあまりにも凡庸な記述ぶりをいくぶんか悲しく思う。兵隊は兵隊でしかないという個人的な手紙の一節が、ガリバルディを語のあらゆる意味で素朴な、ジャンヌ・ダルクを思わせる英雄だとたたえる『シチリア遠征記』の一節を裏切っていることが問題なのではなく、その個人的な感慨と公式の見解とが、凡庸さという点でみごとに調和しあっている点が、書く人としてのマクシムの貧しさをきわだたせていて悲しいのだ。だがそれは、従軍記者に変貌した芸術家の悲しさそのものであるだろう。この悲哀は、きわめて現代的なものである。

VI バヴァリアの保養地にて

旅人の八年間

一八六六年の夏の休暇が近づくと、いつものように「羊」をともなってパリを離れるマクシムは、ライン河を越えてバーデン＝バーデンに身を落ちつけ、このバヴァリアの保養地で冬までの数ヶ月を過す。六〇年の暮にシチリアでの従軍記者生活をおえてフランスに戻っていらいは、喉の奥と首筋の痛みを水銀療法でおさえながら『遠征記』を書きあげ、旅行の副産物ともいうべき中篇を発表し、その「悦びをもって書かれたわけではないが、少なくとも勤勉さをもって書かれたもの」が、六一年から六二年にかけて、数冊の書物となって刊行される。だが、それからマクシムの執筆活動は不意に停滞し、六六年までの四年間は、雑誌に発表された中篇や美術評論を除くと、一冊もまとまった本は書かれていない。六一年に解放後の南イタリアを再び訪れ、『ヴィットーリオ・エマヌエーレ治下のナポリとその社会』[21]を書いていらい、マクシムは、疲れを知らぬ旅人から、避暑地の社交場で夏休みを過す休暇の人へと変貌しているのである。六六年の彼も、休暇の人にふさわしく、黒い森林地帯を背後にひかえた南ドイツの湯治場に腰を落ちつけたというわけだ。「羊」というのは、ドレッセール夫人との仲が終っていらいの、もっとも親しい女友達の一人ユッソン夫人である。アデルと呼ばれるこの女性は、一八六三年いらい、夫とともにこの夏の休暇にきまって同行している[22]。

社交的な避暑地での休暇の人となったマクシム。だが、疲れを知らぬ旅人のこの変貌は、必ずしも彼がより社交的になったことを意味しはしない。事態はむしろ逆なのであって、バーデン＝バーデンで休暇を過す習慣を持つようになってからのマクシムは、なかば世間から身を隠すようなそぶりをみせ始めている。たえず世の中に話題を提供し、また人の話題になっていなければ気のすまぬ野心家マクシムは、もはや影の薄い存在となっており、肉体的にも、湯治場での治療に専念するという老人じみた生活を余儀なくされているからだ。四十歳のマクシムが、たえず関節炎の発作に悩まされていたことはすでに述べた。彼が老眼鏡を必要とする身であることを自覚するよりも前から、首筋の痛みとしてその老化は始まっていたのである。六一年の暮、友人のギュスターヴが四十回目の誕生日を迎えた翌日、二ヶ月後には同じ年齢となるはずの自分自身を、彼はいくぶん自嘲ぎみに、「快感もなく、ほとんど義務感から、週に一度女と寝る」だけの存在になってしまったと告白している。左手は痛風ぎみで、坐骨神経痛にやられた右脚もうまく動かない。葡萄酒をのむと頭が痛くなる。おまけにひどい痔疾に悩まされる始末。「ぼくたちは、もう若くはないんだ」。

あまりの痛みに、彼は梅毒性の病気かと怖れて、『性病大全』の著書を持つパリ大学教授フイリップ・リコー博士を訪ねてみるが、その可能性はないとの診断を下される。「なあに、あなたは梅毒ノイローゼなんですよ」。六三年になると、痛さは両脚から背骨の下部、そして右胸にまで拡がる。涙が流れ、意気阻喪し、動く気力もない。「羊」とともに馬車に揺られてやっとの思いでバーデン＝バーデンにたどりつきはしたものの、ついに一週間も床につかねばならなくなる。ありとあらゆる薬をまぜた湯に入ってみるが無駄である。疲れを知らぬ旅人マクシムは、こうして休暇の人となる。どうやら起きあがれるようになってから、彼はギュスターヴに宛てた手紙にこんな言葉を書きつける。

どうしてこんなにまで疲労困憊し、こんな苦しみを味わわねばならぬのか、ぼくにはそのひそかな理由がわかっている。八年間、ひたすら休みもなく、病気にむしばまれつづけていたのだ。病身でありすでに老年に達していた一人の男を、ぼくは、自分の青春と精力を傾けつくして支えてきたのである。その結果、文字通りからっぽの人間になってしまった。ぼくに残されているのは、痛ましい骨と皮ばかりだ。[23]

かつては精悍さのしるしと見えた彼の痩せた肉体が、いまでは無力さの象徴のようにみえてしまうというのは、何とも痛ましい話だ。ここで八年間といわれているのは、厳密にみれば、『現代の歌』の序文をしたためた日付から数えてということになるだろう。だが、実際には、『パリ評論』誌の編集権を手に入れ、「一兵卒」としてではなく「指揮官」として「準備されつつある文学的革新」に加担しようと心にきめ、その戦略を実践し始めて以来という意味に解しておこう。要するに、凡庸な芸術家を必死に演じつづけた八年間ということだ。

　ここで見落としてはならない点は、「ぼくたちは、もう若くはないんだ」といった言葉や、現実の痛みとなって彼を悩ませた肉体的な変調にもかかわらず、こうした老齢のしるしが、ひたすら芸術家を演じつづけてきた八年間の緊張感に耐えきれなくなった反動としてあらわれたのだと意識されているという事実である。マクシムは、無理をしていたのだ。さらにわれわれを驚かせるのは、痩身長軀の疲れを知らぬ旅人の表情がむしろ演技であり、そうした仮面の背後に、すでに生きたまま疲れにむしばまれた老人がひそんでいたのだと彼自身が告白していることである。これが真実であると知っているから、その告白の真摯さに驚くのではない。それが真実であろうとなかろうと、彼がそうした言葉を口にしている点にわれわれは驚く。若さと健康とがフィクションにすぎず、年齢と波長をあわせうるいまの自分こそが現実だと口にすることで、不意に解放感のようなものを味わっている彼の姿勢が、実はその年齢だけではなく、時代とも歩調をあわせているのだということだけは信じまいとしている点が、その徹底性によってむしろわれわれを感動させもするのである。

　すでに述べたように、疲れを知らぬ旅人であった自分を装われた演技として回想している休暇の人マクシムは、老眼鏡をつくらせねばならぬ年齢にさしかかっている自分を意識し、詩を書き小説を書きもした自分から不意に遠ざかる決意をしたポン＝ヌフ橋の上のマクシムが味わったものと同じ解放感に捉えられている。痩せこけた自分自身の姿は、病身の老人にこそふさわしく、決して旅人のそれではないと納得したとき、あたかもその納得を正当化するかのように、彼は本当に病気になってしまったのだ。それは、たんに加減が悪いとか具合がよくないとかいったことではなく、文字通り、身動きもかなわぬほどの激痛である。しかも、梅毒といった罪の償いの概念とは無縁の原因によるものであるとするなら、病気は、まさしく、かつて自分であったものが一つの誤りにほかならぬといった口実を必要としているはずのものだろう。こうして休暇の人は、疲れを知らぬ旅人であった自分を処罰することの快さをもって、いまある自分を正当化しようとする。このときどんな事態が起こるかは目にみえている。かつては親しい旅の同行者でありながら、疲れを知らぬ旅人を自称することもなくノルマンディーの田舎に閉じこもってしまったギュスターヴの方へと、心を向けざるをえないのである。事実、青年時代そのままというのではないにしても、二人の友情はよみがえったかにみえる。休暇になると、彼らは、長い手紙を交換し始める。とするなら、八年間とは、彼らの関係が疎遠となっていた八年間でもあるだろう。休暇の人マクシムは、かくしてギュスターヴを再発見することになる。年ごとにくり返されるバーデン＝バーデンでの療養は六月に始まり、しばしば十二月上旬まで引きのばされもするので、マクシムは一年のほぼ半分を休暇の人として過していることになる。

休暇の人マクシム

マクシムにとって、しかし休暇は無為や安逸を意味しはしない。それは、必然的に病気と老齢とを含んでおり、おそらくは、そのはてに横たわっているだろう死の予兆にみちたものでもある。なるほど、一八六〇年の最初のバーデン＝バーデン滞在は乗馬と狩猟とに費され、「草原に牛のように寝転って、蝿がとぶのを眺めている」といったのどかな光景にもみちている。「そうした方が、愚にもつかない言葉を書きつらねるよりも遥かに気がきいているように思われ」もするほどなのだ。だが、六三年には、すでに述べた神経痛の発作がマクシムをベッドに釘づけにする。そのとき彼をとらえる無力感がどんなものであったかは、ギュスターヴ宛ての書簡の次の一節が明瞭に語っている。

　おとといから病状は快方に向かっている。やっと椅子に坐れるようになったのだ。今朝など、十五分も歩きさえした。これは大進歩だ。[24]

十五分歩いただけでそれを大進歩だと書かずにはいられないマクシム。疲れを知らぬ旅人はもうここにはいない。これは、誰もが病気ぐらいはするだろうし、老いを意識せざるをえない瞬間は誰にもきまって訪れるといった話ではない。何よりもまず、休暇の人マクシムは他人の保護を必要とする存在となっている。「仕事をすることなど、とても不可能だ。できることは、せいぜいが読書である」というマクシムの枕もとには、「羊」ことユッソン夫人がいる。旧友のルイ・ド・コルムナンもパリから駆けつけてくれる。それればかりではない。ノルマンデイーに住むギュスターヴにまで、誘いをかけてさえいるのである。

きみのことが好きな人間たちに会いたくなったら、パリの東駅から鉄道に乗ってぼくらのところにやってきてくれたまえ。ちょっと知らせてくれれば、きみの部屋を用意しておく。来てくれれば、みんなが喜ぶだろう。とりわけ、ぼくは嬉しいね。[25]

それから数週間後に同じ誘いがくり返され、十月には行くつもりだという「約束」までとりつけながら、奇妙な夢幻劇の執筆に専念しているギュスターヴは、結局バーデン＝バーデンには姿を見せないだろう。長い書簡の往復が新たに始められたとはいえ、ギュスターヴにとってのマクシムは、仕事中の筆を放りだしてまで会いにゆく人間ではなくなっている。その男のためには何でもするといった仲間は、ギュスターヴにとってはルイしかいない。それでもマクシムは、そのギュスターヴ宛ての手紙の最後には、ユッソン夫人もきみに会いたがっていると必ず書きたすことを忘れはしない。「彼女はここできみに会いたがっているし、ぼくもそうだ」とくり返しているところをみると、彼は、心からギュスターヴの存在を身近に感じたがっているようだ。だが、その心情を相手が共有したかどうかはきわめて疑わしい。いずれにせよ、ギュスターヴの訪問は実現せず、休暇の残りは、完治したわけではない神経痛の次の発作への恐れとともに過される。

病状は、翌年になっても快方へとは向かわない。しかも六四年の休暇は、彼自身の神経痛ではなく、ユッソン夫人の心臓病の発作によって暗く彩どられることになるだろう。バーデン＝バーデンに到着してまもなくの七月下旬、「羊」はほとんど危篤状態に陥り、「死にたくないと涙ながらに叫ぶ」始末。そんな姿に接すると、「ヨーロッパの政治状勢のように不安定な」マクシムの病状は決してよくなったりはしない。彼は、文字通り死とともに数週間を過す。だがそれにしても、彼はどうして気がつかないのだろう。休暇の人マクシムにとって、バーデン＝バーデンは不吉な場所なのだ。そこには死の影が漂っている。六三年に続いて、六四年にもまた、親しい人の病気が彼を意気阻喪させる。だがそれにしても、身動きもかなわぬほどの発作に襲われた同じ保養地で、こんどは同行の「羊」までが生死の境をさ迷うというのは、どうもただごととは思えない。鉱水をのみ、硫黄泉に入るという処方が必要な健康状態にあるとはいえ、このバヴァリアの保養地で彼が出合うものといったら、彼自身やごく親しい存在の病気ばかりなのだ。

あたかもそれが一つの宿命であるかのように、ここでマクシムは一人の狂女を見かける。彼より十歳以上も年上で、かつてパリでは名を識られていたユダヤ系の楽譜出版商シュレザンジェの夫人エリザである。それは、のちに十九世紀の代表的な小説家として記憶されることになるギュスターヴが、少年時代にひそかな恋心をいだいてもいた女性で、彼の文学を研究する者たちが、その伝記的な事実のとりわけ重要な一挿話に数えたてるシュレザンジェ夫人にほかならない。彼は、この女性をモデルとした長篇小説を、六四年の秋から、マクシムのバーデン＝バーデン滞在中に書き始めるだろう。それは、『感情教育』と呼ばれる自伝的な作品である。

しかし、この小説は、いまのところさして重要な意味を持ってはいない。問題は、この楽譜出版商の夫人が狂女としてドイツのある都市の精神病院に入院しているといううわさを耳にしたマクシムの心が、過去をめざしているということに尽きている。このバーデン＝バーデンの湯治場で、彼は、その友情をふたたび見出すことができたギュスターヴの思春期の思い出に出合ってしまったのだ。しかも、その事実はひた隠しに隠されているとはいえ、かつて幼いギュスターヴの心を乱し、その青年時代の感情生活の記憶が二十三年後に長篇小説として結実しようとしている当の女性が、「強度の憂鬱症」で世間から隔離されているという事実を担当の医師から知らされたのだから、この社交的な保養地には、明らかに病気と老齢の影が漂っていて、マクシムをとらえて離さない。彼は、ギュスターヴが一年後にその狂女を主人公とした長篇小説に着手することになるのを知らぬまま、こう書き送る。

シュレザンジェ夫人は、精神病院を退院してバーデン＝バーデンに戻ってきた。つい最近、リシュテンタール大通りを、子息に支えられて歩いているところを目にしたのだ。彼女は崇高なまでに美しかった。痩せて、顔色がどす黒く、髪の毛は真白で、青くうつろな目をしていた。まるで、ヴィクトル・ユゴーの戯曲『城主』に出てくるグアヌマラのようだった。ぼくはきみのことを思った。あれこれ彼女について語ったきみの言葉をそっくり思い出した。そして、とめどもなく悲しい思いに沈んでいった。(26)

これが心をなごませる思い出でないことはあまりに明らかだろう。「彼女について語ったきみの言葉」がギュスターヴの口から洩れたのは、もう、二十年も昔のことだ。二十年前、それは、パリ大学の法学部でマクシムとギュスターヴとが出合い、二人の友情がもっとも深く結ばれていた時期である。事実、彼は、この保養地で、何度もその頃のことを思い出す。一八六四年、バーデン＝バーデンにつくや否や、ユッソン夫人の病状の悪化を克明に記した長文の手紙の中で、「過去にたち戻るほどおぞましいこともまたとあるまい」と書き始め、「自分自身に語って聞かせるのがいつもきまって昔のことばかりなので、年寄りになったと気づく」のだと続けたあとで、こんなふうにいっている。

さる六月の一日、ぼくは、ちょうどいまから二十年前、一晩中きみの夢をみた翌朝、スミルナ湾に入港したときのことを思い出した。そして悲しい気持になった。年をとり、髪の毛が白くなってゆくから悲しいのではなく、この時期のものを感じとる激しいやり方を二度と持ちえまいから、そして何かを失なうことはきまって老衰にほかならぬから、悲しいのだ。(27)

休暇。それはマクシムにとって、そのつど何かを見失ない、そのことで自分自身の崩壊を意識する痛ましい体験にほかならない。疲れを知らぬ旅人から休暇の人への変貌は、この崩壊感覚の意識化の過程にほかならない。とりわけバーデン＝バーデンで彼が出会うものは、すべてが病気を、老齢を、死を思い起こさせずにはおかない。にもかかわらず、毎年、夏の到来とともに「羊」をともなってこの地にやってくるとしたら、それは、「過去にたち戻るほどおぞましいこともまたとあるまい」という言葉にもかかわらず、マクシムが、そのおぞましさによって自己の崩壊感覚を正当化しようとしているからに違いない。だから一八六六年の夏も、休暇が近づくといつものように「羊」をともないパリを離れるマクシムは、死の影の跳梁するバヴァリアの保養地に腰を落ちつける。だが、彼はこんどはギュスターヴに長文の手紙を書きはしないだろう。というのも、彼は、ある親しい存在に訪れつつある死のことで、頭がいっぱいだからである。いまや、その周囲に漂っているのは、老齢でも、肉体の変調でも、精神の異常でも、過去を思うことのおぞましさでもない。文字通りの死が、親しい友人の身を間近からうかがっているのだ。その友人とは、幼年時代からの仲間ルイ・ド・コルムナンである。

名前の死

一八六六年の春、マクシムが例年のごとくバーデン＝バーデン行きの準備にとりかかっていたとき、ルイは「痩せて不眠症に悩まされてはいたが」、いかなる死の予兆も漂わせてはいなかった。彼がその発病を知らされたのはバヴァリアの保養地においてである。これは、奇妙な符合ともいうべきものだ。六三年の夏、彼自身が神経痛の発作でほとんど死にかけたとき、その知らせをうけてパリから駆けつけてきてくれた仲間は、ルイ一人だったからである。それから十数年後、『文学的回想』の著者となったアカデミー会員マクシムは、そのときのルイを次のように記している。

わたしの知らぬまに彼は連絡をうけ、駆けつけてくれた。ある日曜日の夕刻に到着したのである。彼は茫然とした目つきでわたしを見すえた。心の動揺を隠そうとしてベッドの頭の方に身を置いた彼は、その涙が雨のようにわたしの顔に落ちそそぐのにも気づかなかった。月曜日、わたしは熟睡することができた。水曜日には立って歩けた。わたしはルイにいったものだ。「きみがなおしてくれたんだ」。彼は微笑んだ。わたしも微笑んだ。だがそれは、何とも快い偶然の一致だった。彼は、わたしの発作が弱まっていったちょうどよい時期にやってきてくれたのだった。彼は、三週間もわたしのもとで過してくれた。そして二人は少年時代のように樹影に横たわり、二人にとってはかけがえのない、あの二人だけの生活を生きることができたのである。(28)

もしルイが、ド・コルムナンという高名の貴族にふさわしく結婚せよという父親の意向にそうことをせず、ただ文学一筋に生きていたなら、こうした甘美な瞬間をもっと共有しえたはずだとマクシムは回想する。彼は、大学時代に識りあった田舎者のギュスターヴと違って、パリで育ったものに共通の少年時代の記憶を語りうる貴重な仲間である。のちに回想されるごとく、テオフィール・ゴーティエを中心として文学の刷新を夢みつつ結集した若者たちの中で、ルイだけが、ギュスターヴとともに不確かな未来しか約束されていないと思われはしたが、また彼だけが、人に識られた名前を持つという特権に恵まれてもいたのだ。七月王政下にルイ＝フィリップを攻撃する反対文書を発表したリベラルな政治的指導者ド・コルムナン子爵の長男として生まれたルイは、「お前の名前がお前の資産なのだ」とことあるごとにくり返す父親の影響力からついに逃れ切ることはできなかった。だが、そのルイだけがわたしにとって親しい友人として振舞ってくれた。その男が、不治の内臓癌に冒されていることをマクシムはバーデン＝バーデンでの休暇中に知らされる。しかも、彼にそんな知らせをもたらしたルイの家族たちは、まともな医者に相談しようともしないといってマクシムは憤る。「ぼくは、もう望みがないということを知っている」と彼はギュスターヴに書いている。それなら最後の一年間を、牛たちが横たわるのどかな牧草地にでも行かせてやるのが家族のつとめではないか。だというのに連中はあいつをパリにおしとどめ、信頼もできない医者の妙な治療法に従わせている。彼は、ド・コルムナン子爵の名にふさわしくあれといってルイの自由を奪っているその家族たちを、ギュスターヴに向かって罵倒せずにはいられない。だがこのとき、マクシムは、自分がいま休暇の人として滞在している保養地が死の跳梁する不吉な空間だと気がつかないのだろうか。三年前のド・コルムナンがそうしたように、瀕死の彼の病床へと駆けつけようとはしないのか。彼の家族がそうすることを拒絶したとはいえ、せめてバーデンを離れてフランスに戻ることはできなかったのか。

彼は、新たに主治医となったルグラン博士とひそかに連絡し、その友人が領地のジョアニーに休暇を過しに行ったことを知らされてほっとする。そして、残された生命がせいぜい翌年の二月までだろうという医師の診断に従い、休暇を早めに切りあげて十一月の下旬にパリでルイに会う約束をとりつける。出発の前日、それは六六年十一月二十二日の木曜日のことなのだが、彼は最後の狩りに出かける。戻ってみると、一通の黒わくにかこまれた手紙が彼を待っている。十一月二十日、ルイ・ド・コルムナンはジョアニーで息を引きとったという通知である。

一八六六年十一月二十八日、パリに戻ったばかりのマクシムは、自分が駆けつけるよりも前にルイの遺骸を埋葬してしまった家族のやり方を憤る手紙をギュスターヴに書き送る。「というわけで、すべてはぼくの立ち会いなしにとり行なわれてしまった。このことに、ぼくは呆然としている。きみにはとても想像できまい」。そして、彼のパリ到着を待ちうけていたギュスターヴの手紙に書かれていたことがらを強く肯定しながら、こう記している。

そうだ、きみのいう通りなのだ。ぼくたちはたがいに身を寄せあわねばならない。ぼくたちの仲間だったものの最初の死なのだから。これは、もっとたがいに愛しあい、できればもっと上手な愛し方をしろという警告なのだから。(29)

我慢がならないのは、生前、彼を「なかば白痴のシンデレラ」みたいにあつかって文学にうちこむことをさまたげていた家族のものたちが、こんどはその文学的な偉業をたたえてくれと申し出たりすることだ。彼の想い出を公式の場で語ろうとすると、その家族の悪口になってしまいそうだから、ぼくは沈黙をまもるつもりだとマクシムはいう。「ド・コルムナンの女房の母親のドラ夫人が訪ねてきて、彼の追悼文を『デバ』紙に書いてくれというんだ。ぼくは、彼女の首をしめずにおくのがやっとだった」。あの連中は、「この上なく凡庸な虚栄心に凝りかたまっている」。ぼくは、彼らがルイのことを忘れてしまったころ、一人で彼のことを思い出してみたい。

なるほど彼は、名前を持った芸術家のルイを、いま一人の詩人ルイや、小説家ギュスターヴのように売り出すことはできなかった。彼が、きわめて筆の早いジャーナリストとして、テオフィール・ゴーティエ署名の劇評を書いたりするのが得意なだけの、限られた才能の持主でしかなかったことは確かだ。つまり、「凡庸な芸術家」にすらなれない男だったのである。だが、その痛ましい死を休暇中のバーデン＝バーデンで知らされたときから、マクシムの生活は明らかに変わった。その意味では、ルイは彼にとってかけがえのない存在だったということができる。では、マクシムの変化とはどんなものであったのか。疲れを知らぬ旅人から休暇の人への変貌として姿を見せているその変化を、より具体的に眺めて見なければならない。

Ⅶ　徒労、または旅人は疲れている

変身の儀式

旅行者は消滅する。疲れを知らぬ旅人はきれいさっぱり視界から姿を消さねばならない。それには儀式が必要だろうとマクシムはつぶやく。変身の儀式が演じられねばならない。このバーデン＝バーデンの保養地が死の影の漂う不吉な場所であることをやめるには、ぜひともそれにふさわしい何ごとかが必要とされるだろう。そのことを、わたしはすでに六二年に感じとっている。自分自身の肉体的な変調に思考の運動を同調させねばならない。このからだのいたるところに老いの予兆があらわれているとするなら、もっとも自然なかたちで言葉そのものを成熟させねばならない。だが、わたしはいまだ充分に休暇の人とはなりえてはおらず、保養の目的で滞在しているはずのこの土地で、親しい存在の病気や死と出会い、自分自身も死にかけるといった体験までしてしまった。

わたしが何をすべきであるかはよくわかっているはずだ。小説家として生まれたわけでもないのに小説家の役を演じつづけたりすることなく、虚構の世界からより確かな地盤へと立ち戻らなければならない。その確かな地盤として、わたしはパリという都市をめぐっての社会学的な研究を想定している。いまこうして異国での休暇を楽しんでいる瞬間にも作動しているパリという「歯車仕掛け」の機能ぶりを詳細に記述してみる。「韻文だの小説だのといった漠として捉えがたい概念」ではなく、「経済学的、社会的」な見地からしてのパリの研究におのれの使命を発見したマクシムは、ここでもまた、ある意味では先駆的だということができる。というのも、彼は、二十世紀の後半にいたって不意に活況を呈するにいたる「都市論」を、作家たちにとっては決して不名誉でないばかりか、むしろその才能を発揮させうる刺激的な主題として開拓しているからだ。そうした今日的な「都市論」のさきがけとなったヴァルター・ベンヤミンやジークフリート・クラカウアーといったユダヤ系のドイツ人たちは、彼らのパリをめぐる回想や書物のあちらこちらに、ひそかに、あるいはかなり大っぴらに、この都市をめぐるマクシムの証言をまぎれこませてゆくだろう。とりわけクラカウアーなど、誰もこんなものを読まないだろうと高を括ってのことであろうが、ほとんど剽窃まがいのことまでやってのけている。だがまあ、そんなことはここでの主題とはさして関係がない。問題は、「都市論」の未来を予見しえたマクシム自身が、いまだそうした分野に隠されている豊かな鉱脈を確信しえてはいないということだ。

　すでに述べたごとく、「自分がそれまでたどってきた進路を捨て、別の進路に向けて身を投げかける」決意をかためたのは一八六二年のことととされている。それは、虚構から「都市論」

への移行であり、同時に旅人から休暇の人への変貌を意味してもいるわけだが、彼が実際に小説の筆を折るのは一八六七年のことである。そして奇妙なことに、この五年間を通じて、ありとあらゆる病気と親しい存在の死とが彼に襲いかかってきたのである。そのことは、すでに見たとおりなのだが、この符合はどうも偶然とは思えない。「都市論」への転進を決意してしまいながら、なお小説を書き続けているが故に、バーデン＝バーデンが不吉な土地となっているかに思えるからである。

では、自分は小説家として生まれたのではないと確信し、それよりも確かな地盤を「都市論」の領域に見出しながら、彼はどうして小説を書き続けたりするのか。マクシムは、その友情をとり戻したばかりのギュスターヴに向かって、次のような宣言を行なっている。

> ぼくはとうとう『デバ』紙の寄稿者になってしまった（批評文や、劇場通信や、イタリアの政治情勢）。悲しいことだ！　そうじゃあないかい？　書きあげたばかりの中篇を二つ『ラ・ルヴュ・ナシオナル』誌に載せるつもり。長篇の方も、できあがったらこの雑誌に載せるだろう。これを家賃と、バーデン＝バーデンへの交通費と、狩の道具を借りる代金にあてるつもり。それ以上のことを望みはしない。[30]

一八六四年の冬にパリで書かれたこの言葉は、あらゆる作家は「文学を方便としか考えない連中と、文学がその目的である人びと」の二派に分れ、自分は「いつでもこの第二のグループに属していた」と記す『文学的回想』の著者の見解をはなはだしく裏切ることにもなろうが、多くの人が指摘するこうした矛盾を、ここではあまり強調しようとは思わない。小さなものであるとはいえ「新文学」を擁護する文芸雑誌の編集長であったものが、自分の能力を超えた何ものかの力によってその地位から追われたとき、他の新聞雑誌の執筆者となってその原稿と引きかえにしかるべき金銭を得て、これで生活するというのは当然のことである。要するにマクシムは、このとき職業的な作家となったわけだ。ここで問題なのは、小説家として生まれ詩人として生まれたわけでもない者たちが、にもかかわらず、その名前によって職業的な作家となりうる時代が到来しているという点だ。つまり、十九世紀の中葉にいたってブルジョワジーの情報源として必要不可欠のものとなったジャーナリズムは、新たな職業を生み落したのである。書くことの職業化は、創造的な資質とは無縁の場で進行し、マクシムはほぼその第一世代に属していたといってよい。そんなとき、「都市論」という新たな領域に身を投じようとする彼が、これまで何度も試みたことのある小説で生活の糧を得ようとするのは当然だろう。だから彼は、自分を小説家ではないと自覚しながらも、なおも何年か小説を書き続けねばならないことになる。小説を書くのはこれが最後だという言葉がその口から洩れるのは、一八六六年のことにすぎない。それが、親しい仲間の一人ルイの死の年であるのは、なぜか象徴的だといえなくもない。

世代の物語

予想されたものだとはいえ思ったより早く訪れたルイの死の報せを受けとり、例年よりも早目にバーデン＝バーデン滞在を切りあげパリに戻ったマクシムは、十一月二十八日の手紙で長篇『徒労』の連載された雑誌『ラ・ルヴュ・ナシオナル』を四部発送するとギュスターヴに予告している。「暇があったら読んでくれたまえ」と最後の言葉が結ばれる手紙は、その前半に、すでに述べた「そうだ、ぼくたちはたがいに身を寄せあわねばならない」という文章が読みうるものである。それは、七十九歳の老齢で息子の葬儀を出さねばならなかったルイの父親の苦しみを語った悲痛な手紙なのだが、「凡庸な芸術家」にすらなれずに死んだ友人の思い出がマクシムとギュスターヴとをひどく感傷的にさせてしまったようだ。事実、マクシムはその手紙をしめくくるにあたって、ルイの死から「もっとたがいに愛しあい、できればもっと上手な愛し方をしろという警告」を受けとっている。またギュスターヴもギュスターヴで、雑誌掲載分の『徒労』を読み、「牛のように涙を流して」しまったらしい。らしいというのは、この手紙に対するギュスターヴの返事は残されておらず、十二月七日付のマクシムの新たな手紙の文面からそう推測するほかはないからである。こうした抒情的な反応に幾ぶん驚いたマクシムは、「それはきっときみが一晩中ずっと起きていて、近くに話し相手もなく、仕事をしすぎて神経が苛立っていたためだろう」と書かずにはいられなかったほどだが、「やはりきみに気に入ってもらえたとは、とてもうれしい」と素直に喜んでいる。「長篇小説というよりはいくつもの挿話の寄せ集め」にすぎない『徒労』のむつかしさは、「これという理由もなく、従っていかな事件にもとづくこともないまま」別れねばならぬ男女の仲を描く点にあったのだと述べたあとで、彼はこう書く。

これがせいいっぱいのところだ。もっとも、これはぼくが書く最後の小説である。以後、ぼくはほかのことをするだろう。(31)

このほかのことが「都市論」であることはいうまでもない。興味深く思われるのは、同じ手紙の少し先の部分で、まさしくルイの生涯こそが徒労にほかならぬと書かれている点だ。徒労とは、無駄働きによって持てる力をむなしく消耗させてゆくことである。いまとりあえず『徒労』と訳したマクシム最後の長篇小説は、文字をたどれば失なわれた力となるものだ。そして、ギュスターヴまでが「牛のように涙を流した」のは、『徒労』に描かれた人物が、まさに彼らの世代が背負っている無力感そのものを描いていたからである。

ギュスターヴが泣いたことがどうやら嘘でないらしいことは、十二月十三日付のある女性への手紙で、次のような言葉で『徒労』を賞讃していることからも明らかだ。

いつぞや、あなたはどんな本を読んでいるかを語っておられましたね。では、ごく親しい友人のマクシム・デュ・カン（かつての旅の道づれです）の最新の長篇を読んでみて下さい。『ラ・ルヴュ・ナシオナル』誌に載った『徒労』という本です。

　そこには、われわれの青春がどんなものであったか正確に書かれています。わたしの世代のものなら誰もがそこに自分の姿を認めるでしょう。[32]

　それとほぼ同じ時期のジョルジュ・サンド宛ての書簡にも、「今日の若者たちにとっては化石そのものになってしまったわれわれの世代の人間」をめぐって、「きわめて正確なイメージ」を思い描かせる書物として、『徒労』が語られており、「それは多くの点でいま私が書いている書物と似ています」とさえ記されている。いま私が書いている書物というのは、それから三年後に刊行される『感情教育』にほかならない。文学史の常識は、もちろん出来栄えの点で『感情教育』と『徒労』とを比較することを禁じているが、問題なのは、ここで二人の友人が、ある時代の感性ともいうべきものを確実に共有しあっているという点である。それは、如何ともぬぐいがたい徒労の意識である。やがて、ギュスターヴによる批判の多くのものを受けいれつつ改稿された『徒労』が一冊の書物として刊行された折に、『感情教育』の著者は、これを「マクシムの最良の仕事」と呼ぶことになるだろう。

　その最良の仕事を推敲しつつあったマクシム自身は、どんな気持をいだいていたか。彼は、それがいつ本になるかなど、もうどうでもよいことだとギュスターヴに語っている。

ぼくがどれほど野心を放棄しているかきみにはわかるまい。ぼくをそっとしておいてくれること、そしてぼくの愛する人たちと引き離さずにおいてくれること以外の何一つ、世の中に期待してはいないのだ。……『徒労』(33)が刊行されて評判になればほっとしようが、評判にならなくてもすぐに忘れてしまうだろう。

この言葉はたんなる強がりではない。「きみにポーズをとってみても始まらないではないか」と書きそえているように、このときマクシムは、小説家としての自分をあきらめてしまっている。「あれこれ仕事をしているのは、六、七千フランがかせげるからにすぎない」。こんなふうになってしまったのは「聡明なことだろうか、怠惰になったのか、経験をつんだからか、それとも軽蔑からであろうか、それはよくわからない」。

だがそれにしても、『現代の歌』の序文のあの威勢のよい啖呵はどこへ行ってしまったのか。『パリ評論』誌編集長の、あの野心と戦略はどうしてしまったのか。いったい、原状には復しがたく亀裂を生じたものと思われていたギュスターヴとの友情が、こうもすんなりと回復してしまったのは、なぜなのか。「一兵卒」としてではなく「指揮官」として推進しようとしていた「新文学」はどうなってしまったのか。すべては徒労だったというのだろうか。人間、誰しも年をとると、こうした心境になるものであろうか。それともこれは時代というものなのだろうか。

多くの点で『徒労』に似たところがあるというギュスターヴの長篇が完成したとき、マクシムは、「筋もなければ作中人物の性格もない」という『感情教育』の作中人物たちの「気力のなさ」が意図されたものであることをわからせるために、「ぼくならこの本を『凡庸な人々』と呼ぶだろう」と提案している。これはいかにも『徒労』の作者にふさわしい見解ではないか。彼らがみんな無気力に描かれているとしたら、それは誰もが徒労の時代に生きていたからにほかなるまい。あるいはギュスターヴが、その長篇を『徒労』と呼んでもよかったかもしれない。だがそれにしても、この時期になってマクシム自身の口から凡庸な人々という言葉が洩れるとは、何と感動的なことだろう。『凡庸な人々』と題されてもよかった『感情教育』を書きあげたのち、ギュスターヴはなおも小説を書き続けるが、マクシムにとっては『徒労』が文字通り最後の長篇となる。では、六七年の春に刊行された『徒労』とは、どんな小説なのか。

『遺著』と『徒労』

『徒労』は、むなしくその存在を消耗しつくしたはてに、旅行者が消滅する物語である。休暇の人となったマクシムが旅人と訣別すべく綴った最後の虚構は、そこで小説家と旅行者と二つのものに彼が別れをつげる儀式なのだ。おそらく、これを書きあげることなしにマクシムは「都市論」の領域へと移行しえなかったろう。だが、『徒労』という題名ほど疲れを知らぬ旅人にふさわしからぬものもまたとあるまい。いってみれば、ここでの作者は、自分自身を二重の意味で消滅させる必要があったわけだ。

一八六七年春にミシェル・レヴィ書店から刊行された『徒労』は、これまた『遺著』と題されて何の不思議もない長篇である。マクシムは、多少とも自伝的と呼びうるこの二冊しか長篇を発表してはおらず、残りはすべて中篇に数えられるべきものなので、長篇作家としての彼は、いわば処女作とその最後の長篇とで、この世界に別れをつげる主人公の言葉を読者に伝える役割を果していることになる。十四年という歳月の距たりにもかかわらず、作者に似た人物が死亡したのちに、その男の生涯を語ってみせるという方法がそっくり踏襲されているからだ。『遺著』の場合は、自殺者ジャン＝マルクの手記や手紙を「わたし」が死後に刊行するという形式であったのに対して、『徒労』の場合は、「わたし」の前から姿を消してしまったオラースの生活を「資料をもとに修復する建築家のように廃墟から再構築する」という違いはある。「わたし」は、そのようにして成立したこの『徒労』を、「現代というとりわけ危機的なこの一時期に、……この不安定で不確かな一時期に」発表することに意味があるのだという。「誠実で聡明でもありながら、苦悩にみちて他人からはああはなりたくないと思われるような生き方しかなしえなかった」一人の男の生涯の物語を語ってみせることは、それが小説的虚構の形態をとっているとはいえ、若い世代の読者にとって何ごとかの役に立つに違いない。

著者はジョルジュと呼ばれる青年に向かってこう語りかける序文に続いて、第一帝政の崩壊から数年後に生まれたオラース・ダルグレイユの物語を、その誕生から死まで描きあげてゆく。この作中人物の生年はほぼ作者のそれと一致しているし、父親を早くなくして母親に育てられ、またかなり若い時期にその母親をも病気で失なっているという点まで、作者の伝記に類似している。八つの断章からなる全篇の挿話が具体的な作者のそれに正確に対応しているわけではないが、『徒労』もまた、ある年代に特有の魂の描写という点において、ほぼマクシムの自伝と考えることができる。

この精神的な自伝は、いうまでもなくその恋の遍歴を基盤にすえている。誕生の日付は示されているが、その時代に生まれた者たちがくぐりぬけたはずの社会的な変動は、主人公の言動にいかなる影響も及ぼしてはおらず、また時代の風俗も描かれてはいない。主人公がしばしば口にするロマン主義的な流行語とか、実務的な生活への軽蔑とか、芸術家たちの生活への共感といったものがオラースの所属する世代をきわだたせてはいるが、結局のところ、物語はどんな時代にもありえただろう恋愛心理の分析からなっている。少年時代に母と休暇を過した村の田舎娘との牧歌的な恋、フランスを捨ててスコットランドに住みついている伯父が、アメリカで女中にはらませた娘エレーヌとの、異国での恋とは意識されない親しい関係、といったものは、いずれもドレッセール夫人をモデルとしたヴィヴィアンヌとの生活を描き出すための口実にすぎない。「わたし」がオラースと知りあったのは、彼が母親を失なったばかりのときであり、「当時の孤独に、彼は恐れをいだくというよりむしろおどろいていた。そのために、結婚によって新たな家庭を築こうとするつもりにはなれなかった」のだが、かといって同世代の仲間たちとの交際に満足するというのでもなく、次第にあきらめの境地に入ってゆく。そして、スコットランドの従妹と結婚してもよいのではないかと思い始めたとき、さる植民地の高官として外地に住むX氏の妻のヴィヴィアンヌに出合う。

初めは遊びにすぎなかった二人の関係がやがて人目を避ける仲となり、「パリのかたすみの、庭に面した小さな家」で快い時間を共有するにいたる過程は、さしたる才能をもって描かれているわけではないが、ある種の繊細さをもって語られている。ここでオラースは美しい生娘との結婚を放棄し、姦通へとのめりこむことを選ぶわけだ。「とうとう理性は敗北し、情熱が勝利をしめた」のである。だが、この決断にもかかわらず、この夫のある女性との生活は誰にも邪魔されることなく維持されてゆく。不意のできごとが外部から訪れるのを恐れるように、二人は息をひそめてたがいに保護しあう。その結果、ことを荒だてまいとする配慮そのものが彼らの生活から刺激を奪い、ついには事件の不在が二人を破局へと導くことになってしまう。初めから優柔不断の青年として描かれていたオラースは、このあたりになって、『徒労』の主人公にふさわしく、むなしくその存在を消耗させ始める。

二人はいつ会っても変わらなかった。彼らの暮しは、見かけたところ何一つ変わったことはなかったのである。だが、二人して向かいあっているときなど、何かしらいつもとは違うもの、漠として捉えがたい倦怠感が二人を憔悴させてゆくのだった。[34]

徒労とは、マクシムの最後の長篇小説の場合、この憔悴を意味している。あらゆることを試みながらそれが報いられないときの無駄骨を折ったという意識ではなく、見たところは何も起こっていないのに、力が奪われていくような気がするときのむなしい疲労感が、この作品の主題なのである。こうして、いかなる外的な要因も内的なそれもなく、二人の愛は崩壊する。些細な言い争いが激しい調子の口論となり、あるときオラースは、ヴィヴィアンヌなしにも生きられるのだという考えに達して、そのことに改めて驚く。そしてそのとき、旅いがいのものが自分の傷ついた魂をいやしてはくれないことを理解する。

彼は旅に出る。イギリスで美しく成熟した従妹の幸福な結婚生活を目にしてパリに戻り、まだヴィヴィアンヌのことが忘れられずにいる自分に恐しくなり、イタリアへ行く。そして、旅先きで夫からひどい仕打ちを受けているイギリス人の女性を救おうとして、決闘までするこ とになる。ジュリエットと呼ばれるその女は、傷を負ったオラースにつきそい、シチリアでの長い回復期ののちに、二人してエジプトに逃れ、ナイルをさかのぼり、第二瀑布の近くのある島に住みつくことになる。『遺著』にも姿を見せるこのナイル河の島は、作者マクシムにとって一つの理想境のようなものであるらしい。実際、彼は、金銭的な余裕さえあれば、ぼくはあの島へ行って暮したいと何度もギュスターヴに洩らしているほどだ。だが、ここでの生活も、無為と単調さからゆるやかに崩壊する。たがいに心に傷をもつオラースとジュリエットとは、世界のあらゆる騒音から離れ、この壮大にして甘美な自然にかこまれて暮すのだが、その愛情の背後には、たえずヴィヴィアンヌと別れた夫との影が漂っている。ある日、狩から戻ったオラースは、ジュリエットが若いイギリス人と一緒に姿を消したのを知ってほっとする。そして、隊商の列に加わりさらに奥地を目ざして旅を続ける。とき折島に戻って「わたし」に便りを書くが、その文面に認められるのは、ヴィヴィアンヌへの執着ばかりだ。オラースの手紙から読みとれるのは、もはや、疲れを知らぬ旅人ではない。「ひたすら孤独にいつも歩きまわっていること」からくる、「自分をすっかり抹殺してしまいたいという奇妙で病的な快感」だけが彼をエジプトの地に引きとめているのである。そして、そんな宿命を後悔しなくなってさえいる。

なるほど、いまいる自分とは別の人間になりたいと思いはした。だが、今日、ぼくは自分の宿命に満足し、ほかの宿命を望んだりはしない。(35)

これが、失敗者としての旅人の自信のない自己肯定であることに注目しよう。もしあのとき、ヴィヴィアンヌがもう会ってはならないとひとこと口にしたなら、その言葉を聞いただけで、わたしはぜひとも彼女のそばにとどまり続けようとしたに違いない。わたしをこんな地のはてにまでこさせてしまったのは、ヴィヴィアンヌなのだと彼は書いている。

ヴィヴィアンヌは、わたしから遠ざかり、ぼくを遠ざけることで、ぼくをこうして斜面を滑り落とさせてしまった。そしてその底で、ぼくはいまある自分とめぐりあったのだ。(36)

注目すべきは、ここで旅人が、かつての自分とは異る嘆かわしい存在として語られている点である。『遺著』の旅人には、こうした否定的な側面は認められなかった。いずれにせよ、オラースにとって、いまの自分はもうかつての自分ではない。

わたしの頰髯は白くなり、頭は銀髪になってゆく。まるで尊敬すべき老人といったありさまだ。鏡に映してみると、自分の顔が自分だとは思えないほどだ。……ヴィヴィアンヌもわたしのように老いこんでしまったのだろうか。(37)

その手紙を最後にして、オラースからの音信はとだえる。そしてあるときその遺品とともに一通の手紙がとどく。彼はエジプト奥地で病死したのである。こうして『徒労』の旅人は、『遺著』の旅人のように自殺することもなく、人びとの視界から跡かたもなく消滅する。著者マクシムが、六二年にポン＝ヌフ橋の上でかつての自分を抹殺したように、『徒労』の旅人もマクシムによってその世界から追放されてしまったのである。

「わたし」は、ヴィヴィアンヌに宛てたオラースの最後の手紙を持って、彼女の家を訪れる。「ヴィヴィアンヌ、ぼくはもうすぐ死んでしまいます。ぼくが愛したのはあなただけです」という文面に目を通しながら、彼女はいう。「あの方は勘違いしていらっしゃる。「あの方は、ご自分しか愛してはおられなかったのです」。

Ⅷ　文学と大衆新聞

非＝政治的な政治性

一八六六年の暮から六七年にかけての冬の休暇を、マクシムは『徒労』の校正刷に朱を入れる作業でついやす。書簡によると、十一月二十八日に発送された『ラ・ルヴュ・ナシオナル』誌は、ほぼ一月後の十二月二十二日に、予想をこえた綿密な注意書きや好意的な感想をともなってギュスターヴのもとから送り返されて来たらしい。「こんなに味けない仕事までやってくれて、心から感謝している。一冊になって刊行されたとき、きみは、ぼくがきみの書き込みをどれほど尊重したかわかってくれるだろう」と、マクシムは礼の言葉を書き綴っている。そしてそれから数週間たらずのうちに、彼の最後の長篇小説はミシェル・レヴィ書店から発表されるだろう。事実、マクシムは、虚構と呼ぶにはあまりにも創意にとぼしい中篇『ある愛の物語』を一八八八年に発表するほかは、それ以後、小説らしいものをほとんど書き残してはいない。だから親友ルイを失なったばかりの彼が過すことになる冬の休暇は、小説家としての最後の推敲の一時期となるだろう。六二年に予感されていたマクシムの変容は、したがって五年の歳月をかけて実現したことになる。そして、同じ六七年の一月一日号の『両世界評論』誌に、久しい以前から構想されていた「都市論」の最初の論文が発表される。パリにおける郵政制度の歴史を中世から十九世紀までたどり、とりわけその世紀の中葉から後半にかけてみられた機構上の変化を克明にあとづけたその論文は、六九年から七五年にかけて六冊の書物にまとめられ、マクシムの生涯を決定づける大著となるのだが、芸術家としての最後の仕事である長篇小説と、「都市論」の執筆者としての最初の論文とが、ともに六六年から六七年にかけての冬にかさなりあっていることは、マクシムの生涯にあってかなり意義深い事実といえるだろう。一八二二年生まれの彼にとって、それは、疲れを知らぬ旅人を葬りさった後の、二度目の出発を意味している。年齢にして四十五歳。いま、この『凡庸な芸術家の肖像』の物語を語りつつあるものと、ほぼ同じ年代にさしかかっているわけだ。

すでに触れる機会もあったのだが、マクシムは、その最後の長篇小説が好評で迎えられようが無視されようが、それはどうでもよいことだという。「ぼくがどれほど野心を放棄しているかきみにはわかるまい」とギュスターヴに書いていたように、彼は、いまや「文学」そのものをあきらめてしまっている。文学が社会にとって有効なものだとは、もはや考えていないのだ。小説や詩を初めとして、芸術一般は、『現代の歌』の「序文」を綴った戦闘的な理論家が予測したのとはまったく別の方向に進んでいるからである。彼は、目の前に展開されている現実によってそのことを思い知らされる。「芸術家」を自称していた者たちの言葉の流通領域が文学の消費体系の中で占めていた位置に、激しい変動が起こることになったからである。

ここで、どんなできごとがマクシムを文芸雑誌の編集長の地位から遠ざけたのかを、いま一度思い出してみる。彼にとって、個人的な崩壊の始まりと思われたものが、帝政という統治機構の独裁的色彩の強化と無関係でなかったことは、すでに述べたとおりだ。名高い二月十七日の政令によって、一八五二年いらい、政治に言及するあらゆる新聞や雑誌は、記事や論文の事前検閲制度のもとに厳しく統制されていたし、五八年のオルシニ事件以後ともなれば、治安維持法ともいうべき法律の施行によって、政府の御用新聞的なもの以外はほとんど発行不可能とさえなっている。ナポレオンⅢ世治下の後半の十年ほどは、したがって、ジャーナリズムはほとんど死滅したといってよい。マクシムが新たな執筆者となった『両世界評論』誌の場合は、その穏健な学術的姿勢によって、かろうじて生きのびていたものである。

ところが、まさしくこうした時期に、決して野心的でなかったわけではないマクシムにすら予想できなかったかたちで、新たなジャーナリズムが興隆する。それは、いっさい政治的な記事を扱わず、もっぱら三面記事のみからなる新聞の創刊である。たとえば一八六三年の二月一日に一部五サンチームで売り出された小紙面の『ル・プチ・ジュルナル』紙は、その安易な文体と情報の単純さによって、日刊紙としては初めて数十万単位の読者を獲得することに成功する。一八五〇年当時、パリの全日刊紙をあわせても三十万程度であったことを考えれば、一紙で三十五万の読者を持つ『ル・プチ・ジュルナル』紙の創刊は、言葉の真の意味でマス・メディアと呼ばれるにふさわしいものの出現を意味することになる。『ラ・プチット・プレス』、

『ル・プチ・モニトゥール』等々、そうした形式の模倣がたちまち現われたことを見ても、その重要さを理解しうるのではないかと思うが、ここでの成功が、みずから凡庸さを装いうるジャーナリストの勇気に負うものだという点を見落としてはなるまい。人類は、おそらく、一八六三年に、初めて大量の馬鹿を相手にする企業としての新聞を発明したのである。日常的な話題を、誰にでもわかる言葉で語るということが商売となるのだという偉大な発見を前にして、かつての文芸雑誌の編集長はひたすら驚愕する。文学の質的な革新を夢みた自分は何と愚かであったことか。問題は、数の上での変質にあったのだ。だがそれにしても、あえて凡庸さを装うほど、自分は聡明でありえただろうか。三面記事に、誰もが納得する人生の教訓じみたものを織りまぜ、それを誰もが読める平易な文体で記事にして大量に安く売る。そのことに、いったいどんな苦労がいるというのだろう。

だが、ここで重要なのは、こうした新形式の日刊紙が、ナポレオンⅢ世による帝政がその独裁的な色調をもっとも顕著に示した時期に出現したということだ。それは、政治をいっさい語らないという姿勢がいかに政治的なものかを証明する事実だといえるし、また、誰にも読める平易な文体というものが、まさしく政治的な要請のもとに意図的に作りだされたものであるかを立証しうる事実だともいえるだろう。だいいち、いっさい政治に言及しないのであれば、事前検閲制度が課する印紙代を政府におさめる必要がなく、製作費も安くつく。だが、おそらくこんなことは、われわれ「芸術家」の世代には思いもつかなかったろうとマクシムは考える。時代は変わった、というのが四十五歳の元編集長の実感なのだろう。

三十五万人の読者

だが、マクシムを苛立たせるのは、こうした日刊紙の出現そのものではない。いわゆるマス・メディアとして成立した新聞雑誌における「文学」の位置が彼を戸惑わせ、ほとんど「文学」に対するその野心をくじいてしまう。ちょうどその最後の長篇の推敲にかかろうとしていた一八六六年の秋に、彼はギュスターヴに向かってこう書く。

文学は民衆の敵なのだ。何にもまして秩序にとっては危険なもので、死刑に値いする。その証拠に、テュグが好評だったせいで『ル・プチ・ジュルナル』紙には八万三千人もの予約購読者が増えてしまった。また、こいつをきみと一緒に叙勲するというひどいことが行なわれた例のポンソン・デュ・テラーユの『ロカンボールの最後通牒』の連載が予告されただけで、『ラ・プチット・プレス』紙には五万人もの予約購読者が増えたんだぜ。(38)

ここで語られているのは、連載小説が読者層の増大に貢献しているという事実への苛立ちである。別だん、新聞小説という現象はいまに始まったことではないし、こうした多数者に対する「芸術家」の孤立感の表明も、ロマン主義時代いらいさしてめずらしい事ではないというべきかもしれぬ。事実、マクシムよりも一世代前の小説家たちは、たとえばバルザックのように新聞小説を書いてもいるし、ルイ＝フィリップ治下の七月王政期は、とりわけユジェーヌ・シューという大衆小説作家による連載小説の時代として記憶さるべきものでさえある。アレクサンドル・デュマの『モンテ・クリスト伯』や『三銃士』もまた、この時期の連載小説である。とはいえ、マクシムの慨嘆がわからぬでもないのは、七月王政期の新聞小説と第二帝政期の新聞小説とには、量と質との両面で絶対的な違いが認められるからである。たとえば、一八四二年に発表された『パリの神秘』は『デバ』紙、『さまよえるユダヤ人』は四四年に『ル・コンスティチュショネル』紙といった具合に、いずれも大衆紙とは異なる硬派の日刊紙であり、とりわけ後者の場合は、王政復古期いらいの伝統的な新聞でありながら、ユジェーヌ・シューの連載が始まるまでは、発行部数は一万部を大きく割っていた小新聞にすぎない。しかも、この連載小説によって獲得しえた予約購読者数は、当時としては驚異的な数字だったとはいえ、たかだか一万五千人にとどまり、ポンソン・デュ・テラーユが『ラ・プチット・プレス』紙にもたらした五万人の読者とはまるで比較にならない。つまり、この二十年間に、新聞小説の作者が想定すべき読者数は、三万人から三十五万人へと飛躍的に増大してしまったのである。

マクシムが驚いているのは、小型大衆紙の創刊によるこうした読者層の拡大なのであり、この事実にはわれわれもまた敏感でなければなるまい。三万人と三十五万人とを隔てるものは、たんに量的なものではなく、質的なものだからである。つまり、不特定多数という観念が、そのとき初めて文学に導入されることになったのである。たとえばユジェーヌ・シューの場合、新聞連載小説の作家とはいえ、彼の大衆小説がおさまる知の枠組はまぎれもなく旧世代のそれである。つまり、小説家の役割は適度に教育的なものであり、たとえば反＝教権主義といった観念をめぐって、読者を善導する予言者的な姿勢がそこに認められる。だからこそ『パリの神秘』の作者は、二月革命直後の立憲議会選挙に立候補して当選するのだし、その共和派的な立場からして、ルイ＝ナポレオンのクー・デタによる帝政確立後は、身の危険を感じてスイスやイギリスへの亡命生活を余儀なくされもしたのである。カール・マルクスによる生真面目な批判の対象とさえなりえた理由もそこにある。要するに、大衆小説家であるとはいえ、あるいは大衆小説家であるが故に、ユジェーヌ・シューは、予言者的でもあり指導者的でもある言説を担うべき使命感の持主だったのだし、またそうした姿勢は、政治的な立場こそ異なり、またその執筆に助手を使うという企業者的な側面が顕著だったにもかかわらず、あくまで歴史小説の範疇に分類しうる長篇を残したアレクサンドル・デュマについてもあてはまることなのである。『遺著』の主人公が寄宿舎を脱走した折に逢いに行こうとしたのがデュマであったように、彼は、少なくとも文学を志そうとする青年たちにとっては、精神的な指導者にほかならなかった。ところで、『ロカンボールの最後通牒』を『ラ・プチット・プレス』紙に連載するポンソン・デュ・テラーユについて、こうした役割はまったく期待しえないし、また初めからそんなものはそなわってもいないのである。

もちろん、いくぶんか衒学的な趣味の問題として、今日の読者がポンソン・デュ・テラーユをユジェーヌ・シューより評価するということは大いにありうるだろう。たとえば、上品な怪盗ものともいうべきロカンボールのシリーズは、映画が音を持っていなかった一九二〇年代の

『ジュデックス』を初めとする一連の連続活劇を愛好した知識人たちのスノビスムをそそりもする魅力をそなえている。また、『パリの神秘』の作者の政治的姿勢にしたところで、どこかしら大正教養主義的な、持てる者の余裕から出た正義感めいたところがあって、われわれはそこに何ら積極的なものを見出しえないだろう。にもかかわらず、一八六六年という独裁的な帝政期に、非政治性に徹することで不特定多数を惹きつけえた小型大衆紙の持つ政治性は、まったく未知の現象としてわれわれの興味を惹きつける。そうした現実を予想しえなかった「凡庸な芸術家」マクシムを批判したりするつもりはまったくないが、発刊いらいの十年間で六万部を売りつくした『遺著』の作家が、一篇の連載小説の予告が出ただけでそれに匹敵する数の予約購読者を獲得してしまうという大衆紙の出現に対して全く無力であり、そうした一時期に「文学」を放棄せざるをえないと実感したというのは、わからないでもない。「文学」が生きのびるとしたら、それは彼が『現代の歌』の「序文」で予告したのとはまったく別の方向に進むことによってでなければならず、マクシムには、その別の方向がまったく見えてはいなかったのである。それは、書かれたことの積極的な価値の側にではなく、書くことの不可能性という次元にしか残されてはいなかったのだが、そのことを体験的に察知していたのは、むしろ彼よりもずっと愚鈍なギュスターヴの方だったのかもしれない。書くという作業に何らかの積極的な側面を認めねば気がすまず、それによって書きつつある自分を正当化せずにはいられないというのであれば、虚構を放棄し、何ごとか堅固な地盤を求めざるをえまい。だからこそ、マクシムはパリという都市をめぐる研究へと転身することになるのだが、その意味で、彼は、小説や詩がもはや作家の自己同一性の保証たりえない時期に自分が暮していると信じうるほどには聡明だったといえるのかもしれない。にもかかわらず、そうした時代にあってこそ、「文学」が書くことそのものの限界へと人を導く試練の場となりうるはずだとは確信しえなかった点に、その聡明さが「凡庸」さの同義語となるほかはない必然も秘められているのだ。

文学との訣別

マクシムにとって、「文学」とは、虚構の題材をめぐってより良い文章を書き綴ってみせる才能にほかならない。「文学」の価値はあくまで相対的なものなのである。他人よりも巧みで、正確であるが故に説得力のある文体を手に入れること。とりわけ、正しい語法に従って文を綴ること。事実、マクシムの文章は、同時代の作家たちのなかで、比較的には優雅なものであり、名文として記憶さるべきものではないにしても、程よい文体上の配慮もほどこされている。書くことに関して、彼は間違いなく自信を持っており、言葉遣いの野蛮さには我慢がならない。だからこそ、彼が編集の実権を握っていた『パリ評論』誌にギュスターヴの処女作『ボヴァリー夫人』が持ち込まれたとき、風俗壊乱の罪で追放されぬための政治的な配慮から一部を削除せざるをえないと考えた上に、かなりの数にのぼる語法上の誤りをも指摘し、訂正を求めている。それが、彼らの仲を疎遠にする二度目の事件だったのだが、ギュスターヴは、あいつの保護者的な姿勢が我慢ならぬとつぶやきつつも、その申し出のかなりのものを受け入れ、最終稿を仕上げたのである。

ところで、『徒労』の出版にあたって、マクシムはギュスターヴの指摘の多くのものを受け入れる素直さを示している。その点を証拠だてる書簡はすでに引用してあるが、ギュスターヴ自筆の意見が記された『ラ・ルヴュ・ナシオナル』誌四冊はいまだ人目に触れる段階には入っておらず、その注意書きに従ってマクシムのどのような訂正が行なわれたかを具体的に調べる手だてはない。いずれにせよ、一冊の書物として刊行される以前にギュスターヴが『徒労』を読み、そこに描かれている世代の魂ともいうべきものに深く心を動かされたことは確かであり、多くの知人にこれを推薦していたこともすでに述べたとおりだ。だが、そうした言葉に対して、たとえばジョルジュ・サンドはこんなふうに答えている。

　わたしはある世代の最後の人間で、あなたがたは、この最後の世代から生まれたので、わたしの時代にあったさまざまな幻想と、新たな時代の現実に触れた幻滅との中間に位置しているのです。だから、デュ・カンが、一連の意見や概念という点であなたと何かを共有しているのはごく当然で、それは大して重要なことではありません。どこにも似たところなどありませんよ。[39]

この女流小説家が類似の不在を強調しているのは、ギュスターヴが、いま自分の書きつつある長篇と『徒労』とが多くの点で似ているように思うと書いているからだが、そこにはいかなる類似点もないといってのけるジョルジュ・サンドが、はたして『徒労』を読んでのうえでそう宣言したのかどうかはわからない。だいいち、ギュスターヴの長篇はまだ完成してはおらず、題名さえ決ってはいないのだから、二人のこれまでの仕事ぶりや人格などを比較して、ギュスターヴへの文学的な共感をこう表現したまでなのだろう。一八〇四年生まれだからこのときジョルジュ・サンドは六十歳を越えており、さまざまな幻想を確信しつつ小説を執筆しえた幸福な文学世代の最後の生き残りとして、おそらくギュスターヴの愚鈍さのうちにある種の親しみを感じていたのである。そこからこうした断言が導き出されることになるのだが、事実、彼女がいみじくも指摘しているとおり、徒労という世代論的な意識をのぞくと、『感情教育』と『徒労』とはほとんど似ていないといってよい。マクシムの最後の長篇は、『遺著』がそうであったようにあくまで心理小説であるし、ギュスターヴが執筆中のそれは、幻想と幻滅との中間に位置する不幸な世代の精神史ともいうべきものだ。

だがもちろん、ここでこの二冊の長篇を比較検討したりはしまい。この点をめぐって問題にしてみたいのは、マクシムとギュスターヴという二人の旧友が、おそらくは生涯で初めて、同時に執筆していた長篇をめぐって協力しあったということだ。『徒労』の原稿を詳細に読んだ上で長い注意書きを送ったギュスターヴにマクシムが感激したことはすでに語ったが、ほとんどそれと同じことが立場を変えて二人の間に起こったのである。そこでマクシムは、こんどは彼も自分の言い分に耳を傾けてくれるに違いないと思う。もしそうであれば、ルイの死に際して、そのかけがえのない損失を「もっとたがいに愛しあい、できればもっと上手な愛し方をしろという警告」だとうけとめた自分は正しかったことになる。

だが、事態はそんなふうには進展しなかった。小説家としてのギュスターヴは、小説家を廃業したばかりのマクシムの忠告など本気でとりあげはしなかったのである。ギュスターヴが彼に求めた協力は、『感情教育』の主要な時代背景としての一八四八年の二月革命や六月事件などをめぐって、彼が間近に見聞しえた事実などを聞きだすことに尽きていたといってよい。当時マクシムは首都を離れることなく騒乱の渦中にあったし、また日々の体験を仔細に記録するという習慣を持ってもいたので、情報係としては申し分ない存在であった。だから、彼自身がその一員として武器をとったという国民軍の勤務時間だの、その兵営の内部の状況だのをギュスターヴに教えることなど苦もないことである。それはまた、『感情教育』の執筆にも有意義なことだろう。だが、たとえば仮装舞踏会の場面は長すぎるとか、決闘の描写があまりに馬鹿ばかしすぎるからぜひとも削除すべきだといった指摘を、ギュスターヴは完全に無視する。語法上の間違い、文法上の誤りなども同様である。歴史的な事実として、一八五五年の「万国博覧会」以後初めて陶器類への趣味が流行となったのだから、四〇年代にそれを登場させるのはおかしいといった注意も聞きとめられはしない。そこでマクシムは、とうとうこう書かざるをえなくなる。「いいかい、ぼくはきみに喧嘩を売ろうとしているなどと考えてもらってはこまるよ」。

実際、マクシムには喧嘩を売ろうとする意図などまるでない。彼は、友人として、周知の歴史的な事実をとり違えて恥をかいたりしないように心を痛めているだけなのである。事実、小説の構成上の問題を別にすれば、マクシムの指摘はほぼ正確だといってよい。にもかかわらず、ギュスターヴには訂正の意志がない。マクシムは、『感情教育』が刊行される直前の六月から七月にかけて、同じ趣旨の長文の手紙を何通か送っているが、そのうちの一つはこんなふうに書き始められている。

> いいかね、これだけは確かなことだと信じてくれたまえ。ぼくは自分の栄光などまるで信じてはいないし、そんなものにくらべればきみの栄光の方がはるかに重要なものだと思っている。おそらく『ボヴァリー』や『サラムボー』にもまして厳しいものになるだろう批評家たちの攻撃にさらされるのを見たくはないのだ。きみにぜひとも訂正してもらいたいと思っている部分は、必須のものなのだ。そうしたものがどうでもいいと思ったりしたら、こんなふうにきみを面倒がらせることもなかろうし、勝手に危険を冒しても知らぬ顔をしているはずだ。[40]

それからしばらくして、またこんな文面が読める。

> あいつにはうんざりさせられるときみが思っているのは承知の上だ。きみをうんざりさせる自分にうんざりしているのだから。でも、このままこの長篇を発表してしまえば、こうした細部を訂正しもせずに発表したことを、数年後に読み返してみてうんざりするだろうよ。

またマクシムの訂正癖だといってきみは笑うだろう。じゃあ、この訂正癖によって文体はどうなるか、文章の勢いはどうなってしまうのかというだろう。でもね、正しく直さないかぎり文体は生まれないのだよ。……いやいや、いけない。文体を救うなどといいはって不正確に書くことはいけないことではなかろうか。(41)

この文章が感動的なのは、書き手が、自分の才能の限界に充分すぎるほど意識的であるという点にある。小説家としてのギュスターヴが、自分とは比較にならぬ何ものかに恵まれていることを彼は承知している。勝負はすでに決っているのだ。その上で、彼は友人の作品がより秀れたものになるための条件を列挙しているにすぎない。小説家であることを放棄したマクシムには、もはや嫉妬はなく、もっぱら善意からこう忠告しているまでのことだ。だが、ギュスターヴは、その指摘のほとんどを残酷に無視する。その残酷さを前にしたとき、友情から出たマクシムの善意は、きわめて凡庸なものに見えてしまう。マクシムの方が遥かにあたり前の人間であり、その範囲で最善を尽そうとしているだけなのだ。

マクシムの予想通り、ギュスターヴの『感情教育』は同時代の読者からは評価されることがなかった。だがその原因は、正確さが欠けていたという点にあるのではない。その理由をここで詳述しようとは思わぬが、歴史的な事実の誤りや語法の間違いがその不評の原因でないことは明らかである。また、発表当時の不評にもかかわらず、この作品がその後、新たな生命を獲得した理由を分析しようとも思わない。ただ、「文学」が、マクシムのいう正確さとは異質の領域へと向けておのれを組織しつつあり、しかもそれが、文体の優位といった視点とはまったく別ものであったことのみは記しておきたい。『徒労』によって小説と訣別したマクシムは、小型大衆紙の連載小説とも、愚鈍なるギュスターヴの言語体験とも折りあいをつけえないいま、「都市論」へと移行する。自分を救うのに必須なものだと察しうる聡明さが、彼の凡庸さにほかならぬことは、あえていうまでもない。

Ⅸ　変容するパリの風景

サント・シャペルの尖塔

とりたてて美貌の持主というほどでもない一人の青年が、あだっぽい身なりの女性と肩を並べて冬のパリを散歩している。二人が夫婦でないことは、誰の目にも明らかである。かといって、そのそぶりからして、青年が金で女を囲うほどの身分でなかろうこともすぐさま見てとれる。また、愛情だけが結びつけたというほどせっぱつまったところもない曖昧なその一組の男女は、どことういうあてもないまま歩きつづけたあげくに、ごく自然にセーヌ河岸に出る。向こう岸に見えるのは、ルーヴル宮である。彼らは、左岸から右岸へとポン＝ロワイヤル橋を渡ってゆく。上流に目をやると、左手の河岸ぞいにはルーヴル宮の壁面が長くのびている。いくぶんか離れたところに、中州のシテ島がセーヌの流れをゆるやかに二つに分けている。風景は申し分ない。シテ島のはしを両岸に結んでいるポン＝ヌフ橋まで、いくつかの橋が視界に浮き出してくる。島にたち並ぶ家々の屋根の上には、ノートルダム寺院のゴシック建築が聳えている。右手に目をやると、サント・シャペルの高い尖塔が、あたりの光景にひときわパリらしい雰囲気をそえている。

男はたったいま、女を知りあいの画家のアトリエにつれていって、肖像画を注文してきたところだ。完成された作品をいくらで買いとるか、またその金額を誰が払うかさえ考えてはいないほど、青年は浮世離れがしている。それでいて、宝石商の前でふと足をとめ、贈りものに腕環でも買おうかと考えたりもするのだが、お金は大切にするものよ、と女になじられ、いささか自尊心を傷つけられたような気になる。だが、二人の関係は、正直のところ、まだその程度のものなのだ。あだっぽい女は、まだ、青年の情婦ですらない。その後の二人の仲がどんなものになるか、それはここでの問題ではないのだが、いずれにせよ、パリを舞台とした長篇小説の一部にこんな光景が描かれていれば、読む者は、そんなこともあるだろうとあっさり事態を納得してしまう。事実、これは、ギュスターヴの長篇『感情教育』の第二部第三章に誰もが読むことができる一節なのである。

いや違う、という声が、不意に物語に介入する。聞きなれたマクシムの声である。いや違うのだとマクシムは口にする。この物語は誤っている。たとえ小説の中であっても、こんなことは起こりえないのだ。いいかい。四八年の二月革命はまだ勃発してはいないのだろう。だとするなら、この挿話は、どう考えてみても、四六年から四七年のことになるはずだ。いずれにせよ、時代は七月王政下であって、第二共和制期でも第二帝政期でもない。だから、きみの青年と女性とは、ポン＝ロワイヤル橋からセーヌ上流を見やったところで、こんな風景が見えてきたりしはしない。親しいギュスターヴよ、ぼくがきみの注意を喚起してみたいのは、そうした点なのだ。それは、明らかに時代錯誤というものなのである。きみも知っての通り、パリの街並みは、とりわけ一八五〇年以後、年ごとにその容貌をかえている。七月王政下の人間が見ているパリは、第二帝政下の人間が見ているパリではない。五〇年の前であろうとなかろうと、ポン＝ロワイヤル橋からシテ島の方に視線を向ければ、ノートルダム寺院が見えて何の不思議もあるまい。しかし、サント・シャペルとなると、どうだろうか。名高いその尖塔の修復が完成するのは五四年、第二帝政期に入ってのことだ。ところで、ギュスターヴ、きみの青年とそのつれの女性とがポン＝ロワイヤル橋を渡ってゆくのは、まだ七月王政下のことではないか。するとその七十五メートルにも及ぶ高い塔は、たんに視界に入ってこないというだけではなく、存在すらしていないのだ。この尖塔がセーヌ河ぞいのパリの風景と調和することになるのは、少なくみつもっても、その冬の日の散歩より七、八年はあとのことでなければならない。だから、きみの文章から、サント・シャペルの一語をぜひとも削ってもらわねばなるまい。いくら虚構の物語だといっても、存在していないものを見ることのできる作中人物が登場したりしては、いくら何でも妙ではないか。

なるほど、きみはぼくのことをけちな復習教師と思うだろう。時制の一致だの、所有格の破格の用法をめぐって難癖をつけるぼくの言葉を無視するというなら、それはきみの勝手さ。偉大な作家たちはみんな誰でも慣用を度外視しているのだから、文体と文法とは別ものだという考えもわからぬではない。しかし、サント・シャペルの修復の年代といった、パリに住む人間なら誰でも知っている歴史的な事実を平気で無視するというのであれば、それは問題だぞ。だから、この種の指摘だけはどうか考慮してくれたまえ。ぼくは、パリに生まれ、パリに育った人間なのだ。また、身のまわりに起こったことがらを克明に記憶もしているし、こと史蹟に関するかぎりは、多くの歴史的建造物の修復にたずさわったヴィオレ＝ル＝デュックの友人でもある。サント・シャペルの繊細な建築美を彼がどれほど讃美していたかはきみも知っているだろう。総体の修復が完成したのは一八六七年、ついこのあいだのことだ。それを実際に指揮したのは、デュバンとラシュの二人の建築家なのだが、彼らが、稀有の史蹟修復官ヴィオレ＝ル＝デュックの精神的な弟子であることはいうまでもない。この種の情報に関してはまかせてくれたまえ。いくらでもきみの力になりたいと思っている。

実際、マクシムは、『感情教育』の原稿に二百五十一箇所の書込みを行なっている。そこには、文法的な誤りの指摘もまじっているのだが、それでもかなりのものは受け入れられている。とりわけ、サント・シャペルの尖塔のようなものは素直にその申し出に従ってさえいるのだが、それにもかかわらず『感情教育』には、いくつかの歴史的な事実の間違いがまぎれこんでしまっている。時代錯誤のほとんどは、交通機関をめぐるものだ。そこには、走っていないはずの汽車が黒煙をふきあげて野原を横切っていたり、走っているはずのない馬車が、乗客を乗せて大通りを駆けぬけたりもしているのである。だが、総じて、執筆中にデュ・カンがよせた情報や、原稿に彼が記した注意書きによって物語がその背景にふさわしい時代色を獲得しえたのは間違いのない事実である。マクシムの助言は、『感情教育』の執筆にとっては明らかに有効なものであった。だがギュスターヴは、その処女作『ボヴァリー夫人』のときもそうであったように、マクシムに対する感謝の言葉などひとことも洩らしてはいない。

行政的文学

マクシムの注意を聞き入れて書き直された一節は具体的にはどんなふうになっているか。

ロザネットがストーブの熱ですこしのぼせてしまったので、二人はバック街を通って歩いて家に戻ろうとした。ポン＝ロワイヤル橋の上にさしかかった。

空はすっかり晴れあがり、身をさすような寒さのすばらしい天気だった。シテ島の家の窓ガラスが、いくつか、金色の板のように遥かに光っていた。背後の右側には、ノートルダム寺院の塔が黒々と青空に浮きあがっている。地平線のあたりの空は、灰色のもやにぼんやりと包まれている。さっと風が吹いた。ロザネットは腹がすいたというので、二人は英国風のケーキを売る店に入った。(42)

ここでストーヴの熱というのは、青年フレデリックとそのあだっぽいつれの女性ロザネットが訪れた画家ペルランのアトリエに置かれていた煖房器具のことである。「ヴェネチア派」風に仕あげられるはずの彼女の肖像画の、最初の素描が終って、次回の約束をとりつけて出てきたところなのだ。さまざまな細部から計算してみると、マクシムの指摘どおりこれは四七年二月のことである。青年は、この玄人ふうの女性を、まだ自分のものにはしておらず、せいぜいがそのとりまきの一人といったところだ。肖像画の一件は、親しみをますための口実にすぎない。イギリス風の菓子屋でケーキをほおばり、また散歩を続けようとして青年はさぐりを入れてみるが、女は、「わかっているじゃあないの、そんなことできっこないわ」と答えるのみである。二人が愛人関係に入るのは、それから正確に一年後、二月革命の銃声がパリの街に響きわたるさなかのことだ。そうした時間の推移を充分に考慮した上で、マクシムは「その当時、ポン＝ヌフ橋からサント・シャペルは見えなかった」と正しく指摘したわけである。

ところで、いま引用された決定稿の文章を読みなおしてみると、マクシムの注意書きに従ってサント・シャペルの文字が消え去っていることはすぐにみてとれる。こうしてギュスターヴは時代錯誤に陥らずにすんだわけだが、ここで重要なのはその事実ではない。われわれが注目してみたいのは、二人の男女の渡ってゆく橋がポン＝ロワイヤル橋と書かれていながら、マクシムが、「ポン＝ヌフ橋からサント・シャペルは見えなかった」と記している点だ。もちろん、パリのどんな橋の上に立ってみたところで、そのときサント・シャペルは見えるはずがない。ところで、ポン＝ロワイヤル橋は、ポン＝ヌフ橋より三つ川下に位置する橋であり、そこから望むセーヌ上流の光景は、ポン＝ヌフ橋から見るそれと正確に同じものではないのである。だいいち、ポン＝ヌフ橋は、誰もが知るごとく、シテ島とセーヌの両岸とを結んでいるのだから、そこからはシテ島そのものは見えはしない。人は、シテ島の内部に立っているのだ。

だからノートルダム寺院はより間近に聳え立つことになるだろう。マクシムは、ギュスターヴの青年とそのつれの女性が足をとめる場よりも、視線をシテ島に接近させているのである。あるいは、『感情教育』の作者が、視点をより下流に置いたといってもよいが、それは何を意味しているか。

いうまでもなく、細部に違いが認められるとはいえ、二つの光景はほとんど同じ構図におさまる。つまり、中央にノートルダム寺院を配したこの上なく観光的なパリの風景がそこに浮き上ってくるのだ。下流に視線を向けた場合、そこには何一つ目ぼしい建物は見えないだろう。エッフェル塔はいうに及ばず、グラン・パレの屋根さえまだ存在していない。だから、このあたりで左岸から右岸へとセーヌを渡ってゆくものは、この時代なら誰でも上流に瞳を向ける。いまでさえ、それがもっとも自然な視線の動きであるだろう。いかにもパリらしいパリが絵画として人を安心させる構図におさまるからである。

ところで、セーヌ河にかかった橋の上から周囲の光景に視線を向けることは、マクシムにとってまったく無縁の振舞いではない。思い出してもいただけようが、ギュスターヴのパリを舞台とした長篇の原稿に注意書きを記している一八六九年のマクシムにとって、それは、優柔不断な青年紳士があだっぽい女性をつれて渡ってゆくにふさわしい心象風景であったりしてはならないはずのものである。「都市論」として十九世紀後半のパリの歴史を記述し、それを二年前から『両世界評論』誌に断続的に掲載しつつあるマクシムにとって、あたりの光景は小説的な風物詩であったりしてはならないのである。すでに述べたように、彼は、一八六二年五月のある晴れた午後、ポン＝ヌフ橋のベンチに腰をおろして、変容しつつある首都のさまざまな細部に、小説家たちが描きえなかった新たな生の脈動を感じとっていた。マクシムは、左岸のセーヌぞいに、煙をはきだしている造幣局の煙突を認める。五月のよく晴れた午後のことなのだから、その黒煙は、ロザネットの頰をほてらした画家ペルランのストーヴのような煖房器具から出るものではないだろう。金銭の時代にふさわしく、そこでは貨幣が鋳造され、紙幣が印刷されつつあるはずだ。この光景は、やがて、マクシムを、銀行の歴史的記述へと向かわせるものであり、たんなる絵画的な構図ではない。また、囚人を乗せた馬車が人混みを走りぬけて行くのを目にすれば、囚人たちの人目に触れぬ生活の究明へと向かうことになるだろう。事実、マクシムは、このパリの歴史の執筆にあたり、虚構の存在にセーヌ河を渡らせ、見えるはずもない歴史的な建造物を背後に浮きあがらせてしまったりするギュスターヴと異り、ありとあらゆる職業を自分で演じてみせるだろう。「わたしは、ほとんどフランス銀行の銀行員と同じ生活をした。……囚人たちの独房に入って腰をおろしてみたり、死刑囚に従ってその死体解剖にまで立ちあったのだ」。出撃する公安警察と行動をともにしたり、税関に身をひそめて密輸業者を観察したりもした。老眼鏡ができあがるのを待ちつつ過したポン＝ヌフ橋のベンチでの午後は、マクシムを、風景の背後で律義にかみ合っている不可視の歯車の機能ぶりの分析へと向かわせたのである。

ギュスターヴは、そうしたマクシムの姿勢を見て、「注意したまえ、……きみはこんどは行政的文学に身を投じようというのか」といったものだ。だが、この行政的文学は、見えてもいない尖塔を書きこんでしまうような小説家の粗雑さとは別の何ものかによって支えられているのである。『文学的回想』にそうと記されてはいないが、造幣局の煙突から視線をいくぶんか左にずらせば、サント・シャペルの七十五メートルの尖塔は視界に入ってきたはずだ。それは、一八五四年、わたしが『現代の歌』の序文をしたためていた年いらい、そこに立っている。そしてその翌年、シャン・ド・マルスを中心として開催された初の大がかりな万国博覧会を契機として、パリは驚くほど急激にその表情を変え始めたのである。そのいっさいをわたしは詳細に記憶にとどめているし、必要とあらば資料としてノートに記し整理してもある。それに加えて、実際に現場へと足をはこんで変化しつつある細部をこの目で確めてもいる。どれほど「行政的文学」と嘲笑されようと、そんな仕事ができるのは自分しかいないとマクシムは考える。パリに生まれパリに育った人間だという点もあろうが、また、疲れを知らぬ旅人として地球上のさまざまな土地を訪れてまわったときの経験が、いま、十九世紀も後半にさしかかったフランスの首都を探索して歩くにあたっても大いに役に立ってもいるのである。パリの街は、かつてマクシムの視線をうけとめたエジプトや中近東の歴史的建造物や遺跡と同じように、好奇心の旺盛な視線の対象であるにすぎない。たとえば一八六八年の三月に書かれたギュスターヴの書簡の一つは、完成したばかりのパリ中央市場をマクシムが訪れたさまを語っている。

マックスは、肉屋と市場と屠殺場にかかりっきりだ。あいかわらず、あのパリをめぐる厄介な仕事のためである。ある晩、彼に引っぱられて中央市場に行った。だが、午前三時には失敬してしまった。何しろからだ中が冷えきってしまったのでね。(43)

この文面から感じとれるのは、十五年前のエジプト旅行の折とそっくり同じ二人の関係であろう。肉体的な疲労から目の前の光景に興味を失なってしまうのはやはりギュスターヴの方であり、克明にノートをとるのはここでもマクシムである。だが、彼らが真夜中すぎに見ているのは古代文明の遺跡ではなく、いままさに変容しつつあるパリの姿なのだ。そして、失なわれつつあるものを前に写真機の三脚を組みたて、まだ誰も見たこともない巨大な彫像の写真をヨーロッパに持ち帰ったように、マクシムは、まだ誰も描写したことのない中央市場の光景を『両世界評論』誌に発表しようとしている。いま、まさに生まれつつあり過去には属していない近代建築と、そこに展開されようとしている新たな生活の形式とを記述すること、なるほどそれは、マクシム以前に誰も試みたりはしなかったものだろう。一八四七年にポン＝ロワイヤル橋を渡る人間の目にサント・シャペルの尖塔が見えるはずがないと断言しうるのも、そうした企てを思いつくことの可能な精神にほかならない。だとするなら、一八六二年の五月のよく晴れた午後、ポン＝ヌフ橋のベンチに腰をおろしていたマクシムは、その視力の衰えによって何も失ないはしなかったわけだ。それから数年にわたって彼を苦しめた肉体的な変調も、新たな何ものかを彼に発見させたのではなかった。小説や詩を書かなくなったことは、彼にとっての決定的な変化ではなく、むしろごく自然な推移だったとさえいえるのだろう。ちょうど、帰国後にエジプト旅行のノートをパリで整理したように、秋から冬にかけてのパリでの見聞を、春から夏にかけて避暑地のバーデン＝バーデンで論文にしたためていたのである。唯一の違いはといえば、文壇を征服しようという性急な野心を捨て、息の長い仕事に精を出す余裕を彼が身につけたという点だろう。事実、『パリの歴史』は完成までに六年を要した六巻からなる大著である。もっともギュスターヴは六年で一冊の長篇しか書きあげることができないのだから、休暇の人マクシムも疲れを知らぬ旅人にふさわしい頑丈な腕で筆を握っていたことになるだろう。

鵞鳥の羽ペンと金属製のペン

ところで彼が握っていた筆とは、どんな筆であるのか。というのも、マクシムの目の前でパリがその表情を急激に変化させたように、作家たちの筆記用具もまたこの時期にかなりの変化を見せているからである。いうまでもなく金属製のペン先の発明は十八世紀初頭にまで遡り、十九世紀に入ってからは、学校教育における必需品とさえなっている。だが、誰もが原理的には文字の書ける時代の到来とともに、芸術家たちは、鵞鳥の羽ペンの使用に自己正当化の基盤を求めた。少なくとも、文学を志した青年時代のマクシムは、ギュスターヴとともに鵞鳥の羽をむしったペンに固執していたのである。だが、『文学的回想』によると、小説や詩の執筆を放棄しパリをめぐる著作の構想をねり始めたマクシムをなじる口実として、ギュスターヴはマクシムによるこの伝統の軽視を攻撃している。「きみはすでに鵞鳥の羽ペンを使わなくなり、金属製のペンを使っている。これは脆弱なる魂を立証する事実である」。つまり、芸術家にふさわしからぬ振舞いだというのだろう。これは、かなり象徴的なできごとであるように思う。フランスでもっとも早い時期に写真家に変装しえた芸術家には、鵞鳥の羽ペンはそぐわないのである。彼は、そうした風潮にさからって、あえて誰とも同じ金属のペンで文字を綴ろうとしたのではないかと思う。その事実はまた、パリという巨大な都市の機能を記述するという犯罪的で技師的な立場にあえて固執しようとする姿勢ともかさなりあうものだろう。首都の普段は人目に触れぬ影の部分にまで視線を向けて深く観察しえた事実をもとに長篇小説を書いてみてはどうかとすすめるギュスターヴは、何とかしてマクシムを「行政的文学」から救いたいと思っていたらしい。彼はこんなふうにいったとマクシムは報告している。

　小説とは、かけがえのない歴史的な資料なのだ。後世の人間は、誰一人として、バルザックを参照することなくルイ＝フィリップ治下の歴史を書くことはできまい。小説とは、現実に触発された想像力の作品であり、技術的なものの、議論の余地ない真実の細部を包んでいなければならぬ。そうした細部が、年代記的な書物としての価値をもたらすのだ。パリを解体し、その機能を記述するのは技師の仕事である。パリを解体し、小説の中にその厳密な運動を置き換えてみせるのが作家の仕事だ。逡巡することは誤まりであり、選択を誤まることは一つの犯罪ではないか。[44]

これと正確に同じ言葉がギュスターヴの口から洩れたという保証はどこにもない。だが、ほぼそうした意味のことを彼がいったであろうことは想像にかたくない。鵞鳥の羽で書くのは小説家であり、金属製のペンで書くのは技師だといっているようなものだからである。それに対して、マクシムはこう答えたことになっている。

私は自分が犯罪的な人間となり、技師となるべく心にきめているのだ。(45)

マクシムは、金属製のペンを握りしめながら、あえて選択を誤ろうとしている。あるいは、彼が小説を書き、詩を書いたりもしたことそのものが犯罪的だったというべきかもしれない。いずれにせよ、ギュスターヴにとって、選択を誤るということは想像を越えたできごとなのだ。彼は、マクシムを理解することができない。そして不幸なことに、マクシムにはギュスターヴが想像できてしまうのだ。少なくとも、金属製のペンを握る自分を正当化するために、いまだに鵞鳥の羽をむしってその先を尖らせている友人の姿を想像することはできるのである。そんなことが自分にもできたなら、どんなにか幸福だろうとさえ彼は思う。見えてもいない教会の尖塔をパリの風景と調和させたつもりになっている小説家とは、なんと美しい存在だろう。ただ、自分にはそうした身振りが禁じられている。それが嘘だとわかってしまうからである。わたしは、金属製のペン先をインクに浸しながら、犯罪的な技師に徹するほかはないし、かつて疲れを知らぬ旅人であった自分は、そのことに喜びさえ感じられる。いま、この瞬間も姿を変えつつあるパリの表情を記述するには、鵞鳥の羽ペンはふさわしくなかろう。鵞鳥の羽ペンを、わたしは喜んでギュスターヴにゆだねよう。金属製のペン先には、それにふさわしい世界が存在する。おそらく、タイプライターが発明されていたとしたら、彼は間違いなく細い両手の指をキーの上に器用に走らせながら『両世界評論』誌の原稿を打ちあげたに違いない。それを凡庸と呼ぶのであれば、彼には、凡庸さへの抑えがたい心の傾斜がそなわっていたというほかはない。そしていま、マクシムはそのことを充分すぎるくらいに意識している。

Ⅹ　物語的配慮とその許容度

走る男

あるときマクシムは、一人の走る男を見かける。年とったその走る男は、一瞬、彼の視界を横切っただけで姿を消してしまう。だが、走る男の姿かたちは、マクシムの記憶に鮮明に刻みつけられる。

彼は老齢で、肌は黒く、短い顎髭は白い。駱駝の毛の衣服をまとっている。汚れて黒くなった綿のターバンが、長く腰のところまでたれている。棒のさきに袋をつけ、それをかかげるようにして走っていた。両足には、革のサンダルをはいていた。(46)

『東方旅行記』のノートに読まれるこの文章は、一八五〇年四月三日水曜日の日付を持っている。その事実からして、走る男をめぐるごく短かいこの記述が、まだ三十歳にもなっていないマクシムの手になるものだということを、人は苦もなく計算することができる。そのとき青年マクシムは、まぎれもない疲れを知らぬ旅人として、河舟でナイルを遡り、第二瀑布のすぐそばまで来ている。同行者として、ギュスターヴが彼のかたわらにいることは、さして重要な事実ではない。それより、写真家に変身しつつあるマクシムが、すでに触れたあのイプサンブールの巨大な石像をカメラにおさめたばかりのところだと指摘しておいた方が、有意義かもしれない。というのも、疲れを知らぬ旅人である自分を清算し、休暇の人として小説から「都市論」へと転身をはかったマクシムが、その最初の試みとしてパリの「中央郵便局」を語ろうとするときに思い出されるのは、ナイル奥地で見かけた、この老齢の走る男のことであったからだ。一八六七年一月号の『両世界評論』誌に掲載された「郵便行政とパリ中央郵便局」の冒頭には、事実、こんな文章が読まれるのである。

一八五〇年三月のある日、私はヌビア地方にいて、獅子の像があるのでセブアと呼ばれている廃墟と化した寺院のそばに腰をおろしていた。そのとき、一人の老人がナイル河の岸を走ってくるのが見えた。一方の手で、老人は鈴を振っていた。いま一方の手で、椰子の木の枝を肩にかつぎ、そのさきには、羚羊の革でつくった袋がつるされていた。老人が近づいてくると、人びとは熱狂して列をなし、慈悲深く寛大な神の名のもとに挨拶を送っていた。私は興味をおぼえ、老人に声をかけた。——「男よお前は何ものなのか、どこへ行くのか」——「私は、太守の通信係です。太守の御身に予言者マホメットのお恵みがありますよう。

私は立ちどまるわけにはまいらぬのです。」――こうして彼は足早やに道を続けた。そして、鈴の音はまだ耳に響いていたが、その姿はもう視界から消えてしまっていた。(47)

読まれるとおり、三十歳まえの旅行者の書きつけたノートと、「都市論」に転じた四十五歳のマクシムの記述との間には、いくつかの違いが認められる。まず、『旅行記』に一八五〇年四月三日とかかれていたものが、「都市論」では「三月のある日」と記されている。この異同に深い意味があるとは思われない。事実、マクシムは三月下旬からこの土地に滞在しているので、十七年後に回想されてそれが三月と記されても決して不自然ではあるまい。また、この土地の名が『両世界評論』誌では Séboua となり『旅行記』の Sébona と異っているが、これは外国の固有名詞を綴る際のちょっとした印刷ミスであろう。獅子を意味するのは、『旅行記』の表記の方が正しい。問題なのは、むしろ、『旅行記』には記されていない走る男とのやりとりが、『両世界評論』誌の文章に姿を見せていることだ。二十年近くも昔のちょっとした会話をこうまでもっともらしく再現されると、かえってそれが虚構じみたものに思われてしまうのだ。だがそれにしても、マクシムは「立ちどまるわけにはまいらぬ」という走る男との間に、本当にこうした話を土地の言葉でかわしたのであろうか。『旅行記』によれば墓の廃墟を見ていたというマクシムは、「太守の通信係」が棒のさきに結びつけている袋が「羚羊の革」だと認めるために、その脇を何メートルか走ってみたりしたのであろうか。だとすると、「鈴の音はまだ耳に響いていたが、その姿はもう視界から姿を消していた」という記述と矛盾しはしまいか。しかもその「鈴」をめぐっては、『旅行記』は何も語ってはいない。毎日、河舟で記されたノートに書かれていない「鈴の音」が、十七年後のマクシムの耳に響いたとするなら、その聴覚的記憶はいかにも鮮明なものだったに違いない。われわれは、その記述の信憑性を疑ってみたりはしまい。老齢の走る男がマクシムの視界を駆けぬけていったのは間違いのない事実だったろうし、それが太守の通信係だったというのも確かなことに違いなかろう。ただ、その二十年近くも昔の記憶を「都市論」の冒頭に据えてみることで、小説を放棄したはずの彼が、まるで虚構の散文を書き綴ろうとでもするかのように、事態をいかにもそれらしく脚色しているのではないかと疑われるのだ。

いうまでもなく、彼がその「都市論」の第一章として『両世界評論』誌に発表した「郵便行政とパリ中央郵便局」に書かれているのは、十九世紀中葉において驚くべき充実ぶりを示すにいたった「郵政制度」のルポルタージュである。そこには、彼自身が証人となって親しく観察することのできた、普段は人目に触れぬパリの実態が、詳しく記述されている。同時代の読者に向かって、マクシムは、あなたがたの生活にあって日々反復されているできごとの背後には、人が想像することさえ忘れている近代文明の輝やかしい進歩が、着実に機能しているのだと説得したいのである。

たとえば、午前中に一通の手紙をうけとったとする。そのごく当り前な事実が可能となるには、そこにどれほどの創意と、慎ましい労働と、個人が公共の利益のために示しうる組織性とが実践されねばならぬかを、多くの人びとに理解してもらいたいというのが彼の執筆意図にほかならない。つまり、ここでのマクシムは、人目にはたやすくふれない真実を語ってみせようとしていたわけで、ナイルのほとりを駆けぬけた老齢の走る男の挿話は、語り手の側にある真実を補強するための恰好の口実なのである。現代のパリでは、もはや飛脚が鈴を鳴らして郵便を運んだりはしない。だが、地球上には、いま、この瞬間にも、粗末な衣服をまとっただけの老人が、権力者の利益のために息を切らせて灼熱の砂漠を走り続けている。事実、わたしは、この目でそのさまを見てきた。しかも、ただ見ただけではない。その走る男に声までかけ、彼自身の口から、それが「太守の通信係」であると聞きだしもした。だから、これは間違いのない真実である。そしてその挿話は、わたし自身この目で見たし、この耳で聞きもした真実であるように、これからお話しするパリの中央郵便局の挿話もまた真実なのである。

おそらく、そうした言訳めいたことをことさら書きつらねるよりも、老齢の走る男との会話を直接話法で引用する方が、より直截に事態を読者に把握させることができるに違いない。彼は、一八五〇年のナイル河流域の「郵政制度」を生きた証人として語りうるのだから、第二帝政期のパリの中央郵便局の実態に関しても、間違いのない事実を語りうるはずだ。『旅行記』に記されてはいない対話が二十年後の「郵便行政とパリ中央郵便局」に姿を見せているのは、そうした説話論的な配慮にもとづくものであるように思う。そしてその配慮が、実際には交されなかったかもしれぬ言葉を捏造させることになったのかもしれない。何しろ、直接話法の証言ほど、物語への信憑性を高めるものはないのだから。

滝とユーレカ

ことによると、われわれはマクシムに対して、過度に残酷であるかもしれない。実際、「太守の通信係」との対話は行なわれていながら、『旅行記』には記さなかったのだという想像も大いに可能なのである。にもかかわらずわれわれがいくぶんかの疑念をおぼえるのは、マクシムの側に前科があるからだ。彼が直接話法で何ものかの台詞を再現するとき、そこには、しばしば事実の歪曲が行なわれてしまうのである。

たとえば走る男を見かけるよりも十日ほど前、正確には五〇年三月二十三日の土曜日、マクシムは小高い岩山の上に立って、ナイル河の第二瀑布を見おろしている。それは、疲れを知らぬ旅人マクシムが、エジプト旅行の最終地点にまで到達したことを意味する。河舟による遡行は、もはやそれ以上は不可能だからである。「われわれのエジプト＝ヌビア旅行の最終目標に達したことが、どうしてこれほどの悲しい思いを起こさせるのだろうか」と、彼はその前日のノートに記している。そしてその翌日、つまり三月二十三日に、彼はやといいれた駱駝に跨がり、アブー・ソロムの砂漠を横切って巨大なきのこを思わせる岩山の上に立つ。流れ落ちる水は緑色で冷い。崖は瀝青を溶かしたように黒々としている。翌日、彼はそうした光景をカメラにおさめるだろう。

ところで彼は、三十年後にその日のことを思い出し、滝を見おろしながら口にされた言葉を直接話法による証言として記述することも辞さない。言葉は、こんどは彼のかたわらを走りぬける現地人の口から洩れたものではなく、同行のフランス人、つまり友人ギュスターヴによってつぶやかれたものである。それは、これまで何度も言及された『文学的回想』の第十三章「カイロにて」の末尾に読まれるものである。そこでマクシムは、こうした未開の土地を陽に焼かれて歩きまわることが、ギュスターヴの性格にふさわしからぬものであることを語りながら、彼が、書かれるべき小説のことにすっかり心を奪われていたと記している。「アフリカの風景を前にしながら、彼はノルマンディーの風景を夢見ていたのだ」という文章は、それを読む者が、「書かれるべき小説」が『ボヴァリー夫人』だと知っていることを前提としている。事実、ギュスターヴは二年がかりの東方旅行からノルマンディーに戻ると、六ヶ月もしないうちに故郷の農村を舞台にした『ボヴァリー夫人』を書き始めることになるのだから、それは大いにありそうなことだ。それに、ギュスターヴ自身の書簡に、エジプトの遺跡に対する無関心を表明する言葉がいくつも書きつけられているのだから、マクシムの観察は決して間違ってはいない。ところが、その証言がにわかに信じがたいものに思われてくるのは、彼がこんな言葉を書きつけてしまうときなのだ。

内陸ヌビアの境界に近いジェベル・アブシールは第二瀑布を見おろしているが、その上からわれわれが黒い花崗岩の突きだした岩にうちかかるナイル河を見ていたとき、彼ギュスターヴは叫び声をあげた。「見つけたぞ。ユーレカ、ユーレカ。エンマ・ボヴァリーという名

にするぞ」。彼は何度かくり返した。Oというところを短かく発音することで、ボヴァリーという名前を楽しんでいた。(48)

疲れを知らぬ旅人に従ってエジプトの地にやって来た病弱なノルマンディー出身の文学青年が、河舟でナイル河を遡りながら、やがて書かれるべき長篇小説のことばかり考え続け、その旅の最終目標に到着して壮大な滝の光景を視界におさめている瞬間に、その長篇の主人公の名前を思いつくというのは、おそらく小説以上に小説的だといえるだろう。友人ギュスターヴの言葉の引用で「カイロにて」の章を終えることは、走る男との対話の引用で「郵便行政とパリ中央郵便局」の章を始めることと同様に、いくぶんか芝居がかったやり方である。故郷のノルマンディーから最も遠く離れた地点で、ノルマンディーを舞台にした長篇の女主人公の名前を発見するというのは、ギュスターヴという作家の特質を語るうえで、妙に人を安心させる挿話だとさえいえよう。そんなことも大いにあろうと、思わず物語を納得してしまうのだ。事実、かなり高名な批評家の一人もこの記述にだまされ、もっともらしい議論をくり拡げたりもしている。

だが、この記述が誤りであることは、今日では文学史的な常識に属することがらである。その理由を詳細に語るにも及ぶまい。ギュスターヴの自筆原稿を検討しうる時代に生きるわれわれは、その処女長篇の女主人公の名前がエンマ・ボヴァリーと決まるのは執筆中のことであり、それに到るまでには、いくつもの別の名前が草稿に記されているのである。マクシムが証言するごとく、エンマ・ボヴァリーの名が第二瀑布を見おろす岩山で発見されたものだとするなら、草稿の中にはそれが初めから記されていなければなるまい。だが、事実はそうなってはいない。それればかりか、ナイルの河舟の上で、ギュスターヴは未来の長篇小説などまるで考えていなかったことが書簡によって知られてさえいる。「空っぽです。まったくもって頭の中は空っぽなのです」と彼はくり返すのみである。創造の意欲が彼によみがえるのは、河舟がナイルを下り、カイロの町に戻ってからのことにすぎない。しかも、首府のホテルで彼が構想をねるのは、今日読みうるかたちでの『ボヴァリー夫人』とはまったく異質の、三つの作品なのである。かりに、そのうちの一つが発展して『ボヴァリー夫人』になったのだと仮定しても、それがエンマという洗礼名を授けられるのはもっと後のことだ。

では、マクシムは嘘をついているのか。生き残りえたものの特権として、親しい友人の死後、もはや検証するあてもない証言を思いのままに『文学的回想』に書きつけていたのだろうか。たしかに、年来の嫉妬と劣等感を晴らすべく、自分に都合のよいことばかりを語る男だというマクシム観は、かなり根強く文学史に生き続けている。だがわれわれは、この第二瀑布でのエンマ・ボヴァリー生誕という神話を、根も葉もない出鱈目だとは思わない。だいいち、『文学的回想』のマクシムは、ギュスターヴが自分などとは比較にならぬ文学的資質の持主である事実を、素直に認めている。また、この第二瀑布での挿話を書き記すことは、ギュスターヴに対するマクシムの優位をいささかも保証するものではあるまい。しかもわれわれは、ボヴァリーという名前がエジプトの地でギュスターヴの想像力を刺激したであろうと予想しうる状況証拠をいくつも持っている。だから、マクシムは必ずしも嘘をついているわけではないのである。ただ、それが突然の啓示としてヌビアの奥地の滝を見おろすギュスターヴに訪れたとは思えないし、ましてやエンマという洗礼名がそこで生まれたと証言されるとなると、やはり疑わざるをえない。とにかく『ボヴァリー夫人』の草稿の初期段階で、女主人公はマリーと呼ばれているのだから、「ユーレカ、ユーレカ」という興奮ぶりが未来の『ボヴァリー夫人』の作者をとらえるというのは、何としても理窟にあわない。(49)では、どうしてこんなことになってしまうのか。

語りの真実らしさ

事態は、必ずしもマクシムの個人的な性格にかかわるものではない。劣等感とか、嫉妬から出た虚言癖といった視点は、さしあたり何ものをも説明しえないだろう。それは、むしろ真実を語ろうとするものの善意と深く関係したことがらなのだ。自分一人が特権的な証人たりえたできごとを本当のこととして他人に報告しようとするとき、人は、みずから語りつつある物語が真実であると立証すべく、本当らしさへの配慮で思わず武装してしまう。語ることは、語ることの真実らしさに支えられることなしに遂行されはしないからである。しかも、物語に耳を傾ける者たちは、語ることの真実らしさを確信しえたときに、初めて説話論的な安心を獲得する。つまり、物語は、本当らしく見せるための配慮が共有されるとき、初めて語る者と聞く者とを結びつけるのである。その意味で、物語とは、本当らしく見せるための配慮の体系だといってよい。何かがマクシムに嘘をつかせているとするなら、この体系をおいてほかにはないだろう。読者をなるべく真実に近づけさせようとするあまり、その善意によって、彼は物語的な配慮の体系の中に閉じこめられ、かえって真実から遠ざかってしまったのである。『感情教育』のちぐはぐな恋人たちの視界に浮きあがるサント・シャペルの尖塔がありえない光景であったように、ギュスターヴが第二瀑布でエンマ・ボヴァリー生誕に立ちあうというのもありえない物語である。ここには同じ時代錯誤が演じられている。後世のもの笑いの種にならないためにも、ぜひこの記述だけは削除してくれというマクシムその人が、みずから後世のもの笑いの種になってしまうのはいささか皮肉なことだ。これは、凡庸といえばいかにも凡庸な物語の罠ともいうべきものだろう。ギュスターヴがいかにして歴史的な誤りを犯さずにすんだかを証言している『文学的回想』の著者が、その同じ書物で同じ種類の誤りに陥っているというのは、なんとも凡庸な芸術家にふさわしい振舞いではある。だが、ここで見落しえないのは、一見したところ類似したものに思われる誤りが、微妙に異っているという点だ。一方は、小説という虚構の内部での時代錯誤であり、他方は、回想記という原則として虚構を排した物語にまぎれこんだ時代錯誤なのである。前者にあって露呈されるのは本当らしさの欠如であり、つまりはありえないことが虚構にまぎれこむという事態だ。いっぽう後者では、起こらなかったことが起こったこととして語られてしまっている。とするなら、虚構の捏造ぶりは、回想記にあっての方が遥かに徹底しているというべきだろう。

だが問題は、どちらの場合が誤りとしてより決定的であるかを断言することにあるのではない。重要なのは、語るという言語的な実践にあって、語らるべき対象が現実に起こったことか想像上のものかを区別することそのものが、意味を失なっているということだ。それは、いずれの場合にあってもきまって誤りがまぎれこむといった点から無意味なのではない。語るという体験は、それが虚構の世界におけるものであれ生きたできごとの記述であれ、ありえたであろう真実に対して正しいか間違っているかの水準で正当化されるものではなく、語ることの真実らしさをめぐる許容度という点で判断されるべきものなのだ。つまり、本当らしく見せるための配慮の体系が、語りを正当化しているのである。マクシムの誤りは、その体系の内部にあっては決して間違いではない。語ることの真実らしさを保証するもののうちでもっとも信頼のおけるのは、直接話法による会話の再現だからである。実際、これほど客観的なものもまたとあるまい。わたしは、この耳で確かに聞いた。ギュスターヴは、あのとき、あの岩山から滝を見おろしながら、「エンマ・ボヴァリーという名にするぞ」と叫んだのだ。そしてまた、あのとき、走る男は、「太守の通信係です」といって目の前を駆けぬけたのだ。その言葉の中には、いかなる脚色も入りこむ余地はない。

ところで、すでに述べたように、この言葉が当の本人の口から本当に発せられたか否かはさして重要ではない。こうした台詞を引用することそれ自体が、それに先だつ記述やそれに従う論点を、語ることの真実らしさの水準において正当化することになるという側面が重要なのだ。それはあくまで、本当らしく見せるための配慮であり、物語は、その配慮の体系に従って語りつがれてゆく。物語とは、この配慮の体系が不断に機能しつづける言語的な場合にほかならない。語られたことの真実ではなく、語ることの真実らしさをめぐる許容度を共有しうるものだけが物語を語り、物語を聞くことができる。

マクシムが言葉の真の意味で凡庸なのは、この配慮の体系と許容度とをことさら低く見つもることで、さまざまな歴史的なできごとや個人的な体験を間近から観察しえた証人としてのおのれの特権性を相対的に高めうると信じているからである。「散文だの小説だのといった漠とした捉えがたい概念ではなく、自分の支柱となりうる何ごとか堅固なもの」を求めて虚構を捨て、記録文学という「別の進路」に進もうと心に決めたとき、彼は真実の証人たろうとしたわけだが、証言という名の物語を本当らしく見せるための配慮の体系がどれほど曖昧なものであるかに気づいてはいなかった。もっとも、それに無自覚なのはなにもマクシムに限ったことではない。人は、真実と物語の真実らしさの許容度とをいつもとり違えている。というより、正確には、その許容度こそが真実と信じられているものの実態だとすべきかもしれぬ。真実の物語があるわけではなく、物語の真実らしさの許容度があるだけなのだ。物語にあって人が読むものは、本当らしく見せるための配慮の体系でしかない。この配慮の体系と許容度とは、時代によって、また文化によって、そしておそらくは階級によって異ってくるだろう。われわれは、もはや、マクシムの物語を保証していた配慮の体系と許容度とを共有してはいない。だが、ギュスターヴのそれは充分に共有しうるものである。ちょっとした記述の誤りは、いつでも許容しうるものだ。だが、物語的配慮の体験が必然的につかせてしまう嘘には、何かしら顔をそむけずにはいられない悲惨なものが含まれている。彼は、何も、ギュスターヴに「ユーレカ、ユーレカ」と叫ばせることはなかったのだし、走る男に「太守の通信係です」と呟やかせることもなかったはずなのだ。そうした配慮は、いかにももっともらしく、今日的な許容度を越えている。古びたとはおそらくそうしたことなのだろう。

だが、古びるべき言葉にはどこかしら快い物語的な魅力が含まれており、『凡庸な芸術家の肖像』の物語もまた、その甘美な快感に惹きつけられて語りつがれている。思えば、一八六二年の五月、老眼鏡ができあがるのを待ってポン＝ヌフ橋の上で過された午後の挿話もまた、いま見た物語的な配慮の一つであったのかもしれない。この物語の話者たる私は、その配慮の体系を許容するふりを装ってここまで語りついできたのである。だとするなら、いま語りに費されている言葉も古びるべき運命を担っているのだろう。もっとも、そこに甘美な快感が漂っているかとなると、これは何とも断言しえないのだが。

XI　黒い小部屋の秘密

化粧をした老紳士

「都市論」を書き綴ろうとするマクシムが捉えられている物語的な配慮の体系は、ナイル河畔を駆けぬけていった老齢の走る男の記憶のかたわらに、いま一人の老人のイメージを浮かびあがらせる。「決して正面から他人を眺めようとしない」その男は、素足にサンダルをはいて砂埃をまきたてたりはせず、「輝くばかりに白いフラネルの上着」をまとって、オルレアン近郊の城に暮している。顔には念入りに化粧などほどこされているというのだから、生まれ育ったのはフランス大革命以前のことだろう。「少年時代に」会ったことがあると記されてはいるが、それはおそらく七月王政初期の記憶と思われる。「世の中のことにはまったく興味がない」といいながら、彼は「暇にまかせて化学の研究に没頭し」、「非常に博識」で、「外国語を七つか八つ操る」。そして、いくぶん諧謔的に、少年マクシムに向かって、振子時計に刻まれたラテン語の文章の翻訳を求めてみたりもする。老人は、あたりに住む年寄りたちからは「聖人」のように尊敬されている。だが、若者たちは、その領地の塀一面に、激しい調子の攻撃の言葉を書きつけたりする。マクシムは、子供心にもそのことが気になってしかたがない。「わたしは、その老人に二度と会うことはなかった。のちになってから、彼が何者であったかを知らされたのである」。

全部で五節からなる「郵便行政とパリ中央郵便局」の第二節で、マクシムは、顔に化粧などほどこすこの世をすねた老人が、王政復古期に、「黒い小部屋」の責任者をつとめた人物であることを明らかにしている。黒い小部屋、それは文中のフランス語をあえて直訳したまでのことで、仏和辞典類はそれに「私信検閲所」の訳語をあてている。要するに、ときの権力者に必要な情報蒐集のために、書簡をひそかに開封して検閲する政府直属の機関のことである。絶対主義王政下から存在していたその諜報機関の執務室が小部屋であり、黒いというのは、それが非公式のものであったことを意味している。例の走る男が登場する短い序文に続いて、第一節で郵政制度の歴史的な変遷をローマ時代から大革命期までたどりなおしたあと、マクシムは、その第二帝政期における近代的な発展ぶりを記述するにあたって、必須の前提としてこの黒い小部屋について語り始める。

この郵政制度という大規模な行政をめぐってあれこれこまごまと検討してみる前に、しばらく過去へと遡り、かつて多くの議論の的となり、怒りの種ともなり、いまは世論の前に消滅したある制度、つまりは黒い小部屋のことを語っておくのも無駄ではなかろう[50]。

マクシムが無駄ではなかろうというのも、もっともな話である。というのも、郵政制度とは、まさに黒い小部屋とともに発生したとさえいえるものだからだ。治政上の必要から通信連絡が重視され、国王の勅令によって制度化されたのはルイ十一世治下というから、これが生まれたのは十五世紀のことである。当然のことながら多額の税金によって可能となったこの制度は、国王の任命する「主任通信係」のもとに、二百三十人の国王の通信係が選出されて全国的に機能するようになる。原則として彼らが運ぶ手紙は国王のものに限られていたが、やがて、権力維持の必要から行政的な通達などもそこに含まれることになる。だが、あらかじめ文面が読まれた手紙だけが、国王の通信係に託されえたのである。つまり、内容が知られた書簡のみが、郵送される特権を享受しえたというのだから、黒い小部屋の存在そのものが、郵政制度を発生させる条件となっていたのだとさえいえるだろう。マクシムが強調するのもその点なのだが、知の流通の管理体制の確立なくして郵便の制度化はありえなかったというその観点は、とりわけ独創的なものではあるまい。ひそかに交換される物語があってはならず、物語は、いったん特定の読み手のもとに集中し、既知の言葉としてのみ伝達される権利を持つという配慮は、いかなる為政者でも思いつきそうな説話論的な恐れの表現にほかなるまい。

だが、重要なのは、そうした知の流通の管理化の確立ではない。というのも、あらかじめ読まれ、その内容が知られることが前提となっている限り、小部屋はいささかも黒くないからである。小部屋が黒くなるのは、読まれないはずの手紙がひそかに読まれるということ、すなわち、発信者も受信者も、その内容が他人に知られていることを知らないという事態が生まれたときである。それには、形跡を残さずに手紙を開封し、私信の内容が既知のものとなっていることを当事者に覚られないようにする技巧が完成されねばならず、松脂の封印を傷つけずに溶かした上でいかに復元させるかといった、物質の性質をめぐる物理学的かつ化学的な知が豊かなものとなる十八世紀を待たなければならなかったという。また他方、個人的な信書の秘密は尊重されるべきであるとする風潮が高まることも必要となるわけだが、それがまがりなりにも法制化されるのは、やはり十八世紀の後半のことである。こうした条件が整ったとき、小部屋は初めて積極的に黒いものとなる。

宮廷の召使いの回想録などを引用しつつ黒い小部屋の歴史を跡づけるマクシムは、私信のひそかな開封を暇つぶしのたねとしたルイ十五世に対して、ルイ十六世は、どちらかといえばこうした風潮を好まなかったと述べている。そして、フランス大革命にいたって、この制度の廃止を目指す方向で郵便行政が再検討されるに至ったのだという。ところで、七月王政下に少年マクシムが出会ったオルレアンの化粧ずきの老城主は、王政復古期に黒い小部屋の責任者だった人だという。とするなら、大革命は、この諜報機関の存続を許してしまったのか。それとも、ナポレオンの没落後に改めて復活したのであろうか。

同じ武器による闘い

それが歴史観といいうるほどのものかどうかはともかくとして、大革命に対するマクシムの姿勢が明らかに見てとれるのは、まさに、彼が、その老人の挿話によって、黒い小部屋が大革命後も生きのびてきたことを示そうとする点にある。彼にとっての郵政制度の近代化とは、その秘密機関の消滅によって特徴づけられるものであり、それは、ナポレオンⅢ世による第二帝政期に初めて達成されるものだ。大革命後も、一八三〇年の七月革命も、この「おぞましき制度」を温存させていたというのが、マクシムの歴史観ともいうべきものなのである。絶対主義王政下に栄えた黒い小部屋は、共和主義的な理想が達成されたかにみえる時期に至っても、消滅しないばかりか、為政者によって以前と変わることなく活用され、七月王政下にも間違いなく非公式の諜報活動を行ない続けた。その意味で、「自由な国民」などいっときたりとも存在していなかったと彼はいいたいのである。ロベスピエールもこの手段を活用していた。そして自分の立場があやうくなると、これは「国民の信頼に対する犯罪行為だ」などと宣言する。ナポレオンにしてもまた同様である。これが「おぞましき制度」であるとは認めていながらも、その振舞いがいかにも頼りないフランス人の軽薄な気質が国家をあやうくすることのないよう、自分の側近の書簡さえ黒い小部屋で検閲しなければならなかったほどだと彼は告白している。それが王政復古期に生きのびたのは当然というべきだろう。ルイ＝フィリップによる立憲王政の確立後にさえ、それは諜報機関として活動していた。とりわけ一八四七年には、黒い小部屋で諜報活動をしたものたちに仕払うべき年金が六万五千フランにものぼっていたという。それは、もちろん秘密の予算によって確保されていた金額である。そして、オルレアンの冷笑的な城主は、その年金によって生計をたてていたことになるのである。そう、わたしは間違いなく黒い小部屋の存続を知っていた。たんに、資料だの伝聞だのによってそう推測するのではなく、黒い小部屋での諜報活動の指揮をとっていた人間をこの目で見たのだし、その人と親しく言葉を交しさえした。しかも、そうした任務を務めた人間にふさわしく、「決して正面から人を眺めようとしない」という振舞いの特徴さえ記憶している。驚くべき博識ぶりにもかかわらず、彼は世捨人のような生涯しか送れぬ身になってしまっているのだ。

ここでマクシムが援用している物語的な配慮の体系がどんなものかは明らかだろう。ナイル河畔を走りぬける「太守の通信係」との会話を鮮明に記憶しているように、この黒い小部屋の責任者だった老人と出会った日のこともよくおぼえている。彼には、職業的な防禦本能ともいうものがあって、こちらの視線を避けようとする。「おぞましき制度」は、人間の生き方そのものに消えがたい刻印を残すものなのだ。それほどまでに人格を畸形化するこの機関について語っている物語は、わたしが語り手である限り間違いのない事実であって、本当の話なのだといいたげなマクシムは、ここで改めて語ることの本当らしさをめぐる許容度へと読者を導いている。なるほど、かつて私信をひそかに開封する任務の責任者であった男は、そんなふうな晩年を過すことになろうと読む者が素直に納得しうるように、挿話を配置しているのだ。

もちろん、少年マクシムを印象づけたこの奇妙な老人の存在が虚構だというのではない。たぶん、それは現実に出会ったことのある人物であるに違いない。それはそれでいっこうにかまわない。問題は、「郵便行政とパリ中央郵便局」について一篇の「都市論」的なルポルタージュを執筆しようとしているマクシムが、まるで虚構を語ろうとするかのように周到な説話論的な配慮を示しているということだ。村の老人たちからは「聖人」のように尊敬されながら、若者どもからは裏切者のように遇されているといった細部は、おそらく、七月革命直後の雰囲気を微妙に伝達しうる細部であろう。絶対主義王政の最後に立ち会い、立憲的な理想がまがりなりにも達成されたとき、青年たちは、「国民の自由」を監視していた老人を犯罪者のように罵倒する特権に恵まれる。彼らは、おそらく共和主義者たちなのだろう。

ところで、この挿話の説話論的な意義は二重のものである。一方では、物語の本当らしさの体系の維持に必須な、いかにもそれらしい細部を構成しているとともに、また他方では、老城主の領地の塀に攻撃の言葉を書きつける若者たちが享受していると思う自由が、たんなる錯覚にすぎぬことを示す契機になってもいるのである。すでに触れたごとく、立憲的なものとなった七月王政もまた、この老人と同じ任務に従うべき人間を量産し、黒い小部屋は消滅したりはしなかったからだ。確かなことは断言できないが、「少なくともそれが必要とされたとき」には、その武器は有効に活用されたはずだとマクシムはいう。なるほど、ブルボン王家につかえた諜報員たちはその職を追われはしたが、先述のごとく、その年金は支払い続けられていたのである。

そこで、マクシムは次のような結論に達する。

人類の凡庸さがきまって閉じこめられる宿命的な円環というものがある。どのような陣営からどんな目的をもって戦うとしても、武器はいつでも同じものなのだ(51)。

革命が起こって新たな政治的理想が掲げられようが、人間はおのれの愚かさから逃れられはしないというマクシムの言葉には、ある種の真実が含まれてはいよう。だが、その真実は、ペシミスムという点でいかにも凡庸である。もちろん、フランス大革命や共和主義的理想に対して、彼が懐疑的だという事実そのものが凡庸なのではない。大革命ですべての悪が無に帰したとする観点よりは、旧制度のいかなる側面が七月王政期まで生きのびているかを具体的に語ることの方が、今日では遥かに説得力を持つものだとさえいえるだろう。事実、フランスはそう簡単に変わりはしなかった。ただし、こうした人類の凡庸さの指摘が、自己防禦的な姿勢から出ているものだという点が問題なのである。人間はそうたやすく変わりうるものではなく、旧体制の崩壊にもかかわらず、その後の多くの為政者たちが絶対主義王政の遺産を好んでおのれの武器としたという事実に間違いがないとしても、それを可能にした人類の変わらざる凡庸さの指摘がおのれ自身の変わらざるさまを肯定する口実になっているという点に、マクシムは無自覚なのだ。愚かにも彼らは変わらない。どんな政治的な姿勢もついには同じ武器を使うことになると口にしながら、彼もまた変化を避けている。ただ、彼らは凡庸であり、わたしはそうではないといっているだけの話なのだ。事実、虚構から「都市論」へと転じたマクシムは、小説を綴っていたときと同じ物語的な配慮の体系の中に閉じこめられているのである。説話論的な許容度のそれらしい配置という点からすれば、虚構の筆を握っていたマクシムも、「都市論」的ルポルタージュに転じたマクシムも、同じ武器しか持ってはいない。

私信を火にくべる

ナポレオンIII世治下の第二帝政期に、黒い小部屋はもはや存在しないとマクシムはいう。「わたしとしては、むしろ存在していないだろうとする見解に傾く」。そう口にする彼は、その結論の根拠を二つあげている。一つには、こう郵政業務が煩雑になっては、とてもそんなことをしている暇はなかろうというものだ。いま一つは、政令によって、特殊なケースに従って、しかるべき受取人に宛てた書簡は、警察が開封する権利を持つものとされ、その際は、「司法当局による内務検閲」と明記されることになったからというものである。「なるほどこれは乱暴なやり方だが、黒い小部屋よりはよかろうと思う」というのがマクシムの見解である。では、結局のところ、彼は検閲を容認しているのかという疑問が起こりもしよう。だが、われわれは、この点をめぐっては寛容であるべきだろう。こうでも書かぬ限り、出版活動の不可能な時代にマクシムは暮していたからである。彼が、それほど楽天的でなかったことをわれわれは確信することができる。だが、ここで触れておきたいのは、むしろそのことではない。この文章が書かれて十年もしないうちに、個人的な書簡が、帝国政府の検閲とは別のより暴力的な手段で人びとの目にさらされてしまうことに彼は愕然とする。それは、有名作家の手紙の死後出版というジャーナリズムの暴力である。

マクシムがそのことに気づくのは、プロスペル・メリメの『ある女友達への手紙』[52]が刊行された後の一八七七年のことである。私信がこれほどあからさまに公表されてしまうとは、黒い小部屋以上に恐ろしいことではないか。しかもわれわれは、そろそろ有名な作家になり始めている。

ここでわれわれというのは、マクシムとギュスターヴのことである。二人は、とりわけ一八四三年から五七年にかけて、かなりきわどい性的な体験を書簡で告白しあった仲だ。ああした手紙が読者たちの目に触れてしまったらどうなるか。そこで二人は、一八七七年の春、青年時代に交した書簡のかなりのものを火にくべようと決意する。三月三日、ギュスターヴは、その「悲しい作業」を終えたことを報告する。「あのころ、きみはなんとやさしかったことか。なんと心やさしい人だったか。そして、ぼくたちは、なんと愛しあったことか」と、彼はすっかり感傷的になって告白する。いっぽうマクシムもまた、その『文学的回想』の中で、彼のギュスターヴ宛ての手紙を十二通、ギュスターヴからの手紙を七、八通残し、あとはそっくり処分したと述べている。現実にはそれ以上の数の手紙が発見されてそれぞれの『書簡集』の貴重なページを構成することになるのだが、それでもかなりのものが整理され、永遠に失なわれたことは間違いない。肝腎のところで二人の交友関係が曖昧となり、その発展を詳細にたどりえないのはそうした理由による。いずれにせよ、「あのころ、きみはなんとやさしかったことか」とギュスターヴを感傷的にさせる手紙が消滅していることは、マクシムの立場をきわめて困難なものにしている。「ぼくたちは、何と愛しあったことか」という感慨がわれわれにも伝わってくるような手紙が残されていれば、ギュスターヴの友人として記憶されているマクシムのイメージがもっと名誉あるものになっていたことだろう。死後に待ちうけているかもしれぬ新たな黒い小部屋を恐れるあまり、彼は私信の処理の仕方を誤ったとしか思えないのだ。

ところで『凡庸な芸術家の肖像』の話者は、何かの理由で処分をまぬかれたマクシムの手紙を情報源の一つとしてこの物語を語っているわけで、その意味からすれば、二人の処理の仕方が不充分であったことをむしろ幸福だと思っている。とりわけギュスターヴは、それが不注意からきたものか意図的なものかは察しがたいが、二人がかわしたであろう約束からすれば整理の対象となるべき手紙のかなりのものを、消滅させずに残している。われわれがマクシムとドレッセール夫人との性交の体位がどんなものであり、彼が週に何回女と交わるかといった点をめぐってしかるべき情報を持っているのは、もっぱらギュスターヴの整理の不徹底さによっているのである。二人の約束に忠実であったのは、ここでもマクシムの方なのだ。悪意によるものとは思えないが、彼は、結果的にギュスターヴに裏切られているのである。『文学的回想』は「七、八通」を残したと証言しているギュスターヴの手紙が現実的には三十通以上残されているとはいえ、ギュスターヴが整理しなかったマクシムのそれは百五十通にも及んでいる。律義に約束を実行したのは間違いなくマクシムの方であり、しかもその律義さによって、みずからのイメージをきわめて不利なものに仕立てあげてしまっているのだ。可愛そうなマクシム。

彼がプロスペル・メリメの親しい女友達宛ての手紙が死後出版されたことに深く心を動かされた理由が何であったかは、読者もたやすく推察されよう。すでに述べたように、マクシムは

『カルメン』の作者と同じ情婦を共有しあった仲だったのである。世代も、社会的な地位も、文学的な資質も異るこの二人の作家は、七月王政期に警視総監を夫に持つ女性をめぐって感情生活の激しい動揺を体験しあった。だから『ある女友達への手紙』の刊行がマクシムにある決意を迫ったのは当然であったといえる。だが、われわれが注目するのは、そうした個人的な記憶を超えた二つのことがらである。「都市論」的ルポルタージュを書くにあたってその第一の論文に「郵便行政とパリ中央郵便局」を主題として選んだマクシムは、手紙という個人的な通信手段が過渡的な変動期にあることを意識している。その変化は、二つの側面で観察しうるものだ。まず、黒い小部屋という絶対主義王政の「おぞましき」遺産が第二帝政期にほぼ消滅したという事実の中に、彼は郵政制度の近代化を認めている。郵便物の数の飛躍的な増大が、私信をひそかに開封するといった姑息な手段の存続を許さず、それにかわって、司法当局による治安対策としての検閲が、より専門的なかたちで組織化されるに至った。マクシムはそう指摘してはいないが、市民の意識は、より総合的な諜報活動によって権力が掌握することになったわけである。その意味で、黒い小部屋は消滅したのではなく、為政者がいつでも発動しうる潜在的な抑圧手段として、公認されたというべきだろう。やがて首都をゆるがすことになるコミューンの折には、権力は私信を開封する必要などなかった。バリケードのまわりで勝利の微笑を浮べている戦士たちを、写真をもとに逮捕し銃殺すれば、もうそれで充分だったからである。郵便行政の組織化は、私信以外の場に諜報活動の中心を移行させたのである。これは明らかな変化であるといってよい。

この変化と平行したかたちで、いま一つの変化が進行する。それについては、「郵便行政とパリ中央郵便局」を執筆中のマクシムに充分な自覚があったとは思えない。つまり、私信が、それを交換しあう者たち以外に読者を持ちうるという事実の発見であり、メリメの書簡の死後出版がそのことを彼に自覚させたのだ。虚構ともルポルタージュとも異る新たな物語が、市場に氾濫し始めるのは、まさに彼の晩年のことである。著名な作家の隠された私生活をのぞき見るという文学的な好奇心が生まれたのである。もちろん、書簡体の小説は十八世紀から存在していたし、それがかなりの読者層を獲得しつつ小説の流行を準備しつつあったとさえいえよう。だが、ついさきごろまで隠されていた個人的な生活が、作家の死後に公開されるという現象はまったく新たな事態である。それは、いってみれば、黒い小部屋が民主化され、大衆化されたとでもすべきことがらである。人びとは、もはや、「決して正面から他人を眺めようとしない」といった特務機関的な表情を浮べる必要もなしに、開封された私信を大っぴらに読むことができる。これまた手紙の近代化ともいうべき事態だろうが、行政的というよりも学術的な関心に支えられつつ、私信は文学的な資料として図書館という名の「知」の小部屋に貯蔵されることになる。マクシムは、そうした時代が始まろうとしていることを明らかに意識していた。事実、マクシムの手紙は、パリやシャンティイのフランス学士院図書館に国家的な資産として保存され、いくつもの視線にさらされている。

黒い小部屋から図書館へと場所をかえはしたが、私信は、いずれにしても私信とは異る読み方に耐えうる言葉となったのである。だが、ここでもマクシムのとった配慮は、杞憂だったというほかはない。メリメの書簡集の刊行はその死の七年後にすぎなかったが、彼のそれが出版されるのには、没後、一世紀近い時間が必要だったからである。しかもそれは、ギュスターヴ宛ての手紙ばかりを集めた高度に学術的な出版物で、一般読者の目に触れるといった書物とはならなかった。[53] 残りは、あいかわらずパリ近郊の特権的な小部屋に眠ったままで、ときおり、誰に宛てたかいまでは判別不能の手紙が古本屋で売り出されたりするばかりである。

XII　パリ、または数字の都市

黄色い箱型馬車の消滅

いくつかの配慮によっていま語りつつある物語の本当らしさを読者と共有しえたと確信するマクシムが、パリ中央郵便局の業務の実態そのものに言及することになるのは、全篇が五節からなるこの論文の第五節からであるにすぎない。「郵便行政とパリ中央郵便局」に続いて断続的に『両世界評論』誌に連載されることになるその「都市論」は、ほぼこうした構成を持っている。つまり、短い序文のあとに、歴史的な記述が一、二節あり、それにしても今世紀の初頭と比較してパリはこれほど変わったといったニュアンスで三、四、五節が語られる。そして、五節の最後に個人的な見解といった未来への展望が述べられたりするのだが、三節または四節ですべてが語られる論文の場合も事情はほぼ似たりよったりである。

すでに述べたように最初の論文は一八六七年一月一日号に掲載されたが、三月十五日号の「電報とフランスにおける電報行政」がそれに続き、五月十五日号には「乗合馬車」、十一月一日号には「パリのセーヌ河」、翌年三月一日号には「パリの鉄道」といった具合に、十四ヶ月ほどの間に五篇もの論文が発表されている。いずれも雑誌の四十頁内外を占めるかなりの長篇であり、マクシム独特の勤勉な性格を証言するものだといえる。実際、彼ほどの生真面目さに恵まれた作家もまれであって、翌々年にはこの五篇をまとめて一冊の書物として刊行し、七五年に最後の一冊が出されて全六巻の大部な書物となる。六巻目の末尾におさまるべき論文「パリの下水道」が雑誌に載るのは七三年七月であり、総体は、ほぼ三十篇の論文を集めることになるだろう。完成のために費された年月からいっても、収録された論文の量からいっても、生涯の総決算とも呼ぶべき業績である。いずれにせよ、才能とは異質の何ものか、たとえば執拗な持続性とか、一貫した集中力とかいった点で感動的な書物なのである。実際、これほど多くの言葉がパリという都市のいま変容しつつある相貌の描写のために捧げられたことなどそれまでなかったし、またそれ以後もあまり例をみないだろう。とにかくこれは、その量というか、数的な側面において人を圧倒する書物なのだ。

ところでマクシムは、この長い物語の中で、パリをどのような都市として提示しているのか。あるいはその物語を、どんなふうに語っているのか。さらにはその説話行為は、いかなる力と連動しつつこれほどの長さを持続することができるのか。まず、この物語の説話論的な維持を五年にわたって担いつづけることになるマクシム自身の、世代論的な体験の特権性が問題となろう。世代論的な体験に加えてパリに生まれパリに育ったという出身の特殊性も問題なのだが、それは、成熟の年齢に近づきつつある執筆中のマクシムが、少年時代の記憶と現在の体験とをかさねあわせ、そこに浮びあがる驚くべき変容を証人として語りうるという特権性にほかならない。いまはこんな表情を人目にさらしているパリの街が、つい三十年ほど昔は、まったく別の相貌におさまっていた。それを思い出すものもいようし、まるでそんなことを知らない世代もいようが、ともかくパリは、フランスの首府として、話者たる彼が成長する過程でまったく違った都市になってしまったという事実を、生きた証人として語りうる立場にいるわけだ。わたしの青年時代まではごく日常的なものであった光景が、いまでは跡かたもなく消滅してしまっている。戦争が起こったわけでも、災害に襲われたわけでもないのに、いまわたしが生きつつある都市はわたしの幼年時代の都市ではない。

たとえばおぼえている方もおられようが、わたしの子供の頃には、あのなつかしいクリーム色の馬車が塵埃をまきたてて走っていたものだ。それは箱型の乗合馬車で、後部には荷物席があり、四頭立てで、二人の馭者が鞭をふるっていた。時速十六キロは出たであろうあの馬車はどうしてしまったのか。すくなくともわたしの青年時代までは、しばしば街頭で見かけたものだった。きわめて積極的な郵便行政の推進者であったコント氏がイギリスの制度をとり入れてフランス中にひろめたあの郵便馬車のことを、わたしはよく憶えている。それが現在のパリの街から姿を消してしまったのは、いうまでもなく、鉄道網が完備し、その任務を蒸気機関車に連結された郵便車が代行することになったからである。だが、この郵便車はパリの都心を走っているわけではないので、人目にたやすく触れることはない。そこでクリーム色の郵便馬車の記憶ばかりが鮮明に想起され、その消滅ぶりが一つの進歩につながっていることを人は深く意識しない。進歩とは、なつかしく思い出される細部の消滅にほかならない。そこで、あの箱型の郵便馬車にかわって導入された鉄道の郵便車がどれほど便利なものであるかを示すことにしよう。というのも、甘美な少年時代の記憶につながっているクリーム色の馬車が消えうせてしまおうと、それに値いするだけの改良がパリ生活に加えられたことになったからだ。

数字の言説

「郵便行政とパリ中央郵便局」の第三節の冒頭に、われわれは次のような文章を読む。

かつて、コント氏が郵政長官であったよき時代には、二頭ずつ縦につながれた四頭だての郵便馬車が十四台、夕方の六時にパリを発ち、フランス全土に手紙や新聞を運びとどけていた。毎朝、四時と五時との間に、やはり十四台の郵便馬車が地方から郵便をつんでパリに到着する。この馬車便は、時間は正確かつ迅速で素晴らしいものだったが、今日ではまったく使われていない。この十四台の郵便馬車はパリの街路を馳けぬけ、街道を走り去って行ったのだが、そんなときは、こちらがよけて道をゆずることになっていた。そのかわりに、いまでは、二十輌の郵便車が、蒸気機関車に引かれる客車に連結されてパリを離れる。一輌に六人の局員が搭乗し、手紙を分類し、その列車が通過する都市宛ての小包みを選別し、あらかじめ配達の準備を整えておく。こうしたやり方のおかげで、到着と同時に配達することが可

能となる。また毎日、各地からパリに流れこむ無数の郵便を積んだ別の郵便車が到着するのである。(54)

十四台のクリーム色の箱型郵便馬車と二十輛の郵便車とが、郵便行政の上でどれほど大きな違いを示すものであるかは、そう簡単に理解できるものではなかろう。馬車にくらべて鉄道が便利だといっても、それはどの程度まで便利だというのか。その点を読者に納得させるために、マクシムはどうしたらよいか。それにはただ一つの方法しかないだろう。数字を持ち出すことだ。たとえば、郵便馬車の消滅はほぼ一八四〇年ごろのことだから、一八四五年の数字をとってみよう。その年に、フランス全土では、一億七千八百三十七万四千三百九十四通の手紙類が発送された。ところで一八六五年にその数字は七億四十四万六百七十六に達する。それを、マクシムが生まれたばかりの一八二五年の数字八千六百三十四万百九十七通と比較してみると、桁が一つ違っていることがわかる。郵便馬車と鉄道の郵便車との差は、倍とか二倍とかではなく、十倍単位のものとなっているのである。また、配達の迅速さという点をとってみても、一八五九年の統計によると、その時期の地方には郵便配達夫は一人も存在していない。ところで一八六五年にはその数はフランス全土で一万六千四百六人にのぼり、彼らが一日歩いて配達する距離を合計すると四十二万八千二百五十六キロメートルとなる。マクシムの注意書きに従うと、「それは地球の円周の十倍という距離」にあたるのだという。

郵便配達夫が一日で平均二十数キロを歩きまわるというこの数字がどの程度まで正確なもの

かはわからない。だが、途方もない桁の数字を持ち出して、地球ひとまわりの距離と比較するというやり方は、まぎれもなくわれわれの時代のものである。抽象的な数字の持つ意味を具体的な量に換算して人を納得させながら論を進める場合、具体的なものとして示された「地球の円周」そのものが実は人間の想像を越えた距離なので、説得されたはずの意識はかえってまどろんでいるだけであり、何ごとかを理解したわけではない。にもかかわらず、その数字は、あくまで客観的なものだと主張する論者にきまって有利に働く。つまり、客観性そのものとしてある数字を親切に解説する言説として、この種の試みは多くの人に容認されてしまうのだ。こんにち人びとが情報と呼ぶところのものがそこへ提示されているからである。マクシムの「都市論」は、何よりもまず、こうした情報にみちあふれた物語として読者に送りとどけられる。パリは、数字によって語られているのだ。

たとえば、「一八六五年次の郵便行政は、四百十二万四千五百十六通の為替をとり扱い、その総額は一億二千二十三万六千七百八十八フランに相当」し、また同年、「パリ中央郵便局では一兆八千六百五十二億八千三百五十九万五千九百二十一個の郵便物がとり扱われた」といった指摘は、その数字の具体性をたやすく想像しえないものでありながら、それが数字として引用されているというだけの理由によって、読むものを納得させる力を持っている。納得といっても、人は数字の正しさを納得するものではなく、その数字を含んでいる物語の本当らしさを納得するのである。その意味で、マクシムの「都市論」にとっては、数字こそが真の物語的な配慮の体系だといってよい。事実、この種の数字は、「郵便行政とパリ中央郵便局」にとどまらず、あらゆる論文の肝腎の部分に姿を見せている。

一八四〇年から五〇年にかけての鉄道の発達が郵政制度を飛躍的に進歩させたことを立証したときのように、それとほぼ同じ時期に電気の応用とモールス符号の一般化が電報の通信技術に一つの革命をもたらしたさまを記述しようとするマクシムは、「パーヴェルI世の死（一八〇一年三月十一日）のニュースがロンドンに知らされるのには二十一日かかったが、ニコライI世の死（一八五五年三月二日）は四時間十五分でロンドンに知れわたった」という挿話によって、その物語を始める。そして、いわゆる空中伝達による電報技術の発達を跡づけたあとで、「現在フランスには一億二千八百万メートルの電報用の電線が張りめぐらされている」と宣言する。十九世紀前半に科学技術が示した進歩と、それに同調しつつ発展した産業が十九世紀の中葉に至ってフランスの首都の表情をどれほど変容せしめたかを語る場合に、まったく同じ数字の使われかたが見られる点に注目しよう。クリーム色の箱型郵便馬車と鉄道の郵便車の手紙処理能力の差が、ロシア皇帝の死のニュースのロンドンへの伝わり方の差に対応しているのだし、郵便配達夫の一日の歩行距離の合計が電報用電線の長さの合計に対応しているわけだ。ほぼそれと同じ比較が、乗合馬車の利用者数についても語られている。

一八五五年には、乗合馬車の会社はパリに三百四十七台の馬車を所有し、三千六百万人の乗客を運搬した。(55) 一八六六年には馬車の台数は六百六十四、乗客数は一億七百二十一万二千七十四人である。

乗合馬車という公共の交通機関の設置は一八二八年のことでしかなく、したがって十九世紀初頭との比較は不可能だが、しかしこの数字は、ナポレオンⅢ世による第二帝政期の十年間に、パリの交通網が驚くべき発展ぶりを示したことを証言している。そして、「パリの乗合馬車」が雑誌に発表されて間もなく開催されるはずの万国大博覧会のために、なお百台の乗合馬車が用意されている事実を註記することを忘れないマクシムは、その走行距離の合計が、六六年の一年間に、二千九十七万千九百二十八キロメートルに達すると結論づけている。客観的な数字が示されるたびごとに現実感が希薄となり、にもかかわらずこの記述は本当らしいという物語の許容度が増大するさまは、これまでにみたマクシムの「都市論」的言説を特徴づけるものである。パリとサン＝ジェルマン＝アン＝レとの間の人口の移動が、鉄道の発達によってどれほど変化したかを示す場合にも同じ方法がとられる。一八三六年というからこの郊外鉄道の設置が決定された年に、この町からパリへ往復した総人口は四十万人にすぎないが、この路線が開通して二十五年ほどが経過した一八六六年には、三百四十八万二千七百八十九人の乗客が鉄道によって往復することになる。この数字の驚くべき増加がすべてを雄弁に語っているではないかとマクシムはいうのだ。サン＝ジェルマン方面への郊外鉄道の終着駅である「西駅」は、こんにちではわれわれがサン＝ラザール駅として知っているものの近くにあったのだが、こうした乗客数の増加によってホームの増設と線路の新設をくり返し、「葉の上にまた葉が生ずるといったサボテンさながら」に、巨大な樹木のような成長ぶりを示した。一八六七年六月二日には、その駅に、上り下りで合計四百七十五本の列車が発着した。郊外向けの切符だけで十五万九千七百四十二枚を売りつくしたのだが、そこに働く駅員の合計は一万二千五百七十二人である。

以上の事実からも明らかなとおり、人びとは鉄道による移動に馴れたのだと思う。ところがいまから三十年前には、郊外のペックまで汽車で行ったりすることは、大変勇気のいる行為とされていたのだ。(56)

こうした言葉によって、マクシムは、家に閉じこもりがちだったパリの人間が郊外へと足を伸ばす習慣を獲得したことを高く評価している。首府の住人たちは、確実に移動し始めた。しかもその運動が、ここ三十年ほどで飛躍的に増大したことを数字によって立証しようとするその視点は、決して間違ってはいない。彼が「都市論」の第一巻におさめられた五篇の論文で言及しえた諸分野においては、多くの事態がほとんど爆発的といってよい急激な変化を体験しえたからである。いま、「都市論」を書き綴りつつあるマクシムの視界に浮かびあがるパリの光景が、幼少期の記憶の底に揺れているそれと異っているとしたら、その量的な側面にこそ注目しなければならないと彼は考える。というのも、こうした前代未聞の変化に見あったかたちでの政治的事件が起こってはいないので、人びとがその推移を漠然としか感じとってはいないからだ。自分が厳密で客観的な数字としてこの変化を書きとめておかぬ限り、人は、この偉大な変容の一時期の重要性を意識することなくやり過してしまうだろう。だからわたしとしては、こうした数字を積極的に肯定するかたちで物語を語らねばなるまい。いずれにせよ、数字が語る変容の物語は、パリを首府に持つフランスにとってよいことなのだ。数字が持つ正直さに、人はより敏感であるべきだろう。

都市論的な言説とその限界

こうした視点に従って書きつがれてゆくマクシムの「都市論」は、いうまでもなく数字だけでなりたっているわけではない。また、そこに引用されている数字のことごとくが、文明の驚くべき進歩を肯定すべき途方もない桁数におさまっているわけでもない。たとえば「西駅」の始発列車が四時五十分、最終が午前零時四十五分だといった指摘に出合ったりすると、それがいまわれわれの知っている郊外向けの私鉄の時刻表にあまりに似ていることに感動させられもする。過去一世紀を通じて、早朝と深夜の時間帯はまったく変化していないのである。かと思うと、マクシムが夢みる鉄道の未来像が、線路を必要とせずに走る無軌道列車であったりして、彼の想像力があくまで過去のものであることを知り微笑ましく感じられたりもする。また、モールス符号による電報の発明以前の空中電報の発信法や解読法をめぐる記述からは、メッセージとコードといった記号論的な概念の萌芽的なあらわれに、一瞬虚をつかれる思いがしないでもない。あるいは、「西駅」には八百以上のガス燈が点灯され、特殊な機会にはそれが千百個にまで増加されるといった短かい註などから、皇帝ナポレオンⅢ世をのせた列車が夜半に到着し、駅の全景があたりの暗闇の中にひときわ輝やくように浮あがるさまが見えてくるようにさえ思われる。局止め郵便の制度を語りながら、「ヴェールで顔を隠した若い婦人」が夫の嫉妬を恐れつつ頬を上気させて窓口に立つさまなどを描写する筆致はいくぶんか通俗的な凡庸さに彩られていないでもない。だが、一八五五年の万国博の折には、地方から上京したフランス人や外国の旅行者たちが日に二千人も押しよせた経験から、一八六七年のより大規模な同じ催しのためには、臨時の窓口が設けられるはずだという指摘などは、国際都市としてのパリの性格をよく示している。

だが、この「都市論」の第一巻をかたちづくる五篇の論文は、資料としての価値を持つ諸々の数字の物語を除くと、かなり退屈な読みものである。律義な記述が陥りがちな満遍のなさが、ギュスターヴによって「行政文学」と呼ばれるものの起伏のとぼしさを誇張することになるからだ。通信手段と交通網の発達という視点から、パリを踏査さるべき距離の交錯しあう場として捉え、そこにかたちづくられる運動が、ここ三十年ほどの間に、誰も予想しえなかったほどの活況を呈するに至った事実を記録しておこうとするマクシムの意志はきわめて正当なものだといえる。しかし、人間のみならず、物が、あるいは情報がかつてない頻度と迅速さで行き交う都市としてのパリが、具体的な動きの生なましさとして読む者に迫ってはこない。人は、雑踏にまきこまれる気遣いもなく、ただ事態を納得するばかりである。列挙される数字に見あっただけの鮮明さで、群衆の黒い人影もその無方向な流れも見えてこないのだ。端的にいって、この「都市論」のパリは生きていない。それはかなり深刻な事態だというべきだろう。騒音も、ガス燈の匂いも、乗合馬車の二階席の振動も伝わってはこないパリ。描かれる光景は、どこまで行っても単調で、不意に思いもかけぬ構図が視線をおどろかせることがないのである。

しかし、こうした運動感の不在からくる退屈さは、必ずしも文筆家としてのマクシムの才能の欠如を意味してはいない。それは、マクシムの属する世代そのものが閉じこめられている説話論的な限界ともいうべきものだ。その文学的資質がどんなものであれ、いま変容しつつある同時代的な都市空間をいかにして物語に仕立てあげるべきか、その言語的戦略を持ってはいないのである。「都市論」を支えるにふさわしい言葉は、まだ成立していないのだといってよい。あるいは、パリという空間が人間に何ごとかを書かせたいという欲望を起こさせたとしたら、それは、そこに流通している言葉ではそれが把握しがたいものとなり始めているからにほかならない。マクシムの存在が感動的なのは、自分の閉じこめられている説話論的な磁場がそれを書く手段を持ってはいないにもかかわらず、書きえないものを書くという誘惑に屈しているという点にある。その結果、彼は世界でもっとも早い時期にパリについて語るという栄誉と、それに失敗したとはいわないまでも、長くて退屈な書物を残すほかはなかったという不名誉を手に入れることになったのである。

では、彼は同時代的な空間としてのパリを語るのに、どんな言葉を用いているか。マクシムがここで援用している言説は、疲れを知らぬ旅行者としての彼が馴れ親しんでいたものとほぼ同じものである。パリがその大がかりな変容を体験することになる十九世紀中葉よりも以前に流行したロマン主義的な旅日記の文体に近いもので、その「都市論」は語られているのだ。誰も知らない土地に出かけてゆき、たえず視点を移動させながら、その視界に浮き出してくるめずらしいものについて語るという言説、それがマクシムの兄たちにあたるテオフィール・ゴーティエなどがジャーナリズムに定着した新たな言葉だといってよいが、書き手の才能や関心の所在によって刺激的にもなれば退屈なものともなるその旅行記的な言説は、移動しつつあるおのれの視点をまず肯定することなしには書きえない言葉だという意味で、絶対的に退屈な物語におさまるほかはない。それは、歴史的なある種の楽天性に支えられた退屈さともいうべきものだ。十九世紀の前半に、イタリアなりスペインなり、あるいは北アフリカやエジプトに出かけてゆく文筆家という存在は、まぎれもなく歴史的な存在であって、独特な感性や個性的な視点はその歴史性に従属している。今日からみての資料的重要性もまた同様である。見つつある主体の特権性と、見られつつある客体の示しうる未知の表情とは、ともに、十九世紀の旅行記という歴史的な言説の特質なのであり、その言説の説話的な構造に保証されつつそれぞれの旅行記の面白さなり退屈さなりが決定されるのだ。例外的な才能の持主が旅行記という新たなジャーナリズムの形式を決定したわけではないのである。

ところで、十九世紀中葉から顕著なものとなったパリの変容は、その多様性において、旅行者という特権的な視点を否定する力学に従って実現されたものである。マクシムが律義に列挙してまわる数字の途方もない桁数が証言しているのは、旅行者という存在そのものが新たに獲得した匿名的群衆性にほかならない。誰もが同じものを同じように見ることのできる空間として、近代都市パリは成立したのである。だから、それは旅行記的な言葉によっては語りえない何ものかとしてあることで、変容を実現したのだといえる。それと同時に、諸々の運動が並存しつつ交錯しあう都市空間は、その断片的な多様性によって、視点の移動という旅行記的な言説の崩壊をも意味しているはずだろう。視点はもはや移動すべきものではなく、複数化しつつ拡散されねばならない。同時多発的な都市のできごとを語るには、時間の推移に従って位置を変える特権的な視線とは異なる話者が必要とされているのだ。たえず中心を遠ざかって分散し、断片化しながら矛盾した流れをかたちづくり、かと思うと、すべてが異ったやり方で中心へと凝集するような匿名化された運動の複数性を統禦しうる言説が、旅行記のそれにおさまりがつかぬのは当然だろう。

そのような運動として生きられる都市空間にふさわしい言葉をマクシムはまだ手にしていない。だが、それは、必ずしも彼の才能の欠如を意味しはしない。同時代的な都市空間の匿名的複数性を言説化しうる戦略を十九世紀そのものが持ってはいないのであり、それは、文学がかろうじて二十世紀の初頭に獲得するにすぎない。都市は、マクシムが讃嘆するその大がかりな発展によって、言葉だけが置きざりにされ、発見されそこなった事実を明らかにしたのである。描かるべき対象による言葉の変容は、しかし、人びとによって意識されなかった。それは、「都市論」的な知が同時代の言語的な知と感性とを無力なものたらしめた歴史的な現象といってよい。マクシムがいたるところで律義に列挙してみせる途方もない桁の数字は、ことによると、みずからの言説の限界に気づいたマクシムの、無意識の怖れを現わしているのかもしれぬ。言葉で統禦しがたいものを億単位の数字で統禦すること、それはいくぶんか都市計画によって群衆の匿名的多様性を統禦しようとする帝国の都市政策に似ていないでもない。いずれにせよ、同時代的な都市空間にふさわしい言説を十九世紀が持つに至っていないという事実を明らかにしてみせた点に、マクシムの「都市論」の意義があるといえる。そうした言葉では描きえない対象としてのパリがあるという事実を敗北によって証明するために、彼は六冊もの書物を発表したのである。では、彼の失敗は具体的にどんなものであったのか。そのことを検討する仕事が残されている。

XIII 排除さるべき落伍者たち

三通の手紙

「郵便行政とパリ中央郵便局」を書くにあたって、マクシムは一つの意地悪な実験を思いつき、それをすぐさま実行に移してみる。自分宛ての三通の手紙を用意し、それぞれにアラビア語、ロシア語、ギリシャ語の書体を使って宛て名と住所を記し、みずからの手で投函してみたのである。するとその三通の手紙は、「十時間か十二時間の遅れを示し」はしたものの、確実にマクシムのアパルトマンに配達されたという。その一つひとつが、トルコ大使館、ロシア大使館、ギリシャ大使館で正しいフランス語の表記に書き改められるという手続きを経ているのだから、「この程度の遅配は、完全に正当化されうるものだ」と彼には思われる。「その義務を果すべく行政が示すこの熱意に、郵税の追加はいっさい考慮されていない」。いったん正しく切手が貼られてしまっているからには、こうした配慮は、行政的な善意として無償でなされるのだとマクシムは強調している。

この意地悪な実験がはたして本当に行なわれたものであるかどうかはわからない。マクシムの記述を疑わねばならぬ根拠は何もないが、彼がしばしば援けをかりる本当らしさの配慮の体系がどんなものかを知っているわれわれとしては、この挿話がそれ自体として持つ重要さよりも、それが導き出す主題へと読む者の感性を馴致せしめる説話論的な機能の方に注意を向けがちだからである。事実、ここで強調されているのは、アラビア語やロシア語やギリシャ語による表記の解読が、たった半日の遅れで配達業務を著しく乱すことがなかったということより、行政的な善意の無償の機能ぶりという主題なのである。実験の意地悪さは装われたものにすぎず、むしろ郵便行政に対する讃辞を導き出す恰好の口実としてそこに据えられているにすぎない。マクシムにとって重要なのは、すべてを円滑にとり行なう局員たちの、公共の利益に奉仕する無私の精神を印象づけることにある。この人目には触れることのない熱意と努力とが、今日のパリという都市の発展を支えていると彼はいいたいわけだ。

パリの中央郵便局では、平均一日に千通の手紙が宛て名の不備によって解読係にまわされる。そしてその九百五十通が、何とか解読されて正しく配達されているという。解読係はたんに解読のみにとどまらず、見当をつける仕事もしなければならないが、彼らは、外光をたっぷりととり入れられる窓ぎわのガラスで仕切られた部屋を与えられ、そこには無数の辞典類とありとあらゆる拡大鏡が置かれている。辞典といっても市販のものとは違い、「全国の城と工場とを網羅するという世にも奇妙な」辞典などがそこに含まれていて、たとえばラ・ロシュフーコー家には二十三の城館が各地に存在することを教えてくれる。そのような特殊な辞典を編纂したのは、「背が高く、身が引きしまった白髪の男で、その瞳は奇妙な鋭さで知的に輝やいた」というのだが、解読係の一人の表情をこうした描写で読者に伝えようとするマクシムの側には、明らかに、郵便行政に対する積極的な共感を煽りたてようとする意図がある。彼らの繊細な作業ぶりがあってこそ「E・B様へ、その城館」とか「F・O様、その工場」とのみ記された手紙が間違いなくそのE・B氏なりF・O氏なりへ配達されるというのである。

また、価格表示郵便をとり扱うのには二十三人の局員が存在するが、彼らは一年に八千二百万フラン相当の小包発送の責任者となりながら、年収は二千フランそこそこである。悪しき誘惑にたえずさらされた危険な仕事に従事しながら、しかし彼らはその「仕事への高邁な信念」によって「職業的な業務」を果している。マクシムは、そうした職務への忠誠心と誇りとを、「宝物を守り、それには手をつけようとしない」中世の神話的な竜になぞらえているほどだ。

こうした話者の姿勢は、その「都市論」的な言説のいたるところに認められる。マクシムは、何かにつけて不満ばかりを表明し、その美点を認識しようとしないもろもろのフランス人たちに対して、なるほどいたらぬところもあろうが、彼らは彼らなりに最大の努力を傾けているのだから、その職業意識の寡黙な遂行ぶりに共感の視線を向けようではないかと促しているのだ。わが国の鉄道省は、そんなことをすれば連中は眠ってしまうからという理由で、蒸気機関車の罐焚きたちを雨ざらしのままにしている。彼らの多くは復員軍人で、だからこそ鉄道に不可欠の時間的正確さと身軽な活動性とが維持されているというのに、外国ではすでに常識となっている風雨よけのひさしは、いまだ蒸気機関車にとりつけられてはいない。しかも罐焚きの技師たちは日当十フランが給されているにすぎない。何かにつけてそんな憤りを隠そうとしないマクシムは、労働者の味方であるかにみえる。パリが、あるいはフランスが、近代都市として、また近代国家として発展するために必要とした新たな職業に従事する人たちに対して、読者の理解を高めようとしているからだ。進歩とは、こうした人びとの公共に奉仕せんとする無私の精神の上に築かれる貴重な何ものかなのである。

そうした確信にもとづくマクシムの視点は、彼らの職業意識を着実に操作しうるもろもろの行政的制度を肯定することになるだろう。総じて、この「都市論」の話者は、批判的であるよりもはるかに肯定的である。しかもその肯定は、行政とそれに従事するものたちとの関係の円滑さに向けられている。制度と、その細部との矛盾のない連動ぶりに、惜しみない讃辞が送られる。というのも、それは、あらゆる人びとの役に立つことになるからだ。マクシムにとってのパリとは、公共の精神が快く組織された便利な都市にほかならない。それが多くの人に便利なものであるかぎり、批判の対象とはならない。アラビア語とロシア語とギリシャ語の表記による三通の自分宛ての手紙は、その意図のみせかけの邪悪さにもかかわらず、肯定さるべき便利な都市空間を印象づけるための口実として機能していたわけだ。それは、パリ人マクシムの上機嫌を保証するための挿話だったのである。

ところで、マクシムが例外的な不機嫌を表明する制度がある。それは、辻馬車と呼ばれる交通機関なのだが、そこでは行政と末端に位置する馭者との関係がまるで円滑に機能していない。なぜなら、辻馬車の馭者たちには公共の精神というものがまったく欠けているからだと彼は顔をしかめる。

辻馬車の馭者

マクシムが「都市論」を執筆しつつあった時代のパリ市内には、二つの主要な交通機関が存在した。いずれも馬を動力源とするものだが、一方は辻馬車、いま一方は乗合馬車であり、行政的には二つの独立した組織を構成している。マクシムは後者、すなわち乗合馬車事業団に関してはきわめて好意的であり、その批判はもっぱら前者の辻馬車総合会社に集中する。まず、馬車の構造や組織といったものをかなりの数字をあげて説明してから、「パリ市民の中では特殊な階級を構成し、一般にはほとんど尊敬されたためしがなく、非常に扱いにくい」人物である馭者たちについて語り始める。すでに、辻馬車の馭者を定義する段階からして、マクシムの筆は不機嫌さを隠そうとはしない。

辻馬車の馭者とは、たえず行政組織に対して闘いをいどむ反抗者であり、これを何とかだまそうと試みるし、警察に対しては、その権威を認めつつもこれを憎悪している。(57)

ローレンヌ、ノルマンディー、オーヴェルニュといった地方出身者が多いが、サヴォア出身者だけが例外的に「もっとも従順で酒飲みではない」。マクシムは、こうした馭者を、奇妙なやり方で三つのカテゴリーに分類している。まず、「良質の馭者」、彼らは仕事を愛し、馬好きで、やがて小金をためて独立するだろう。つぎに「酔っぱらい」、これは葡萄酒の誘惑に負けて、仕事中だというのに居酒屋に立ちよったりする連中である。酒さえ飲んでいなければ危険はないが、いったん酒精の犠牲となれば事故をも起こしかねない。最後に、「ボヘミアン」と呼ばれる馭者たちがいる。彼らは「反抗的で危険な人物」であり、しばしば停職をくらい、やがては失職し、罪を犯して裁判所送りとなる。

この連中は落伍者であり、労働意欲を欠き、更生不能であって、あらゆる文明がその圏外へと放り出す厄介な漂流物である。まるで適性もないのにこんな職業につくことになったのは、仕事嫌い、規則正しい生活の憎悪、あらゆる拘束への怖れからである[58]。

だから彼らは、ときとして自分のものでもない馬を売りはらって平気な顔をしている。彼らは、「主人を失なったおかかえの馭者、大都会へ運を試しに出て来て失敗した田舎者、旧兵士、カフェの給仕、鬘師、水の運搬人、破産した守衛、学校から追われた教師、馘になった法律事務所見習」等々、さまざまな出身階層からなっている。そして、「確かでなければあえてこんなことは言わぬが、現在、辻馬車の馭者席には、あるフランス大使の令息も坐っているのだ」。また、中には還俗した司祭や、文科系大学受験有資格者も含まれているというこの雑多な集団に属するものたちは、「その大部分が、所有権というものに対して、曖昧きわまりなくきわめて不充分な概念しか持ってはいない」。そこで彼らは、会社の金庫を、「とき折りくすねてみても決して罪にはならない共有の金庫とみなす」ことになるだろうとマクシムは論を進めるのだが、ここでも数字が雄弁に事態を物語ってくれる。それぞれの馭者は、「一日平均三フラン」を自分のふところに入れた計算になるというのだ。

こうした「不断の不正行為」を防ぐための組織はもちろん存在する。パリの一五八ヶ所に会社の監視員が目を光らせているし、またそのための秘密警察組織が「パリの優雅な区域」に置かれてもいるのだという。だが、ここで何より興味深いのは、「不断の不正行為」に対する行政側のさまざまな自衛手段を語り始めるマクシムの筆が、馭者たちの不正行為を列挙しつつ彼らの人格的な欠陥を指摘してまわるときに比較して遥かに熱意を失なっているという点である。あるいは逆に、馭者たち、とりわけその第三のカテゴリーにあたる「ボヘミアン」たちの悪しき性癖に対する抑えがたい憤りを語る瞬間が、この「都市論」的な言説の中で突出した部分をかたちづくっているというべきかもしれない。そのときマクシムは、物語の本当らしさへの配慮の体系を逸脱し、ほとんど自分自身の言葉を語っている。それは、「労働意欲を欠き、更生不能」な「落伍者」たちに対する憎悪である。誰もが公共の利益のために無私の精神で職業的な善意を傾けつくし、行政組織の円滑な機能を支えているときに、この「厄介な漂流物」たる悪質な馭者たちだけは、自分のことしか考えてはおらず、しかも連中のやることといったら、犯罪すれすれのものばかりだ。まるで自分の家の金庫が破られでもしたかのように、マクシムは馭者たちの「不断の不正行為」に腹をたてる。そして、パリ中央郵便局の価格表示郵便物をとり扱う局員や、屋根なしの蒸気機関車の罐焚きたちの低賃金に示したような同情を、この「仕事嫌い」の馭者たちにはまったく示そうとはしていない。彼らがくすねる金額の「一日平均」を語りながら、その年収がいくらであるかを語ってくれもしない。それは、おそらく辻馬車の馭者たちが、「都市論」の筆者たるマクシムにとって、公然たる敵だからに違いない。彼にとっての敵、それは行政に対する反抗者である。マクシムの「都市論」は、反抗者によって乱されることのない便利な空間でなければならない。

ところでさらに興味深く思われるのは、ここでマクシムがほとんど使命感に燃えるかのような執拗さで敵意を表明している悪質な辻馬車の馭者たちの出身階層をみると、それがパリを近代フランスの華やかな首都たらしめた一連の社会的変動の影響をもろに蒙った歴史的な犠牲者にほかならぬことがすぐさま察せられるという点だろう。労働意欲にとぼしく、所有権に対する確たる概念の希薄な彼らが、「不断の不正行為」を涼しい顔で演じてみせるのは、決して彼らの性格によるものではない。近代都市が形成されるにあたって、こうした落伍者の存在はほとんど必須のものだというべきだろう。たとえば、鬘師という職業は、第二帝政期にはもはや成立しないものだし、水の運搬人もまた同様である。社会的な変動の一時期にあって、パリは、こうした職業を駆逐することでその近代的な表情を獲得したのではなかったか。犯罪者へといつでも変質しうるこうした厄介な漂流物たちの存在こそが、まさに「都市論」的な言説を特徴づけることになるのではないか。

マクシムの「都市論」の功績は、まさにこうした「厄介な漂流物」について語ったことにある。行政の円滑な機能をさまたげる不穏な異分子として、「あらゆる文明が圏外に追いやるべき」ものだと消極的に定義されてはいるが、彼とてこの反抗者たちを無視しえなかったのである。彼よりも貴重な存在として後世に名を残すことになるさるドイツ系の亡命者が、いわゆるルンペン・プロレタリアートと呼ばれる一群の落伍者に対して示すのとほとんどそっくりの軽蔑の視線を向けながら、「警察に対しては、その権威を認めつつもこれを憎悪している」という彼らの存在を攻撃せずにはいられないマクシムは、まるで、彼自身の属する階級の構成員たちがこの落伍者たちにいだく漠然とした恐怖感を代弁しようとしているかのようだ。それは、ある社会的な不安の間接的な表現だといえるかもしれない。行政的なさまざまな努力が彼らを犯罪から遠ざけているかぎりはよいが、いったん何かのきっかけで連中が騒ぎでも起こせば、パリはたちまち混乱に陥り、もはやアラビア語とロシア語とギリシャ語で書かれた三通の手紙は自宅に配達されることもなくなるだろう。

もちろん、辻馬車の馭者をめぐる「都市論」的な言説には、そうした危惧の念があからさまに刻みつけられてはいない。危惧よりは蔑視が、恐怖感よりは敵意がより鮮明に読みとれるのであり、「乗合馬者」の章に関するかぎりそれ以上の発展はない。身分のほどもあやしい馭者たちに操られる辻馬車にくらべて、乗合馬車の乗務員たちは何と信頼のおける連中であるかといった方向に話題が転じ、彼らの職業的な善意が支える公共の精神が首都の交通行政にとっていかに貴重なものであるかが語られてこの小論文は終りとなる。問題は、マクシムの軽蔑と敵意とが代弁していた潜在的な恐れが、「厄介な漂流物」の叛乱というかたちで、パリを麻痺させるという事態が現実に到来しようとしているという点である。やがて数年後に、近代フランスの首府がコミューンという未知の体験を生きるとき、マクシムの目に、それこそが労働意欲を欠いた落伍者たちの理不尽な跳梁ぶりと映るだろう。

そのとき「都市論」の著者は、いわばその続篇として彼らの乱暴狼藉ぶりを記録に残そうと躍起になって、危険な反抗者たちの行動を些細に跡づけてまわることになる。それが『パリの痙攣』と呼ばれる四冊の大著である。同時に、彼は七月王政下に起こった国王暗殺事件を再現しながら『フィエスキ事件』を書き、それに「コミューンの祖先たち」という副題をそえるだろう。そこには、素姓のあやしい与太者たちによって国家が危機に瀕するときの、公共の精神の擁護者たちの姿勢が明解に記されている。また、『一八四八年の思い出』として書かれる二月革命の記録も、その大よその筋書において、同じ系列の著作をかたちづくることになろう。それらが、はからずもマクシムの晩年を彩どる生涯の作品となるのだが、コミューン以後の彼があからさまに示すことになる反動的な政治姿勢のいわば意識されざる起源として、性質の悪い辻馬車の馭者に対する敵意と蔑視とが位置しているのだ。

ここでとりわけ興味深く思われるのは、いまだコミューンは起こってはおらず、従って自分が『パリの痙攣』を書くことになろうなどとは思ってもいないのに、「乗合馬車」の章を一八六七年三月十五日号の『両世界評論』誌に発表すべく筆を握っているマクシムが、無意識ながら、その大著の執筆準備をしているかのようにみえるという点である。彼は、ほとんどコミューンの到来を予感しているかのようだ。

事実、『パリの痙攣』が前著の続篇とみなさるべきものだと宣言しているその序文で、「パリが痙攣するとき、すなわち革命的狂気の嵐が吹きまくり、叛乱によって巨大な機構が麻痺され狂わされてしまったとき、パリがどんなものになるか」を示そうとするこの著作は、「フランスという国の行政の正常な機能こそが社会の安全の保証そのものなのだという事実を帰納法によって証明」することを目的としていると告白している。この告白はきわめて正直なものであろう。というのも、この告白によって、われわれはマクシムの「都市論」の真の目的が何であるかを知ることになるからだ。その真の目的とは、まさしく社会の安全にほかならない。

ここで語られている社会が、「都市論」の著者の属する階級にほかならぬことをあえて指摘してみようとは思わぬ。また、その階級の維持が、そこからの落伍者たちを排除することでしか保証されぬことに彼がまったく無自覚だという理由で、マクシムの言説を批判しても始まるまい。また、その排除の運動が抵抗なしに遂行されうるものと信じている彼の無邪気さを強調してみてもむなしかろうと思う。なるほど、行政を支えるものたちの職業的な善意がすべてを解決しうるかに錯覚しているマクシムの筆は、どこまでも抽象的というほかはないだろう。いまなら誰にでも可能なそうした批判を改めてここでくり返してみることよりも、平板な退屈さにおさまっているその「都市論」的な言説が、排除すべき厄介な漂流物への敵意をあからさまに表明している部分においてのみ、ある種の運動感を生きいきと示している点にわれわれは注目したい。それがまったく正反対の構造を持っていた場合を考えてみるがよい。そのとき、マクシムは、「都市論」を綴りながら歴史にまるで無感覚だったというべきだろう。この危険な反抗者たちに何がしかの力を察知していたが故に、彼はあれほどの敵意をもって悪しき馭者たちの公共精神の欠如を攻撃しえたのだ。その攻撃は、いうまでもなく防禦的な身振りの実践である。だが、少なくともまだ起こってさえいないコミューンに対して防禦的でありえたという意味で、「都市論」の著者はかろうじて歴史的存在だといいうるかもしれぬ。彼は時代の推移にまったく無感覚ではなかったのである。

この種の時代感覚が肯定さるべきものか否かはここでは問うまい。さしあたり、それを誤りとして否定しつくすことで失なわれるだろう歴史への感覚を救いたいと思う。というのも、マクシムは決して抽象的な存在ではないからである。たんに、彼の見解に同調して社会の安全の美名のもとに階級維持に躍起になった連中がかなりの数は存在したという理由からだけではなく、その「都市論」が、いかなる場合に帝政が崩壊せざるをえないかに関して、積極的にではないにせよ、一つの見通しを提示しているからである。辻馬車の馭者をめぐる記述の面白さはそこに存している。実はマクシムは、アラビア語とロシア語とギリシャ語で書かれた自分宛ての手紙が配達されなくなること以上の何かを恐れているのだ。そして、そうした事態の到来を予想だにしていない連中に向けて、警鐘を響かせている。無意識に響かせるその鐘の音に、マクシムの具体性が露呈している。凡庸といってしまえば凡庸な具体性ではあろう。だが、はたしてこの凡庸さは、より高らかに響くブランキの声にくらべて具体性が希薄だといえるだろうか。われわれは、マクシムの警鐘に同調しはしまい。だが、一つの使命感が響かせているマクシムの鐘を、抽象的な絵空事としてやりすごすことはしまい。その「都市論」は、影の部分においてコミューンを着実に予感しているからだ。

講談社文芸文庫

中村真一郎	この百年の小説 人生と文学と	紅野謙介——解
中村光夫	二葉亭四迷伝 ある先駆者の生涯	絓 秀実——解／十川信介——案
中村光夫選	私小説名作選 上・下 日本ペンクラブ編	
中村武羅夫	現代文士廿八人	齋藤秀昭——解
夏目漱石	思い出す事など｜私の個人主義｜硝子戸の中	石﨑 等——年
成瀬櫻桃子	久保田万太郎の俳句	齋藤礎英——解／編集部——年
西脇順三郎	Ambarvalia｜旅人かへらず	新倉俊一——人／新倉俊一——年
丹羽文雄	小説作法	青木淳悟——解／中島国彦——年
野口冨士男	なぎの葉考｜少女 野口冨士男短篇集	勝又 浩——解／編集部——年
野口冨士男	感触的昭和文壇史	川村 湊——解／平井一麥——年
野坂昭如	人称代名詞	秋山 駿——解／鈴木貞美——案
野坂昭如	東京小説	町田 康——解／村上玄一——年
野崎 歓	異邦の香り ネルヴァル『東方紀行』論	阿部公彦——解
野間 宏	暗い絵｜顔の中の赤い月	紅野謙介——解／紅野謙介——年
野呂邦暢	［ワイド版］草のつるぎ｜一滴の夏 野呂邦暢作品集	川西政明——解／中野章子——年
橋川文三	日本浪曼派批判序説	井口時男——解／赤藤了勇——年
蓮實重彥	夏目漱石論	松浦理英子–解／著者——年
蓮實重彥	「私小説」を読む	小野正嗣——解／著者——年
蓮實重彥	凡庸な芸術家の肖像 上 マクシム・デュ・カン論	
蓮實重彥	凡庸な芸術家の肖像 下 マクシム・デュ・カン論	工藤庸子——解
蓮實重彥	物語批判序説	磯﨑憲一郎–解
花田清輝	復興期の精神	池内 紀——解／日高昭二——年
埴谷雄高	死霊 Ⅰ Ⅱ Ⅲ	鶴見俊輔——解／立石 伯——年
埴谷雄高	埴谷雄高政治論集 埴谷雄高評論選書1 立石伯編	
埴谷雄高	酒と戦後派 人物随想集	
濱田庄司	無盡蔵	水尾比呂志–解／水尾比呂志–年
林 京子	祭りの場｜ギヤマン ビードロ	川西政明——解／金井景子——案
林 京子	長い時間をかけた人間の経験	川西政明——解／金井景子——年
林 京子	やすらかに今はねむり給え｜道	青来有一——解／金井景子——年
林 京子	谷間｜再びルイへ。	黒古一夫——解／金井景子——年
林 芙美子	晩菊｜水仙｜白鷺	中沢けい——解／熊坂敦子——案
林原耕三	漱石山房の人々	山崎光夫——解
原 民喜	原民喜戦後全小説	関川夏央——解／島田昭男——年
東山魁夷	泉に聴く	桑原住雄——人／編集部——年

▶解=解説　案=作家案内　人=人と作品　年=年譜を示す。　2022年7月現在

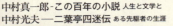

凡庸《ぼんよう》な芸術家《げいじゅつか》の肖像《しょうぞう》 上《じょう》 マクシム・デュ・カン論《ろん》

蓮實《はすみ》重彦《しげひこ》

二〇一五年五月 八 日第一刷発行
二〇二三年八月一八日第二刷発行

発行者——鈴木章一
発行所——株式会社 講談社
東京都文京区音羽2・12・21 〒112-8001
電話 編集(03)5395・3513
販売(03)5395・5817
業務(03)5395・3615

デザイン—菊地信義
印刷——株式会社KPSプロダクツ
製本——株式会社国宝社
本文データ制作—講談社デジタル製作

定価はカバーに表示してあります。

講談社文芸文庫

ISBN978-4-06-290271-7

本書は、一九九五年六月刊『凡庸な芸術家の肖像 上』（ちくま学芸文庫）を底本とし、適宜『凡庸な芸術家の肖像』（八八年一一月、青土社刊）を参照しました。本文中明らかな誤記、誤植は正し、用語の統一等を施しましたが、原則として底本に従いました。

上巻への註　NOTES

序章

(1)　サン＝ルネ・タイヤンディエ René-Gaspard-Ernest，通称 Saint-René Taillandier（1817—1879）。1873年いらいアカデミー・フランセーズ会員だったソルボンヌ雄弁術講座の教授，『両世界評論』《La Revue des Deux-Mondes》誌の常連執筆者の一人として，第二帝政期から第三共和制期にかけて，学界，ジャーナリズムに重きをなした。同じ雑誌の執筆者という以外にタイヤンディエを追悼すべき必然性はデュ・カンにはないのだが，それに先立つ二年前に，デュマ・フィスからティエール Thiers かクロード・ベルナール Claude Bernard の後任としてアカデミーへの立候補の意志を打診され，その二人の何れに対する追悼も自分にふさわしからぬと答えている点を考慮すると，タイヤンディエの場合にはある種の親近感があったのかもしれない。もっともその年立候補した場合は，「自分より遥かに才能のある」ルナン Renan やテーヌ Taine との争いになることを避けようとする意志もあったことが，その個人的な回想から知られる（1878年3月22日のノート，Institut, Mss 3745）。

(2)　エルム＝マリ・カロ Elme-Marie Caro（1826-1887）。ときの皇帝ナポレオンIII世に「現代の繁栄」を感謝する手紙を書き送り，教育行政の中枢にまで入りこんだ典型的な体制派知識人のプロトタイプといってよいエコール・ノルマルの教授。『18世紀の神秘思想研究』で哲学の博士号を得ながら，当時の大衆向け啓蒙書で人気を博し，弁舌のさわやかさが上流婦人を大学

の講堂に多く惹きつけたという点で，デュ・カンなどよりも遥かに野心的だし優雅な出世主義者だといえる。この「甘ったるい哲学」者がデュ・カンの歓迎演説を行なった理由は，彼もまた『両世界評論』誌上でパリ・コミューンを激しく攻撃したことと無縁ではあるまい。但し，カロ当人はデュ・カンに対しては終始反対票を投じており，ときのアカデミー議長の義務として歓迎演説を行なったにすぎない。

第一部

(1) 1880年12月24日付の『ル・タン』紙《le Temps》が「いつもより多くの好奇心の強い聴衆を惹きつけた」と伝える12月23日の歓迎式典は，午後1時から学士院の西講堂で開かれ，開場は正午と記録されている（学士院による告知書，Institut. Mss 3745, f. 392)。デュ・カンは劇作家デュマ・フィス Dumas fils と化学者のジャン＝バティスト・デュマ Jean-Baptiste Dumas につきそわれて聴衆の前に姿をみせ，儀式に臨んだ。

(2) カロ『歓迎演説』Caro, *Réponse*, p.36

(3) 同上，p.40

(4) 同上，p.41

(5) 同上，p.52

(6) 『現代の歌』序文 Du Camp, préface des *Chants modernes* は，詩集の冒頭に発表される以前に『パリ評論』誌《La Revue de Paris》2月1日号に掲載されている。題名の「現代」がルコント・ド・リールの『古代詩集』Leconte de Lisle, *Poëmes antiques*（1852）の「古代」antiques の対立概念として選ばれていることはいうまでもない。序文中にその名は挙げられていないが，「昨今の古代ローマ期の無意味な誇張的顕揚」は目にあまるものがあり，「形式のみ」が「骸骨」を蔽い隠すという現状批判にあっての仮想敵が誰であるかは明らかである。ルコント・ド・リールもまた55年6月刊の『詩集』*Poëmes et Poésies* の序文で，それと名ざすことなく「蒸気機関や電報

に想を得た詩篇に私は凡庸な感動しか覚えない」とデュ・カンに反批判を加えている。デュ・カン＝ルコント・ド・リール論争については，ルコント・ド・リールの『雑誌論文－序文－講演』Leconte de Lisle, ***Articles-Préfaces-Discours*** のエドガール・ピッシュ Edgard Pich の註 p.p.123-127 を参照。この論争が行なわれた1855年が，パリでフランス初の万国博覧会が開催された年であることを思えば，デュ・カンの進歩への確信（楽天的な）が時代と歩調をあわせたものであることがうかがえようが，その「進歩思想」なり「工業讃美」なりは，1849年から51年にかけてのフロベールとの中近東旅行中にエジプトでサン＝シモン Saint-Simon 思想を信奉するシャルル・ランベール Charles Lambert と出会い，帰国後，アンファンタン Enfantin の知遇を得たことの影響であることは明らかだ。デュ・カン自身はサン＝シモン主義の教団には属することはなかったが，教父アンファンタンの人柄には強く惹かれたと告白している。1953年2月24日に彼はアンファンタンに会ったと『文学的回想』***Souvenirs littéraires***, II,（p.84）に語られている。なお，デュ・カンとサン＝シモン主義との関係は，ポール・ボンヌフォンの「マクシム・デュ・カンとサン＝シモン主義者たち」Bonnefon,《***M. Du Camp et les Saints-Simoniens***》（1910）を参照。

デュ・カンの戦闘的な序文は，当然のことながら万国博との関係で同世代の詩人ボードレール Charles Baudelaire の反応をも惹き起こすことになるが，とりわけ写真という「近代の装置」をめぐる二人の見解の相違をめぐっては，阿部良雄の「ボードレールとマクシム・デュ・カン」Yoshio Abé,《***Baudelaire et M. Du Camp***》を参照。なお，デュ・カンの「進歩」と「工業」の楽天的な讃美と文学の功利主義の問題は，ルイ・ド・コルムナン Louis de Cormenin を初めとする若手の執筆者たちの先行記事や，55年に集中的に活況を呈するルナンの「万国博の詩」Renan,《***La poésie de l' Exposition***》（1855）に代表される一連の「万国博文学」との関係で新たな分析の対象とさるべきものだろう。

(7) 『現代の歌』序文, p.12
(8) 同上, p.15
(9) 同上, p.17
(10) 同上, p.25
(11) 同上, p.p.28-29
(12) 同上, p.28
(13) 同上, p.40
(14) 『現代の歌』「詩人たちに」*Aux, Poëtes*. p.55
(15) 同上, p.58
(16) 『現代の歌』「蒸気機関車」*La locomotive*, p.p.197-203
(17) 『現代の歌』「詩人たちに」p.69
(18) サント＝ブーヴ「月曜閑談」Sainte-Beuve, *Causeries du lundi*, XII, p.p.3-19. サント＝ブーヴが月曜ごとに文芸時評を掲載していた『ル・モニトゥール』紙《le Moniteur》は, ルイ＝ナポレオンのクー・デタによって共和制から帝政へと移行したフランスにあっての帝国政府の機関紙であり, 親友のルイ・ド・コルムナンがその編集者となろうとした折に, 文学を「国家管理」する試みに手を貸してはならぬと, デュ・カンが必死に説得したほどである（『文学的回想』II, p.49)。すでにアカデミー入りしているサント＝ブーヴの名声に加えて, 政府機関紙の文芸時評によって文壇の制覇をめざす大批評家が, なぜデュ・カンをその時評にとりあげたのか, 詳しいことはわからない。とりわけ, 『両世界評論』誌のかつての執筆仲間であったギュスターヴ・プランシュ Gustave Planche が「『クロムウェル』の序文のパロディーにすぎない」(1855年5月15日号）と酷評したこの新人の傍若無人な宣言に時評の一回分を費し, 絶讃ではないまでもごく丁寧に読み, これを論じているのはいささか場違いな感じさえする。ロジェ・ファイヨルの『サント＝ブーヴと18世紀』Roger Fayolle, *Sainte-Beuve et le XVIIIe siècle*, Paris A, Colin, 1872（p.72）によると1854年から1857年にかけて執筆された53の記事のうち, 17世紀作家が17回, 18世紀作家が13回, 19世紀作家が12回といった具合に, 七月王政期には数多くとりあげられていた同時代作家の数

が徐々に減少してゆくことになるというのだから，この事実はますます不思議に思える。

考えられる理由としては，すでに中近東旅行記と写真集とで帝国政府に注目され，レジョン・ドヌール勲章を受け，しかも『パリ評論』誌の編集長というマクシムの地位が，無視しがたいものにみえたということがあるかもしれない。また，若年期にサン＝シモン主義系の『グローブ』紙《le Globe》の定期的寄稿者であり，サン＝シモン流の未来像を一時的にせよ信奉したことの記憶が，デュ・カンの活動に親近感をいだかせたのかもしれない。

(19)　『文学的回想』II, p.p.57-68

(20)　ボードレール『書簡集』II, Baudelaire, *Correspondance*, II, 1858年1月，デュ・カン宛ての手紙。

(21)　『現代の歌』

(22)　ボードレールが「旅」をデュ・カンに捧げた理由，ならびに「旅行」をめぐって二人の間に成立しえた「対話」の可能性については，先述の阿部良雄「ボードレールとマクシム・デュ・カン」，阿部良雄訳『悪の華』（筑摩書房）の註（pp.611-615）を参照。なお，ボードレールとデュ・カンとの関係は，1850年11月のコンスタンチノープルでのオピック大使邸での夜食会いらい，オピック夫人とデュ・カンとの会話を通じて特殊なものとなり，おそらくデュ・カンがボードレールに多額の金を融通したこともそれと無縁ではあるまい。中近東旅行中，同行者のフロベールの母親に対してデュ・カンが保護者的な態度を示したことを考えれば，ボードレールの母親に対しても何らかの約束めいた言葉を残したことも大いに考えられる。事実，ボードレールの死期の迫った1866年，オピック夫人がデュ・カンに手紙を書き，息子の会いたがっている文学者たちの住所を問い合わせていたことが，デュ・カンのオピック夫人宛ての未発表書簡から知ることができる（B. N. n. a. f. Mss 15820)。「まだ幸福であった時代に，コンスタンチノープルで奥様がお示し下さったあたたかいおもてなしを忘れることはできません」という一行は，二人の仲がたんなる社交的なもので

なかったことを示すに充分である。手紙は日付を欠いているが，ほぼ同じ内容の手紙がオピック夫人からプーレ＝マラシ Poulet-Malassis に送られているのが1866年7月11日であることから，ほぼその時期のことと想像される。デュ・カンは，夏の休暇をバーデン＝バーデンで過しており，そこへ手紙が回送されてきたものだが，「パリに戻ってから早速会いに行くつもりです」という約束が果されたかどうかはわからない。

なお，「旅」をめぐる詩をデュ・カンに捧げた詩人はボードレールが最初ではない。1852年3月1日号の『パリ評論』誌に「ある旅人に」***A un voyageur*** をルイ・ブイエ Louis Bouilhet が発表しており，また，いまだ旅行中のマクシムをめぐって，テオフィール・ゴーティエが「わが不敵なる旅人の一人」として『ラ・プレス』紙《la Presse》の1850年6月24日号に紹介し，やがて先述（註18）のサント＝ブーヴの批評に「旅人」として紹介されるにいたるごとく，デュ・カンは，第二帝政期初期に，自他ともに許す「旅人」だったといってよい。ただし，彼が旅行の目的地として選んだエジプトが，19世紀前半のロマン主義時代と異なり，東方の神秘の土地というより，シャルル・ランベールを初めとするサン＝シモン主義者たちにとっての科学と進歩を実現すべき理想的な土地であったという点を見落とすと，デュ・カンの「旅」の一面が見えにくくなるだろう。『現代の歌』の序文で述べられている人類の未来の一端は，サン＝シモン主義的理想の実現ともいうべきスエズ運河の開設としてもっともよく実現されたものであるからだ。ただし，そうした未来への確信と詩との関係の必然性は充分に論じつくされているとはいいがたいが。

(23)　『文学的回想』II, p.65

(24)　『フロベール宛て書簡』M.Du Camp, ***Lettres inédites à Flaubert***, p.185

(25)　コッタン「知られざる写真」, Cottin, ***Une image méconnue : la photographie de Flaubert...*** 『美術手帖』***Gazette des Beaux-Arts***, 1966.

(26)　装飾美術博物館『ニエプスからマン・レイへ』***Un siècle de***

photographie de Niepce à Man Ray.

(27)　『オリエントの想い出と風景』*Souvenirs et paysages d'Orient.*

(28)　『野を越え，磯を越えて』*Par les champs et par les grèves.*

(29)　『文学的回想』I，p.p.309-310

(30)　同上，I，p.p.310-311

(31)　『エジプト・ヌビア・パレスチナ・シリア』*Egypte, Nubie, Palestine et Syrie.*

(32)　フランス学士院図書館に所属するマクシム・デュ・カンの資料中に，レジョン・ドヌール勲章オフィシエの交付を告げる通知書が保存されており（Institut, Mss 3719, f.81），交付の日付は1853年2月19日，同年1月1日付での叙勲である。つまり，『19世紀ラルース大辞典』の記述とは異なり，まぎれもなく第二帝政下の叙勲なのである。もっとも，それ以前に同じ勲章のシュヴァリエを得ていることとの混同があるのかもしれない。

(33)　『フロベール宛て書簡』p.185

(34)　同上，p.167

(35)　同上，p.191

(36)　『文学的回想』I，p.14

(37)　『フロベール宛て書簡』p.193

(38)　同上，p.196

(39)　同上，p.194

(40)　同上，p.197

(41)　『遺著』*Le livre posthume*, p.17

(42)　同上，p.18

(43)　同上，p.23

(44)　コレ「アクロポリス」L.Colet, *L'Acropole* はアルフレッド・ド・ヴィニー Alfred de Vigny に捧げられており，1854年8月24日にアカデミー・フランセーズの詩歌コンクールで賞を得ている。デュ・カンがその『現代の歌』の序文で攻撃したアカデミーの詩歌コンクールに，親しい仲間のフロベールやルイ・ブイエが力を貸していることに対するデュ・カンの心境はどこにも記されてはいない。

(45) 『奇談六篇』*Six aventures* の「タガオール」*Tagahor*.

(46) フロベール『書簡集』Flaubert, *Correspondance*, II, 1852年12月9日付のルイーズ・コレ宛ての手紙で，彼はデュ・カンの『遺著』に見られる自分自身の影響について語っている。デュ・カンには自作の『十一月』*Novembre* の無意識的な記憶が漂っていると述べたあとで「彼は，文学的にいって，ぼくの記憶からは逃れられないだろう」（p.201）と予言的な言葉を洩らしている。

(47) フロベール『書簡集』，II，p.p.238-239。53年1月15日付のルイーズ・コレ宛ての手紙。

(48) 『遺著』p.37

(49) フロベール『ボヴァリー夫人』Flaubert, *Madame Bovary* 第一部第一章の冒頭に「新入り」の描写があることは名高い。フロベールは，1852年12月28日付の手紙で，執筆中の『ボヴァリー夫人』とバルザック Balzac の『ルイ・ランベール』*Louis Lambert* との間のいくつもの類似に驚いたことを挙げたあとで，『ルイ・ランベール』は『ボヴァリー』と同様に中学入りの挿話で始まっている。「ぼくが書いたのとそっくりな文章がある。『遺著』での中学生活の倦怠よりも遥かに秀れた描写がバルザックにはあるんだ」（p.219）と語って，「新入り」を扱ったデュ・カンの書物との類似に意識的な事実を告白している。

(50) 『遺著』p.32

(51) 同上，p.32

(52) 同上，p.33

(53) フロベールは1839年10月，コルネイユ中学の最高学年の哲学級に進学するが，復習教師の態度に腹を立てたクラス全員を代表して，校長に罰課に服する意志のないことを表明する書簡を送り（『書簡集』I p.p.56-57），数人の級友とともに放校処分をうけている。彼は自宅で大学入試資格試験の準備にとりかかるが，同時に放校されたエルネスト・ル・マリエ Ernest Le Marié は，パリの受験準備校ファヴァール Institution Favard に送られ，そこでデュ・カンに会うことになるのだから，パリ

でのフロベールとデュ・カンとの出合いの起源には，ともに中学での反抗騒ぎが介在していたことになる。

(54)　『現代の歌』「詩人たちに」p.61

(55)　『遺著』p.95

(56)　同上，p.205

(57)　同上，p.95

(58)　フランス学士院図書館のデュ・カンの「書類と手紙」*Papiers et correspondance*, Institut. Mss 3720. f.2 に二人のパスポートが保存されているが，そこには「文部省」と「農林＝通商省」の特別の任務を帯びたデュ・カンとフロベールに「各位」が特別の配慮を示されんこととの文章が記入されており，出発にあたって，デュ・カンがフランス学士院の正式の依頼による無償の調査旅行として認められるための手続きが効を奏したことがわかる。なお，パスポートはナーマンの『フロベールのエジプト書簡』Naaman, *Les lettres d'Egypte de G. Flaubert*. p.20 にコピーとして示され，1980年のパリ国立図書館の「フロベール展」Bibliothèque Nationale, Gustave Flaubert, Exposition du centenaire に展示された。カタログ p.33

(59)　『フロベール宛て書簡』p.10

(60)　同上，p.201

(61)　『オランダにて』*En Hollande* p.65

(62)　同上，p.67

(63)　『奇談六篇』p.82

(64)　ナダール宛ての手紙，*Lettre à Nadar*,（1858年2月8日），B. N. n. a. f. Mss 24269, f.6.

第二部

(1)　『文学的回想』II，p.298

(2)　同上，II p,299

(3)　『フロベール宛て書簡』p.215

(4)　フロベール『ボヴァリー夫人』巻末資料，Gustave Flaubert, *Madame Bovary*, édition Dumesnil, Paris, Belles lettres, II,

p.219

(5) 『オランダにて』。親しい友人への手紙という形式によるこのオランダ滞在記は，その冒頭に，言語を異にする群衆に囲まれて生きることの孤独を楽しむさまが強調されているが，ヨーロッパでの最も平坦な土地を形容するのに，アカデミー・フランセーズ入りに際してアルフレッド・ド・ミュッセが口にした「アカデミー会員の演説のように平坦な」という一句を比喩として引いているところが興味深い。このとき彼は，自分自身がその「平坦な」演説をすることになるとは考えていなかったようだ（p.6）。

(6) 『文学的回想』II，p.219

(7) 同上，II，p.25

(8) 同上，II，p.158

(9) 「処刑人の魂」*L'Ame du bourreau.* は『パリ評論』誌の58年1月号に掲載された。ミシュレ Jules Michelet の論文が直接の対象となって同誌が発行停止の処分を受けることになる点は本文中に詳述されているが，その発行停止のきっかけとなったオルシニ事件 l'attentat Orsini の直後，きわめて反動的な軍人エスピナス将軍 Général Espinasse が内務大臣に任命され，同年2月27日に治安維持法を強引に発効させてしまう。新聞雑誌の論調に多くの変化が生ずる直接の契機となるこの法律は，第二帝政期後半の首都の文学を享楽主義的な色調に染めあげることになるだろう。

(10) 『傷ついた心の騎士』*Le Chevalier du cœur saignant*（1862）には，同名の中篇のほか，「処刑人の魂」と「フロレアル博士の錯乱」*Les Hallucinations du docteur Floréal* がおさめられている。

(11) 同上，p.p.126-127

(12) 同上，p.p.155-156

(13) 『シチリア遠征記』*Expédition des deux-Siciles.* p.178

(14) 同上，p.179

(15) 『文学的回想』II，p.165

(16) 同上，p.166

(17)　同上, p.166

(18)　『シチリア遠征記』p.p.185-186

(19)　「黄金の腕環の男」***L'homme au bracelet d'or*** (1861). パリ生まれの孤独な青年がふとしたきっかけからハンガリー独立運動の闘士と出合い, ハンガリーでの闘争に参加するが, 何くれとなく彼の世話をやき戦闘をくぐりぬけ, やがてガリバルディに従ってシチリア遠征に参加する闘士ラディスラスに, デュ・カンが知遇を得たテレキ将軍のイメージが影を落としていることは, たやすく見てとれる。

(20)　『フロベール宛て書簡』p.227

(21)　『ヴィットーリオ・エマヌエーレ治下のナポリとその社会』***Naples et la société napolitaine sous le roi Victor-Emmanuel.*** ガリバルディのシチリア遠征に同行したデュ・カンは, 翌年ふたたび南イタリアに赴き, ブルボン王家の支配下から独立したナポリの政治的状況をリポートするのだが,「旧秩序の支配」に屈している古代文明の後継者たる国民にその真の独立をうながすべくフランスは努力すべきだという『現代の歌』の「序文」に盛られた思想に対して, ここでのデュ・カンはあくまで忠実である。「善意の松葉杖」という楽天的な博愛主義に関して, 彼が一応の一貫性を守っていることは認めねばなるまい。

(22)　ユッソン夫人 Adèle Husson (1822－1894) は, デュ・カンがドレッセール夫人との仲を清算したのちに持つことになった唯一の公式の恋人であり, フロベールとの書簡で「羊」le Mouton と呼ばれている女性である。その夫のジャン＝クリストフ＝アルマン・ユッソン Armand Husson は 1818 年生まれだからデュ・カンより 4 歳ほど年長だが, 軍事年鑑を愛読する趣味ゆえに「副官」と呼ばれたりする弁護士。1861 年以後, デュ・カンはこの夫婦と同棲し, 夏の休暇にも同行するといういささか異例の生活に入るのだが, ユッソン夫人の神経症もそうした特殊な状況を反映するものだろう。詳しくはジャック・シュフェルとジャン・ジーグラー Suffel et Ziegler, ***Flaubert, Maxime Du Camp et Adèle Husson*** を参照。

(23)　『フロベール宛て書簡』p.p.257-258

(24) 同上，p.257
(25) 同上，p.258
(26) 同上，p,264
(27) 同上，p.271
(28) 『文学的回想』II，p.303
(29) 『フロベール宛て書簡』p.293
(30) 同上，p.281
(31) 同上，p.295
(32) フロベール『書簡集』Flaubert, *Correspondance*, Ed. Conard. V, p.256 1866年12月13日付のルロワイエ・ド・シャントピー嬢 Leroyer de Chantepie 宛ての書簡で，フロベールは，「私のごく親しい友人で，かつての旅の同行者」デュ・カンの『徒労』*Les Forces perdues* が『ラ・ルヴュ・ナシオナル』《la Revue nationale》誌に掲載された段階で，ぜひ読むようにと勧めている。「そこには私たちの青春が正確に描かれているのです」。直後に書かれたと思われるジョルジュ・サンド宛ての長文の手紙にも「今日の若者たちにとっては化石となってしまった」一世代を描いたこの小説が，そのとき執筆中の『感情教育』*L'Education sentimentale* ときわめて近い精神を描いていると語っている（p.257）。デュ・カンの書物にフロベールがこれほど心を動かされたのはこれが最初にして最後である。
(33) 『フロベール宛て書簡』p.298
(34) 『徒労』p.123
(35) 同上，p.295
(36) 同上，p.298
(37) 同上，p.298
(38) 『フロベール宛て書簡』p.298
(39) フロベール－ジョルジュ・サンド『往復書簡』Flaubert-G. Sand, *Correspondance*, p.111
(40) 『フロベール宛て書簡』p.322
(41) 同上，p.323
(42) フロベール『感情教育』Flaubert, *l'Education sentimentale*, édition Gothot-Mersch. p.700

(43)　フロベール『書簡集』V, p.p.361-362 1863年3月14日付ジュール・デュプラン Jules Duplan 宛ての手紙で，中央市場から屠殺場へと引きずりまわされたフロベールが，寒さのあまり「午前三時に」デュ・カンと別れたことが告げられている。
(44)　『文学的回想』II, p.p.299-300
(45)　同上, II, p.300
(46)　『東方旅行記』*Voyage en Orient*, édition Bonaccorso, p.115
(47)　『パリ，19世紀後半におけるその組織，機能，生活』（以下『パリ』と略記）*Paris, ses organes, ses fonctions et sa vie*, I, p.p.22-23
(48)　『文学的回想』I, p.352
(49)　フロベールがその中近東旅行の最中に，帰国後執筆予定の『ボヴァリー夫人』のアイディアに憑かれていたとする神話の出典が『文学的回想』のデュ・カンの証言にあることは明らかで，チボーデの『フロベール論』Albert Thibaudet, ***Gustave Flaubert*** における「フロベールの実験室」などの根拠となっているが，ナイル河の第二瀑布で「ボヴァリー」の名を発見したとするデュ・カンの証言の信憑性は，その後，ジャン・ポミエの「『ボヴァリー夫人』新考」Jean Pommier, ***Du nouveau sur《Madame Bovary》*** によって疑問にふされていらい，ゴト＝メルシュの論考 Cl. Gothot-Mersch, ***La Genèse de Madame Bovary***, などによって，主題としてのボヴァリーの選択が1851年の中近東旅行より帰国後のこととするのが定説化されている。では，デュ・カンは嘘をついたのかという点に関しては，中近東旅行中に構想されていた『ボヴァリー夫人』とは別の作品とのことと考えればあながち嘘とも呼べまいし，ドラマール事件を題材とする作品執筆を忠告したというデュ・カンとルイ・ブイエとの三人の会合も，帰国後にいま一度クロワッセで行なわれた可能性もきわめて高く，それを1849年とデュ・カンが勘違いしたとも考えられる。
(50)　『パリ』I, p.p.40-41
(51)　同上, I, p.41
(52)　ここで問題となっている『ある女友達への手紙』は

Prosper Mérimée, ***Lettres à une inconnue***, précédées d'une étude sur Mérimée par H. Taine, Paris, Michel Lévy, 1874, 2 vol. であり，ある女友達とはジェニー・ダカン Jenny Dacquin である。

(53)　マクシム・デュ・カンの受けとった手紙のほとんどは，それに関する資料や自筆書簡の写し，ならびに備忘録ふうの覚え書き等とともに彼自身の手によって分類された上で，死後，アカデミー・フランセーズの所属するフランス学士院に寄贈させ，同図書館に「デュ・カン資料」Fonds Maxime Du Camp として保存されており，その一部は，「いかなる形式においてであれ発表は不可」という遺言によって公表を禁じられている。なお，その回想記の一つは，図書館に 1910 年後の公表を許可しつつ寄贈されているが，デュ・カンが自分自身の死後，その草稿類がしかるべき公式の空間に保存されることを真剣に考えていたことは明らかである。

(54)　『パリ』I，p.57

(55)　同上，I，p.207

(56)　同上，I，p.241

(57)　同上，I，p.184

(58)　同上，I，p.185